Scarlet
스칼렛

www.bbulmedia.com

마음이
피는
소리

SCARLET ROMANCE STORY

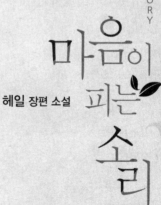

마음이 피는 소리

헤일 장편 소설

CONTENTS

1. 발단

— 누나, 나 새터비 내야 하는데…….

막둥이에게 메시지가 와 작업 표시줄에 카카오톡이 깜박깜박한다. 새터? 새터가 뭐지? 나는 잠깐 기억을 더듬었지만 긴가민가 해서 막둥이에게 물었다.

— 새터가 뭐더라?

— 새내기 새로 배움터? 래.

— 아, 오리엔테이션 말하는 거? 얼만데?

— 8만 원이라는데…….

헙. 나는 하마터면 소리를 낼 뻔한 입을 얼른 틀어막았다. 그런 나를 보기라도 한 듯 막둥이가 조심스럽게 덧붙였다.

— 2박 3일이라서 그렇대. 근데 난 안 가도 되긴 해.

"으……."

상황을 신경 쓴 빈말에는 결국 소리가 흘러 나갔다. 그 덕분에 재은 씨가 나를 돌아보며 물었다.

"왜?"

"아, 막둥이가 새터 간다는데, 요즘 새터비 비싸네요."

"새터? 아, O.T. 그래. 그건 꼭 2박 3일, 3박 4일 가더라? 술 마시는 거 말고는 하는 것도 없으면서."

재은 씨의 신랄한 평가에, 나는 멋쩍게 웃으며 고개를 끄덕였다. 안 가 봤지만 나도 O.T.가 어떻게 돌아가는지는 알고 있으니까. 그래도 고민은 됐다. 이번에 대학 들어가는 막둥이가 얼마나 기대하고 있을까가 눈에 선해서 가지 말라고 말하기가 어려웠던 것이다. 정말 안 가도 된다고 생각했다면 물어보지도 않았을 텐데, 가고 싶으니 어렵게 말을 꺼냈겠지.

하지만 8만 원이 적은 돈도 아니다. 어쩔까. 잠시 고민하던 나는 카카오톡에서 하연이 언니와의 대화를 켰다.

— 언니, 오랜만이에요. 잘 지냈어요?

— 그럼, 잘 지냈지. 진아 너는?

— 저도 잘 지내지요. 근데 언니, 나 부탁이 있는데…… 혹시 이번 주말에 결혼식 뷔페 알바 자리 있어요?

— 그럼, 있지. 왜, 하게?

— 응, 해야 할 것 같아서요.

— 그래, 와. 너라면 환영이지. 언제?

— 토요일 일요일 다 할게요.

— 몸이 버틸 수 있겠어?

— 괜찮아요, 젊을 때 벌어야죠!

일부러 너스레를 떨자 언니도 깔깔 웃는 이모티콘을 보내왔다. 된다고 선뜻 대답해 주는 언니가 몹시 고마웠다. 이 언니 아니었으면 난 진작 파산했을 거야. 안도의 한숨을 내쉬며 도로 막둥이와의 대화창을 불러왔다.

— 계좌 불러 봐.

— 누나, 괜찮아?

— 그래.

— 우와, 누나 고마워!

에휴. 얼마나 걱정하고 마음 졸였을까. 그 맘 잘 알지. 나는 한숨을 삼키며 가방을 꺼냈다. 그런데 공인인증서가 든 외장 하드도, USB도, 심지어 지갑도 보이지 않는다.

등줄기가 오싹했다. 몹시 당황해서 한참을 수선 떨며 뒤지다가 기억이 났다. 교통카드용 신용카드를 휴대폰 케이스에 끼워 놓았더니 지갑을 꺼낼 일이 없어서, 어젠가 그젠가 가방 무겁다고 다 빼놓았던 것이다. 모바일뱅킹은 되니 보안카드만 있어도 될 텐데, 지갑이 없으니 보안카드도 없다. 으으, 어째 오늘 일진이 사나울 것 같은 예감.

— 막둥아, 입금 언제까지야? 누나 오늘 야근인 데다 공인인증서 든 거 다 놓고 온 거 같은데.

— 어, 오늘 6시까진데……. 여행 보험 들어야 해서 꼭 오늘까지라고…….

— 이 자식, 그런 거면 미리 좀 말하지!

— 미안해 누나ㅠㅠ

우는소리 끝에 무릎을 꿇고 두 손을 비비는 이모티콘이 따라붙었다. 장난스럽게 비는 걸 알고 있고 나도 가볍게 핀잔을 주는 거지만, 그래도 속이 상했다.

막둥이가 그간 공장에서 번 돈은 모조리 입학금과 등록금이 되었고, 입학 전이라고 공장도 그만둔 상태다. 진수는 얼마 전 배달 아르바이트를 하다가 사고를 내서 병원에 드러누워 있고, 엄마는 아픈 아버지를 돌보기 위해 한나절만 하는 일을 하신다. 둘째마저 앓아누웠으니 지금은 정말로 남는 게 없는 상황. 집안 사정 뻔히 알면서 말 꺼내기가 얼마나 힘들었을까. 고민을 거듭하다 겨우 말을 꺼낸 게 마감일인 그 심정, 아주 잘 안다. 찝찝하긴 하지만 막둥이가 둘째도 아니니 적어도 헛짓거리는 안 하겠지. 나는 한숨을 삼키며 키보드를 두드렸다.

— 작은 방에 누나 외장 하드 있을 거야, 그거 연결하고, ○○은행 들어가서 공인인증서 로그인해. 비밀번호 sunnydaycOme@me야. 누나 지갑도 외장 하드랑 같이 있을 텐데, 거기에서 보안카드 꺼내 가지고 보면서 이체시키고, 이체 결과 사진 찍어서 보내 줘.

메시지를 확인한 동생은 대답이 없다가, 한참 만에 사진을 보냈다.

— 누나, 이 계좌에서 하면 돼?

— 응.

다시 말이 없는 걸 보니 이체 중인 모양이다. 노트북도 오래돼서 느리니 시간이 걸리겠지. 느긋하게 기다리며 지인에게 감사 인사를 하는 사이, 사무실 유리문이 벌컥 열렸다.

"와, 나 지금 영업부 다녀오는 길인데, 새로 온 사원 완전 잘생겼어!"

"어, 그래요?"

"어, 좀 섹시하게 생겼다고 해야 하나? 속눈썹 진짜 길더라! 입술도 완전 섹시해!"

괜히 귀가 쫑긋 서서 타이핑하던 손이 멎었다. 결혼한 재은 씨와 결혼할 지희 씨도 눈이 빛나고 있다. 우리를 둘러본 파트장님은 신이 나서 말을 이었다.

"얼굴이 그러니까 인기 많았겠더라. 게다가 영업이니까 말도 잘할 테고."

"그렇겠죠? 흠, 그런 정도면 결혼하지 않았을까요?"

"어, 혹시 저 말씀하시는 거라면 결혼 안 했습니다."

여자뿐인 영어 2파트 사무실에 낯선 목소리가 들려와 우리는 모두 당황했다. 호들갑을 떨던 파트장님의 얼굴은 순식간에 빨개졌다. 세 남자가 우리 사무실 안으로 들어와 있었다. 그 뒤로 영어 두 파트의 총 책임자이신 정 팀장님이 빨개진 얼굴로 어쩔 줄 몰라 하며 따라 들어왔다. 그리고 내 입은 떡 벌어졌다.

"아, 아하하, 죄송합니다."

파트장이 빨개진 얼굴로 목례하자, 제일 앞에 서 있던 분이 활짝 웃는다.

"아닙니다, 제가 데려온 사원을 칭찬해 주시니 기쁠 뿐이죠. 여기가 앞으로 함께 일할 영어 2파트인가요?"

"네, 네!"

민망한 상황이 진정되자 정 팀장님이 사람들을 소개하기 시작했다. 그사이 나는 놀라서 벌렁거리는 가슴을 어쩌지 못하고 도망치듯 방문객들을 스쳐 지나 화장실로 뛰어갔다.

저 인간이 왜 여기 있어?!

화장실 문을 닫은 내 머릿속이 그 한 문장으로 가득 찼다. 너무 놀란 나머지 사고가 정지한 것이다. 둥당둥당 미친 듯이 뛰는 가슴을 손바닥으로 누른 채 나는 그대로 얼어붙었다.

얼마나 지났을까. 문득 손끝이 시려 정신을 차렸다. 2월, 쌀쌀한 날씨에 오랜 시간 화장실에 있다 보니 손끝이 차가워져 있었다. 하기야 계속 화장실에 갇혀 있을 수도 없는 노릇이다.

아, 정말 싫다.

나는 속으로 중얼거리며 괜히 물을 내리고 화장실 문을 열었다. 손을 씻고 닦고 걸어 나가는 발이 너무나 무거웠다. 그리고 분명 기다리고 있을 것 같다는 약간의 불안함까지 가미돼 내 어깨는 축 늘어졌다.

찜찜한 기분으로 사무실 문을 열자, 아니나 다를까 나를 도망치게 만든 원흉이 웃으며 내게 목례했다. 그 옆에 선 정 팀장님의 얼굴에도 화색이 돌았다.

"아, 왔네, 진아 씨! 왜 이렇게 오래 걸렸어?"

"네? 아, 배, 배탈이 좀."

"점심에 뭐 잘못 먹었어? 아, 여기가 최진아 씨예요. 진아 씨, 이분이 이창호 팀장님, 서민일 씨, 한두섭 씨."

"안녕하세요."

"반갑습니다."

엉거주춤 인사하자 나를 보고 세 남자가 빙긋 웃었다. 다른 두 사람의 미소와 달리, 원흉의 눈동자에는 장난기가 서린 채였다. 몰라보길 바랐는데, 역시 희망 사항에 불과했던 모양이다.

나는 어설프게 웃으며 고개 숙여 인사를 되돌리고는 아프지도 않은 배를 감싸고 돌아섰다. 그 팀 누구와도 악수하고 싶지 않았다. 노골적인 태도였지만 안색이 나빠 들키진 않은 듯했다. 순식간에 몰려온 스트레스 때문에 진짜로 배가 아파지는 것이 오히려 반가웠다.

"진아 씨, 많이 아파?"

"약 먹으면 괜찮을 것 같아요. 반찬이 상했나……."

인사도 다 했으니 나가 주면 좋으련만 그들에게선 나갈 기미가 보이지 않았다. 그 때문에 나는 뻔히 보이는 연극을 계속하느라 서랍에서 작은 상비 약통을 꺼냈다. 그사이 서민일이 내 책상으로 다가왔다.

"괜찮으세요? 안색이 많이 안 좋으신데."

"예, 쉬면 나을 거예요."

억지로 근육을 움직여 웃은 얼굴이 건조하게 느껴지는 것으로 봐선 아마 정말로 얼굴에 핏기가 가셨을 것이다. 그만큼 싫었다. 정말 싫었다. 다가오지 마. 네가 뭐라고 다가와. 네가 뭐라고 나한테 이렇게 친한 척해? 오지 마, 오지 말라고.

동요를 참으며 약통을 열고 아무 약이나 하나 집어 들었다.

먹으려고 보니 하필 알이 굵은 종합감기약이다. 감기 기운 없는데 먹어도 될까. 잠시 고민했지만 보는 눈이 너무 많아 눈 딱 감고 약을 삼켰다. 텀블러에 받아 둔 물을 들이부었지만 약은 좀처럼 넘어가지 않고 목구멍 근처를 배회하다가 제대로 걸리고 말았다.

"컥!"

"어? 진아 씨, 괜찮아?!"

대답도 못 하고 벌떡 일어났다. 얼른 정수기로 달려 물을 뜨는 내내 기침이 쏟아졌다. 차라리 약이 도로 나오면 좋을 텐데 삼켜지지도, 도로 나오지도 않아 눈물까지 찔끔 나왔다.

"약이 목에 걸린 거라면 차라리 몸을 좀 숙이고 물을 마셔 보세요."

다정한 목소리가 듣기 싫었다. 무어라 쏘아붙이고 싶은데 기침을 참느라 말이라곤 한마디도 할 수 없었다. 대답 대신 정수기와 텀블러를 부여잡고 연신 물을 들이부어 겨우 약을 삼켜 냈다. 이러고도 오늘내일 감기 걸리면 저 약은 모조리 폐기하자. 굳게 결심하고 돌아서자, 바로 코앞까지 다가온 서민일이 보였다.

"괜찮으세요?"

"예, 괜찮아요."

귀싸대기를 날리지 않고 곱게 대답한 것이 한계였다. 그를 피해 자리로 돌아와 책상에 머리를 박자, 팀장님이 서둘러 그를 내보내는 소리가 들린다.

"진아 씨가 오늘 상태가 많이 안 좋은가 봐요. 어쨌든 2파트는 이렇게 꾸려 가고 있어요."

"네, 그럼 저희는 이만 다른 팀에 인사드리러 갈게요. 여러분,
앞으로 잘 부탁드립니다."

사근사근하게 인사를 한 이 팀장님이 먼저 사무실을 나섰다.
우리는 그 뒤에 고개를 숙였고, 서민일도 망설임 없는 걸음으로
성큼 사무실을 나섰다. 그 등짝에 텀블러를 던지고 싶었다.

서민일.

10년 전, 열렬했던 나의 첫사랑 상대.

그러나 그는 잠수 타서 나를 차 버린 남자이기도 했다. 그 책임
감 없는 남자가 내가 다니는 회사에, 그것도 긴밀하게 작업해야
하는 영업팀 사원으로 나타날 줄이야.

점차 열이 올라 볼이 화끈거렸다. 숨이 거칠어지려는 것을 참
는 사이 모니터에 상태 표시줄이 반짝였다. 대화창을 열자 이체
결과 화면을 찍은 사진이 먼저 뜨고, 메시지가 따라붙었다.

— 누나, 했어! 고마워!

……그래. 막둥이 너라도 행복하면 됐지. 길게 쓸 여력도 없이
온몸의 기운이 쭉 빠져나가, 나는 겨우 한 마디를 타이핑했다.

— 그래.

원래 퇴근 시간은 6시인데, 겨우 일을 마친 것이 9시였다. 조
금이라도 빨리 끝내고 가 보겠다고 저녁도 건너뛴 탓에 몹시 배
가 고팠다. 그러나 뭘 먹고 싶은 생각도, 뭘 사고 싶은 생각도 들
지 않았다.

서민일, 그 개새끼.

벌써 10년 전의 일이니 사실은 잊고 있었다. 그 반반한 면상을 다시 볼 때까지는.

만약 널 다시 만나면 멱살을 잡아 내팽개치겠다고 생각했다. 네가 뭔데 나를 이렇게 힘들게 하느냐, 네가 뭔데 그렇게 잠수를 타서 사람 속을 태우느냐 쫓아가 따지겠다고 결심했다. 귀싸대기를 때리고 발로 차고 밟아 주면 속이 시원하겠다고 몇 번을 생각했는지 모른다.

풋풋한 만큼 열정적이었던 내 첫사랑을, 제대로 이별의 말을 한 것도 아니고 잠수를 타서 짓밟은 그 새끼를 절대로 용서할 수 없었다.

제대로 된 이별 의식이 없었던 탓인지, 잊는 데에도 굉장히 오랜 시간이 걸렸다. 언제까지고 징징거릴 수는 없는 노릇이니 나름 강하게 버텨 보려 했지만, 첫 마음은 자신의 생각과 달리 너무나 여렸다. 갈기갈기 찢어진 마음을 어떻게 추슬러야 할지도 몰랐다. 짓밟힌 마음을 함부로 만지지도 못하고 매일 밤 울었다. 사랑받으면 이렇게 남의 마음을 짓밟아도 되는 거야? 사랑했다고 내 마음은 이렇게 짓밟혀도 되는 거야? 사랑한 게 죄야?

답을 주는 사람은 없어도, 그렇지 않다는 것은 알고 있었다. 나는 그냥 재수가 없었을 뿐이다. 재수가 없어서, 책임감도 없고 용기도 없고 비겁한 남자를 사랑했을 뿐이다. 사람을 골라서 사랑할 수 있는 거라면 나는 그 새끼를 사랑하지 않았을지도 모른다. 하지만 마음이란 게 어디 내 맘대로 되던가. 나는 내 마음을 어쩌지 못하는 일반인일 뿐이었다. 준 마음은 짓밟혔고, 찢긴 마음은 나 자신이 추슬러야 했다.

입술을 깨물었다. 그 당시엔 날카로운 고통에 어쩔 줄 몰랐는데, 지금은 날카롭지 않은 저릿함만 가슴 언저리에 묵직했다. 그러나 그것이 좋은 것만은 아니었다. 날카롭게 아플 때는 몸부림이라도 칠 수 있었지만, 저릿하게 아파지니 무작정 참아야만 했다.

그러나 제일 힘든 것은 그 얼굴을 보고 어딘가 설레는 가슴한구석이었다. 그 때문에 약이 목에 걸린 것이다. 멍청한 년. 그렇게 당하고도, 그렇게 힘들어하고도 그 면상 보고 설레다니, 넌 병신이니? 스스로를 구박해도 아까 느낀 감정은 없어지지 않았다. 어이가 없어 기가 막히고 코가 막혔다. 하기야 한눈에 반했던 남자다. 면상에는 다시 설렐 수 있는 거잖아. 그렇게 합리화하면서도 아파했던 나날들을 떠올리자 이런 병신이 또 없구나싶다.

게다가 자존심도 상했다. 4년 일한 내가 사원인데, 뺀질뺀질하고 뭐 하나를 진득하게 못 하던 그 인간도 영업부 사원이란다. 동갑에 남잔데! 저 팀장님이 스카우트되면서 따라온 것으로 알고 있는데, 이직하면서 사원이 되었다는 말은 다른 회사에서 더 높은 직급이었다는 소리다. 신입사원으로 들어온 거라면 원수는 외나무다리에서 만난다더니 하고 웃기라도 할 텐데, 나보다 진급이 빨랐단 소리니 어디 가서 말도 할 수 없을 만큼 비참했다.

세상에 권선징악 따위는 다 거짓말인 모양이다.

꺼진 컴퓨터를 앞에 두고 멍하게 앉아 있다가 주섬주섬 짐을 챙겨 들고 일어났다. 코트를 입으며 바깥을 내다보니 어둠이 내려앉은 가운데 아직 불이 켜진 몇몇 유리창이 보였다. 그렇지, 나만 야근하는 게 아니지. 동병상련을 느끼며 '수고하세요.' 하고 중얼거리다가 날카로운 바람 소리에 주의를 환기했다.

아, 바깥 정말 춥겠다. 나는 방금 코트 주머니에 넣은 휴대폰을 꺼냈다.

— 막둥아, 나 이제 퇴근해. 한 20분 있다가 전기장판 좀 켜 놔 주라.

— 누나 나 아빠 병원이야.

— 엄마는?

— 엄마는 형한테. 누나 지금 보일러 고장 났으니까 아빠 침대에서 자. 난방 텐트 쳐 놔서 그나마 나을 거야.

……이제 이건 일진이 사나운 정도가 아니다.

— 뭐? 그럼 지금 따뜻한 물 안 나와?!

— 응. 내일 수리하러 온대.

이건 간병을 핑계로 다들 병원에 자러 간 거구나. 어깨에 힘이 빠졌다. 다섯 식구 중에 두 사람이 입원 중이다. 한 사람씩 간이 침대를 차지한다면, 한 사람은 집에 남을 수밖에 없다. 그리고 야근을 한 내가 집에 당첨된 거고. 안 그래도 굶어 가며 야근했는데 보일러마저 고장 나다니, 이건 정말 해도 해도 너무하다.

— 누나, 오늘 추운데 찜질방 가서 자는 게 안 나을까?

안 그래도 그 생각을 하던 차에 막둥이가 물어 오니 죄지은 것도 아닌데 괜히 뜨끔하다. 내일은 더 춥다는데 진짜 그래야 하나. 망설이다가 휴대폰을 도로 주머니에 넣었다.

술 당긴다.

원래 술을 잘 못 하는 나지만, 맥주 한두 캔은 마실 수 있다. 왠지 오늘은 술도 잘 들어갈 것 같은 느낌도 든다. 8만 원이 빠져 나갔을 생활비 통장에서 필요한 돈을 빼 보니 그래도 몇천 원은 남을 것 같다. 한 캔 정도는 괜찮겠구나 싶어, 가는 길에 사 가기로 하고 사무실을 나섰다.

하지만 편의점 앱을 켜다가 멈칫했다. 대형마트에 가면 쌀 텐데, 편의점에 가서 그 돈을 다 주고 사는 게 아까웠다. 게다가 그 돈에 얼마만 더 보태면 목욕탕에 갈 수 있다는 계산을 자연스럽게 해 버렸기 때문이기도 했다. 구질구질하게 살아가는 스스로가 속상해 이번에야말로 눈물이 찔끔 났다.

"에이 씨."

아무도 없는 엘리베이터에 내 목소리가 울렸다.

힘들다.

열심히 버는데 월급은 빤하고 구멍은 많다. 생활비며 병원비만으로도 숨이 졸린다. 거기에 대학생이 둘이고 하나는 다치기까지 했다. 놀다 다쳤으면 구박이라도 할 텐데, 자기도 벌어 보겠다고 아르바이트를 하다 다친 거니 뭐라 할 말도 없다. 안 되는 집은 안 되는 건가, 뭐 이따위야. 세상 참 되는 일이 없다.

클렌징워터를 쓰니 화장만 지우고 푹 잔 다음 내일 아침 일찍 목욕탕을 가자. 개운하게 씻고 나면 기분이 좋아질 거야. 그러고 보니 목욕탕 오랜만이네.

애써 스스로의 기분을 달랬다. 서른이 넘어가니 누구에게 징징거릴 수도 없다. 다들 고민이 있고 생활이 있고 걱정거리가 있으니까. 내 기분은 내가 책임져야 한다. 우울해한다고 일이 해결되지도 않으니, 그저 열심히 나를 달랠 수밖에.

그러나 엘리베이터에서 내려 로비로 들어선 순간, 내일은 수요일이라 목욕탕 정기 휴일이라는 것이 떠올랐다. 그 순간 탁 숨이 막혔다. 정말 찬물로 씻어야 하나 하고 한숨을 쉼과 동시에 참을 수 없는 눈물이 터졌다.

"흑, 흐읍……."

이게 뭐야. 목욕탕 정기 휴일인 게 울 일이야?

스스로 어이가 없는데, 그래도 터진 눈물은 멈추질 않았다. 꽤 많은 눈물이 주륵주륵 흘렀다. 그 양에 당황해 얼른 손수건을 꺼내 뺨을 닦는데, 손수건에 파우더가 한껏 묻어난다. 아니, 어디 파우더뿐이랴. 싸다고 워터 프루프가 아닌 걸 샀더니 마스카라와 아이라이너가 묻어나 손수건은 검은 얼룩, 살구색 얼룩으로 잔뜩 더러워지고 말았다.

이 더러운 게 내 인생 같아.

순간 말도 안 되는 생각이 들었다. 그런데 강하게 수긍하는 자신이 있었다.

비참하고 처량했다. 힘들고 괴로웠다. 10년 넘게 열심히 일하는데도 8만 원이 없어 아르바이트를 찾는 나. 날 버린 남자보다 성공하지도 못한 나. 그 남자 보는 앞에서 추태를 부린 나. 그러면서도 보자마자 설렌 멍청한 나. 보일러가 터진 추운 집에 들어가서 자야 하는 나. 야근까지 하고도 맥주 한 캔조차 벌벌 떨며 못 사는 나. 찜질방에서 하룻밤 자는 돈이 아까워 새벽에 목욕탕 갈 생각을 하던 나.

나는 울면서 고개를 흔들었다.

아니야, 이러지 마. 집이 있는 게 어디야. 전기장판 있잖아. 이불도 충분히 있으니 따뜻하게 잘 수 있잖아. 집에 가면 밥도 있고 반찬도 있어. 제사 지내고 남은 술도 있을 거야. 목욕탕 정기 휴일은 수요일 하루라고. 정 가고 싶으면 목요일에 가면 되잖아.

그러나 모든 것은 만족스럽지 못한 자기위로였다. 자기기만이었다.

손수건을 입에 물었다. 오랜 시간 참아, 오랫동안 고여 있던 썩은 눈물은 마치 끝이 없는 것 같았다. 이럴 때는 멎을 때까지 두어야 한다는 걸 경험으로 알고 있기에, 남에게 보이지 않도록 얼굴을 가리고 로비 구석의 여자화장실을 찾아 들어갔다.

변기에 앉아 멍하니 기다렸다. 줄줄 타고 내리는 눈물을 손수건의 깨끗한 면으로 닦고, 닦고, 또 닦았다. 손수건은 금방 축축해졌는데, 눈물은 좀처럼 멎을 생각을 하지 않았다. 누가 보면 초상 치른 줄 알겠다. 그 생각에 피식 웃자, 그제야 조금 멎는 듯했다.

그래도 그거 좀 울었다고 개운해졌다. 숨을 한 번 깊게 내쉬고 자리에서 일어났다. 얼굴은 엉망이 되었지만 기분은 좋아졌다. 세면대에서 손수건을 적셔 얼굴을 싹 닦아 냈다. 울어서 여기저기

빨개진 데다 피곤이 덕지덕지 붙은 민낯을 보자 한숨이 절로 나왔다.

몰골이 이래서, 누구보다 빠르게 집으로 돌아가야만 했다. 화장실에서 목만 빼고 로비를 슥 둘러보니 경비 아저씨는 경비실에서 꾸벅꾸벅 졸고 계시고, 꽃집 직원으로 보이는 남자가 로비에 장식된 꽃 장식을 바꾸고 있었다. 사람이 하나 있는 것은 좀 껄끄러웠지만, 우리 회사 사람이 있는 것보다는 나았다. 다행이었다. 복장에 좀 민감한 회사라, 내가 민낯인 것을 보면 "오늘 화장 안하고 회사 왔어?" 하고 물어볼 사람들이기 때문이다.

이참에 얼른 빠져나가서 쉬자는 생각으로 걸음을 재촉할 때였다.

"저기요."

……별로 돌아보고 싶지 않았지만, 부르는 건 꽃집 직원이 틀림없었고 로비엔 나뿐이었다. 젖은 손수건으로 입가를 가린 채 느릿느릿 뒤를 돌아보는데 뭔가가 눈앞에 불쑥 들이밀어져, 나는 화들짝 놀라며 소스라쳤다.

"으악!"

후다닥 두어 걸음 물러났다. 뭐야, 뭐야. 정신을 차리고 보니 앞치마를 입은 이십 대 초반 정도의 꽃집 직원이 꽃을 한 송이 들고 있다.

"장미꽃은 향이 강하니까, 기운이 날 거예요."

"괘, 괜찮아요."

민낯이 신경 쓰여 고개를 숙인 채 고개를 저었다. 현금도 없고,

집에 꽃병도 없고, 살 여유도 없다. 그러나 남자는 끈질겼다.

"그냥 드리는 거예요. 받으세요."

공짜라면 일단 받겠지만…….

나는 머뭇거리며 손을 내밀었다. 내가 꽃을 받아 들자 남자의 얼굴에 웃음이 짙어졌다. 왠지 무해할 것 같은 인상의 젊은 남자였다. 진수랑 비슷한 나이대일 거 같은데, 내게 보내는 미소가 어찌나 상냥한지 나는 잠시 가슴이 뭉클해졌다.

"조금이라도 기운이 나셨으면 좋겠네요."

부드러운 말투로 덧붙이는 남자의 어깨 너머로, 완성된 꽃 장식이 보였다. 로비 한가운데에 놓이는 것이라 규모는 컸지만 부담스럽거나 지나치게 화려하지는 않았다. 남자의 부드러운 인상만큼이나 사람을 안정시켜 주는 그런 꽃 장식이었다. 로비에 꽃 장식이 있는 건 알았지만 늘 지나치기만 했는데, 이것도 누군가의 손길이 닿은 거였구나 하고 새롭게 깨달았다.

직원은 여전히 유하게 웃으며 나를 내려다보았다. 얼굴에 시선이 와 닿는 것이 민망해 고개를 숙였다. 줄기에 가시가 깔끔하게 떼어진 장미는 핑크색이었다. 실컷 울고 개운해진 마음에 달콤한 핑크라. 확실히 위로가 되는 기분이었다.

"……고마워요."

"뭘요."

남자는 여전히 부드럽게 웃으며 대답하고는 느긋한 걸음으로 물러나 다시 꽃 장식을 만지기 시작했다. 울지 마라, 울어라 하는 말은 없었지만 위로의 의도만큼은 뚜렷했다. 그 등 뒤에 가볍게 묵례하고 돌아서서 걸어 나가며, 나는 다시 꽃을 내려다보았다.

그의 말대로 장미 향은 정말 달콤했다.

2. 진절머리

찬물로 세수를 하고 화장대 앞에 앉자 브러시 통에 꽂아 둔 핑크색 장미가 보였다. 내가 우는 걸 잠시나마 봤다는 이야기니 당혹스럽기도 했지만, 확실히 기분 전환은 되었다.

얼굴색을 살피며 넋을 놓은 사이에 3분이 지나 허둥지둥 화장을 시작했다. 어젯밤, 평소보다 꼼꼼히 화장을 지운 덕분인지 트러블이 나진 않았다. 다만, 눈이 퉁퉁 부었다. 그러고 보니 볼도 좀 부은 것 같다. 아, 숟가락 얼려 놓을걸. 뒤늦게 후회하며 차가운 스킨을 얼굴에 끼얹었다.

이럭저럭 화장을 마치고 머리를 묶은 후 옷장 문을 열었다. 어제오늘 좀 꿀꿀하니까 밝은 걸 입자고 생각했는데 내 겨울옷 대부분이 무채색이었다. 그러고 보니 마지막으로 옷 산 게 언제더라. 기억도 나지 않았다.

나름 밝은 옷을 고른다고 골랐는데, 결국은 검은 정장 재킷과 치마에 흰 블라우스였다. 여자들이 많은 회사다 보니 옷차림도 말이 많아서, 말 안 나오게 골라 보면 늘 거기서 거기. 밝은 회색 코트 덕분에 그나마 따뜻하고 밝아 보였다. 양에 차지는 않지만 이 정도로 만족하자며 가방을 챙겨 들었다.

날씨는 추웠지만 하늘은 맑았다. 좋아, 힘내자. 스스로를 북돋우며 걸음을 옮겼다. 무심하게 가게들을 지나치던 나는 문득 걸음을 멈췄다.

망했다, 화장 다 떴다!

아침에 화장이 뜨면 하루 종일 기분이 나쁘다. 낮에 무슨 짓을 해도 수습이 되질 않으니까. 서둘러 지하철 화장실로 가 얼굴을 확인한 나는 완전히 식겁했다. 집에선 눈하고 볼만 좀 부었네, 하고 말았는데 지금 보니 여기저기 안 먹어서 마무리로 두드린 파우더가 저희끼리 뭉쳐 놓고 자빠졌다. 급한 대로 솜에 미스트를 뿌려 수정을 하려 했지만 오히려 뭉친 게 닦아져 화장 안 한 곳처럼 피부가 드러날 뿐이다.

제기랄, 완전히 망했다. 한숨을 쉬며 전체적으로 파우더를 닦아 냈다. ⋯⋯이젠 민낯과 다를 바가 없어졌다. 회사 도착해서 다시 화장을 하는 게 빠를 것 같았다.

평소보다 빠른 걸음으로 회사로 향했다. 우리 파트에선 내가 제일 출근이 빠르다. 막내인 것도 있지만, 집보다는 회사가 따뜻해서 좋았다. 오늘도 내가 제일 첫 번째로 온 터라 회사에서 화장하는 걸 남에게 보이지 않을 수 있었다. 수정용으로 갖다 둔 화장

품들로 얼굴을 수습하고, 창문을 열어 환기를 한 후 대충이나마 바닥 청소를 해 두었다. 바닥이 깨끗해진 것만으로도 꽤 기분이 좋아졌다.

혼자 신이 난 김에 야근하느라 쌓인 컵 설거지도 해치우고 컴퓨터를 켰다. 자료를 확인하는 사이 한 사람 두 사람 출근을 했다.

"진아 씨, 오늘도 일찍 왔지? 아침 먹었어?"

"에이, 제가 그럴 리가요."

기대되는 질문을 받고 나는 눈을 빛내며 재은 씨를 쳐다보았다. 씩 웃은 재은 씨가 종이가방을 들어 사람들에게 보여 준다.

"남편이 하도 졸라서 어젯밤에 빵을 좀 만들었거든. 오밤중에 이게 무슨 짓인가 했는데, 막상 해 놓으니 좋네. 다들 아침 안 먹었지? 업무 시작 시간도 안 됐으니 좀 먹고 하자. 파트장님, 괜찮죠?"

"그래그래. 다 먹고 살자고 하는 일인데 먹고 하자."

"우와아아아!"

파트장님의 허락 아래, 지희 씨와 나는 신나서 종이가방에 달려들었다. 네 사람 모두 피곤해서 눈이며 얼굴이 붓고, 화장이 뜨고 입술에 각질이 잔뜩 일어났다. 나만 그런 게 아니라 내심 안심이 됐다.

"뭐예요? 뭐예요?"

"식빵이랑 모카빵. 얼마 전에 지인이 배 잼을 만들어 줘서 그거 먹으려고."

"능력자시네요!"

내가 혀를 내두르자 재은 씨가 머쓱한 듯 웃었다.

"사실 사 먹는 게 싸. 근데 남편이 집에서 만드는 거에 로망이 있어서. 오밤중에 반죽한다고 아주 그냥……."

나는 웃으며 고개를 끄덕였다. 맞다. 손으로 하는 걸 잘하진 않지만 꽤 좋아해서, 빵을 만들어 보려고도 했었다. 웬만하면 오븐이 필요한 데다 재료비가 꽤 많이 들어서 포기했지만.

아, 아니야, 이렇게 아침부터 우울한 생각 하지 말자. 어제 실컷 울었잖아. 벌써 기분 개운해지고 좋아졌잖아? 나는 고개를 흔들어 잡생각을 떨쳐 내고, 얼른 사람 수대로 커피 믹스를 타 가져왔다. 그사이 원형 테이블에 빵과 잼이 놓였다. 빵은 파는 것처럼 매끈한 모양새를 갖춘 건 아니었지만, 맛은 파는 것과 크게 다르지 않을 만큼 맛있었다.

"엇, 식사하세요?"

"큽!"

죽이고 싶은 인간이 등 뒤에서 불쑥 나타나지만 않았으면 더 좋았을 텐데.

오늘은 빵이 목에 걸렸다. 나는 컥컥거리며 그 위에 뜨거운 커피를 들이부었다가 입안을 데였다. 이건 또 무슨 추태냐. 민망해서 얼굴이 달아오르는데, 서민일이 내 등을 두드리기 시작했다.

그 손길에 소름이 돋았다. 마음 같아선 버럭 소리 지르며 밀쳐 내고 싶었지만, 기침이 심한 것이 문제였다.

"진아 씨 괜찮아?"

"괜, 괜찮아요. 큼, 흠흠."

재은 씨가 조심스럽게 물어, 휴지로 입을 가린 채 몇 번이고 목을 가다듬었다. 이런 꼴을 두 번이나 저 인간한테 보이게 될 줄은 꿈에도 몰랐다. 어제 울어서 완전 연소 했다고 생각했는데, 알고 보니 불완전 연소였던 내 감정이 순식간에 끓어올랐다. 뭐든 들고 후려쳐 내보내고 싶을 만큼 속에서 치받는 충동은 몹시 강했다.

그러나 직장이란 게, 일이란 게, 돈이란 게 훨씬 더 강했다.

내가 모양새를 수습하는 사이 파트장님이 서민일에게 손짓해 자신의 옆에 불러 앉혔다.

"앉으세요, 앉아. 아침 아직 못 먹었죠?"

"네, 네. 일찍 오니 이런 것도 다 얻어먹고 좋네요, 하하하."

둥그런 탁자, 서민일이 내 맞은편에 앉았다. 기침이 잦아든 나는 그 옆 파트장님을 보고 웃으며 말없이 빵을 집어 먹었다. 분명 좀 전까지는 몹시 배가 고팠는데, 이젠 배가 고픈지도 알 수 없었다.

"우와, 정말 맛있네요. 어디서 사셨어요?"

"만든 거예요."

재은 씨가 머쓱해하며 다시 상황을 설명했다. 나는 여전히 웃으며 남들과 속도를 맞추어 빵을 먹고 다시 빵을 집어 거기에 잼을 발랐다. 수제 배 잼은 내 입엔 달았지만, 먹고 있으면 아무 말도 하지 않아도 돼서 좋았다.

"그런데 어쩐 일로 이렇게 아침부터 오셨어요?"

"아, 이 팀장님이 오늘 오후부터 회의 들어가자고 하셔서 알리

려고 왔어요. 교재 개발은 거의 끝났다고 하셨죠? 그 관련 내용
설명도 부탁드려야 하고, 박람회 들어갈 계획이나 러닝센터 교육
은 어쩔 건지 그런 거 하나하나 다 정해야 하니까요."

"그러네요. 일정은 미리 잡아 두는 게 좋겠죠."

파트장님이 순순히 고개를 끄덕였다. 먹은 빵이 속에서 쿡 얹
히는 것 같았다.

지금이라도 당장 뛰쳐나가고 싶었다. 파트장님과 대화하는 중
간중간 서민일의 진한 시선이 고스란히 느껴지는데, 한 대 갈겨
줄 수 없는 스스로가 답답했다. 이렇게 함께 일하게 되지만 않았
다면, 재회하더라도 열이 받지는 않았을 것 같다. 오히려 무시했
겠지. 나 이만큼 잘 살고 있다, 하고. 하지만 실제로는 잘 살고 있
지도 못하고, 함께 일을 해야 하고, 계속 얼굴을 봐야 한다. 열 받
은 걸 표출하지도 못한 채.

"그러면 우리 파트 회의를 끝내 놔야겠다. 다들 교정보던 거
마무리 짓고, 11시에 회의 잠깐 하자. 팀장님 시간이 되시려나?
그리고 점심 먹고……. 민일 씨, 몇 시가 좋겠어요?"

"아, 저희 4시엔 이사님을 뵙기로 해서요. 5시가 좋겠어요."

"그래요, 그럼 5시. 회의실은……."

"저희가 잡아 두겠습니다. 교정 중이시면 바쁘시잖아요?"

"어머, 그럼 고맙죠!"

"뭘 이런 걸 가지고요."

서민일이 씩 웃었다. 예나 지금이나 미소는 크게 달라지지 않
아서 나도 모르게 옛 기억이 떠올랐다. 서민일은 친구들과는 몹시

친했지만 가족과는 친하지 않았다. 어른을 대할 때에도 저런 싹싹함은 없었던 것 같은데 그사이 너에게도 많은 일이 있긴 했나 보다.

문득 정신을 차리고 입 안쪽 볼살을 지그시 깨물었다. 나 버리고 잘 살아온 인간에게 동정심 한 조각도 내주기 싫은데, 왜 나도 모르게 옛 기억을 더듬고 저놈을 애틋하게 여기는 건지. 이게 옛 애인에 대한 자연스러운 반응인 건 알지만, 그 자연스럽다는 자체가 너무나 화가 났다. 체할 것 같아 마시던 커피를 내려놓는 사이 서민일이 자리에서 일어났다.

"그럼 전 이만 가 보겠습니다. 이따 회의실 잡고 연락드릴게요. 빵 정말 맛있게 잘 먹었어요."

"다음에 또 뭐 싸 오면 먹으러 오세요. 그럼 잘 부탁드려요."

파트장님도 서민일이 싹싹하게 구는 것이 나쁘지 않은지 선뜻 다음을 약속했다. 그러고 보니 나 파트장님하고 친해지는 데 꽤 걸리지 않았던가. 괜한 걸 기억해 내자 다시 기분은 바닥을 쳤다.

이게 비단 오늘만의 일이 아니었다는 것도 덩달아 기억났다. 서민일을 사귀는 동안 나는 하루에도 수십 번씩 변하는 기분 때문에 친구들에게 꽤나 민폐를 끼쳤고, 그래서 서민일을 달가워하지 않는 친구도 있었다. 첫사랑이라는 걸 감안해도 네 기분을 너무 오락가락하게 만든다고. 그런 남자는 좋은 남자가 아니라고. ……그 말을 누가 했더라? 좋은인가? 아니다, 세희인가? 으음, 아닌데. 아, 윤지였다!

그래, 윤지에게는 말해 볼까. 서민일이 다시 나타났다고.

나는 겨우 누군가에게 털어놓을 결심을 하며 자리에서 일어났다. 이제 업무를 해야 할 시간이었다.

회의가 시작되었다. 인사만 간단히 나누고 바로 내 발표였다. PPT를 띄워 놓고 교재에 대한 설명을 했다. 급하게 만드느라고 허술한 티가 나긴 했지만 4시간도 안 되는 사이에 만든 것치곤 그럭저럭 괜찮은 듯했다. 그러나 나눠 준 자료를 보며 체크하던 이 팀장님이 살짝 얼굴을 찡그렸다.

"어필하기가 힘들겠어요."

"네?"

마찬가지로 자료를 뒤적이던 정 팀장님이 반사적으로 고개를 들었다. 나는 PPT 리모컨을 고쳐 잡았다. 발표 끝났다고 잠시 풀어져 있던 몸이 바로 긴장한다.

"레이아웃이 너무 흔한 디자인이네요. 바꿔 주시고요, 글씨도 표도 더 줄이세요. 말로 다 설명할 수 있으시잖아요? 구성도 진행도 매끄럽지 않네요. 준비가 미흡하신 것 같은데, 함께 영업 나갈 땐 괜찮으시겠죠? 그리고 이 PPT 영어 문구나 단어들 교정은 다 보신 거 맞나요? 안 맞는 표현이 보이는 것 같은데. 음, 뭐 그래요. 보셨다면 됐고, 쓸데없는 영어가 많으니 그런 것도 좀 줄이세요. 좀 더 세련되게. 되도록 이것저것 활용해서 PPT를 채워 주세요. 활용하면 되잖아요? 좀 더 그림이나 표가 많은 게 좋겠는데."

"……급하게 해서 그런 거예요."

숨을 고르며 겨우 한마디 대답했다. 우리 파트 사람들이며 서민일이 나를 바라보는 것이 느껴졌지만, 나는 이 팀장을 향한 분노를 드러내지 않는 것이 최선이었다.

"많은 걸 바라지도 않아요. 하지만 최소한 보기 좋게는 꾸며 주셔야 할 것 아닙니까."

피식 웃으며 이 팀장이 하는 말에, 내 정신은 순식간에 너덜너덜해졌다.

4시간도 안 되는 동안 20분짜리 PPT를 하나 만들어 내고 발표 준비를 한다는 건 결코 쉬운 일이 아니다. 고 퀄리티의 결과가 나오면 물론 너도나도 다 좋겠지만, 바랄 걸 바라야지. 그렇다고 내가 거지발싸개를 가져온 것도 아니고, 발표 중에 화면만 보며 읽은 것도 아니다. 정말 순수하게 시간이 부족했던 건데, 그 부족한 시간에 맞추어 낸 결과를 가지고 왜 내가 매도당해야 하는 건가.

서민일의 걱정스러운 시선이 느껴졌다. 그 순간 저 영업팀 자체가 진절머리가 났다. 서민일도 뭣 같은데, 이 팀장도 뭣 같다. 저 인간 앞에서 내가 왜 이런 모욕을 들어야 하나. 심지어 첫 회의에서!

내 손이 부들부들 떨릴 때, 정 팀장님이 정색을 하며 달려들었다.

"말씀이 좀 지나치시네요. 진아 씨가 만든 PPT가 다소 허술한 건 저도 인정하지만, 4시간도 안 되게 주셔 놓고 그러시면 안 되죠. 당장 밖에 내놓을 수 있는 퀄리티를 원하셨다면 하다못해 하루는 주셨어야 하는 것 아닙니까?"

"예? 4시간이라뇨?"

"회의 때 교육 PPT 보여 주셨으면 한다는 전화, 저 점심 중인 12시 반에 받았습니다. 그렇죠, 두섭 씨? 제가 점심때 나가 있어서 점심 지나 들어와 PPT를 만들어 달라고 했고, 진아 씨는 그때부터 발표 직전까지 저거 만든 겁니다. 심지어 교정 마감 중이었고, 교재가 완성된 게 아니라 만들어 놓은 자료도 없는 상태에서요. 그런데 이렇게 나오시면 곤란하죠, 이 팀장님."

정 팀장님이 날을 세우자, 이 팀장의 얼굴이 새빨개지더니 시선이 슥 옆으로 돌아갔다. 그러자 고개를 푹 숙이고 있던 두섭 씨가 움찔했다.

"두섭이 너 이따 나 좀 보자. ……전 그런 줄 몰랐습니다. 오전 중에 연락드리라고 지시를 해 둔 터라, 오전부터 만드신 줄 알았거든요."

"설사 오전에 연락을 주셨어도 그렇게 말씀하시면 안 되죠. 정말 최소 한나절인 거고, 교육 나갈 정도의 PPT를 원하셨으면 기한을 넉넉히 주셨어야죠. 그렇게 촉박한 시간 내에 저만큼 완성한 게 대단한 거지, 마음에 안 찬다고 제 팀원을 그렇게 몰아붙이시면 안 되죠. 이거 첫 회의입니다, 이 팀장님. 이런 식이면 같이 일하기 힘들어요."

정 팀장님……! 역시 팀장님밖에 없어요, 엉엉.

투사 같은 그 모습에 나는 그 자리에서 박수를 치고 싶었다. 나만 그런 것이 아닌지 파트장님과 팀원들도 앉은 자리에서 꿈틀꿈틀한다. 두섭 씨는 고개를 푹 숙이고, 이 팀장은 발개진 얼굴로 사과를 하지 않고 버틴다. 우리 팀 사람들에게 한숨이 터질 때 서민일이 나섰다.

"저희 쪽에서 연락을 늦게 드려 죄송합니다. 저희가 영업에 자신이 있다 보니, 그에 상응하는 학습지 교육에도 신경이 많이 쓰여서요. 정말 죄송합니다."

"잘 팔 자신은 있으신가 보죠?"

파트장님의 비꼬는 말에 서민일이 씩 웃으며 대답했다.

"그럼요. 그래서 저희도 퀄리티 있는 결과물을 원하는 거거든요."

와, 재수 없어. 나는 고개를 돌리고 숨을 가다듬었다.

……정말로 발로 차 버리고 싶다.

그러나 서민일의 자신감 있는 발언은 의외로 회의 분위기를 부드럽게 만들었다. PPT 건은 젖혀 두고 일정 논의로 들어가자, 이팀장도 좀 순순한 반응을 보였다.

사실상 회의 주관은 서민일과 파트장님이었다. 우리 정 팀장님은 두 개 파트를 모두 담당하시니 일단 물러나 있다 하더라도, 영업팀 주관이 이 팀장이 아니라 서민일이라는 게 기이했다. 남자들의 세계는 좀 다른가, 아니면 서민일이 정말 일을 잘하는 걸까. 이 팀장은…… 정말 저런 사람이 팀장이 맞는 건가. 우리는 저마다 이 팀장을 힐끔거리며 스케줄러에 일정을 기재했다.

나만 짓밟힌 회의가 끝나고 자리에서 일어나자 정 팀장님이 내어깨를 툭툭 두드려 주었다. 가끔 너무 깐깐해서 힘들긴 하지만, 이렇게 전적으로 내 편을 들어 주시는 걸 보면 따르지 않을 수가 없다. 내가 미소를 돌리자 정 팀장님은 가볍게 고개를 끄덕하고는 본인의 책상이 있는 1파트 사무실로 향했다. 나는 파트장님의 뒤를 따라 2파트 사무실로 돌아왔다.

다들 한바탕 분노를 토해 낸 후 맹렬하게 교정 작업에 들어갔다. 좀 전의 분노의 여운이 남아 다들 미친 듯이 교정을 보고 있을 때, 누군가가 사무실 유리문을 노크하고 들어왔다.

"커피 왔습니다."

서민일과 두섭 씨였다. 그들의 손에 들린 것은 건물 1층 프랜차이즈 카페의 커피였다. 쿠키도 몇 종류 보였다. 그 때문에 좀 전까지 열렬히 교정을 보던 사람들의 얼굴이 한순간 풀렸다.

"바쁘신 중에 죄송하지만, 드시고 하세요."

영업팀에선 서민일이 제일 넉살이 좋은 듯, 테이블에 커피를 늘어놓고 쿠키를 세팅했다. 좀 전까지 열을 내던 사람들이 조금 멋쩍어하면서도 테이블에 다가가 앉았다. 퇴근 전이니 다들 배가 고프기도 할 때였다. 나는 정말로 가고 싶지 않았지만, 분위기를 무시할 순 없어 꾸역꾸역 가서 자리에 앉았다.

모두가 테이블로 자리를 옮기자, 서민일과 두섭 씨가 선 채로 꾸벅 고개를 숙인다.

"저희 두섭 씨가 연락이 늦어 정말로 폐를 끼쳤습니다."

"정말로 죄송합니다. 다음엔 이런 일 없도록 조심하겠습니다."

몹시 괘씸하지만 저렇게 솔직하게 사과하니 계속 화를 내고 있을 수도 없다. 거기에 서민일이 넉살 좋게 덧붙였다.

"그 대신이랄 것까진 없지만, 최대한 비싼 거로 골랐습니다.

아, 법인카드 아니고 이 팀장님 개인 카드로 산 겁니다!"

"좋은데요?"

파트장님이 웃으며 받아 주자, 순식간에 화기애애한 분위기가 되었다. 안 괜찮은 사람은 나인데, 내 기분은 아직 안 풀렸는데, 그래도 이 이상 공해 있다간 나만 쪼잔한 사람이 되고 만다. 그래도 영 웃음이 나오질 않아 멍 때리고 있는데, 서민일이 굳이 다가와 내 어깨에 손을 올렸다.

"정말 죄송해요, 진아 씨."

남들에겐 정말 가벼운 터치로 보이겠지만, 단단히 힘을 준 손끝이 미묘하게 어깨를 건드려 왔다. 그 미묘한 손길에 전신에 소름이 돋았지만, 최대한 평정을 가장해야 했다. 나는 억지로 웃으며 서민일의 손을 밀어냈다.

"저 괜찮으니까 얼른 앉으세요."

"정말이시죠?"

확인하려는 듯, 마치 다른 의도가 없는 듯 눈을 빛내며 밀어내는 내 손을 힘주어 잡는다.

교활한 자식. 이런 식으로 접촉해서 마음을 흔드는 게 네 수법이지. 하지만 두 번은 없어. 난 두 번 다시 너에게 넘어가지 않아.

나는 마음을 다지고 사감을 듬뿍 담아 서민일을 떠밀면서, 최대한 활짝 웃었다.

"네, 괜찮다니까요."

떠밀린 서민일이 잠시 비틀했지만, 곧 수습하며 웃었다.

"와, 진아 씨 힘 좋으시네요. 혹시 아직 감정이 남아서?"

"그런 거 아니라니까요. 그만하세요. 더 하시면 정말 화날 거 같아요."

생글생글 웃으면서 쐐기를 박자, 그제야 서민일이 고개를 끄덕이며 파트장 옆 빈자리로 걸어갔다.

서민일이 멀어지자 소름이 잦아들어, 나는 한숨을 삼켰다.

❀ ✱ ❀

그리고 정신없는 나흘이 이어졌다. 교정 마감과 아르바이트 때문이었다.

아르바이트 이틀째인 오늘은 어제보다 몸이 더 후들후들 떨렸지만 그래도 해내고 일당을 받아 돌아오는 길, 나는 9만 원을 통장에 넣어 두고 만 원으로는 편의점에서 맥주 한 캔과 과자 한 봉지를 샀다. 모처럼의 주말을 아르바이트와 잠으로 보내기가 아쉬웠다.

그리고 방황했다. 술을 들고 집에 들어가 봐야 좋은 소리는 못 들을 거고, 술을 샀으니 어디 가게에 들어갈 수도 없어서.

어쩔까 하고 정처 없이 걷다 보니 중랑천이 나왔다. 날은 어둡고 추웠지만 가로등 때문에 경치가 나쁘지 않은 데다 벤치도 보였다. 벤치에 손수건을 깔고 자리를 잡았다. 맥주 두 모금에 몸이 따뜻해지기 시작했다.

어릴 땐 일 마치고 굳이 술을 한잔 하고 잠을 청하는 아빠를 이해하기가 어려웠다. 엄마가 구박할 걸 알면서도, 잘 마시지도 못하는 술을 왜 꼭 드셔야 하는 걸까 하고 사춘기 때는 질색을 했다. 하지만 이젠 알 것 같았다. 일 끝내고 마시는 술 한 모금이 절실하셨겠지.

……지금의 나처럼.

"후우. 좋다."

아무 생각도 없이 흘러가는 물을 보는 시간은 오랜만이었다. 아무에게도 방해받지 않고 원하던 것을 먹는 시간. 딱 좋은 도수의 알코올이 몸을 데우는 시간. 한 주의 심란함을 모두 날려 버릴 만큼 고적한 시간. 차 지나가는 소리는 아쉬웠지만, 그래도 이 정도면.

그렇게 뿌듯해하며 맥주를 마실 때 누군가 내가 앉은 벤치의 옆 벤치에 앉았다.

돌아보니 왠지 낯이 익다. 어디에서 봤더라. 잠시 기억을 더듬는 사이, 저쪽이 먼저 고개를 꾸벅 숙였다.

"안녕하세요."

부드러운 목소리에 기억이 났다. 그때 회사 로비에서 꽃 준 사람이구나. 혼자만의 시간이 깨진 것은 아쉬웠고, 또 나 우는 꼴을 봤던 사람이라 멋쩍기도 했지만 그래도 자리를 피할 정도로 나쁘거나 한 건 아니어서, 얼른 인사를 되돌렸다.

"안녕하세요."

"좀 앉을게요."

"네."

어차피 내가 전세 낸 것도 아니고 옆 벤치인데, 뭐. 고개를 끄덕이자 직원이 부스럭거리며 봉지에서 맥주를 꺼냈다.

아, 저쪽도 오늘 마시고 싶은 기분인가 보다. 괜한 동질감이 들어 그 직원이 새삼 반가워졌다. 저쪽의 안주는 버터구이 오징어였다. 나처럼 자신의 옆에 안주를 펼쳐 놓은 직원은 강물을 보며 맥주를 홀짝이기 시작했다.

그 뒤로는 침묵이었다.

주황색 불빛이 쏟아지는 가로등 아래 벤치, 거기에 각자 맥주를 마시는 두 사람.

그 기묘한 거리감이 마음에 들었다. 굳이 말을 걸 필요가 없는 침묵이 마음에 들었다. 그제야 최근 내가 여러 가지 말들에 지쳐 있었다는 것을 깨달았다. 회사에선 일하느라, 집에선 돈 때문에. 좋은 말보다는 나쁜 말이 더 많았고, 언제나 무언가를 보고 듣고 말해야만 했다.

쏟아지던 말과 활자가 끊긴 고적한 시간이 좋았다.

계속 이어졌으면 하는 시간은 금방 흘러갔다. 맥주를 작은 것으로 하나만 샀던 나는 금세 캔을 비웠고, 알코올이 끊기자 곧 몸에 한기가 들기 시작했다. 먹은 것을 주섬주섬 치우는 내게 직원의 눈길이 와 닿았다. 그 시선을 느끼며 가져온 것들을 봉지에 도로 챙겨 넣고 가방을 멘 후 가볍게 묵례했다.

"먼저 가 볼게요."

"네, 들어가세요."

직원이 웃는 얼굴로 인사를 해 주었다. 나는 봉지를 들고 아쉬운 걸음을 옮겼다. 또 이렇게 마셨으면 좋겠다고 생각하자 살짝

40

맘이 설레었다. 무엇보다 혼자라는 것을 누리면서도 외롭지 않아서 좋았다.

어쩌면 나는 내 생각보다 많이 외로웠나 보다.

"뭐 하느라 이 시간에 들어오니? 아빠한테 좀 가 보지 않고."

"막둥이 새터비 대느라 알바하고 왔어. 아빠는 좀 어때?"

"그냥 그렇지, 뭐."

돈을 벌고 왔다니 날카롭던 엄마의 기세가 순식간에 누그러들었다. 그럴 줄 알았지만 입맛은 쓰다. 나는 맥주와 과자를 사고 남은 돈으로 산 빵을 내밀었다.

"아침에 먹으려고. 막둥이는?"

"내일 새터 간다고 짐 싼다 어쩐다 하더니 잠깐 친구 보고 온 댔어."

"진수는?"

"심심하다고 만화책 좀 갖다 달라더라."

……팔자가 늘어졌구나. 나도 좀 다쳐서 병원에 누워 봤으면 좋겠네. 내가 차마 엄마 앞에서 할 수 없는 말을 속으로 구시렁거릴 때였다.

"참, 노트북도 갖다 달랬는데. 막둥이 내일부터 새터면 괜찮겠네. 갖다 준다?"

"집에 컴퓨터라곤 노트북 한 대밖에 없는데 갖다 주면 나는 어떡해?"

"그래서 물어보는 거잖아. 그리고 넌 급한 거 있으면 회사에서 할 수도 있잖아."

"내가 회사에 놀러 가?"

기분이 좋았던 터라 되도록 좋게 넘어가려고 했는데 기어이 큰
소리가 나고 만다.

"너 요새 집에서 노트북 쓰지도 않잖아."

"바빴으니까 그렇지!"

"어휴, 하여튼 누나가 돼서 밴댕이 소갈딱지야. 너 동생한테 심
보 그렇게 고약하게 쓰면 못써!"

좋았던 기분이고 나발이고 혈압이 올랐다. 반면 시소를 타듯
마음은 차갑게 식어 내렸다.

"알았어. 갖다 줘. 대신 나보고 뭐 내 달라거나 하기만 해 봐."

"뭐?"

"고지서고 뭐고 이제 엄마가 다 알아서 해. 노트북이 있으니까
내가 해 줄 수 있었던 거지, 그거 없으면 아쉬운 건 내가 아니니
까."

"너 엄마 일하고 아빠랑 진수 병원 왔다 갔다 바쁜 거 알면서
그런 말이 나오니?!"

"나는 안 바빠? 나는 돈 안 벌어? 그거 없음 나도 못 해 주는
거 뻔히 알면서 진수 노는 데 노트북 갖다 주고 또 나 시키게? 나
도 이제 안 해!"

악에 받쳐 소리를 지르고 작은 방으로 들어와 문을 닫았다. 중
학생처럼 문을 쾅 닫지 않기 위해서는 온갖 인내심이 필요했다. 아
까 마신 알코올 때문인지 얼굴이 순식간에 화끈거리기 시작했다.

열은 받는데 풀 방법이 없어 거칠게 목도리를 풀고 코트를 벗었다. 입었던 옷을 벗어 옷걸이에 걸고 옷장에 처넣는 사이, 방밖에서 엄마가 들으라고 중얼거리는 소리가 계속 이어져, 나는 귀마개를 꺼내 귀를 틀어막았다.

내 이런 반응이, 엄마에게 이렇게 소리 지르는 게 불효라는 건안다. 하지만 엄마가 동생들을 싸고돌 때마다 열이 받는 건 어쩔수가 없다. 누가 맏이로 낳아 달라고 빌었나. 12년간, 내가 번 돈으로 생활비 병원비 하고, 진수하고 막둥이 대학교 보냈으면 됐지, 여기에서 뭘 더 희생하라는 거야. 여기서 뭘 더 어떻게 하라고.

저런 말을 듣는 게 한 해 두 해도 아니건만, 들을 때마다 열이받고 분하다. 이래서 집구석에 들어오기가 싫다.

사실은 안다. 엄마가 저렇게 나올 때, 조근조근하게 내가 이래서 회사에서 밉보이면 잘릴 수도 있다느니, 그러면 생활비도 끊기고 나도 다시 취업해야 한다느니, 노는 진수보다는 집안일 처리해야 하는 내 업무가 더 중요하지 않냐느니 하면 엄마는 금세 납득할 거다. 실제로 가끔은 그렇게 한다.

하지만 그렇게 차분하게 대화할 때보다, 이렇게 소리 지르고서로 속을 긁을 때가 더 많다. 엄마는 내가 성질이 못돼 그런다지만, 십 중 십 먼저 속을 긁는 사람은 엄마다. 나를 조금만이라도배려해 주면 잘 지낼 수 있을 것 같은데 그게 안 된다.

가족도 남이다, 그렇게 생각하며 예의를 지켜 보려고도 했다. 그러나 그것도 저쪽이 예의를 지켜 올 때 성립 가능한 이야기라는 걸 지난 세월 뼈저리게 깨달았다. 친한 친구가 돈을 빌려 달라고 하면 반드시 갚겠다는 믿음이 있으니 빌려줄 수 있지만, 가족을 남처럼 생각한답시고 돈을 빌려주면 십중팔구 못 받는다. 곱게 말을 걸면 무시당해도 되는 사람인 줄 안다. 그게 지속되면 나만 속이 터진다는 것도, 반발하지 않으면 결국 나만 희생하게 될 거라는 것도 알게 되었다. 가족 내에도 서열이 있다. 버럭버럭 내 목소리를 내지 않으면 가족에게조차 무시당하는 것이다.

그 모든 것이 지긋지긋했다.

옷을 갈아입고 방을 나섰다. 엄마는 어느새 거실 TV 앞에 누워 눈을 감고 있었다. 언제 큰소리가 오갔냐는 듯 조용해진 집 안에는 막장 드라마의 여자 주인공이 차디차게 복수를 고하고, 나는 발소리를 죽이며 욕실로 가 화장을 지우고 양치를 했다.

……사는 게 진절머리 나는 밤이다.

3. 추위

요새 파트장님이 이상하다.

"민일 씨 오늘도 옷 멋지게 잘 입으셨네요."

"아, 그런가요? 오늘은 아침에 시간이 없어 손에 잡히는 대로 입은 건데."

"기본적으로 센스가 있어서 그런 걸지도요. 이전에 미술 하셨다고 했죠?"

"아하하, 벌써 10년도 더 전 이야기인데요, 뭐."

나는 고개를 들고 파트장님을 살피다가 재은 씨와 눈이 마주쳤다. 지희 씨와도 눈이 마주쳤다. 나만 그렇게 생각하는 건 아닌 모양이다. 내가 먼저 메시지를 보냈다.

— 노리는 것 같죠?

— 아무리 봐도…….

조심성 많은 지희 씨도 동의한다. 재은 씨도 'ㅇ' 키를 사정없이 치더니 한마디 한다.

— 이번엔 제발 잘됐으면 좋겠네. 저러다 안 되면 또 우리만 쥐 잡듯이 잡을 테니까.

이번엔 지희 씨가 'ㅇ' 키를 열심히 눌렀다. 나도 질세라 열심히 눌렀다.

서민일은 서른둘, 파트장님은 서른넷. 두 살 차이면 나쁘진 않다. 사실 우리는 나이가 다 고만고만하다. 나와 지희 씨는 서른둘, 재은 씨는 서른셋. 이 중에 결혼한 사람은 재은 씨 하나고, 지희 씨는 올가을쯤 결혼 계획을 잡고 있다. 그러니까 나와 파트장님만 애인도, 남편도 없다.

나는 남자도 없을뿐더러 집안 사정 때문에 당분간은 결혼 생각이 없지만, 파트장님은 결혼을 굉장히 하고 싶어 한다. 실은, 그런 지 꽤 됐다. 소개팅도, 선도 꽤 많이 봤는데 번번이 파투가 나서 속상해하는 모습을 보면 나도 속상하다.

그러나 거기에서 끝났으면 열심히 도닥여 드리고 주변에 남자가 있나 알아봐 주기라도 할 텐데, 그렇게 파투가 나고 자기 기분이 안 좋으면 항상 우리에게 화풀이를 한다. 그래서 우리는 진심으로 바랐다. 파트장님의 연애가 잘되기를. 그래서 무사히 결혼하기를. 일단 자기 기분만 좋으면 무리한 요구는 하지 않는 사람이니까.

그 상대가 서민일이라는 게 문제지만.

— 근데, 둘이 너무 안 어울리긴 해요…….

지희 씨가 한마디 덧붙인다. 하기야 파트장님이 외모가 뛰어난 편은 아니니까. 반대로 서민일은…… 생각하던 나는 저도 모르게 피식 웃고 말았다. 갑자기 사무실 사람들의 시선이 내게 쏟아져서, 나는 얼른 책상에 머리를 처박았다.

서민일은 키가 크고 선이 굵은 편이다. 그리고 정말 유감스럽게도 저 얼굴만은 내 취향이다. 얼굴만은. 그러니 어릴 때 한눈에 홀딱 반했지. 그런 내게 저놈 대학 동기가 해 준 말이 있다.

'서민일은 관상용이야. 보기에만 좋아.'

명언, 명언, 완전 명언. 그 이상 적절할 수 없다. 오랜만에 떠오른 말에 스트레스가 확 풀리면서 웃음 터져 버렸다. 결국 책상에 머리를 처박자, 서민일이 내게 물었다.

"진아 씨, 왜요? 뭐 좋은 일 있어요?"

"전에 웃긴 일이 갑자기 생각나서요."

나는 재빨리 대답하고 다시 모니터로 고개를 돌렸다. 파트장님하고나 대화해. 나 신경 쓰지 말고. 하지만 서민일은 끈질겼다.

"같이 웃어요. 무슨 일인데요?"

"아, 저 잠깐 이거 해야 해서요."

이번에도 웃으며 거절하고 모니터로 고개를 돌렸다.

그래, 요새 서민일도 이상하다. 실무를 도맡고 있어 우리 사무실에 자주 오는 건 알겠는데, 이렇게 한 번씩 나에게 관심을 보인다. 물론 재은 씨와 지희 씨도 잘 챙기고 있지만 확실히 나에게 비중을 두고 있다는 느낌이 드는데 이게 제발 나의 기우였으면 좋겠다. 그딴 관심 사귈 때나 쏟지, 소 잃고 외양간 고치는 것도 아니고 뭐 하는 짓인지.

서민일이 다가와 말을 걸 때마다 피부에 소름이 돋는다. 두 번 다시 엮이고 싶지 않아서 몸이 먼저 반응하는 것이다. 게다가 파트장님의 연애사에 끼어들고 싶지도, 오해받고 싶지도, 말을 섞고 싶지도 않아서, 나는 서민일이 말을 붙일 때마다 딱 잘랐다. 그럼에도 능글맞게 웃으며 접근하는 태도가 노골적이다. 불행히도 그걸 나만 느낀 게 아닌지 재은 씨가 슬그머니 메시지를 보내왔다.

— 민일 씨, 진아 씨한테 관심 있나? 위험해 보이는데?

— 으으, 싫어라.

— 왜? 생긴 건 잘생겼잖아.

— 얼굴이고 뭐고, 전 파트장님을 연적으로 두고 싶지 않아요.

— 아, 응. 절대 동감.

"으으으."

허리가 아픈지 기지개를 켜며, 재은 씨가 파티션 너머에서 내게 눈을 찡긋한다. 나도 덩달아 기지개를 켜며 눈짓을 했다. 저 뒤끝 마녀가 연적이라니 상상도 하고 싶지 않다. 게다가 상대가 서민일이면 더더욱.

예나 지금이나 서민일의 얼굴은 분명 내 취향이다. 하지만 얼굴 뜯어먹고 살 것도 아니니, 남자 얼굴은 거리낌 없이 손잡고 키스할 정도만 되면 된다. 그보다 내가 중요하게 보는 것은 생활력이었다.

10년 전의 서민일은 자기 좋은 거만 골라서 하느라 주변의 걱정을 사다 못해 부모님과 대판 싸우곤 했다. 지금이야 잘나가는 영업사원이니 무어라 입 댈 상황은 아니지만, 사람의 기본 기질은 변하기 어렵다. 성격은 크면서 변할 수도 있지만, 타고난 기질을 어쩌기는 어려운 것이다.

나는 자기 좋은 것만 했던 서민일을 기억한다. 영업은 영업이고 생활력은 생활력이다. 그런 면에서 서민일은 내게 애인 후보로도 들고 싶지 않은, 최악의 남자다. 결정적인 이유는 결국 전 남자친구라는 것이지만.

아아, 교정을 끝내고 조금 한가하다 보니 잡생각만 든다. 어차피 사귈 것도 아닌데 무슨 이유를 따지고 있어. 내가 스스로를 구박할 때, 서민일이 테이블에서 일어났다.

"그럼, 이 팀장님께 이대로 전해 드리겠습니다."

"그래요, 잘 부탁해요, 민일 씨."

파트장님의 목소리가 엄청나게 사근사근하다. 화장도 조금 진해졌고, 옷도 화사해졌다. 아무래도 진심인 것 같은데. 둘이 잘 맞을까? 왠지 바람남 집착녀가 될 것 같은데……. 뭐 사람 일은 모르는 거니까. 내가 제풀에 고개를 끄덕이는 사이, 서민일은 우리에게 인사를 하고 사무실을 나갔다.

"그럼, 오늘은 이만 일어날까?"

그 소리에 반사적으로 시간을 확인했다. 벌써 퇴근 시간이 지났다. 아, 그러고 보니 짐 싸고 있었는데 서민일이 회의 일자 잡으러 와서 퇴근 못 하고 있었지. 이제 기억이 난다. ……그러니까 마감도 끝났는데 퇴근이 늦어진 것도 서민일과 파트장님 때문이 군. 제기랄.

미리 짐을 챙겨 두었던 지희 씨와 재은 씨가 가방을 메고 컴퓨 터를 껐다. 마찬가지로 일어서려던 나는 아직 마무리 못 한 대화 창과 일하는 척 자잘하게 손보다 저장하지 못한 PPT 때문에 서 둘러 짐 싸던 것을 포기했다.

"먼저 가세요. 저 PPT 마저 수정하고 갈게요."

"아, 그게 있었지. 어휴, 고생해, 진아 씨."

재은 씨가 달려와서 내 어깨를 가볍게 주물러 주었다. 이렇게 애교스럽고 사근사근하게 사람 챙기는 거 보면 재은 씨 남편이 홀딱 반한 이유를 알 것 같아진다.

"네, 네. 먼저들 가세요, 내일 봬요!"

"그래, 먼저 갈게. 고생해."

파트장님이 먼저 사무실을 나선다. 지희 씨도 인사하고 사무실 을 나가고, 재은 씨가 내 어깨를 툭툭 두드려 준 후 그 뒤를 따르 자 사무실에 적막이 찾아들었다.

휴우.

한숨을 내쉬고 의자에 깊이 기대앉았다. 마우스를 잡고 조금 달각달각해 보았지만, 영 의욕이 나질 않았다. 결국 나는 그대로 PPT를 저장하고 백업을 한 후 짐을 챙겼다.

건물 밖으로 나오자 강한 바람이 얼굴을 스치고 지나갔다. 2월 이 다 가고 있는데 도로 추워진 날씨에 코트를 여미며 평소와는 반대 방향으로 걸음을 옮겼다. 러시아워의 버스는 지하철보다 훨

썬 싫지만, 아버지 병원에 가려면 회사에서 조금 먼 정류장까지 걸어가 버스를 타야 했다.

빵빵—

그때 가벼운 클랙슨 소리가 들려 반사적으로 고개를 돌린 나는 기겁을 했다.

"으악!"

"하하, 놀랐어?"

조수석 창문을 내리고 아무렇지 않게 쾌활하게 웃으며 서민일이 내게 손짓했다. 타라는 것이다. 나는 일그러지려는 얼굴을 겨우 추슬렀다.

"오늘도 수고하셨습니다. 안녕히 가세요, 민일 씨."

"그러지 말고 타. 오늘 많이 춥다."

"괜찮습니다."

"나 할 말도 있는데."

"업무 때문이라면 내일 말씀해 주세요."

"나 한참 기다렸는데, 그냥 타면 안 돼? 차 오래 대 놨다고 욕도 엄청 먹었는데."

그 말에 저절로 주먹이 쥐어졌다.

"기다리라고 한 적 없으니까 그냥 가."

"어어, 함께 일해야 하는 타 부서 사원에게 너무 차갑다, 진아 씨."

느물느물 능글능글 웃으며 한 마디도 안 진다. 기억에 있는 얼굴. 키스하고 나서 내 입술을 닦아 줄 때 짓던 그 표정에 오싹 소름이 돋고 온몸의 털이 쭈뼛 섰다. 나는 숨을 크게 들이마신 뒤 거침없이 걸음을 옮겼다.

약속해 놓고 네가 오지 않았던 날, 나는 너보다 더 기다렸어. 문자 하나, 전화 한 통 없는 너에게 무슨 일이 생긴 건 아닐까, 얼마나 마음 졸이면서 기다렸는지 몰라. 그러고도 미안하다는 말 한마디 하지 않은 채 잠적해 버린 너의 연락을, 내가 어떤 마음으로 기다렸는지 너는 모르겠지.

기다렸다는 말은, 그렇게 가벼운 게 아니야. 그렇게 느물느물 생색내면서 해도 되는 말이 아니야. 특히 너는 나한테 그러면 안 되는 거잖아. 어떻게 네가 그렇게 가볍게 날 기다렸다고 웃을 수 있어?

속에서 뜨끈한 것이 치밀었지만 어금니를 꽉 물고 그것을 꿀꺽 삼켰다.

흥분하지 말자. 이젠 괜찮으니까. 이제 나는 서민일에게 사적으로는 1초도 쓰지 않을 거니까. 옛 생각 하면서 찔끔하는 눈물 한 방울도 아깝다. 이 나이 먹고 유치하다 할지도 모르겠지만, 그래도 짓밟혔던 내 마음을 생각해서 상종하지 말자. 그래, 그러면 되는 거다.

걸으면서 깊게 심호흡을 하고 고개를 들었다. 어느새 버스 정류장 앞이었다.

아버지 병실을 물었는데, 엄마가 보낸 답문에 쿵하고 심장이 떨어져 내렸다. 손에 쥔 휴대폰이 가볍게 떨려, 내 손이 떨리고 있다는 걸 알았다.

10층이면 1인실 아니었나? 백혈구 수치가 떨어졌나? 갑자기 왜 1인실이지? ……그래서 엄마가 진작 가 보라고 했구나.

이제는 온몸이 떨리기 시작해, 나는 황급히 병실로 향했다.

저번에 보신탕 먹고 백혈구 수치가 잘 나왔다고 하셨지. 이번 주말까지만 알바 더 해서 퇴원하시면 보신탕을 사 드릴까. 그렇게 생각하면서도 울음이 터질 것만 같았다.

……이제 아버지는 퇴원할 수 없을지도 모른다.

간호사들은 언제나 상냥했다. 하지만 어느샌가 그 상냥함에 체념이 섞이기 시작했다. 담당의도 마찬가지였다. 여기에서 백혈구 수치가 더 떨어지면 안 좋습니다. 각오하셔야 합니다. 긴급 수술도 몇 번이나 했다. 쉽게 말해, 세포가 두부처럼 변해서 제대로 꿰매지지 않아, 지혈이 제대로 되지 않고 있습니다. 각오하세요.

각오, 각오, 각오, 각오…….

3년 전부터 각오라는 말을 참 많이도 들었다. 그런데 이제는 각오라는 말도 나오지 않았다. 1년 전부터인가. 의사가 어느 순간 '각오하세요.' 대신 '준비하세요.'라고 말하기 시작했던 것이다.

준비.

정말로?

모퉁이를 돌아 저 앞에 아버지의 병실 문이 눈앞에 보인 순간, 다시 심장이 덜컥 떨어져 내렸다.

알고 있다. 준비도 해 왔다고 생각한다. 각오도 몇 번이나 했다. 하지만 아니었나 보다. 아직도 이렇게 더럭 무섬증이 나는 것을 보면, 나는 아직 아버지를 보낼 준비가 되지 않은 것 같다. 그렇게 길게 투병하셨는데, 언제 돌아가셔도 이상하지 않을 상황이 몇 번이나 있었는데, 그래도 아직 나는 준비가 되지 않았다.

아니, 그 준비라는 것이 되기는 하는 건가.

아팠다. 어떻게 아픈 건지도 알 수 없이 아팠다. 그래도 나는 심호흡을 하고 웃었다. 나보다 더 아픈 건 아버지지 내가 아니다. 웃자. 웃어 드리자. 병실 문 앞에서 한참 얼굴 근육을 움직여 웃는 표정을 만든 나는 노크를 하고 문을 열었다.

"아빠, 나 왔어요."

"어, 왔냐."

무료하게 병실 창문 바깥을 바라보던 아버지가 나를 돌아보며 활짝 웃으셨다. 건장했던 몸이 가랑잎처럼 바싹 말라 환자복이 헐렁헐렁한 것이 눈에 뜬다. 가슴이 아팠지만, 나는 안간힘을 써서 웃는 얼굴을 유지했다.

"이제 급한 거 끝나서, 당분간은 좀 한가해요. 딸내미 없어서 심심했지, 아빠."

"그럼. 진아가 안 오니 낙이 없더라."

일부러 히히 웃었다. 아버지 앞에서 나는 언제나 어린 딸이다. 아니, 언제까지나 어린 딸로 남고 싶었다.

"뭐 좀 드셨어요?"

"아니. 검사한다고 밥 먹지 말라고 해서. 이제 막 금식 풀렸는데 병원 밥은 맛이 없어."

"아직 안 드신 거예요? 얼른 가서 죽 사 올까?"

"죽은 이제 질렸어. 먹기 싫어."

투정 같은 그 말에 어금니를 꽉 깨물었다. 마음 같아서는 빚을 내서라도 드시고 싶다는 걸 다 사다 드리고 싶지만, 지금 아버지의 속은 죽 아니면 무언가를 받아들일 수가 없다. 내가 입을 다물자 아버지가 내 눈치를 보면서 넌지시 한마디 하신다.

"과일이 좀 먹고 싶긴 한데."

"어떤 거요? 금방 사 올게."

"망고."

"망고?"

"응. 갑자기 그게 먹고 싶네."

"어, 물어보고, 된다고 하면 사 올게요."

얼른 지갑을 챙겨 병실을 나왔다. 너스 스테이션에 서 있던 간호사에게 묻자, 의사에게 전화를 한다고 잠시 수선을 떨더니 고개를 끄덕여 주었다.

"많이는 말고, 조금씩은 괜찮으실 거래요."

"고맙습니다."

안도하며 아버지께 망고를 사 오겠다고 문자를 보내자, 폭죽까지 터트리며 기뻐하는 이모티콘이 도착했다. 아버지가 기뻐하시는 모습은 정말 오랜만이라 더 반가웠다.

대학병원이지만 과일을 살 만한 곳은 편의점뿐이었고, 거기엔 망고가 없었다. 나는 한참을 뛰어 병원 밖으로 나가 슈퍼와 과일가게를 뒤진 끝에 망고를 찾아냈다. 아직 수입 물량이 풀리지 않아 비싸다고 사장님이 다른 과일을 권했지만 선택의 여지가 없었다.

헉헉거리며 병실로 돌아오자 아버지의 얼굴이 확 피었다. 아버지의 짐 가방에서 접히는 작은 과도를 찾아내 망고 하나를 잘라 플라스틱 접시에 놓아 드리자, 아버지는 물끄러미 접시를 바라볼 뿐 드시려고 하질 않았다.

"왜 안 드세요? 많이는 아니어도 조금씩은 괜찮댔어요."

"아빠 망고 처음 먹어 봐."

"어?"

반사적으로 되묻자 아버지가 씩 웃으셨다.

"말린 것만 먹어 봤지 생망고는 처음이네."

"아, 진짜? 그럼 망고 말린 거 말한 거였어요? 말린 건 편의점에 있을 건데, 얼른 사 올게."

"아니야. 궁금하긴 했어. 잘 먹을게, 딸."

얼른 나를 만류한 아버지가 망고 한 조각을 이쑤시개로 찍었다. 물기가 많은 그것을 우물우물, 아주 천천히 삼키시고는 고개를 끄덕이신다.

"이게 진짜 망고구나. 맛있다. 진아야, 너도 먹어 봐."

"나는 밖에서 많이 먹어요. 아빠 드세요."

"그래?"

"응. 그래서 난 아빠가 망고 처음일 줄 몰랐네. 다 드세요, 다. 난 괜찮아. 회식하러 뷔페 같은 데 가면 널린 게 망곤데, 뭐."

"그럼 아빠가 다 먹는다?"

"다 드시라니까요."

아버지는 어린애처럼 기뻐하시며 망고를 천천히 드시기 시작했다. 그 천진한 모습에 왈칵 울음이 솟구쳤다.

안 돼. 울면 안 돼. 웃어. 웃어야 해. 우는 모습을 보이고 싶지 않잖아. 내가 울면 더 속상해하실 거야.

나는 병실에 있는 내내, 가만히 주먹을 쥐며 손톱을 손바닥에 박았다.

꽉 깨문 어금니가 얼얼했다.

새터에서 돌아온 막둥이와 교대하듯이 집으로 돌아오니 엄마가 귀가해 계셨다. 엄마도 저녁을 안 드셨다길래 둘이서 저녁을 먹었다. TV를 보며 말없이 밥을 먹다가 나는 문득 물었다.

"진수 합의는 잘됐어?"

"어?"

"진수가 사고 낸 거라고 했잖아. 그거 합의 봐야 한다고 하지 않았어?"

"어어. 해결했어."

간단히 대답한 엄마가 묵묵히 식사만 하신다. 나는 어떻게 해결했냐고 물으려다 입을 다물었다. 이러저러해서 힘들게 해결했으니 빚 갚게 목돈 좀 내놔라. 아니면 그래서 힘들어졌으니까 생활비를 더 달라. 둘 중 어느 것도 듣고 싶지 않았다.

설거지와 양치를 하고 방으로 들어가자 브러시 통에서 시들어가는 장미 한 송이가 보였다. 천천히 말라 어느덧 갈색빛을 띤 꽃잎이 쓸쓸해 보였다. 몇 장을 떼어 내 책 사이에 끼워 넣은 후 불을 껐다. 피곤함 때문인지 금세 잠이 왔다.

✲ ✱ ✲

작업 표시줄이 반짝반짝한다. 카카오톡 PC 버전을 켜고 채팅 목록을 확인한 나는 혀를 찼다.

— 뭐 하고 있어?

……이 자식은 왜 또 문자질이야.

짜증이 나서 채팅 목록을 껐다. 숫자 1은 안 없어졌을 테니 '안읽씹' 이다. 그러는 사이 관자놀이가 지끈거렸다.

요즘 서민일은 능글능글한 얼굴로 계속 나에게 접근해 왔다. 아무리 선을 긋고 떠밀어도 굴하지도 않는다. 분명 느껴질 텐데도 뻔뻔하게 달라붙어 온다. 어깨에 손 올리기는 예사고, 내가 하는 작업물 들여다보기는 일상이고, 다른 사람들과 무슨 말을 하다가도 날 끌어들이기는 습관이다.

막말로 내가 엄청나게 미인인 것도 아니고, 그렇다고 엄청 몸매가 좋은 것도 아니다. 막 똑똑한 것도 아니고, 여자다운 것도 아니다. 말 그대로 평범 중의 평범인 축인 나라, 10년 전에 잠깐 접점이 있던 남자가 왜 이렇게 다시 접근하는지 알 수가 없었다. 그렇다고 기쁘냐 하면 그것도 아니다. 처음 재회했을 때의 설렘도 이 가시방석 위에서 다 날아가 버렸다.

……10년 전에 그렇게 괴롭혔으면 됐잖아! 왜 이제 와서 난린데!

욕은 잘 안 하려고 하는데, 갈수록 욕이 나온다. 얼굴만 봐도 혈압이 오르는데 천연덕스럽게 잘도 사무실을 들락거린다. 그 팀 말단 두섭 씨는 어쩌고 지가 이렇게 왔다 갔다 하느냔 말이다.

그 덕분에 파트장님의 기색이 영 좋질 않다. 요즘 들어 옷도 신경 써서 입고 화장도 더 공들여 하고 사근사근 굴고 있는데, 서민일은 파트장님에게는 예의 바르고 서글서글하게 대하면서 나에게는 은근히 편하게 말을 붙이고 접근해서, 최근 사무실 분위기는 엉망이었다.

하도 스트레스를 받다 못해 대놓고 접근하지 말란 말까지 했지만, 서민일은 꿋꿋했다. 이제 곧 러닝센터 교육을 함께 나가야 하는데 생각만 해도 스트레스가 몰려왔다. 그래도 된다면 파트장님하고 바꾸고 싶다. 파트장님한테 제안해 볼까? 나는 슬그머니 나와 재은 씨와 지희 씨의 단체 대화방을 열었다.

— 저기, 나 대신 파트장님보고 교육 나가 달라고 하면 어떨 것 같아요?

— 어, 아냐, 안 돼, 말하지 마. 엄청 자존심 상해할 거야.

— 헉, 저 뒤끝 여왕에게 그런 말 했다가 뒷감당을 어떻게 하시게요.

— 역시 그럴까요?ㅠㅠ 아, 정말 미치겠어요ㅠㅠ

— 어쩌다 이렇게 됐을까요. 어휴. 차라리 진아 씨가 민일 씨하고 확 사귀는 건 어때요?

— 전 저렇게 뻔뻔한 타입 정말 싫어요.

— 뻔뻔한가?

— 파트장님이 관심 보이는 거 다 알면서 파트장님 보는 데서

저한테 접근하잖아요.

— 아, 그러네. 아아, 싫다, 정말.

— 으으, 어떻게 방법이 없을까요?

— 저는 정말로 확실히 거절했거든요. 저번에 보셨죠? 대놓고 싫다고 하는 거.

저번에 파트장님이 안 계실 때 사무실에 와 같이 밥 먹자고 어깨를 주무르며 추근대길래, 소름이 돋고 신경이 날카로워진 나머지 지희 씨와 재은 씨 앞에서 소리 지르며 싫다고 거절한 적이 있다. 그렇게 매섭게 거절할 생각은 아니었지만, 지금은 그러길 잘했다는 생각도 든다. 지희 씨와 재은 씨가 내 불편함을 확실히 인식했으니까.

— 응, 알아, 잘 알아. 으휴. 내가 불러서 한마디 해 둘까?

— 그러다 재은 씨도 파트장님 눈총 살까 봐 그게 걱정이라서요.

— 그것도 그러네…….

— 팀장님께 말해 보는 건 어때요? 우리 팀장님.

지희 씨의 제안에 잠시 고민했지만, 역시 아니다. 나는 시무룩해져서 대답을 써 보냈다.

— 만약 정 팀장님이 파트장님한테 자중하라고 말 한 마디만 해도 난리 날걸요.

— 아우, 그럼 계속 이대로 있어야 하는 거야? 영업 계속 저 팀일 텐데 으악, 진짜 싫어!

— 으으. 아니면, 술자리라도 마련해서 솔직하게 털어놓는 건

어때요? 음, 파트장님이 민일 씨랑 잘됐으면 좋겠다, 나는 정말로 관심 없다, 그렇게 막 어필하는 거예요.

지희 씨의 생각은 괜찮은 것 같았다. 그렇지만 나는 고개를 젓는 이모티콘을 골라 보냈다.

— 죄송하지만 요즘 제가 시간이 안 돼서요…….

— 아, 계속 아버지 병원 다닌다고 그랬나?

— 네. 최대한 함께 시간을 보내고 싶어요.

전에 넌지시 한 번 말해 둔 덕분에 지희 씨와 재은 씨는 금세 고개를 끄덕였다. 나를 와락 안는 이모티콘을 보낸 재은 씨가 말을 덧붙였다.

— 그러면 당분간 미뤄 놓고, 진아 씨가 여유가 좀 생기면 그때 술자리를 마련해서 이야기해 보는 거로 하자.

— 그게 좋겠어요.

이 사태에 관계도 없이 고통받는 두 사람이 흔쾌히 이해해 줘서, 나는 한결 안심했다. 고마웠다. 나중에 커피라도 사다 드려야지. 결심하는 사이 파트장님이 자리에서 벌떡 일어났다.

"요즘 우리 분위기가 영 아니네. 오늘 회식 좀 하자."

순간 등골이 오싹했다. 우리 셋은 식겁한 표정으로 서로를 둘러보았다. 뭐 이런 귀신같은 타이밍이 다 있나.

파트장님이 우리를 둘러보고 대답을 기다렸다. 하지만 재은 씨도 지희 씨도 나를 쳐다만 볼 뿐이다. 나는 잠시 망설였다. 일도 중요하지만, 아버지도 중요하다. 지금 이 상황에 뭐가 더 중요할까. 뭘 해야 후회하지 않을까. 망설임은 길지 않았다.

"파트장님, 죄송한데요, 저 오늘 병원에 가 봐야 해서요."

파트장님의 눈이 샐쭉해진다. 곧 날카로운 물음이 돌아왔다.

"병원? 무슨 병원?"

"아버지가 많이 아프셔서, 요새 퇴근하고 계속 병원에 다니고 있거든요. 좀 많이 안 좋으셔서……."

"계속 다녔으면 하루는 괜찮겠네."

이미 심기가 불편해진 목소리로 파트장님이 딱 잘랐다. 나는 멍하니 입을 벌렸다.

"우리 마감하고도 회식 못 했고, 분위기도 이 모양인데 하루도 시간을 못 내? 그러고도 사회생활 한다는 말이 나와?"

"아버님이 좀 많이 안 좋으시대요."

보다 못한 재은 씨가 나섰다. 그러나 파트장님은 코웃음을 쳤다.

"뭐, 많이 안 좋으시면 오늘내일하시기라도 해?"

나는 대답하지 않았다. 재은 씨와 지희 씨도 대답하지 않았다. 그 침묵 속에 파트장이 눈썹을 찡그리며 뭐라 말하려는 순간, 정 팀장님이 사무실로 들어왔다.

"자, 잠깐 다들 주목. 우리 마감도 끝났는데 회식 한 번을 못 했네, 그치? 그리고 모처럼 영업팀하고도 같이 일하게 됐으니까, 오늘 다 같이 회식합시다. 회식! 오늘은 영업팀이랑 같이 하는 거니까 빠지기 없기야. 알았지? 그럼 이따 퇴근하고 로비에서 모입시다!"

민폐인 건 알지만 나는 정 팀장님을 부르려 했다. 하지만 바쁜 일이 있는지 정 팀장님은 본인 할 말만 쏟아 내고 휑하니 사무실을 나가 버렸다. 그대로 굳은 나를 보며 파트장이 피식 웃었다. 하지만 말은 덧대지 않고 본인 자리로 돌아가 엄청난 속도로 타이핑을 하기 시작한다. 분명 누군가에게 메신저로 내 욕을 하고 있겠구나 싶었지만, 나는 안심했다.

만약 한 마디만 더 했으면 나는 파트장의 뺨을 갈겼을지도 모른다.

아무것도 모르는 정 팀장님과, 이전의 실수를 깍듯이 사과한 이 팀장님, 뻔뻔하게 아무 일도 없다는 듯 나오는 서민일과 마냥 신난 한두섭, 서민일 옆을 차지한 파트장 덕분에 회식 분위기는 금방 달아올랐다. 파트장이 자리를 지정해 준 탓에 나는 서민일과 파트장, 지희 씨가 앉은 테이블에서 하염없이 고기만 구웠다.

"진아 씨, 술 받아요, 술. 어? 아직 있네? 왜 안 드세요!"

서민일의 관심을 뺏긴 파트장의 얼굴에 순식간에 독이 오른다.

"전 괜찮아요. 두 분 많이 드세요."

"그래요. 두 분 되게 잘 어울리세요!"

지희 씨가 얼른 추임새를 넣는다. 파트장의 얼굴이 또 고새 풀어지는 틈을 타 나도 부추겼다.

"맞아요, 정말 잘 어울리세요."

"그, 그래? 고마워."

파트장의 기분이 좋아진 듯해 내가 속으로 기뻐할 때 서민일이 맥주병을 집어 들었다.

"어허, 진아 씨 고기만 굽지 말고 술 마셔요. 지희 씨도요."

"전 술은 됐어요."

"저도요."

"어어, 이러면 안 되죠! 영업팀이랑 술 마셨는데 멀쩡히 집에 돌아가시면 영업의 이름이 울어요!"

……뭐야, 한두섭 저 진상은.

그 옆에 앉은 재은 씨가 질렸다는 얼굴을 하며 고개를 작게 흔들었다. 설마 벌써 취했나? 나와 지희 씨가 미심쩍어할 때 이 팀장이 두섭 씨를 지원했다.

"그럼, 그럼. 영업하면 술! 술 하면 영업! 다들 짠!"

"짠, 짠!"

술 좋아하는 정 팀장님도, 신이 난 파트장도 다들 잔을 집어 든다. 어쩔 수 없이 맥주잔을 들어 건배를 하고 입술만 축이고 내려놓는데, 서민일이 나를 만류한다.

"그것만 마시고 내려놓기가 어딨어요? 파트장님도 지희 씨도 다 비웠는데. 드세요, 진아 씨."

강권하는 서민일의 눈동자에 장난기가 서려 있다. 하지만 단순한 장난은 아니라는 것을, 들고 있는 술병을 굳게 내민 채여서 알았다. 울며 겨자 먹기로 잔을 비우자, 이번엔 파트장이 꽉 채워진 맥주잔을 내민다.

"진아 씨, 요새 많이 힘들고 서운했지? 내 마음을 담았어. 내가 진아 씨 아끼는 거 알지? 자, 마셔, 마셔. 내 마음이야. 찌인한 내 마음이야."

기분은 풀어졌지만 이쪽도 복수의 의미가 있다. 이 술을 거절하면 정말 대박 틀어지겠구나, 짐작한 나는 억지로 웃으며 맥주잔을 넘겨받았다.

"잘 마실게요, 파트장님."

"응, 응. 와아, 민일 씨 팔 단단해애."

파트장님의 애교에 서민일이 마지못해 웃는 것이 보인다. 흥, 꼴좋다. 아주 그대로 결혼까지 해라. 웃으며 나는 무심코 맥주를 삼켰다가 얼른 입을 틀어막았다.

"윽?!"

"하하하, 소맥이야, 소맥! 맛있으라고 내가 정성껏 탔어. 잘 말았지? 응?"

나 술 약한 거 뻔히 알면서!

나는 파트장을 노려보고 싶었지만 눈물이 찔끔 나와 그럴 수가 없었다. 화장실도 먼 곳이라 얼른 물 잔을 찾아 뱉으려는데, 싸늘하게 한마디가 떨어졌다.

"어머, 진아 씨. 내 마음을 뱉으려는 거야? 너무해애."

너무한 게 아니라 본인 기분이 상하시겠지. 작정하고 나를 골로 보내려는 거구나. 결국 손에 쥐었던 물 잔을 내려놓고 입에 머금은 술을 삼켜 냈다. 내가 다 마신 것을 확인한 서민일과 파트장이 박수를 쳤다.

"잘 마시네, 진아 씨! 이러면서 왜 뺐어, 그동안아안!"

테이블 밑에서 주먹 쥔 내 손 위에 지희 씨의 가지런한 손이 얹힌다. 참아, 조금만 참아. 그렇게 달래는 것이다. 나는 괜찮다고 지희 씨의 손을 도닥인 후 웃으며 소주병을 집어 들었다. 지희 씨가 불안해하는 것이 느껴졌지만 이젠 더 참을 수가 없었다.

"저도 제 마음을 드릴게요. 많이 드세요, 파트장님."

내가 질색하기는커녕 술을 들고나오자 파트장은 조금 의아한 눈치였다. 하지만 자신이 술이 센 것을 믿는지, 곧 씩 웃으며 자신의 잔을 내민다.

"나 벌써 좀 올랐으니까 조금만 줘어어."

"어머, 제 마음을 조금만 드릴 순 없죠! 그리고 민일 씨, 우리 파트장님 좀 잘 부탁드린다는 의미에서 민일 씨도 자. 술잔 비우세요, 얼른. 술 못 마시는 분께 우리 파트장님을 맡길 순 없죠! 그렇죠, 파트장님?"

내 말에 서민일이 미미하게 얼굴을 찌푸렸지만 파트장은 내 말에 만족한 듯 화사하게 웃으며 응응 고개를 끄덕였다.

오늘 아주 끝장을 내 보자. 나는 이를 악물었다.

나와 붙기 전에 취한 척하려고 한껏 마셨던 파트장이 제일 먼저 쓰러졌다. 얼큰하게 술이 오른 서민일은 아예 대놓고 나를 콕 집어 데려다준다고 했고, 가게를 나서서도 내게 딱 달라붙어 있었지만, 파트장의 마음을 눈치챈 정 팀장님과 우리는 순식간에 의기투합했다.

결국 서민일은 대리를 불러 파트장과 두섭 씨를 태워 자리를 떴고, 정 팀장님과 이 팀장님도 각각 대리를 불러 자신의 차로 향했다. 지희 씨는 재은 씨와 방향이 비슷해 데리러 온 남편분이 함게 태워 갔다. 나는 방향이 달라 차를 얻어 타지는 못했지만, 가게가 지하철역과 가까워 금세 지하철을 탈 수 있었다.

멀쩡하게 지하철을 탔다. 하지만 자리에 앉고 긴장이 풀어지자 눈앞이 몹시 어질어질했다. 하기야 그 술 센 파트장과 붙어 놓고 멀쩡할 리가 없다. 입술을 깨물고 허벅지를 꼬집으며 버텼지만 세상은 점점 더 일그러져 보였다. 지하철에서 내릴 때에는 내가 몹시 불안해 보였는지 어떤 남자분이 나를 붙잡아 주기까지 했다. 감사하다는 말도 혀끝에서 맴돌아 제대로 나오지 않았지만, 용케 알아들은 듯했다.

가까스로 개찰구를 빠져나왔다. 계단을 걸어 올라갈 용기가 없어 엘리베이터를 탔는데, 이것이 또 에러였다. 엘리베이터가 움직이는 순간 현기증이 굉장히 심하게 나서, 문이 열리자 나는 기다시피 해서 엘리베이터를 벗어날 수 있었다.

차가운 공기가 기분 좋았다. 지나는 사람들이 쳐다보고 가는 걸 알았지만 움직일 만한 여력이 없었다. 남편이 데리러 와 준 재은 씨가 몹시 부러웠다. 아니, 굳이 남편이 아니더라도 아버지가 건강하셨으면 데리러 와 주셨을 텐데. 진수나 막둥이도 상황만 된다면 데리러 와 줬을 텐데.

내 주변에 사람이 없는 건 아니다. 나쁜 건 상황일 뿐이다.

생각하면 할수록 어질어질하고 속이 메스꺼웠다. 마음 같아서는 이 찬 공기 속에 아예 자리 깔고 눕고 싶었다. 엘리베이터 옆에 기대고 주저앉아 있는 지금 상태가 어지럽지도 않고 참 좋았다.

하지만 아침까지 이러고 있을 수도 없다. 엘리베이터 벽을 짚고 천천히 일어나 걸음을 옮겼다. 한 걸음 걸을 때마다 세상이 뒤틀렸지만, 익숙한 길이라 견딜 수 있었다. 조금만 더 가면 따뜻한 내 방에 발 뻗고 편하게 잘 수 있다는 기대 하나로, 벽을 짚으며 힘겹게 걸음을 옮겼다.

어지러워. 메스꺼워.

전봇대를 잡고 서서 한참 숨을 돌렸다. 숨을 쉬느라 몸이 들썩여질 때마다 위아래가 바뀌었다. 몸속에 있는 모든 걸 다 쏟아 내고 싶었다. 하지만 이미 가게에서 나오기 전 화장실에서 한바탕 쏟아 낸 후라 더 나올 것도 없었다. 죽을 것 같은데 집까지는 아직 더 가야 했다.

나는 분명 걷는다고 생각했는데 일순 정신을 놓았던 것 같다. 문득 정신을 차리자, 닫힌 분식집 셔터에 기대선 내 앞에서 누군가 손을 흔드는 것이 보인다.

"정신 차리세요! 이거 보여요?"

"보, 보여, 어, 어지러우니, 까 치워……."

"아, 다행이다! 괜찮아요? 걸을 수 있겠어요?"

고개를 끄덕이고 발을 뗐는데 순간 세상이 빙글 돌았다. 그 자리에 주저앉아 다시 위액을 토해 내고 비틀비틀 일어났다. 덜덜덜 몸이 떨렸다. 한기가 들어 몹시 추웠다. 아까까지 딱 좋았던 찬 공기가 칼날처럼 살 속으로 파고들었다. 딱 죽을 것만 같은데, 좀 더 가야 집이다. 얼마나 더 가야 하나. 시선을 들자 환하게 불이 켜진 가게와 걱정스러운 얼굴의 직원이 보였다.

로비에 꽃 장식 하던, 내게 핑크색 장미꽃을 주었던.

낯이 익은 얼굴을 보자 안심이 됐다. 그리고 나도 모르게 울음
이 솟구쳤다. 안 돼, 울면 안 돼. 울지 않기로 했잖아. 언제 했는
지 기억도 안 나는 결심을 떠올리며 억지로 걸음을 뗐다.

그러나 불안해하며 나를 지켜보던 직원이 조심스럽게 내 팔을
잡아 준 순간, 거기에서 내 기억은 완전히 끊기고 말았다.

4. 시작과 끝

눈떠 보니 우리 집 거실이 보였다. 어제 옷차림 그대로 바닥에 엎어져 자고 있던 나는 차가운 바닥에서 몸을 일으킨 순간 격렬한 갈증을 느꼈다. 신발도 대충 차서 벗어 버리고 기다시피 냉장고로 가, 물병에 입을 대고 물을 들이켰다. 페트병의 절반 가까이를 마신 후에야 제대로 정신이 돌아왔다.

내가 어떻게 집에 왔더라?

숙취로 머리가 지끈지끈하다. 더 자고 싶은데 더 자면 못 일어날 거 같고, 깨워 달라고 부탁하자니 어째 집에 사람이 없다. 출근 못 하느니 씻고 정신 차리자 싶어 보일러를 돌렸다.

물이 데워지길 기다리며 바닥에 널브러진 휴대폰과 가방, 기어가다 벗겨진 코트를 챙겼다. 그때, 어두운 현관 신발장에 포스트잇이 붙어 있는 것이 보였다. 엄만가 싶어 뜯어 봤지만 아니었다.

『저희 가게 앞에서 쓰러지셔서, 주소 여쭤 보고 집까지 모셔다드렸어요. 아무 일 없었으니 안심하시고, 아침 잘 챙겨 먹고 나오세요!^^ ―뜰안에 아들이』

뜰안에 아들? 나 이런 아들 둔 적 없는데.

숙취 때문에 오만상을 찌푸리며 기억을 더듬었다. 그러고 보니 기억 끊기기 전에 꽃집 직원을 본 거 같은데, 혹시 그 꽃집 이름이 뜰안에인가? 아, 꽃집 아들이란 소린가? 우리 집 근처에 있는 가게였어?

납득한 나는 한숨을 푹 내쉬었다. 꽃집 아들 덕분에 탈 없이 무사히 집에 왔으니 감사 인사를 해야 하는데, 저번엔 우는 꼴을 보였고 이번엔 술 취해 쓰러지는 꼴을 보였다. 그 앞에서 구토도 한 것 같은데. 못 보일 꼴 3종 세트를 다 보이고 감사 인사라. 대학 때도 안 한 짓을 서른 넘어 하려니 민망해 죽겠다.

생긴 것만큼이나 말끔하고 둥그런 글씨를 한참 바라보다가, 보일러 올려 둔 것을 깨닫고 부랴부랴 욕실로 달려갔다. 어제 밤새 보일러가 돌아가지 않았으니 욕실의 공기도 차디찼다. 덜덜 떨면서 옷을 벗으며 고민했다. 만나야 하는 건 알지만 퇴근할 때 인사해도 되지 않을까. 언제가 됐든 인사만 하면 되는 거 아냐.

그렇게 어른다운 비겁한 결론을 내고 물을 틀었는데, 따뜻한 물이 닿자 개운하기는커녕 머리가 징징 울리기 시작했다. 이렇게 되도록 마셔 본 적이 없어서 당황한 나는 대강 씻고 나와 두통약을 하나 집어 먹고, 오만상을 찌푸린 채 간단히 화장—어차피 오늘 화장 잘 안 먹을 거 아니까—을 마치고 벽시계를 올려다보았다.

평소보다 더 이른 시간에 집을 나섰다. 하늘은 이제야 밝아지고 있었다. 겨울의 끝자락. 착 가라앉은 차가운 공기가 뺨에 닿는 것이 기분 좋았다. 어제도 찬 공기가 참 기분 좋았던 기억은 난다. 그래서 지하철 엘리베이터 벽에 기댄 채 한참 동안 앉아 있었지. 누가 해코지하지 않아 정말 다행이다. 이 험한 세상, 무사히 집에 들어간 것도 다행이고. 그러니 귀가할 때는 꼭 감사 인사를 하자.

……라고 생각했지만, 유감스럽게도 어른의 비겁한 결론은 의미가 없어졌다. 저 앞에 길가를 쓸고 있는 꽃집 아들내미가 보이기 시작했던 것이다. 부지런하기도 하다. 꽃집이라 문을 일찍 여는 모양이다. 눈을 들자, 평소엔 신경 쓰지 않던 간판 '뜰안에'도 확실히 보인다. 저녁에 찾아갈 생각이어서 아무 준비도 하지 않고 있다가 부랴부랴 편의점을 찾아 두리번거리는 사이, 쓸기를 마친 꽃집 아들이 나를 발견하고 말았다.

"아! 안녕하세요."

"아, 안녕하세요……."

나는 순간 당황해서 인사말을 얼버무리고 입을 다물었다. 술 때문인지 머리가 제대로 돌아가질 않았다. 그런 나에 비해 방긋 웃는 얼굴이 맑다. 으, 그랬지. 그냥 봐도 어려 보였지. 이렇게 한참 어린애 앞에서 무슨 추태를 보인 거람. 내가 그렇게 땅을 팔

때 꽃집 아들이 물었다.

"몸은 좀 괜찮으세요? 어젠 많이 드신 것 같던데⋯⋯."

"네, 괜찮아요. 저기, 어제는 도와주셔서 정말 감사합니다."

"뭘요."

거리낌이라곤 조금도 없는 상큼한 웃는 얼굴은 아침에 잘 어울리면서 눈이 부셨다. 술에 찌든 몸을 강타하는 강력한 파괴력에 나도 모르게 슬그머니 뒤로 물러나며 고개를 숙였다.

"괜찮으시면 다음에 커피라도⋯⋯."

"빈말? 진심?"

민폐를 끼친 터라 판에 박은 듯한 말을 읊고 있는데 예상하지 못한 질문이 훅 들어오는 바람에 반사적으로 대답했다.

"진짜예요!"

"그럼 오늘 퇴근길에 커피 한잔 어때요?"

갑자기 거리를 좁혀 오는 데 놀라, 실제로 한 걸음 더 뒤로 물러섰다. 하지만 꽃집 아들은 여전히 말갛게 웃으며 내 대답을 기다리고 있었다. 서슴없이 다가오는 사람이 낯설어 주저하던 나는 끼친 민폐를 떠올리고 나서야 겨우 입을 움직였다.

"어, 저는 괜찮은데, 시간 괜찮으시겠어요? 저녁에도 일이 있으신 것 같던데⋯⋯."

"오늘은 저녁에 일 없는 날이라 괜찮아요. 기다릴게요. 아, 혹시 모르니 번호 좀 주실래요?"

선뜻 대답한 꽃집 아들의 표정이 상큼하다. 이끌리듯 고개를 끄덕인 나는 휴대폰을 꺼내 건넸다.

"안 켜지는데요?"

"아, 충전 못 해서 꺼졌나 봐요."

당황해서 돌려받은 휴대폰을 잡고 쩔쩔매는데, 주호 씨가 주머니에서 포스트잇을 꺼내 슥슥 이름과 번호를 써 내려갔다.

"강주호입니다."

정중하게 메모한 포스트잇을 내밀어 받고, 고개를 꾸벅했다.

"최진아예요. 저기, 감사합니다. 여러모로."

정식으로 통성명을 하자니 새삼 민망했다. 하지만 주호 씨는 아무렇지도 않게 자신의 휴대폰을 내밀었다. 거기에 내 번호를 입력하고 도로 내밀었는데, 주호 씨는 휴대폰은 받지 않고 내 눈을 빤히 들여다보기 시작했다.

"왜, 왜요?"

"마음을 전하려면 눈을 3초 이상 쳐다보라고 그러던데요?"

"아니, 무슨 마음을 전하시려고……."

그 발언이나 상황 자체가 민망해서 나는 농담으로 넘기려고 했는데, 주호 씨가 정말 똑바로 내 눈을 바라보는 통에 내 얼굴은 붉어지기 시작했다. 그리고 정말로 3초 이상을 쳐다본 후에야 주호 씨는 휴대폰을 받아 들었다.

"그럼, 잘 다녀오세요. 기다릴 테니까 오늘은 되도록 일찍 돌아오시고요."

"네? 네……. 다, 다녀오겠습니다."

너무 자연스러운 인사에 덩달아 인사를 하고 나는 떠밀리듯 꽃집을 나섰다. 서둘러 지하철로 향하며 힐끔 돌아본 꽃집 '뜰안에'

의 간판이 너무나 천연덕스럽게 나를 보고 있는 듯해서, 나는 나도 모르게 한숨을 내쉬었다.

뜰 안에 아들이 아니라 뜰 안에 여우였어.

"아아. 어제 술 마셨다고 따끈한 국물이 당기네. 매운 건 싫고, 순댓국 먹으러 안 갈래?"

어제 술자리에서 우리가 잘 어울린다고 몰아준 것이 꽤나 마음에 들었는지 파트장이 거리낌 없이 말을 붙여 왔다.

그 말에 지희 씨도 재은 씨도 윗배를 문지르며 반갑게 대답한다.

"그것도 좋지요."

"좋아! 그럼 조금만 더 힘내서 일해 놓고 다 같이 순댓국 먹으러 갑시다!"

파트장이 다시 쾌활하고 시원시원한 상사의 모습으로 돌아온 것이 반가웠다. 그 술 지옥을 참고 견딘 보람이 있는 건가.

오늘은 서민일도 모습을 보이지 않아 눈치 볼 것도, 신경 쓸 것도 없어서 좋았다. 나도 기쁘게 대답하고 다시 모니터로 고개를 돌렸다. 습관처럼 켜 둔 카카오톡 친구 목록에, 새로 추가된 '강주호'를 발견하자 슬그머니 웃음이 났다.

프로필 사진은 이름 모를 꽃이었고, 프로필 문구는 없었다. 그 아무것도 없는 프로필을 들여다보는데 마음이 조금 들떴다. 내 속을 다 들여다볼 듯 응시하던 그 눈동자도, 뇌리에 선명해서 좀처럼 지워지질 않았다.

마음을 전하려면 3초였나. ……나한테 마음이 있는 거지?

내가 힘들 때 위로해 주고, 어려울 때 도와준 사람이 내게 마음이 있다는데 싫을 리가 없다. 물론 나이를 생각하면 이것저것 조건 따져야 하는 건 알지만, 그런 건 일단 차치하고서라도 외롭고 괴로운 지금 상황에 주호 씨의 존재 자체가 반갑고 달가웠다.

좋아. 일해 놓고, 순댓국 먹고, 돌아가는 길에 병원과 꽃집에 들렀다가 집으로 가자.

늘 같은 일정에 약속이 하나 생긴 것 하나만으로도 의욕이 마구 솟는다. 나는 씩 웃고 기운차게 키보드를 두드렸다.

모처럼 다들 집중해서 일을 해 놓고 시간이 되자 사무실을 빠져나왔다. 가장 가까운 순댓국집을 찾아 들어가 주문을 시킨 후에야 다들 기력이 돌아온 모양이었다.

"어휴, 어젠 정말 너무 달렸어. 당분간은 마시지 말아야지."

파트장이 몸서리를 친다. 본인이 원해서 마셔 놓고! 나와 재은 씨는 살그머니 시선을 맞춘 후 고개를 끄덕였다. 재은 씨가 먼저 입을 열었다.

"저도 어젠 너무 달렸어요. 이젠 몸이 예전 같지 않네요."

"저도, 저도요."

나는 추임새를 넣고, 지희 씨도 얼른 끼어든다. 으, 이런 활기차고 화목한 분위기가 얼마 만이냐. 다들 신이 나서 한 마디씩 말을 덧대는 사이 순댓국이 나왔다. 얼큰한 국물부터 들이켠 사람들이 미친 듯이 순댓국을 퍼먹는 사이, 내 주머니에서 진동이 울렸다. 꺼내 보니 막둥이다.

"누구?"

"동생이요. ……어, 막둥아."

— 누나, 어디야?

"어디긴, 회사 왔지. 지금 밥 먹으러 나왔어."

— 어, 누나, 지금 병원으로 좀 와.

그제야 나는 막둥이의 목소리가 가라앉아 있다는 것을 깨달았
다. 들고 있던 숟가락을 내려놓음과 동시에 가슴이 덜컥 내려앉았
다.

"지금……?"

— 응. 빨리 와야 할 것 같아.

"어, 어. 금방 갈게. 금방 갈게. 바로 갈게."

막둥이는 대답 없이 바로 전화를 끊었다. 나는 통화가 끊긴 휴
대폰을 멍하니 내려다보았다.

설마. ……설마.

"어, 왜? 어딜 가?"

파트장이 물었다. 나는 고개를 들고 머뭇머뭇했다. 좀처럼 입
이 떨어지지 않았다.

"동생이…… 병원으로 오라고…….."

세 사람이 동시에 눈을 동그랗게 떴다. 시끄러운 순댓국집에
우리 테이블만 침묵이었다. 아무도 먼저 입을 떼지 못하는 무거운
침묵 속에, 나는 더듬더듬 떨었다.

"어, 연가를, 아니…… 특별휴가를…… 아니, 제가 결재 올릴

시간이…….”

“진아 씨, 진아 씨!”

재은 씨가 목청 높여 나를 불렀다. 화들짝 놀라 그쪽으로 시선을 돌리자 재은 씨가 얼른 지갑을 뒤진다.

“돈 모자랄지도 모르니까 얼른 택시 타고 가. 빨리 가. 그러다 늦어!”

그 말에 정신을 차린 지희 씨와 파트장도 얼른 본인들의 지갑을 뒤진다.

“아니, 저, 지갑 챙겨 왔, 지갑, 어…….”

“아까 밥 먹을 돈만 뺀 거 봤어. 자, 얼른 가!”

벙벙해져서 정신을 놓은 채로, 나는 세 사람이 건네준 돈을 쥔 채 엉거주춤 자리에서 일어났다.

“어, 저 정말 가요? 결재, 어, 아니, 일도, 교육도…….”

“진아 씨, 정신 차려!”

이번엔 지희 씨가 고함을 친다. 늘 조용하던 지희 씨의 말에 나는 또 놀랐다. 주변 테이블의 시선이 우리 테이블에 꽂히기 시작했다.

“지금 진아 씨가 정신 안 차리면 어쩌자는 거야, 어?!”

“그, 그러게요?”

그래도 나는 어벙벙한 상태였다. 결국 안 되겠다 싶었는지 재은 씨가 벌떡 일어나 내 손목을 쥔다.

“파트장님, 같이 갔다 올게요. 병원 데려다 놓고 연락드릴게요.”

"어, 그, 그래. 얼른 가. 어, 얼른 가."

당황한 파트장이 손을 내저었다. 허락을 받고 꾸벅 고개를 숙인 재은 씨가 얼른 나를 잡아끌고 신발을 신고 내 신발도 챙겨 주었다. 내가 신발을 다 신자 강한 힘으로 나를 잡아끌고 가게를 나가, 길가에 서서 택시를 잡고 나를 밀어 넣은 채 본인도 택시에 탔다.

"진아 씨, 병원 어디야?"

"아산병원……."

"아저씨, 아산병원이요. 좀 급하니까 빨리 가 주세요."

"응, 응, 그래, 급해 보이네."

"……진아 씨, 정신 차려! 진아 씨가 이러고 있으면 어떡해?!"

"네, 네에……."

나는 멍청하게 대답하고 하염없이 고개만 끄덕였다. 재은 씨가 걱정스러운 얼굴로 내 손을 꽉 쥘 때, 아저씨가 급하게 엑셀을 밟기 시작했다.

5. 진정한 위로

"2시 23분."

나는 무심결에 휴대폰을 켜서 정확한 시간을 확인했다. 아빠아, 하고 진형이가 울부짖었다. 말 한 마디 못 하고 우는 진수가 바닥에 무릎을 들이박았다. 아이고, 여보, 하고 침대를 내리치며 엄마가 우는 소리가 귀에 쟁쟁 울린다.

맞잡은 아버지의 손에 온기가 사라져 갔다. 아무리 부여잡아 봐도 더 이상 온기는 돌아오지 않았다. 진수가 감겨 드린 눈은 굳게 닫힌 채였고, 아버지의 몸은 굳어 가기 시작했다.

고통이 너무 심해 마지막까지 모르핀을 맞아야 했던 아버지는 환각 속에서 사랑하는 사람들을 만나신 듯했다. 아버지, 어머니, 진형아. 진형이가 엉엉 울면서 매달리는데도 사랑하는 막내아들이 옆에 있다는 걸 모르신 채, 그렇게 저쪽 세계로 넘어가셨다.

아까부터 눈물은 줄줄 흘러내렸다. 그런데 어쩐지 마음이 담담하다. 나는 멍하니 아버지의 얼굴을 바라보았다. 세상을 등진 아버지의 얼굴은, 마치 마음을 닫아 버린 표정 같기도 했다.

이젠 좀 편하신가요. 이젠 안 아프신가요. 아무리 그래도 그렇지, 그렇게 이뻐하던 딸내미 한 번만 불러 주지 그러셨어요. 아빠 미워.

나는 속으로 중얼거리다 울음을 침과 함께 삼키고 얼굴을 문지르며 병실을 나섰다. 조금 멀찍이 창가 쪽에 서 있던 재은 씨가 나를 발견하고 눈물이 그렁그렁한 얼굴로 내게 다가온다. 그 옆에 살짝 열린 병실 문들을 보자 우리 방 소리를 엿듣고 있었다는 걸 바로 깨달았다. 그래도 기분이 나쁘거나 하진 않았다. 병원은 원래 그런 곳이니까.

"우리 진아 씨 어떡하니……."

얼굴을 잔뜩 일그러뜨린 재은 씨가 훌쩍이며 나를 끌어안았다. 안긴 채 멍하니 고개를 들어 천장을 쳐다보자, 눈물방울이 느리게 뺨을 타고 흘러내린다. 분명 눈물이 나는데, 어쩐지 마음은 담담해서 이상했다. 내가 아닌 다른 사람이 우는 거 같다. 그런 나를 붙잡고, 연신 내 등을 쓸며 재은 씨가 말을 더듬는다.

"내가 가서, 응, 결재도 해 놓고, 흡, 다 해 놓고, 퇴근하고 올게. 다 데리고, 흐, 올게, 응?"

"고마워요, 재은 씨."

"고맙긴, 당연한 걸 가지고. ……어떡하니, 진아 씨."

재은 씨는 연신 훌쩍이며 내 등을 도닥였다. 그런데 대답할 말이 없었다.

　분명히 눈앞에서 아버지가 헐떡이는 것을 보았다. 힘겹게 얕은 숨을 반복하다가, 말 그대로 숨이 목까지 차올라 그대로 끊어지는 것을 내 눈으로 보았다. 차갑게 식어 가는 아버지의 체온도 고스란히 느꼈다. 눈물은 멈추지 않고 계속 나는데 이상하게 나는 슬프다는 것을 느끼지 못하고 있었다. 괜찮다고도, 괜찮지 않다고도 대답할 수가 없었다.

　재은 씨가 떨어지지 않는 걸음으로 몇 번이나 나를 돌아보며 병원을 떠났다. 의사와 간호사들이 와서 아버지에게 인사를 했다. 굳은 얼굴에 하얀 천이 덮였다.

　아이고, 여보. 그 하얀 천 위로 엄마의 통곡이 다시 한 번 쏟아졌다. 잠시 엄마의 눈물이 멎자, 틈을 타 아버지가 옮겨졌다. 병동을 나서며 너스 스테이션에 인사를 하자, 어두운 얼굴로 간호사들도 인사를 한다.

　나는 여전히 멍한 채인데 장례식장 측은 알아서 차근차근 일을 진행해 나갔다. 이끄는 대로 걸어가 아버지가 어디에 안치되는지를 먼저 확인한 후에 우리가 사용할 호실로 안내되었다. 종교는 있는지 없는지, 상복은 무슨 색으로 입을 건지, 상은 며칠 할 거고 장지는 어디인지, 뭘 어떻게 할 건지. 확인할 일은 생각보다 많았는데, 의외로 정신을 차린 엄마가 진수와 함께 척척 일을 진행해 나는 멍하니 엄마가 하는 것을 지켜만 보았다.

　호실 앞에 상주 이름과 장지가 표시되었다. 선산이 없어, 아버지도 화장해 안치하기로 했다. 할아버지와 할머니를 화성에 모셨기 때문에 아버지의 봉안당도 자연스럽게 그쪽으로 정해졌다. 여태 몇 번 장례식장에 가면서도 무심히 넘기곤 했었던 장지 표기가 묘하게 눈에 밟혔다.

코트를 벗고 옷 위에 한복을 입은 뒤 빈소에 가서 주저앉았다. 활기차게 웃고 있는 아버지의 영정 사진을 보자 기분이 이상했다. 아프신 이래로 제대로 찍어 놓은 사진이 없어 한창 젊을 때 찍어 두었던 아버지 사진으로 영정 사진을 만들었는데, 내 기억 속의 아버지는 대부분 기운 없이 서글프게 웃는 모습인지라 그 사진이 몹시 낯설었다.

내가 사진을 보는 사이 상복으로 갈아입은 진형이가 내게 다가와 내 치마폭에 얼굴을 묻었다.

"누나……. 우리 아빠 불쌍해서 어떡해?"

울먹이며 묻는 말에 대답해 줄 말이 없었다. 멍하니 사진을 올려다보며, 울고 있는 막둥이의 머리를 쓰다듬어 주었다. 그사이 간단한 상이 차려지고, 향과 촛불이 피어올랐다.

내 나이가 서른둘. 아버지와는 스물두 살 차이가 난다. 그러니까 아버지는 쉰네 살에 세상을 뜨신 것이다. 환갑은 제대로 쳐주지도 않는 세상에 환갑조차 제대로 못 지내고. 없는 집 형편에 부모님 환갑 진갑 제대로 치러 드리려고 진수 대학 갔을 때부터 둘이 각자 달에 만 원씩 내서 꾸준히 모으고 있던 것도 모르고. 야속하기 짝이 없다. 벌써 백만 원 넘었는데. 정말 환갑 되면 비행기 한번 태워 드리려고 했는데. 진수가 군대에서도 그 만 원은 꼬박꼬박 보내왔는데. 아빠 미워.

다시 주르륵 눈물이 흐르는 위로 티슈가 덮인다. 홀쩍거리며 진형이가 티슈를 뽑아내 눈가에 갖다 댄 것이었다.

"괜찮아, 누나가 할게."

"……누나 미안해."

진형이가 다시 울먹인다.

"네가 왜 미안해."

"미안해, 누나……. 아빠가 나만, 나만 찾은 게, 그게, 어……."

내 눈물을 닦아 주던 진형이가 울음을 터트린다. 숫제 통곡하는 녀석을 가만히 끌어안고 있으려니 의논한 일이 끝났는지 절뚝거리며 진수가 돌아온다.

"안쪽에서 상복으로 갈아입어."

"알았어."

진수는 제법 마음을 추스른 모양이다. 눈은 시뻘건데 그래도 꽤 담담하게 대답한다.

저녁 시간을 좀 지나자 우리 팀 사람들이 나타났다. 나와 맞절을 하고 잠시 자리에 앉은 파트장은 몹시 불안해 보였다. 이유는 어렵지 않게 알았다. 아니, 모를 수가 없었다. 어제 들은 그 지옥 같은 말을 어떻게 잊을까. 엄마가 몇 번이고 감사 인사를 하며 손을 붙잡는데 파트장은 불편해하며 억지로 웃었다. 나는 웃으며 빤히 파트장만 바라보았다. 어린애 같은 치기라도 좋았다. 그 일말의 증오를 표출하지 않을 수가 없었다.

자리를 옮겨 음식을 받은 파트장의 맞은편에 앉자 파트장이 끙

끙대며 입술을 뗐다 붙였다 한다. 하지만 입을 떼지 않은 것이 나의 최선이었다. 그런 내 손을 옆에 있던 정 팀장님이 가만히 잡아주었다.

"진아 씨."

내가 고개를 돌려 팀장님을 바라보는데도, 팀장님은 좀처럼 말을 잇지 못했다. 나는 그냥 웃었다. 나라도 할 말이 없을 테니까.

호상이구나? 그렇게 젊은 나이에 오래 앓으며 고생한 아버지라는 걸, 아까 엄마의 설명으로 다들 알았다. 호상이라고 할 수 있을 리가 없다. 그렇다고 힘내라고 할 만한 일도 아니다. 아버지가 돌아가셨는데 어떻게 힘을 낼 수 있을까.

게다가 어제 회식 때문에 병원에도 못 왔다. 그 회식을 주최한 사람이 정 팀장님이니 할 말이 있을 수가 없다. 그 사정은 이해할 수 있었다.

"……괜찮아요."

사정은 이해하는데, 그와는 별개로 그 한 마디가 어려웠다. 내 맘을 아는지 팀장님은 여전히 말 못 하고 내 손을 붙잡았다. 그러나 내 대답에 오히려 파트장이 용기를 얻은 모양이다.

"저기, 진아 씨. ……미안해."

나는 물끄러미 파트장을 바라보았다.

무슨 대답을 원해? 그것도 아버지 빈소에서.

내가 입을 열지 않고 묵묵히 바라보자, 지희 씨와 재은 씨가 꼼지락꼼지락 불안해한다.

"……무슨 일 있었어?"

그제야 정 팀장님이 나와 파트장님을 번갈아 바라본다. 파트장은 말 못 하고 끙끙 앓기만 하고 내 눈치를 본다. 자기 입으로 말하지 않는 것은, 내 입으로 설명하라는 거야? 그렇게까지 해서 나에게 괜찮다는 대답을 듣고 싶은 거야? 내가 어이가 없어 웃는 사이, 진형이가 타이밍 좋게 나타났다.

"누나, 엄마 친구분들 오셨어."

"어, 갈게. 잠시만요."

나는 웃으며 묵례하고 자리를 벗어났다. 진형이의 등을 툭툭 두드려 주고 인사를 하러 갔는데, 이쪽도 만만치 않게 괴로운 자리였다.

"이렇게 잘 큰 딸 결혼하는 것도 못 보고 어떻게 눈을 감으셨다니."

"할 만큼 했어. 난 진아만큼 집에 잘하는 딸 본 적이 없다."

"그래도 손주는 보고 가시지……. 에휴, 쯧쯧."

아주머니들의 말은 대체로 이 세 가지에서 크게 벗어나지 않았다. 엄마의 지인들은 대부분 엄마를 안고 통곡을 잠깐 하고, 내 손을 잡은 채 저 말들을 읊고, 동생들을 보며 그래도 이렇게 훌륭한 아들들을 키워 놨으니 안심하셔도 되겠다는 것이 주된 레퍼토리였다.

아주머니들의 반복되는 말에 벅차하는 그 시간이 긴 것 같았는데 어느새 3일째가 왔다. 화장장의 일정 때문에 새벽에 발인을 해야 했다. 관이 덮일 때는 다들 눈물을 감추지 못해 울음소리는 끝이 없었다.

이제 장례식장을 나서야 했다. 진수의 친한 친구가 영정 사진을 들어 주었다. 친척이 전혀 없어 난감했는데 의리 있게 남아 준 그 친구가 있어 다행이었다. 유골함을 들어 준다며 진형이의 친구도 한 명 남아 우리를 따라왔다.

차가운 새벽 공기 속에 차가 출발했다. 토요일 새벽, 한적한 도로를 달린 차는 화장장으로 가기 전에 먼저 집에 들렀다. 두 달 전 입원한 이래로 한 번도 집에 와 보지 못한 아버지는 세상을 뜨고서야 집에 오실 수 있었다. 진수의 친구가 영정 사진을 들고 집을 한 바퀴 돌아 준 후, 차는 화장장을 향해 방향을 틀었다.

좁은 골목을 차가 느릿느릿 빠져나갔다. 나는 멍하니 창문 밖을 내다보다가, 가게 앞을 쓸기 위해 빗자루를 든 채 운구차 행렬을 바라보는 주호 씨를 발견했다.

아, 맞아. 약속했었는데, 많이 기다렸겠구나.

연락할 시간이 전혀 없던 것은 아니었지만, 그래도 나는 적극적으로 연락할 마음이 없어 휴대폰을 방치한 상태였다. 친구 몇에게 연락을 돌린 게 다였는데, 내 입으로 부고를 전달하는 것이 내키지 않았던 것이다. 진수와 진형이는 적극적으로 연락을 돌리는 것 같았는데, 나는 차마 그럴 수가 없었다. 그럼에도 친구들이 알음알음 많이 와 준 것이 참 고마울 정도다.

문득 주호 씨와 눈이 맞았다. 좁은 골목이라 운구차가 빠져나가기가 힘든 데다 내가 탄 차는 선팅이 진하지 않아 저쪽도 나를 알아본 눈치였다. 주호 씨의 눈이 휘둥그렇게 커졌고, 나는 가만히 웃으며 살짝 고개를 숙였다. 왜 연락 못 받았고 안 나타났는지 이제 이해하겠지. 그리 생각하니 마음은 한결 편해졌다.

화장장에 도착해 화장이 진행되는 동안, 우리 세 남매는 멍하니 불꽃을 바라보며 시간이 가길 기다렸다. 바닥에 남은 회색빛 가루를 보자 눈물은 왈칵 쏟아졌지만, 그래도 우리 모두 꽤 담담했던 것 같다.

안치는 오래 걸리지도 않았다. 엄마도 이번엔 통곡하지 않았고, 진형이도 눈물을 잘 참았다. 조부모님을 안치한 근처라 조부모님께도 인사를 마친 후, 우리는 집으로 돌아왔다.

진수와 진형이는 각각 영정 사진과 유골함을 들어 준 친구들에게 밥을 사겠다고 나가고, 엄마는 넋이 나간 듯 앉아 있던 것도 잠시, 곧 집을 헤집기 시작했다.

"엄마 뭐 해?"

"정리한다. 네 아빠 물건 남겨 놔서 뭘할 거니."

"……좀 나중에 하지, 왜."

"죽은 사람 물건 남겨 놔 봐야 눈물 바람밖에 더하니?"

엄마의 말에 분명 슬픔이 담겨 있긴 했는데, 아버지를 두고 죽은 사람이라고 일컫는 그 말에 숨이 턱 막혀 왔다.

"너도 좀 도와. 집도 좁은데 얼른 정리해 버려야지."

"……애들 돌아오면 그때 같이 해."

"진수는 또 입원할 거고, 진형이는 마음 약해서 이런 거 못 봐. 너랑 나랑 얼른 해치우자."

엄마, 나도 슬퍼.

사실은 그렇게 말하고 싶었다. 하지만 나는 그렇게 말하기보다 엄마를 돕는 쪽을 택했다.

사회생활을 10여 년간 하지 않으셨고, 중간에 작은 집으로 이사를 했기 때문에 아버지의 물건은 많지 않았다. 우리가 오가며 아버지의 상태를 확인하기 위해 거실에 놓아 둔 매트리스를 내놓자 거실은 제법 넓어졌지만, 그 외에는 큰 차이가 없었다. 옷가지 몇 벌, 애용하시던 베개와 이불, 유독 즐기신 소형 라디오 같은 것들이 모조리 집에서 퇴출되었다. 무언가 추억이라도 남겨 두려 했지만, 엄마는 냉정했다. 사실 추억이 될 만한 물건이 있지도 않아서 아버지의 물건은 금세 정리가 되었다.

"어휴, 이것도 일이라고 제법 힘드네."

매트리스를 내놓은 엄마가 허리를 두드리며 넓어진 거실에 주저앉았다. 나는 대답 없이 바닥을 훔친 걸레를 들고 욕실로 갔다. 걸레를 빨아 널고 욕실을 나왔을 때, 엄마는 식탁에 앉아 무언가를 끄적이고 있었다.

"뭐 해?"

"부의금 정리한다. 얼른 해 놔야지, 때 놓치면 또 다 잊어버려. 해 놓고 쉬어야지."

이번에도 무언가 숨이 턱 막혔다. 틀린 말은 아닌데, 엄마의 한 마디 한 마디에 가슴이 메었다. 눈만 깜박이며 엄마를 바라보자, 엄마는 한숨을 푹푹 내쉰다.

"진수나 진형이 친구들이 단체로 오긴 했지만 크게 하진 않았구나."

"……요즘 세상에 학생이 무슨 돈이 있어."

"그건 그렇지만. 너희 회사에선 그래도 꽤 했네. 모아서 들고 온 건가 보다. 어머, 네 친구들이 진짜 많이 했네? 다 잘사나 보다?"

"……다 없는 돈 모아서 한 거고 잘사는 애들 거의 없어. 그러니까 그런 식으로 말하지 마."

"얘는, 내가 뭐 못 할 말 했니? 그냥, 네가 친구들을 잘 뒀다는 거지. 덕분에 모자라진 않겠구나. 조금 아슬아슬했는데."

"……나 좀 자요."

"그래라."

방명록과 봉투에 쓰인 이름들을 대조하느라 정신이 없는 엄마가 내 쪽을 바라보지도 않고 종이에 열심히 부의금 내역을 정리한다. 나는 그러고도 한참 동안 엄마를 지켜보다가 조용히 작은방에 들어가 문을 닫았다. 이틀을 새우다시피 한 터라 몹시 피로했다.

＊ ＊ ＊

다음 날은 비가 왔다. 진수는 병원으로 돌아갔고, 진형이는 깔끔하게 치워진 거실을 보고는 엄마를 붙잡고 엄청나게 울었다. 엄마는 한두 마디 싫은 소리를 하긴 했지만 막둥이를 안아 주며 눈가를 문질렀다. 그 모습을 보고 있기가 어려워 나는 간단히 차려입고 집을 나섰다.

갈 곳이 없어 멍하니 서 있다가, 문득 주호 씨의 놀란 얼굴이 떠올라 꽃집 쪽으로 걸음을 옮겼다. 상황을 짐작은 했겠지만, 그래도 정식으로 사과해 두는 게 좋겠다 싶었다.

유리문 너머로 들여다보니 주호 씨는 가게 안에서 혼자 꽃을 다듬고 있었다.

"안녕하세요."

"아, 오셨어요."

훈김이 오르는 꽃집 안, 부드러운 미소가 나를 맞았다. 머쓱한 미소를 되돌리며 다가가자 주호 씨가 조금 난감한 표정을 지었다.

"음, 커피라도 대접해야 할 텐데, 마침 가게에 커피가 다 떨어져서요. 카페 가는 거 괜찮으세요?"

"아, 괜찮아요. 빈속이라……."

"식사 안 하셨어요?"

"입맛이 없어서……. 아, 그게 중요한 게 아니고, 그날 약속 못 지켜서 죄송해요."

"그런 건 괜찮아요. 그럼 우리 밥부터 먹으러 가요."

"주호 씨는 점심 드셨잖아요."

"저녁을 좀 일찍 먹는 셈 치죠. 가요."

그렇게 예정에도 없이 주호 씨와 꽃집을 나섰다. 따뜻한 걸 먹는 게 좋을 거라는 주호 씨의 의견을 따라 샤브샤브집에 마주 앉았다. 주문을 하자마자 바로 냄비와 고기가 나왔다. 일단 고기를 담가 놓고 운을 떼는데, 주호 씨가 손을 들어 내 말을 막았다.

"우리 먹고 얘기해요. 진아 씨, 드세요."

머쓱하게 고개를 숙인 후 일단 고기를 한 점 집어 입에 넣었다. 입안에 육즙이 돎과 동시에 맹렬한 허기가 닥쳤다. 아무리 슬퍼도 배는 고프구나. 나는 조소하면서도 바쁘게 젓가락을 옮겼다. 잠시 내가 먹는 것을 보던 주호 씨도 가지런한 젓가락질로 음식을 먹기 시작했다.

주호 씨는 먹는 모습 자체가 가지런하고 발랐다. 가정교육을 잘 받고 자란 사람이구나, 부모님이 식사 예절에 각별하셨구나 싶을 만큼 단정한 모양새에 호감이 앞섰다. 내가 물끄러미 보고 있는 것을 깨달았는지, 입으로 가져가던 버섯을 내려놓은 주호 씨가 내게 손짓했다.

"진아 씨, 얼른 드세요."

"아, 먹고 있어요."

"젓가락이 멎었는걸요. 어, 혹시 제가 너무 게걸스럽게 먹었나요? 맛있어서⋯⋯."

여유롭게 먹던 주호 씨가 그런 말을 하니, 정작 허기를 느끼고 게걸스럽게 먹던 나는 민망해져서 얼른 이야기를 돌렸다.

"아니, 아니에요. 어, 실은 젓가락질이 참 바르다 싶어서 보고 있었어요."

"아, 이거요. 진아 씨도 바르신데요."

"아⋯⋯. 사실 전 젓가락질을 완전히 못하는 편이었어요. 친구들 보면서 고치려고 노력했는데 굳어진 후에 보니 좀 다르더라고요."

나는 손을 돌려 안쪽을 보여 주었다. 겉만 봐서는 맞는 젓가락질 같지만, 속은 그렇지 않은 모양새다. 그리고 보여 주자마자 후회했다. 왜 이걸 실토를 하니, 뭐 좋은 거라고. 나서서 보여 줘 놓고 머쓱해하는 나에게, 주호 씨가 활짝 웃어 주었다.

"티도 별로 안 나는데요. 혼자 그렇게 노력하신 게 대단해요."

"아니에요……."

고작 젓가락질 하나에 이런 반응이라니 되레 민망해졌다. 하지만 주호 씨는 빈말이 아니었는지 진지하게 고개를 끄덕끄덕한다. 그 모습이 어쩐지 이십 대 초반은 아닌 것 같아서, 나는 처음으로 주호 씨의 나이가 긴가민가해졌다.

"주호 씨, 몇 살이에요?"

"저요? 몇 살 같아요?"

"이십 대 초반일 거라고 생각했는데……."

"저 나이 많아요."

기분 나빠하는 그 대답에서 눈치챘다. 동안 콤플렉스, 그리고 이십 대 초반은 아니지만 그래 봐야 많지는 않다는 거. 미안해하는 얼굴로 대답을 기다리자 주호 씨가 조금 시무룩해하며 대답했다.

"스물여덟이에요."

내가 스물여덟일 때는 어땠더라. 4년 전이면 막 이 회사 입사했을 때다. 대기업 계열사라며 철모르고 좋아했던 그때. 하지만 지금보다는 체력이 좋았던 그때.

"와, 좋을 때네요."

마음에서 우러난 부러움에 주호 씨의 눈썹이 꿈틀했다.

"진아 씨는 몇 살인데요?"

"저 서른둘이요."

주호 씨의 눈이 동그래졌다. 마침 그때 아주머니가 다가와 보글보글 끓는 냄비를 국자로 한 번 저어 주었다.

"이제 드셔도 돼요."

"네, 감사합니다."

아주머니께 예의 바르게 웃으며 인사한 주호 씨가, 젓가락을 들며 중얼거렸다.

"얼마 차이 안 나네요, 뭐."

"위로 네 살 차이인데요?"

"아래로 네 살이나 위로 네 살이나……."

중얼거리며 서둘러 면을 떠서 입으로 가져가는 걸 보니, 어떻게 봐도 예상과 달랐던 모양이다. 그 불퉁한 얼굴이 귀여워서 나도 모르게 웃고 말았다.

배부르게 밥을 먹고 커피를 사서 꽃집으로 돌아왔다. 따뜻하게 타 준 커피를 마시며 주호 씨가 꽃 손질하는 것을 지켜보는 동안, 나는 어쩐지 마음이 누그러지는 것을 느꼈다. 고마운 마음을 전하려는 찰나, 내 휴대폰이 울렸다.

— 누나, 저녁 어떻게 할 거야?

막둥이의 메시지를 보고 문득 집에 돌아가고 싶지 않다는 생각을 했다. 하지만 그럴 상황도 아니고 있을 곳도 없어서 머뭇거리던 손가락을 움직였다.

— 친구 만나서 먹었어. 금방 들어갈게.

그렇게 대답하고도 한숨이 나오려 해서 조용히 숨을 삼키고 고개를 들었다. 주호 씨가 걱정스러운 얼굴로 나를 보고 있었다.

"저 그만 들어가 볼게요."

"괜찮으세요?"

"네, 주호 씨 덕분에요. 배도 채웠더니 기운이 좀 나네요. 고마워요, 정말로."

"정말로 괜찮으세요?"

괜찮다는데도 주호 씨가 진지하게 내 눈을 보며 물었다. 거기에 사로잡힌 나는 차마 거짓말을 할 수 없어서, 망설이다가 대답했다.

"……곧 괜찮아질 거예요."

"힘들면 언제든지 오세요. 기다릴게요."

"그럴게요."

확답을 얻은 주호 씨가 웃었다. 나도 그제야 안심이 되었다.

✻ ✻ ✻

삼우제 날. 월요일이라 길이 막힐 걸 생각해 느직하게 집에서 출발해 진수를 데리고 화성으로 향했다. 삼우제라고는 해도 크게 할 것도 없었다. 간단히 차려 놓고 절하고, 그것이 끝이었다.

집에 돌아오자 점심때가 지나 있어서 다 같이 국밥을 한 그릇씩 먹었다. 몸살이 난 엄마는 집으로, 진형이는 진수를 부축해 병원으로 향했다. 나는 바람 좀 쐬겠다고 하고 정처 없이 걸음을 옮겼다.

차디찬 칼바람을 맞다가 문득 시선을 들자, 익숙한 간판이 보였다. 아버지가 20년 가까이 운영했던 떡집이 있던 시장 간판이었다. 생각 없이 걷다 보니 여기까지 걸어온 모양이다. 온 김에 떡집이 있던 자리에 가 봤는데 이미 치킨집이 입점해 있었다.

그리고 내 발은 갈 곳을 잃었다.

집으로 가고 싶지 않았다. 집에 가면 엄마가 누워서 앓는 소리를 할 테니까. 큰일을 치른 끝에 몸살을 앓는 거라는 건 알지만, 엄마를 볼 때마다 장례식 날 엄마가 했던 말들이 떠올라 눈을 제대로 마주할 수가 없었다. 괜히 진수나 진형이와 마주해 우울해하고 싶지도 않았다. 파트장이 전전긍긍하고 있을 회사에 가고 싶은 마음은 더더욱 없었다.

그렇게 갈 곳을 떠올리던 나는 그제야 깨달았다. 나도 모르게 아버지와 추억이 있는 곳을 찾은 건데, 그런 장소가 없어서 갈 곳을 잃었다는 걸. 굶어 죽을 정도도 아닌데 모시고 어디 여행이라도 한번 갈걸. 어쩌면 이렇게 아버지의 추억이 있는 곳이 하나도 없을까. 앞으로 엄마는 여기저기 많이 모시고 가야지. 나는 결심하며 다시 목적지도 없이 걸음을 옮겼다.

갈 곳을 정하지 않고 걸었더니 어둠이 내리기 시작할 즈음 익숙한 길, 익숙한 가게들이 눈에 들어왔다. 어느새 집 근처였다.

돌아가고 싶지 않아 걸음을 멈추었다. 열심히 머리를 굴렸지만 갈 곳은 여전히 없었다. 결국 도살장 끌려가는 소처럼 질질 발을 끌며 집을 향해 걷는 사이, 손님들을 배웅하러 가게 밖으로 나온 주호 씨와 눈이 맞았다.

"안녕히 가세요, 또 오세요."

"다음에 또 올게요!"

"안녕히 계세요! 향기 너무 좋다아!"

활짝 웃으며 손님들을 배웅한 주호 씨가 몸을 돌리더니 나를 물끄러미 바라본다. 나는 멋쩍게 묵례했다.

"얼굴이 엄청 빨간데, 밥은 먹었어요?"

인사도 받는 둥 마는 둥 하며 밥부터 묻는 통에 움찔했지만 곧 고개를 흔들고 볼에 손바닥을 댔다. 내내 걸어 찬바람을 계속 맞았던 볼은 확실히 얼얼했다. 그러자 씁쓸하게 웃은 주호 씨가 성큼 다가왔다.

"손도 차갑죠?"

"손⋯⋯."

나는 무심결에 주호 씨의 시선을 따라 내 손을 내려다보았다. 내내 걸어 다닌 덕분에 손은 적당히 혈색이 돌고 있었다.

"⋯⋯잡아도 돼요?"

가볍게 미소 지은 얼굴로 물어보는 질문에 마음이 뭉클했다. 누구처럼 다짜고짜 만져 대는 게 아니라 진중하게 다가오는 느낌이 좋았다. 고개를 끄덕이자 거친 데가 있는 커다란 손이 내 손을 아플 만큼 단단하게 잡아 왔다. 그것이 아픈 게 아니라, 오히려 안정감이 있어 마음이 놓였다.

"안 그래도 저녁 먹으려던 참인데 같이 먹어요."

내 손을 잡아 이끌며 가게 안으로 들어간 주호 씨는 외출 중

풋말을 건 뒤 안에서 문을 잠가 놓고 위쪽을 가리켰다.

"저, 저기 살아요."

고개를 들자 왼쪽 구석에 2층으로 올라가는 계단과 그 끝에 투박한 불투명 유리문이 보였다. 주호 씨가 먼저 올라가 유리문을 열고 그 안에서 손짓했다.

"자, 올라오세요."

시키는 대로 좁은 계단을 타고 올라가자 아담한 살림집이 나타났다. 신축 건물이 아니라 낡은 느낌은 있었지만, 그래도 아늑한 집이었다.

저녁 먹을 생각이었다는 게 아주 빈말은 아니었던지 금세 뚝딱한 상이 차려졌다. 잡곡밥에 쇠고기뭇국, 김치와 장아찌 두 종류였다. 훈김이 오르는 국을 보자 갑작스럽게 허기가 몰려왔다. 그럼에도 나는 선뜻 수저를 들지 못하고 물었다.

"약속도 못 지켰는데 매번 얻어먹어서 어떡해요."

"괜찮으니까 어서 드세요."

걱정해 주는 기색이 완연하다. 그 마음 씀씀이가 고마워서 나는 순순히 고개를 끄덕이고 숟가락을 들었다.

"잘 먹겠습니다."

간은 입에 딱 맞았다. 국을 떠먹은 내가 웃자, 안심한 듯 주호 씨도 숟가락을 들었다.

우리는 한동안 말없이 밥을 먹었다. 나는 너무 지쳐 있었고, 주호 씨도 무슨 생각인지 딱히 나에게 말을 걸지 않았다.

그것이 너무나 고마웠다.

"……맛있게 잘 먹었습니다. 고마워요, 정말로. 배고프던 참이었거든요."

"잘 드셨으면 됐어요. 설거지는 두세요. 나중에 해도 되니까. 커피 드실래요? 믹스뿐이지만요."

나는 잠시 고민했다. 그렇게까지 민폐를 끼쳐도 되는 걸까. 하지만 사정을 모르지 않는 사람이니 조금만 더 응석을 부려도 되지 않을까. 오래 걸어 피곤해서인지 단것이 당기기도 해서, 결국 고개를 끄덕였다.

"네, 마실래요."

"그럼 잠시만요. 커피는 아래층에 있어서. 타 올 테니까 여기 계세요."

주호 씨가 부드럽게 웃고 방을 나섰다. 나는 그사이 얼른 상을 정리하고 닦은 후 설거지를 했다. 잠시 후 음료수 하나와 머그잔 하나를 들고 나타난 그는 내가 정리해 놓은 걸 보고 조금 난처한 얼굴을 했지만 그에 대해선 언급하지 않고 머그잔을 상 위에 올려놓았다.

"드세요."

"감사합니다, 잘 마실게요."

나는 따끈하고 달달한 믹스 커피를 홀짝이고, 주호 씨는 토마토 주스 병을 따 천천히 그것을 마셨다. 다시 침묵이 이어졌는데, 왜인지 그것이 불편하지 않았다. 그러고 보니 강가에서 맥주 마실 때에도 그랬었지. 문득 생각이 났다.

"그때, 우리 강가에서 각자 맥주 마셨을 때요. 힘든 일이 있으셨어요?"

갑작스러운 내 질문에 주호 씨가 잠시 생각하더니 곧 웃었다.

"아, 그거요. 어머니께 혼났어요. 왜 수요일에 쉬냐고."

"네?"

"가게 정기 휴일이 화요일인데, 그때 제가 수요일에 쉬었거든
요. 졸업식 시즌이라 내내 못 쉬다가 잠깐 착각했을 뿐인데, 엄청
화내시더라고요."

"아아. 역시. 조금 이상하다고 생각했어요. 수요일엔 빨간 장미
하는 노래도 있는데 수요일에 쉬셔서."

내가 웃자 주호 씨가 멋쩍은 미소를 짓는다.

"네, 그 얘기 하시더라고요. 그렇다고 요즘에도 수요일에 장미
가 잘 나가는 것도 아닌데."

말투가 조근조근해서 그렇지, 실상 내용은 투덜투덜 불평불만
이다. 귀여워. 나도 모르게 웃음이 나왔다. 그러나 내 얼굴을 본
주호 씨는 그 순해 보이는 눈을 찡그렸다.

"저, 별로 안 어리거든요?"

"아니, 전 그냥 귀여워서……."

"귀엽다는 게 어려 보인다는 얘기잖아요."

주호 씨는 금세 불퉁한 얼굴이 되었다. 나는 다시 새어 나오려
는 웃음을 참으려 머그잔을 입에 댔다.

"누가 보면 우리가 한 열 살 차이 나는 줄 알겠네."

그 투덜거리는 말을 듣고 나는 순식간에 우울해졌다.

"……얼굴만 보면 그렇게 보일 수도 있겠어요."

"안 그렇거든요?"

이십 대 초반의 얼굴과 삼십 대 초반의 얼굴이다. 반박하고 싶었지만 그래 봐야 내 얼굴 내가 까는 거라 나는 입을 다물기로 했다. 그런 나를 지그시 바라보며 주호 씨가 말했다.

"전 진아 씨가 저보다 연하일 거라고 생각했다고요."

"아이고, 감사합니다."

내 넉살 좋은 반응에 주호 씨가 움찔했다. 이런 게 진짜 나이 많은 자의 빈말 대처법이다. 내가 키들키들 웃자 주호 씨는 살짝 인상을 썼지만 곧 체념한 듯 표정을 풀었다.

"괜찮아요. 진아 씨가 어려서 제가 마음 준 건 아니니까요."

저번부터 생각했지만, 주호 씨가 마음을 전한다거나 마음을 준다는 말은 아무래도 좋아한다는 의미로 들린다. 지금까지는 그냥 넘기곤 했는데, 이번엔 마음이 아니라 좋아하게 되었다고 써야 하는 타이밍 아닌가. 생각해 보니 미묘하게 의미가 다른 것도 같아서 나는 조심스럽게 물었다.

"……음, 저기. 마음을 준다는 게요……."

"좋아해요, 진아 씨."

내 말이 떨어지기 무섭게 대답이 나왔다.

산뜻하게 웃으며, 하지만 내 눈을 직시하며 한 말에 입을 다물었다. 그 순수한 눈빛과 말에 가슴이 설렌 나머지 대꾸할 말이 떠오르지 않았던 것이다.

한참 동안 가만히 머그잔을 내려다보던 내가 가까스로 떠올린 말은, 참 멋대가리 없는 질문이었다.

"왜 저를 좋아하게 된 건가요?"

이게 이 상황에 할 소리냐.

말을 뱉어 놓고도 참 어이가 없었는데, 주호 씨는 달랐던 모양이다. 아까는 그 눈빛을 피할 수라도 있었는데, 이번엔 주호 씨가 내 시선을 잡고 놓아주지 않은 채 대답했다.

"이 길로 출퇴근하셔서 얼굴은 전부터 알고 있었는데, 언제 낮에 뵌 적이 있어요. 오늘은 출근 안 하시나 했는데, 일행이 있으시더라고요."

출근하지 않은 내가 일행을 데리고 이 근처에 나타났다고. 순간 불안감이 엄습했다. 나는 머그잔을 상에 내려놓고 몸을 굳혔다. 그런 내 반응을 보고, 주호 씨가 살짝 얼굴을 기울여 내 눈치를 살핀다.

"……아버님이셨죠?"

예상치 못한 말이 예상치 못한 사람의 입에서 흘러나왔다. 심장이 쿵 내려앉는 것 같았다. 나는 몇 번 입술을 움직여 보려 했지만 도저히 떨어지지 않아, 말없이 고개만 끄덕였다.

"사실 저는 의아했어요. 부녀가 팔짱을 끼고 걸으셔서. 저도 누나가 둘 있는데, 저희 집 식구들은 사이가 좋은데도 그러지는 않았거든요."

심장이 쿵쾅거렸다. 주호 씨의 입을 막고 싶었다. 더 말 안 해도 될 것 같은데, 더 듣고 싶지 않은데 몸이 꼼짝도 하질 않았다. 순식간에 눈이 뻑뻑하게 아파지고, 무언가가 울컥 치미는데 나는 손끝 하나도 움직일 수가 없었다. 주호 씨는 그 맑은 눈으로 나를 살피면서도 멈추지 않았다.

"그 뒤로 늦게 퇴근하실 때 아버님이 마중 나가시는 것 종종 봤는데, 그때마다 팔짱을 끼고 걸으시더라고요. 팔짱을 끼지 않으면 다정하게 손을 잡고. 오늘은 뭘 했다, 오늘은 어떠셨냐. 그렇게 대화하며 걷는 모습이 굉장히 행복해 보였어요. 그렇게 웃고 있는 진아 씨가 너무 행복해 보이고 예뻐 보여서, 내 옆에서도 저렇게 웃었으면 좋겠다고 생각했어요. ……그렇게 처음 자각했던 것 같아요."

침을 꿀꺽 삼키자, 울음이 함께 넘어갔다. 나는 떨리는 입술을 겨우 열었다.

"제가…… 정말로 행복해 보였나요?"

주호 씨가 부드럽게 웃으며 고개를 끄덕였다.

"네."

정말 묻고 싶은 것은 따로 있는데, 울음이 목에 가득 차올라 좀처럼 말이 나오질 않았다. 떨리는 손가락을 마주 잡고, 나는 억지로 입을 뗐다. 목구멍이 조여 이상한 목소리가 흘러나왔다.

"아버, 지도요……?"

"아버님도요. 데리러 가실 때는 굉장히 설레 하셨어요. 돌아올 때는 행복해 보이셨고요."

입술이 바르르 떨렸다. 순식간에 눈물이 차올랐다. 나는 주호 씨를 응시한 채 눈을 깜박였다. 주호 씨는 다시 부드럽게 웃으며 단호하게 고개를 끄덕였다.

"두 분 다 행복해 보이셨어요."

이제는 더 참을 수가 없었다. 나는 손바닥으로 입을 가렸지만, 그 손 위로 금세 눈물이 흘러내렸다. 입을 가린 손도 부들부들 떨리기 시작했다.

장례식 내내 나는 참 많은 말을 들었다. 진아 너는 할 만큼 했어. 긴병에 효자 없다고 하잖니. 그런데도 훌륭하게 잘했어. 너 같은 딸이 없어. 네 아버지도 이제 그만하셨으니 됐어. 오래 앓으셨으니 이제 괜찮으실 거야. 진아야, 고생했다. 고생 많았다. 잘했다.

모두 고마운 말들이었고, 위로해 주려는 그 마음도 물론 안다. 그런데도 그 말들은 왜인지 내 마음에는 와 닿지 않았다. 내게 위로가 되지는 못했다.

그 증거로, 지금까지 슬픔은 내게서 한 걸음 물러나 있었다. 눈물은 얼마든지 흘렸지만, 나는 한 번도 제대로 슬프다고 느낀 적이 없었다. 그런데 지금 이 순간, 주호 씨의 말을 들은 그 순간, 나는 그제야 슬픔이 눈물을 따라잡았다는 것을 느꼈다.

나는 내내 아버지에게 묻고 싶었다.

아빠, 내가 아빠에게 기쁨이 되었어요? 나는 아빠에게 자랑스러운 딸이었나요? 아빠는 내가 있어서 행복했나요?

묻고 싶었지만 물을 수 없었다. 내가 도착했을 때 아버지는 이미 혼수상태였고, 나는 아버지에게 어떤 질문도 할 수 없었다. 아주 늦은 건 아닐지라도, 조금 늦었던 것이다.

그런데 그 답을, 주호 씨가 내 주었다.

아버지는 내가 있어서 행복해하셨다고. 그리고 나 역시, 아버지 옆에서 행복해했다고.

으으으, 끄으으, 입을 가린 정도로는 참을 수 없는 울음이 터져 나갔다. 주호 씨가 상을 옆으로 밀고 내게 다가왔다. 나는 쓰러지듯 그 품에 안겨 큰 소리로 울기 시작했다.

"행복해 보였어요, 두 사람 다."

위로하려는 건지, 주호 씨가 중얼거리듯 속삭였다. 하지만 그때마다 내 목소리는 커지기만 했다. 다시는 아버지와 그렇게 팔짱을 끼고 걸을 수 없다는 것, 아버지가 나를 데리러 오지 못한다는 것, 다시는 아버지와 대화하지 못한다는 것, 다시는 아버지와 내가 그렇게 행복해할 수 없다는 것……. 그 모든 것이 슬펐다. 그러한 사실들이 현실이 되어 피부에 와 닿는 것이 무서웠다. 이제 어디에도 아버지가 없다는 것이 이제 실감이 났다.

그렇게 내가 짐승처럼 울음을 토해 내는데도, 주호 씨는 다정하게 나를 끌어안고 내 등을 천천히 문질렀다. 그것이 몹시 고마웠다. 간혹 내가 정신을 차리고 멀어지려 하면, 다시 힘주어 나를 끌어안고 "마음껏 울어요." 하는 통에 나는 다시 정신 놓고 울었다. 장례식 내내 꽤 많이 울었다고 생각했는데, 그것과는 비교도 할 수 없을 만큼 눈물이 많이 나왔다.

한참을 넋 놓고 울고 나니 겨우 울음이 잦아들었다. 내 눈물 콧물을 고스란히 앞치마와 상의로 받아 낸 주호 씨는 조금의 싫은 티도 없이 휴지를 가져와 내 눈가에 갖다 댔다. 더러워진 옷이며 빼앗은 시간이 몹시 미안했지만, 나는 지금만 이기적이기로 하고 가만히 눈을 감았다. 조심스럽게 휴지가 내 눈가며 턱을 훔치고 떨어져 나갔다.

그리고 조용하게 입술이 와 닿았다.

아.

손끝이 움찔하긴 했지만, 나는 눈을 뜨지 않았다. 조금 메마른 입술이 따뜻했다. 마음이 놓이며 몸에서도 힘이 빠져나갔다. 그런 내 등을 주호 씨가 부드럽게 감싸고, 살그머니 힘을 주어 나를 끌어안았다. 단단한 팔에 힘 있게 끌어당겨져, 무척 안심이 되었다.

주호 씨는 조금도 조급해하지 않았다. 혀끝으로 천천히 내 입술을 덧그리는 움직임이 자극적이지 않도록 조심하고 있어서, 나는 그가 또 다른 방식으로 위로하고 있음을 확신했다. 단순히 하고 싶어져서가 아니라 나를 위로하기 위한 스킨십. 조심스럽게 나를 살피는 눈길이 감은 눈으로도 느껴졌다.

나는 그가 이끄는 대로 품에 안겨, 그가 원하는 대로 입술을 열었다. 느릿느릿 내 입안으로 들어온 주호 씨의 혀끝이 부드럽게 내 혀를 문질렀다. 괜찮아요. 내가 옆에 있어요. 그렇게 말을 거는 듯했다. 한참 운 끝에 나른해진 나를 따스한 체온이 위로한다. 부드러운 움직임이 위로한다. 나는 눈을 감은 채 미소하며 주호 씨를 끌어안았다.

맨바닥은 아플 테니까, 하며 요를 깔고 그 위에 나를 눕힌 주호 씨는 불을 끄고 나를 찾아왔다. 젖었다가 마른 탓에 건조해진 내 뺨에 자신의 두 손을 대고 이마에, 눈꺼풀에, 코에, 입술에, 턱에 입을 맞추었다. 다정한 입맞춤은 울음으로 텅 비었던 내 마음의 밑바닥부터 차근차근 어루만져 주었다.

소중한 것이 들어 있는 선물 상자를 열 듯, 그가 내 옷을 벗기기 시작했다. 그 움직임이 너무나 정중해서 거부해야겠다는 생각은 들지 않았다. 그에게서 열기가 느껴지지 않았다면 거짓말이지만, 주호 씨는 자신의 열기를 부드러움으로 덮었다. 내 옷을 벗길 때에도, 자신의 옷을 벗을 때에도 조금도 서두르지 않았다. 마치 우리가 하고 있는 것이 위로의 의식이라는 것을 명확히 하는 것처럼, 그는 시종 다정했다.

원나잇이라든가, 잘 알지 못하는 사람과라든가, 삼우제 날이라든가, 나보다 연하라든가 하는 생각이 들기도 했다. 하지만 그럼에도 나는 위로받고 싶었고, 그의 움직임은 위로였으며 지금 이 순간 나에게는 그가 필요했다.

"괜찮아요?"

대답 대신 고개를 끄덕이며 그의 등을 끌어안았다. 생각보다 듬직했고, 생각보다 무게감이 있었다. 그것이 기분 좋았다. 쾌감으로써의 기분이 아니라, 이 맞닿은 상태가 정말로 기분 좋았다. 내 귓불에 다정하게 입을 맞춘 주호 씨가 천천히 내 다리를 쓸어내렸다. 행위를 위한 것이 맞는데 그조차 위로로 다가오는 것은 그 조심스러움과 상냥함 때문일 것이다.

이렇게 다정한 위로는 난생처음이었다. 마음은 이미 따스함으로 가득 차 있었다. 이제 기운이 난 나는 천천히 허리를 움직여 그를 도왔다. 그제야 주호 씨의 움직임이 빨라진다. 그사이에도 내 손을 찾아 두 손 다 깍지를 끼고 힘주어 내 손을 잡은 그가 내 입술에 입을 맞추고 속삭였다.

"할게요."

내가 고개를 끄덕이자 고맙다는 듯 그가 다시 입을 맞춰 주었다. 그리고 몇 번 깊게 자신을 틀어박은 후 끝을 맞았다.

그것조차 차분해서 나는 가만히 웃었다. 왜인지 주호 씨답다는 생각이 들었다. 숨은 좀 몰아쉬었지만 그렇다고 많이 거칠지도 않았다. 살갗을 맞대고 여운을 조금 즐긴 그는 곧 자신을 물리고 뒤처리를 한 후, 다시 나를 품에 안고 내 등을 도닥였다. 따뜻한 체온이 좋아서 나도 주호 씨의 허리에 팔을 둘렀다. 그러자 그가 조금 더 강하게 나를 안아 준다.

말은 없었다. 필요하지도 않았다. 이틀간 피로한 채 길고도 길게 잠을 잤던 나는 그때보다도 지금이 더 머릿속이 맑고 마음이 따뜻하다는 것을 깨달았다.

앞으로 어떤 일이 있어도, 오늘의 위로는 잊히지 않을 것이다. 앞으로 무슨 일이 있더라도, 이 순간의 주호 씨를 미워할 수는 없을 것이다. 나는 그의 맨가슴에 뺨을 댄 채 조용히 속삭였다.

"……고마워요."

대답 대신 그가 나를 아플 정도로 힘주어 끌어안았다가 놓는다. 그러곤 내 등을 두드리며 속삭였다.

"자요. 아침에 시간 맞춰 깨워 줄게요."

그 말을 들은 순간 오늘 집에 돌아가야 한다고는 생각했지만, 어제와는 달리 마음이 시키는 대로 하기로 했다.

"……응. 부탁해요."

"잘 자요."

다정한 속삭임이 귓가를 간지럽힌다. 나는 다시 소리 없이 웃고는 그의 가슴에 기대 잠을 청했다.

6. 현실로 돌아오다

낯선 말소리가 들려 잠에서 깼다. 피곤했던지 눈은 떠지지 않
았고, 대신 귀가 예민하게 소리를 받아들였다.

"안 된다니까."

주호 씨가 허스키한 목소리로 조용조용히 전화를 받고 있었다.
반대로 통화 상대는 목소리가 높았다.

― 야, 어떻게 한 번을 안 나와 주냐? 친구가 5년 사귄 여자한
테 차였다는데!

"상황이 안 되는데 어쩌라고."

퉁명스러운 주호 씨가 생소해서 잠이 달아났다. 나에게는 항상
조근조근 고운 말투를 썼기에, 친구와 편하게 대화하는 목소리가
꽤나 신선했다. 슬그머니 눈을 뜨자 나를 보고 모로 누운 주호 씨
가 보였다. 전화 때문에 깬 듯, 눈은 감은 채 귀와 볼에 휴대폰을

얹어 놓고 있었다. 창문을 넘어서 들어온 주황색 가로등 불빛에, 살짝 인상을 쓴 것도 보였다. 내가 멍하니 눈을 깜박이며 주호 씨를 바라보는 사이, 통화 상대는 바락바락 소리를 질러 대기 시작했다.

— 개새끼야! 네가 그러고도 친구냐? 어? 형님이 너 실연당했을 때 얼마나 헌신적으로 같이 술 퍼 줬는지 벌써 다 잊은 거냐고!

"한참 된 얘긴 또 왜 꺼내?"

— 한참은 시발아, 2년밖에 안 됐거든?!

"그딴 소리 할 거면 끊는다."

주호 씨의 대답에 등줄기가 오싹했다. 여전히 낮고 조용한 목소리였지만, 심기 불편함을 여실히 드러내는 그 말투에는 어쩐지 사람을 압도하는 냉정함이 있었다. 나만 그렇게 느낀 것은 아닌지 통화 상대의 목소리도 대번에 누그러져서 더 이상 소리는 새어 나오지 않았다. 하지만 그럼에도 주호 씨를 조르는 모양이었다.

"내일 보자니까. 오늘은 안 돼. ……안 된다고."

친구가 무어라고 말을 했는지, 주호 씨가 미간에 주름을 잡으며 눈을 떴다. 그리고 멍한 눈으로 자신을 바라보고 있던 나를 발견하고는 잠시 눈을 크게 뜨더니, 곧 눈꼬리를 접으며 웃었다.

잠이 덜 깨 따라 웃지도 못하고 그 얼굴을 보고 있노라니 주호 씨가 손을 뻗어 내 뺨에 올렸다. 타인의 살갗은 낯설면서도 따스했다. 다정한 눈빛, 부드러운 손길, 온화한 분위기가 안심이 되어 눈을 감았다. 거친 손가락이 섬세하게 내 뺨을 어루만졌다.

"그래. 여자친구랑 같이 있어. ……그래, 인마. 오늘부터다. 그래서 못 나가."

— 헐, 대박! 대박, 대박!

호들갑 떠는 주호 씨 친구의 목소리를 들으며 다시 잠이 들려는 내 볼을 주호 씨가 톡톡 쳤다. 잠이 내려앉아 무거운 눈꺼풀을 겨우 들어 올리자 주호 씨가 휴대폰의 마이크 부분을 손으로 가린 채 내게 속삭였다.

"혹시 얘기하는 거 싫은 건 아니죠?"

"응?"

"우리 사귀는 거, 얘기하는 거 싫으냐고요."

"그런 거 아닌데요……?"

어리둥절해서 대답하자 주호 씨가 만족한 미소를 지으며 고개를 끄덕였다. 그러곤 다시 자라는 듯 이불을 덮어 주고 내 어깨를 토닥토닥 두드리기 시작했다. 하지만 싫고 좋고 이전에…… 우리 사귀는 거였어? 그 사실에 놀라 이번에야말로 제대로 잠이 달아났다.

한 번 하기는 했지만, 나보다 네 살이나 어린 남자의 발목을 잡을 생각은 전혀 없었다. 어젯밤의 관계가 순수한 위로라는 것을 잘 알기에, 그 마음은 고맙게 받되 아침이 되면 다시 동네 주민과 주민의 관계로 돌아갈 생각이었다.

그런데 아무래도 그건 나만의 생각이었던 모양이다.

사귄다라…….

물론 주호 씨 같은 사람이 사귀자고 한다면야 감사합니다, 고맙습니다 해야 하는 상황인 건 안다. 동화 속 왕자님처럼, 멋진 남자의 등장은 언제나 매력적이니까. 하지만 동화는 동화고, 현실은 현실이다. 서른두 살, 나는 지금까지 많은 것을 깨달았다. 멋진 남자와 결혼에 성공하는 것은 동화나 드라마에서나 가능한 일이라는 것, 실제로 멋진 남자는 거의 없거나 있어도 남의 남자라는 것, 그리고 멋진 남자와 어울리기에는 내 조건이나 삶이 너무 시궁창이라는 것 등등.

나도 여자인지라, 판도라의 상자 속에 있던 단 하나의 희망처럼, 멋진 남자와의 로맨스에 대한 갈망이 마음 한구석에 있긴 하다. 어린애처럼 입 밖으로 내지 않을 뿐. 그런 기회가 왔을 때 잡고 싶지 않은 여자가 어디 있을까.

그러나 갈망은 갈망으로 그쳐야 하는 법이다. 심지어 나는 지금 연애를 할 때도 아니다. 이제 막 삼우제를 지냈고, 고생 끝에 여기저기 골병든 엄마와 아르바이트 좀 해 보려다 다친 대학생 동생, 이제 막 대학에 들어간 동생까지 부양하고 있는 가장이니까. 이 상태에서도 누굴 사귄다는 것이야말로 염치없는 일 아닌가?

나는 나도 모르는 사이에 호의라는 감정을 발판 삼아 기세를 불리려 하는 갈망을 억지로 내리눌렀다. 거절해야 한다. 주호 씨를 위해서라도 거절해야 한다. 나는 평범한, 지나가는 사람23쯤 되는 조연이다. 주호 씨는 주인공이지만, 나는 주인공이 아니다. 그러니까…….

"나 연애 안 할 때 넌 실컷 했잖아. ……끊어. 너 때문에 못 자잖아."

주호 씨가 목소리를 좀 더 낮추고, 조심스럽게 내 어깨를 토닥이기 시작했다. 그 손길을 받던 나는 문득 어젯밤의 결심을 기억해 냈다.

오늘 밤만 이기적으로 욕심내기로 했었지. 그래, 내일까진 바라지도 않을 테니까.

나는 한숨을 깊게 내쉬고 주호 씨를 끌어안았다. 조금 뜨거운 품이 눈물 날 만큼 위로가 되고…… 참으로 좋았다.

✻ ✸ ✻

부스럭거리는 소리가 나서 눈을 뜨자, 내 눈 위를 커다란 손바닥이 덮었다.

"좀 더 주무세요. 아직 일러요. ……휴가는 언제까지예요?"

"내일까지요……."

눈을 뜨려고 했지만 따뜻한 손바닥과 이불이 나를 잡고 놓아주질 않았다. 일어나야겠다는 것은 생각뿐이었다. 오랜만에 관계를 해서인지 몸이 평소보다도 더 가라앉아 있었다. 휴가인 것이 정말 다행이었다.

우리 회사의 특별휴가는 최장 5일이지만, 주말 때문에 나는 오늘 출근해야 했다. 하지만 회식의 미안함 때문인지 팀장님이 연구부장님과 담판을 지어서, 결국 5일을 다 쉬고 출근하게 된 것이다. 그것이 정말로 고마웠다. 당장 오늘 출근을 하더라도, 몸 상태나 정신 상태가 좋은 것이 아니라 일에 지장만 갔을 것이다.

쉬어도 되는 날이라고 생각하니 몸이 요에 달라붙은 것만 같았다. 일어나려고 두어 번 꿈틀거려 본 나는 결국 일어나길 포기하고 몸에서 힘을 뺐다. 그제야 주호 씨의 손이 내 얼굴에서 떨어졌다. 나는 면목 없어 하면서 눈을 감다가 문득 나만 휴일이 아니라는 것을 깨달았다.

"어, 주호 씨 화요일 휴일 아니에요?"

"2월이니까요."

대답한 주호 씨가 일어나 욕실로 사라졌다. 곧 물소리가 들리기 시작했다.

그렇지, 꽃집은 2월이 대목이지. 고개를 끄덕이며 나는 억지로 일어나 앉았다. 주인도 없는 방에서 혼자 계속 자고 있을 수도 없는 노릇이니까. 무거운 몸을 들어 옷을 찾아 입고 이불을 갰다. 머리도 대충 묶고 매무시를 만지던 나는 불현듯 불안해져서 욕실쪽 눈치를 보며 슬그머니 휴지통을 들여다보았다. 어젯밤 위로의 증거가 제대로 들어 있는 것을 확인하고 안심할 때 욕실 문이 열려 후다닥 휴지통에서 물러났다. 수건으로 짧은 머리카락을 대충 털며 욕실을 나온 주호 씨가 나를 보고는 눈을 휘둥그렇게 떴다.

"어, 왜 일어났어요."

"일하셔야 하잖아요. 저도 그만 집에 가야죠."

슬그머니 웃으면서도, 평소보다 조금 더 단호하게 대답했다. 그러자 주호 씨의 아랫입술이 조금 튀어나온다. 말없이 머리카락의 물기를 마저 털어 내는 모양새가, 내가 하는 게 마음에 들지 않는다고 시위하는 듯하다. 그렇다고 계속 이 방에 머무를 것도 아니라서, 나는 웃으며 코트를 집어 들었다.

"어젯밤엔 고마웠어요. 위로해 줘서."

"……오늘 휴일이랬죠? 그럼 점심 같이 먹어요."

여전히 뿌루퉁한 얼굴을 한 채 강권하는 모습이 꼭 어린애 같아 귀엽다. 한 번 살이 닿았다고 고새 주호 씨를 대하는 내 마음이 좀 달라진 것 같아 나는 조소하며 입을 열었다.

"주호 씨. 안 그래도 돼요."

"뭘요?"

주호 씨가 이번엔 제대로 인상을 쓰며 나를 돌아보았다. 그 이상 말하면 기분 나쁠 것 같음, 하는 오라가 여실해서 나는 나도 모르게 입을 다물었다. 밤에 그렇게 굳게 다짐했는데, 저 얼굴을 보면서는 말이 잘 나오지 않았다. ……하지만 그래도 해야 했다. 겨우 용기를 그러모아 나는 억지로 웃어 보였다.

"위로였다는 거 알아요. 그러니까 굳이 맞춰 줄 필요 없어요. 그걸로 주호 씨 발목 잡을 생각은 처음부터 없었으니까."

내 말에 주호 씨는 멍하니 입을 벌리더니, 잠깐의 침묵 후 무표정이 되었다.

그 순한 인상이 잠깐 사이에 저렇게 냉정한 얼굴로 돌변하는 걸 보니 무척 신기했다. 그렇게 담담하게 주호 씨를 바라볼 수는 있었지만, 마음은 조금 아팠다. 하지만 잘하는 것이라 생각해서 꿋꿋이 웃으며 묵례하고 신발을 신었다.

이제 이 꽃집 앞을 지나다니는 것이 꺼려지겠지만, 그래도 괜찮아, 금방 괜찮아질 거야. 그렇게 속으로 되뇌는 사이, 주호 씨가 차가운 눈빛으로 내게 물었다.

"원나잇 자주 하나 봐요?"

……응? 뭐?

예상치 못한 질문을 받고 내가 멍청하게 주호 씨를 바라보자, 그가 반복했다.

"원나잇 자주 하나 봐요."

재차 질문을 받고 나서야 말의 의미를 깨달았다. 나는 기겁을 하고는 반사적으로 고개를 저었다. 얼마나 당황했는지 양손도 같이 흔들었다.

"아, 아니, 한 적 없어요!"

그리고 누그러지는 주호 씨의 눈빛을 보고 깨달았다. 아, 그냥 한다고 하는 게 나았을지도. 후회하는 내게, 그가 질책하듯 물었다.

"그런데 몸을 맞대는 게 그렇게 쉬워요? 아무리 위로여도?"

"어제 그건 합의였고, 주호 씨도 위로 이외의 다른 의미는 없었잖아요. 그걸로 책임지라고 할 생각이 없다는 얘기예요."

"위로 이외에 다른 의미 많았는데요?"

못마땅하다는 얼굴로 수건을 내려놓은 주호 씨가 성큼성큼 내게 다가왔다.

"어젯밤은 진아 씨를 위로하려고 했던 거 맞아요. 하지만 저, 좋아하지도 않는 사람을 위로한답시고 섹스하는 놈은 아니에요. 진아 씨 좋아하니까 한 거예요."

주호 씨가 나를 직시하며 말을 뱉는다. 가까이에서 보니 갈색 눈동자가 더 선명히 보였다. 그 눈의 힘에 사로잡혀 꼼짝도 못한 채, 나는 뻐끔뻐끔하며 열심히 머릿속으로 할 말을 찾았다.

하지만 말을 좀처럼 이을 수가 없었다. 주호 씨는 가끔 저돌적인 데가 있었다. 어리기 때문일까, 원래 성격인 걸까. 당황스러운 상황에 대처하지 못한 내가 으, 어, 하고 바보 같은 소리만 반복하고 있을 때, 주호 씨가 내 손을 덥석 잡았다. 그리고 여전히 내 눈을 똑바로 보며, 마치 돌에 글자를 새기듯 한 글자 한 글자 힘을 주어 물었다.

"나 싫어요?"

"아니, 그런 게 아니라, 저는, 어, 나이도 많고, 식구도 많고……."

"내가 싫으냐고요."

"싫은 건 아니에요. 그렇지만."

"그렇지만은 필요 없어요. 내가 싫어요?"

'그렇지만'을 차단당했다. 게다가 이렇게 가까이에서 서로 눈을 바라보며 질문을 받고 있다. 웬만큼 싫은 사람이어도 싫다고 대답할 수 없는 상황 아닌가. 내 마음은 그렇게 저항했지만, 입은 멋대로 움직였다.

"아니요."

"그럼, 어제 나랑 섹스한 게 마음에 안 들었어요?"

"아, 아니요."

이번에도 예상하지 못한 질문을 받아 말을 더듬고 말았다. 얼굴에 열이 오르는 것도 느껴졌다. 그러자 좀 더 누그러진 태도로 주호 씨가 물었다.

"내 위로가 싫었어요?"

"……고마워서 그래요. 나 같은 여자에게 매이기엔, 주호 씨가 너무 아깝고 고마워서……."

내 말에 주호 씨가 갑자기 소리를 내어 웃기 시작했다. 그러곤 장난기 가득한 얼굴을 다시 내 얼굴에 가까이한다. 금방이라도 입술이 닿을 것 같은 거리에서, 나는 바짝 긴장한 채 주호 씨를 바라보았다.

"내가 매일지 진아 씨가 나한테 매일지는 해 보기 전엔 모르는 거 아닌가요? 왜 내가 매이기만 할 거라고 장담해요?"

그, 그건 그렇지만…… 어? 아, 아니, 내가 한 말은 그런 의미가 아닌데, 응?

나는 무언가 이상하다 싶어 뒤로 슬쩍 물러났다. 하지만 등 뒤는 현관문인 데다 손을 잡힌 상태라, 주호 씨에게서 벗어날 수가 없었다. 도리어 나를 잡아당긴 주호 씨가 내 등을 끌어안았다.

"그렇게 도피하지 말고 한번 해 봐요. 해 보고 이야기해요. 네? 나 싫지 않다면서요."

"그건 내가 할 말인 거 같은데……. 특별히 예쁜 것도 아니고 가진 것도 없고 나이만 많은 여자와 사귀어도, 정말 괜찮겠어요?"

얼굴이 보이지 않자 오히려 제대로 말이 나왔다. 그러나 이번에도 무엇이 그리 웃긴지, 주호 씨가 소리 내 웃더니 내 귓가에 속삭였다.

"몇 년이 지나도 내가 연하니까, 바짝 긴장해야 하는 건 내가 아니라 진아 씬데요?"

그 말에 어이가 없어서 입이 떡 벌어졌다. 말이야 맞는 말이다. 말은 맞는 말인데, 열이 받는다. 주호 씨 분명 어리게 보이는 것에 콤플렉스 갖고 있지 않았던가? 그런데 이 뻔뻔함과 자신감은 대체 뭐지?

내가 기막혀하는 사이, 주호 씨가 슬그머니 몸을 물리고 내 얼굴을 살폈다. 그러곤 아무 일 없었다는 듯 내 입술에 쪽 하고 입을 맞추고는 개구지게 웃는다.

"틀린 말 아니잖아요?"

"……뻔뻔해요!"

"저 원래 뻔뻔해요. 그러니까 우는 진아 씨한테 꽃도 드렸죠."

자기 말처럼 뻔뻔하게 대답한 주호 씨가 다시 뽀뽀를 하고는 내 손을 잡아 이끌었다. 얼결에 끌려가며 신발을 벗어 내자, 나를 덥석 끌어안으며 내 귀를 깨물었다. 당황한 내가 펄쩍 뛰는 것을 붙잡아 앉힌 그가 말간 얼굴로 입을 열었다.

"사귄 지 이틀 된 기념으로, 위로의 섹스 말고 제대로 한 번 해요. 저 아직 시간 좀 있거든요."

기가 막히고 코가 막히는 거로도 모자라 숨이 막힐 지경이다. 말 못 하고 어버버 하는 나를 본 주호 씨가 거만하게 웃으며 덧붙였다.

"연하 좋은 게 뭐겠어요? 그죠?"

"아, 아니, 외박한 거라 진짜 집에 가 봐야!"

당황한 내가 손을 내젓는데도, 주호 씨는 아랑곳하지 않고 내 코트를 빼앗고 척척 내 옷을 벗기기 시작했다. 어제와 달리 손이 몹시 빨라서, 나는 잠깐 사이에 다시 이불 위에 누워 있었다.

……이상하다. 왜 내가 잘못 걸린 거 같을까.

어젯밤에 한 번, 아침에 한 번 했을 뿐인데 나는 완전히 지쳐서 곯아떨어졌다. 운동도 관계도 꽤 오래 안 한 데다, 오늘 아침의 관계는 주호 씨가 장담한 대로 연하의 장점을 여실히 보여 준 것이어서, 그와 나이 앞자리가 다른 나는 따라가기가 몹시 힘들었다.

창문을 넘어 들어온 정오의 햇빛을 받고 잠에서 깬 나는 이불을 뒤집어쓰며 한숨을 내쉬었다.

죄책감이 고개를 들기 시작했다. 삼우제가 어제였다. 그런데 나는 그에게 위로받는 거로도 모자라 그의 팔 안에서—괴롭기도 했지만— 행복해했다. 이렇게 아버지가 자신의 자리를 뜨신 직후에, 딸인 내가 이래도 되는 걸까. 이러라고 팀장님이 내준 휴가가 아닌데.

어쩐지 이 꽃집은 내게 모든 것을 잊게 만드는 별세계 같다. 여기에, 주호 씨와 함께 있으면 내 어려운 상황을 모조리 잊게 된다. 그에게만 집중하게 되고, 그에게만 반응하게 된다. 그게 강주호라는 사람의 매력이라는 것은 알 것 같다. 하지만 지금 내가 그럴 때가 아니라는 것을, 그가 잠깐만 멀어져도 깨닫게 된다.

물론 해선 안 된다는 법이 있는 것도 아니고, 행복해선 안 된다는 법이 있는 것도 아니다. 남에게 이런 이야기를 하면, 아버지도 네가 행복해지길 바라실 거라고 모두 이야기할 걸 아니까 그럴 생각은 전혀 없다. 그러나 가슴이 답답해서 어딘가 털어놓고 싶기는 했다. 오랜만에 친구들을 불러내 볼까.

그렇게 생각하며 이불 속을 굴러다닐 때 내 휴대폰 벨소리가 들렸다. 자리에서 벌떡 일어나 주변을 살피자, 작은 탁자 위에 충전선이 꽂힌 내 휴대폰이 보였다. 주호 씨가 충전해 놓은 모양이었다. 발신자는 외삼촌이었다.

"여보세요?"

— 진아야. 나다.

"아, 네, 삼촌. 잘 지내셨어요?"

— 나야 잘 지냈지. 출장 다녀온다고 너희 집 소식을 아까 알았다. 네가 고생이 많았겠구나.

"고생은요. 이래저래 엄마가 고생 많이 하셨죠."

— 그래, 지금 너희 아버지한테 가고 있어. 저녁쯤 너희 집에 들를까 하는데, 누나가 전화가 안 되네?

"어, 엄마 몸살 나셔서 그럴 거예요. 저도 어젠 친구 집에서 자서. 이제 집에 갈 거니까 걱정 말고 오세요. 오랜만에 삼촌 뵙고 싶어요."

— 그래, 그럼 저녁때 보자.

"네, 삼촌. 이따 봬요."

통화는 길지 않았다. 바탕화면으로 돌아온 휴대폰을 내려다보며 나는 피식 웃었다. 얼마나 정신이 없었으면 삼촌이 못 오신 것도 몰랐을까.

사실 진짜 외삼촌은 아니다. 엄마와 민광이 아저씨는 보육원 출신이신데, 의지가지없는 세상에서 둘이 친남매처럼 의지하며 살아오셨기에 엄마의 의동생은 우리에게 외삼촌이 되었다. 무슨 일 있으면 제일 먼저 달려와 이것저것 도와주시던 분이라 아버지도 삼촌에게 꽤나 의지하곤 했다. 그런 분이 안 계셨는데도 몰랐다니 다들 정신이 없긴 없었나 보다. 아마 엄마나 진수, 진형이도 몰랐지 싶다.

그나저나 엄마가 많이 아프신 모양이다. 나는 얼른 자리에서 일어나 다시 이불을 개 놓고 옷을 주워 입었다. 얼굴에 물만 찍어 바르고 얼른 1층으로 내려가자, 혼자서 꽃을 손질하고 있던 주호 씨가 나를 발견하고 반가워했다. 곧 내 손에 들린 코트를 보고 인상을 썼지만.

"왜 벌써 일어났어요?"

"집에 외삼촌이 오신대요. 엄마가 아프신지 연락이 안 된다고 저한테 전화가 와서요."

"그럼 얼른 가 봐야겠네요."

손질하던 꽃을 내려놓고 앞치마에 손을 닦은 주호 씨가 걱정스러운 얼굴로 내 손을 잡았다. 아직 익숙하지 않은 감촉이었지만, 조금 뜨거운 체온이 닿으면 안심이 돼서 좋았다. 나는 웃으며 고개를 끄덕이곤 발을 내디뎠다. 그러나 곧 주호 씨가 나를 도로 잡아당겼다.

뽀뽀를 다섯 번 정도 받고, 딥 키스를 두 번 정도 하고 나서야 주호 씨는 웃으며 나를 보내 주었다. 하지만 웃은 건 주호 씨뿐이고, 들어오는 손님에게 키스하는 것을 들켜 나는 꽁무니에 불붙은 강아지처럼 냅다 뛰어 꽃집을 빠져나왔다.

화끈거리는 뺨을 감싸며 집으로 향하다가, 혹시나 해서 죽과 약을 샀다. 예상대로 엄마는 끙끙 앓고 계셨다. 보일러도 더 세게 틀고, 죽과 약을 내드리자 엄마가 다 꺼져 가는 목소리로 내게 물었다.

"어디서 자고 왔어?"

"문상 와 준 친구 만나러 갔다가 친구 집에서 잤어."

미리 생각해 둔 대답을 내놓았다. 예상대로 별말은 나오지 않아서 새로운 소식을 덧붙였다.

"그리고 외삼촌 오신대. 엄마 전화 안 받는다고 나한테 전화하셨길래 엄마 아프다고 이야기했어."

"민광이 온대? 그럼 청소라도 해야 하는데. 집 꼴이 엉망인데."

엄마가 호들갑을 떨며 기운 없이 일어나 앉았다. 나는 피식 웃으며 이번에도 정해진 대답을 내놓았다.

"내가 할게."

"그래, 그럼 수고 좀 해라."

엄마도 내가 그렇게 말할 걸 알았다는 듯 바로 자리에 누웠다. 막둥이는 친구를 만나러 간 건지 진수에게 간 건지 보이질 않아 결국 청소는 내 차지였다.

어제, 오늘 시달린 통에 몸이 많이 무거웠지만 열심히 움직여 가까스로 청소를 마쳤다. 저녁을 어쩔까 고민하는 사이, 삼촌과 숙모가 한가득 무얼 들고 집에 도착했다. 삼촌과 숙모의 얼굴을 보자 어쩐지 마음이 든든하고 안심이 되었다.

"누나, 늦게 찾아와서 미안해요."

"아니다, 내가 연락하는 걸 잊었는데, 뭐. 얼마나 정신이 없었는지, 올케한테 말해 둔다는 게 아주 깜박 잊었지 뭐니."

"저한테라도 말을 해 주시지, 나중에 알고 얼마나 황망했는지 몰라요. 형님 정말 고생 많으셨어요."

숙모가 눈물이 그렁그렁한 채 엄마의 손을 잡았다. 엄마도 눈시울이 붉어졌다. 나는 얼른 봉지를 받아 들었다. 삼촌이 내 어깨를 툭툭 두드렸다.

"외식을 하려고 했는데 누나가 아프다고 해서 장을 좀 봐 왔어. 근데 우리 뭐 시켜 먹자. 오후 내내 운전했더니 내가 배가 고파서 안 되겠어."

장도 한가득 봐 와 놓고 굳이 뭘 시켜 먹자는 삼촌의 의도를 모를 수는 없었다. 내가 난처해져서 엄마와 숙모를 바라보자, 숙모가 고개를 끄덕였다.

"그래, 나도 배고프다. 형님, 죽도 사 오긴 했는데, 혹시 입맛 당기는 거 있으세요?"

"나는 죽이면 돼. 그러지 말고 그냥 해 먹자. 사 온 것도 많은데 뭘 또 시키니?"

"아유, 형님. 저이 점심도 못 먹고 운전했어요. 언제 만들어서 언제 먹어요."

만드는 거나 시키는 거나 비슷할 텐데도, 삼촌과 숙모는 열심히 엄마를 설득했다. 결국 엄마가 못 이긴 척 수긍했고, 삼촌이 손수 족발집에 전화해서 족발과 보쌈 세트 중 가장 큰 세트를 주문했다.

배달 음식이 도착할 즈음, 삼촌과 숙모가 오셨다는 내 연락을 받은 막둥이도 집에 도착했다. 매트리스가 치워져 넓어진 거실에 다들 둘러앉아 저녁을 먹었다. 그 단란하지만 적적한 분위기 속에서, 나는 오늘 아침의 온기를 떠올렸다. 다시 죄책감이 몰려왔지만, 동시에 주호 씨가 무척 보고 싶었다. 이따 잠깐 보러 가도 괜찮으려나?

"우리 진아 오랜만에 봤는데, 남자친구는 생겼니?"

마침 주호 씨 생각을 하는 중에 숙모가 다정하게 물어서 나는 화들짝 놀랐다. 그러나 나 대신 엄마가 대답했다.

"이렇게 정신없었는데 무슨 남자친구가 생겼겠어."

"그것도 그렇네. 우리 진아가 얼른 시집을 가야 아주버님도 형님도 안심하실 텐데."

나는 멋쩍게 웃으며 괜히 고기를 한 점 집어 입에 넣었다. '어제부터 사귀고 있습니다.' 라고 말할 수 없을 뿐만 아니라 거짓말도 하고 싶지 않아서, 그럴 바엔 그냥 없는 척, 모르는 척하자 싶었다. 그런 나를 물끄러미 바라보던 엄마가 한마디 덧댔다.

"그래, 이제 진아도 시집가야지. 좋은 남자 만나서, 이제 엄마도 좀 편하게 살고, 동생들도 좀 편하게 살고 그러면 좋겠네."

순식간에 기분이 바닥으로 곤두박질쳤다. 엄마의 눈은 빛났고, 숙모의 얼굴에는 질린다는 표정이 잠깐 스쳤다. 민망한지 막둥이는 고개를 숙이고, 삼촌만 사람 좋게 웃으며 고개를 끄덕였다.

"그래그래. 주변에 좋은 남자 있나 삼촌이 한번 알아볼게."

"그래, 네가 좀 잘 알아봐 주라. 난 아는 사람이 없어서."

"알았어, 알았어. 맡겨 줘."

신이 난 삼촌과 엄마가 흐뭇해할 때, 숙모가 삼촌의 옆구리를 쿡 찔렀다. 기특하게도 삼촌은 반사적인 반응을 꾹 참고 자연스러운 동작으로 숙모를 돌아보았다. 숙모가 웃으면서도 단호하게 이야기를 잘랐다.

"주변에 좋은 사람도 없으면서 그러는 거 아니야. 당신 주변 사람들 내가 모르는 것도 아닌데, 괜한 약속은 하지도 마. 어딜 변변치 못한 남자를 우리 진아에게 갖다 대려고."

"아니, 그게……. 그런가?"

반박하려던 삼촌이 숙모의 눈치를 보며 시무룩해한다. 숙모는 엄마에게 들키지 않을 정도로 가볍게 한숨을 내쉬고는 날 보며 웃었다.

"그래. 진아야, 삼촌 말 믿지 마. 좋은 사람 정말 없으니까. 나중에 저엉말 좋은 사람 있으면 외숙모가 책임지고 소개해 줄게."

"……네. 외숙모만 믿을게요."

막말로 쪽팔려 죽을 것 같았지만 나는 애써 웃으며 숙모와 눈을 마주쳤다. 미안함을 가득 담아서. 숙모가 내 마음을 안다는 듯 날 보며 안타까운 표정을 지었다가 얼른 웃는 얼굴로 돌아갔다.

잠시 어색한 침묵이 이어졌다. 다들 괜히 젓가락을 바쁘게 움직일 때, 삼촌이 억지로 중국에 출장 갔던 이야기를 끄집어냈다.

그제야 분위기가 조금 누그러졌다.

이러고 있으니까 오늘 아침의 일이 꿈처럼 느껴진다. 주호 씨의 팔 안에서 정말 행복했는데, 따뜻하고 즐겁고 좋았는데, 지금은 너무나 싸늘하고 추웠다. 그 온도 차에 몸을 떨며 나는 밤에 꽃집에 가려던 생각을 접었다.

돌아오면 또 너무나 추울 테니까.

7. 괜찮은 줄 알았어요

— 점심시간은 언제예요?

주호 씨의 메시지를 받고 나는 키보드를 두드리던 손을 멈췄다. 성실해 보이는 성격만큼이나 꼬박꼬박 밥을 챙겨 먹는다 했더니, 본인뿐만 아니라 내 끼니도 꼬박꼬박 챙겨 묻는다.

— 12시부터예요.

— 뭐 먹을 생각이에요?

— 오늘은 도시락을 깜박해서 사 먹어야 할 것 같은데, 다른 직원들하고 얘기해 봐야죠.

키보드를 두드려 메시지를 보내며 나는 힐끔 파트장을 살폈다.

나는 오늘부터 출근했다. 문상을 와 준 분들에게 고맙다고 인사를 다닌 후 밀린 업무를 확인하는데, 내가 맡고 있던 회사 내교육 업무를 파트장이 가로챘다는 것을 깨달았다. 교육은 진행되어야 하는데 나는 없고, 거기에 서민일이 동행하는 업무니 파트장이 얼마나 탐이 났을까. 애초에 내 쪽에서 넘겨주고 싶었던 일이니 오히려 잘된 셈이다. 더구나 파트장이 내 눈치를 보는 중이라 그것도 잘됐다 싶었다. 교육 수당은 좀 아까웠지만 진수도 곧 퇴원이고, 슬프지만 아버지 병원비도 더 이상 나가지 않게 되었으니 그 정도는 충당할 수 있을 것 같다.

— 맛있고 몸에 좋은 거로 챙겨 먹어요.

— 그럴게요.

주호 씨의 사심 없는 호의가 고마웠다. 아니, 사심이 없는 건 아닌가? 어쨌든 일단 사, 사귀기로 했으니까 다른 사심이 없긴 할 거다. 아, 아마도. 그때 윤지에게 메시지가 와 모니터 화면의 상태 창이 깜박였다.

— 야 이 기집애야, 뭐? 4살 연하?

— 응. 4살 연하.

— 우와. 야, 남자가 1년 어리면 1억 버는 거래. 그럼 넌 4억 벌었네?

— 그런 말은 대체 어디서 보고 듣는 거야?

나는 웃음을 꾹 눌러 참았다.

안 그래도 주호 씨와의 관계를 누군가에게 털어놓을까 했는데, 미처 내 소식을 듣지 못하고 있다가 뒤늦게 안 윤지가 메시지를 보내왔다. 대화가 길어진 김에 슬그머니 주호 씨 이야기를 했는데, 역시나 윤지는 온통 호들갑이다.

— 야, 안 되겠다. 만나, 만나. 소개해 줘!

— 오늘이 4일째데 어떻게 소개해 주냐?

— 아, 그런가. 허허. 너희 아버지가 너 맘에 걸려서 좋은 사람 연결해 주고 가셨나 보다.

키보드를 두드리던 내 손이 멎었다. 무어라 대답하기가 어려웠다. 가슴도 따끔따끔하다. 정말 그런 거라면 좋겠지만, 나는 그걸 믿을 만큼 순수하지 않기 때문이다.

— 뭐, 모르지. 여튼, 내가 잘하고 있는 건지 모르겠다. 너무 어린 데다 우리 집이 너무 어려워서. 알잖아.

— 음, 그런데 있지. 조심스러운 말이긴 한데. 이제 병원비는 안 들잖아. 진수도 퇴원했다고 했고, 진형이도 대학 갔으니 이제 다들 알아서 할 거고. 그러니 이제 집안 상황도 좀 펴지지 않겠어? 네 식구가 다 일을 하는데. 그럼 네가 꿀릴 것도 없지 않아? 너 결혼자금도 따로 모으고 있었잖아.

윤지의 말에 나는 문득 정신을 차렸다. 그러고 보니 그렇다. 건강보험 덕분에 아버지 병원비는 액수가 크지 않았지만, 그렇다고 안 들어가지도 않았다. 거기에 진수 병원비까지 더해서 한동안 힘들었는데, 이젠 둘 다 해결이 된 셈이다. 진수 진형이가 뻔뻔하게 집에 빌붙으려는 애들도 아니고, 엄마도 일을 놓을 사람은 아니다.

그럼 아주 어려운 상황은 아니니까, 나이를 제외하면 내가 엄청 꿀리는 것까진 아닌 거 같다. 이달 초에 월급 나와서 적금 들어갔을 때 3,600만 원이 되었으니까, 이 정도 결혼자금이면 어디가서 염치없단 소리는 안 듣지 않을까. 이제 적금을 좀 더 늘릴 수도 있고……. 물론 나이만 봤을 땐 염치없는 거 맞지만, 내 상황이 상황이었으니까. 그렇게 정리하고 나니 한결 마음이 가벼워졌다.

— 응. 네 말 들으니까 맘이 좀 편하다.

— 야, 그래도 4살 연하라는 건 변하지 않아! 어린 만큼 밤일 잘하나 나중에 얘기해 줘!

원래 허물없는 사이라, 윤지가 웃는 이모티콘을 연달아 보내며 은근히 기대하는 멘트를 보낸다. ……사실은 이미 확인했습니다, 엄청 쌩쌩합니다, 라고는 차마 말할 수 없어서, 나도 웃는 이모티콘만 보내고 말았다.

그때 또 다른 메시지가 들어왔다. 대화 목록을 확인한 나는 멈칫했다.

— 출근했어?

서민일이었다.

그러고 보니 서민일 이 자식, 내게 들이댄 주제에 나 상 치르는 거 뻔히 알면서 와 보지도 않았다는 것을 깨달았다. 서운한 게 아니라, 그 덕분에 오히려 마음은 더 차갑게 식었다. 대답도 하지 않고 넘겼지만 신발에 달라붙은 껌딱지 같은 끈적하고 질척한 불쾌한 느낌이 남았다. 마침 그때 주호 씨가 다시 메시지를 보냈다. 단출한 자신의 밥상 사진이었다.

— 전 이렇게 먹고 있어요. 혼자 먹으니까 외로워ㅠㅠ 진아 씨 보고 싶어요.

나는 웃음이 밴 입술을 깨물며 우는 이모티콘을 한참 응시했다. 일부러 이렇게 애교 부리고 있다는 건 뻔히 아는데, 그래도 귀엽다. 설렌다.

최근 서민일이 등장하는 바람에 그 가슴 아팠던 첫사랑만 떠올라, 그간 잊고 있었던 연애의 설렘을 주호 씨가 일깨운다. 이제야 다시 마음이 움직인다.

— 저도 보고 싶어요.

용기를 내어 마음을 조금 표현하자, 휘둥그렇게 눈을 뜬 캐릭터의 이모티콘이 메시지와 함께 돌아왔다.

— 정말로?

— 정말로.

— 그럼 저녁 같이 먹어요!

이 와중에도 밥 이야기를 할 줄이야. 전혀 예상치 못한 말에 푸흐 하고 웃음이 터졌다. 조용한 사무실 안에서 웃은 터라 재은 씨, 지희 씨, 파트장의 시선이 모두 내게 쏠렸다가, 내가 책상에 머리를 박고 침묵하자 도로 흩어졌다. 으으, 주호 씨랑 있으면 당황스럽기도 하지만 웃음이 멈추질 않는다니까.

— 야근 없으면요. 야근하면 먼저 드세요. 퇴근하면서 들를게요.

— 싫어요, 안 먹고 기다릴래요.

— 일찍 일어나서 힘들잖아요. 피곤하면 먼저 먹고 쉬어도 돼요.

— 저 고집 세요. 애지중지 큰 막내라서요.

그 말에 생각났다. 누나들이 있다고 했었지.

— 세 남매?

— 오 남매! 형 둘, 누나 둘, 거기에 늦둥이! 그러니까 식구 많은 거로는 어디 가서도 안 져요. 진아 씨가 나한테 매인 거라니까? 흐흐흐.

마, 많긴 많다. 나는 잠시 대답을 잊었다. 하필 좀 전까지 대화하던 윤지가 형제 많은 집에 시집가서 고생하는 친구라, 메시지를 본 나는 순간 식겁했다. 하지만 곧 정신을 차렸다. 당장 결혼할 것도 아닌데, 뭐. 그렇게 자기합리화를 할 때 먼저 메시지가 날아왔다.

— 걱정 마요, 나한테 터치하는 사람은 없으니까. 다들 결혼한 데다 나이도 많아서 아무도 나한테 신경 안 써요.

……때때로 주호 씨는 무섭다. 내가 걱정하는 것을 대체 어떻게 알았을까? 뭘 걱정하는지 어떻게 안 걸까?

내 친구들은 대체로 결혼이 빨랐다. 그 덕분에 시댁에 대한 온갖 이야기를 다 들었기에, 시댁이라면 일단 겁을 먹고 있긴 했다. 그 불안함을 이렇게 콕 짚어서 해소해 줄 줄이야.

물론 타인에게 공감을 잘해 주는 남자가 없는 것은 아니고, 내가 그런 남자를 친구든 애인이든 못 만나 본 것은 아니다. 그래도 이렇게 여자들이 식겁하는 요소들을 콕콕 짚어 설명해 주는 사람은 못 봤다. 엄청난 꾼인 거 아닐까? 사실은 엄청 시월드인데 그걸 두둔하려고? ……라고 하기엔 주호 씨 성격이 그렇지 않을 거 같기도 한데, 어쨌든 당장 결혼할 게 아니다, 라고 되뇌며 나는 키보드를 두드렸다.

— 그래도 정말 안 먹고 기다리시면 제가 불편해요. 야근이 어떻게 될지 모르는 거라서.

— 기다릴게요.

그래도 주호 씨는 단호했다. 얼굴 보고는 못 이길 걸 알았지만, 설마 얼굴 안 보고도 질 줄이야. 결국 내가 두 손 두 발을 다 들었을 때, 누군가 내 어깨를 툭툭 두드렸다.

"진아 씨, 잠깐 얘기 좀."

일주일 만에 보는 서민일이었다.

재은 씨와 지희 씨의 걱정스러운 눈빛과 파트장의 눈총을 받으며 나와 서민일은 테라스로 향했다. 테라스라고 해 봐야 복도 끝에 돌출된 자그마한 공간이지만, 좁은 만큼 문을 닫으면 소리가 새어 나가지 않기 때문에 대화를 나누기엔 좋은 공간이었다.

침묵 속에서, 서민일은 몸을 모로 돌리고 담배를 꺼내 불을 붙였다. 나는 반사적으로 몸을 돌렸지만 바람이 내 쪽으로 불고 있어서 딱히 의미는 없었다.

"담배 피우러 나오신 거면 들어갈게요."

"있잖아."

내 말에 연기를 내뿜은 후 담배 든 손을 등 뒤로 돌린 서민일이 나를 응시하며 말했다.

"미안해, 못 가서. 거래처 접대도 계속 잡혀 있고, 너희 부서 사람들 다 가 있는 데 갔다가 말이 돌까 봐 걱정돼서 가기가 좀 그랬어."

"허?"

하기 싫은 것, 자기에게 귀찮거나 불리한 것은 피해 다니길 좋아하는 서민일의 본성을 나는 알고 있다. 당연히 안 올 거라고 생각했는데 그걸 이제 와서 변명할 줄이야. 솔직히 부서 사람들이 같이 밤을 새워 줄 것도 아니니 정말 올 마음이 있었다면 언제든지 잠깐은 들를 수 있었다. 그걸 뻔히 아는데도 구구절절이라니. 나는 실소 끝에 겨우 입을 열었다.

"전혀 신경 안 씁니다. 안 오셔도 괜찮았고요. 그 말 하시러 부르신 거면 들어갈게요."

"……진아야, 너 진짜 안 서운해?"

서민일이 은근히 나를 질책하는 그 말투에, 뒤돌아섰던 나는 웃음이 터졌다.

"네가 나의 뭔데 내가 서운해할 거라고 생각해?"

"뭐?"

"야, 내가 너를 좋아했던 건 맞는데, 그건 스물두 살 때야. 지금은 서른두 살이고. 너 설마 지금도 내가 널 좋아할 거라고 생각한 거야?"

"그, 그런 건 아닌데……."

"근데 왜 그런 멍청한 말을 해? 나 이제 너한테 아무 감정 없어. 나 너한테 위로받거나 부의금 1원도 기대한 적 없고, 오히려 내 눈앞에 안 나타 주면 좋겠다고 생각하거든? 난 너 접근할 때마다 소름이 돋아. 네 목소리만 들어도 소름이 돋는다고! 보여? 지금도 닭살 돋은 거? 네가 이렇게 나타나는 게 파트장님하고 잘해 보려는 거라면 고마운데, 나랑 어떻게 다시 잘해 보려고 하는

136

거라면 지금 확실하게 말할게. 나, 세상이 멸망하고 너랑 단둘이 남는다고 해도 너만큼은 싫어."

내 말에 서민일이 입을 떡 벌렸다. 그 잘생겼지만 얼빠진 얼굴을 보고도 지금은 아무런 감정이 생기지 않아서 좋았다. 주호 씨가 잘생긴 덕분이지.

그간 생각해 온 것을 입 밖으로 말을 내면서 나는 즐거워졌다. 서민일이 엄청나게 충격을 받은 것이 여실해 보였기 때문이다. 그에게 못을 박는 것에, 나는 어떠한 죄책감도 생기지 않았다. 오히려 10년 묵힌 체증이 내려가는 듯한 기분까지 들었다. 넋이 나간 훤칠한 얼굴을 올려다보던 나는, 더 이상 그에게서 말이 나올 것 같지 않아 문을 열었다. 그때 등 뒤에서 서민일이 내게 조용히 물었다.

"내가 왜 잠수 탄 건지 궁금하진 않아?"

문손잡이를 잡은 내 손이 멎었다.

그래, 다른 건 몰라도 그것만큼은 궁금했다. 네가 잠수 타는 2주 동안 너희 학교 정문에 죽치고 기다리면서, 네 문자 한 통이라도 올까 휴대폰 충전에 목숨을 걸면서, 나의 어떤 점이 싫어서 이러는 걸까, 아니면 무엇이 힘들어서 이러는 걸까, 엄청 궁금했다. 하지만 내가 망설일 때 내 주머니에서 휴대폰이 울렸다.

— 진짜로 기다릴 거예요. 안 오면 쫄쫄 굶다가 삐칠 거예요. 안 오면 쫓아갈 거야. 연하의 무서움을 또 보여 줄 거야.

메시지가 눈에 들어오자, 날카롭게 날이 섰던 마음이 순식간에 노곤하게 녹아내렸다.

지금 같은 공간에 서 있는 서민일은, 10년 전 단 한 번도 내가 힘들 때 연락이 됐던 적이 없었다. 어쩌면 그렇게 타이밍이 안 좋을까, 당시엔 그렇게만 생각했었다.

그런데 주호 씨는 다르다. 내가 정말 힘들 때, 내가 마음이 아플 때, 내가 의지하고 싶을 때 어쩌면 이렇게 타이밍을 잘 맞춰 주는 걸까. 웃음이 배어 나오는 입술을 꾹 깨물며 나는 대답했다.

"어, 이젠 안 궁금해. 나 다른 남자 있거든."

"뭐?"

"10년이 지났는데, 왜 아직도 내가 너한테 집착할 거라고 생각해? 나 너 아니어도 소중하게 대해 주는 남자친구 있거든? 나는 내 남자친구한테 집중할 거니까 앞으로 사적으로 접근하지 말아 줬으면 좋겠어. 공적으로만 봅시다, 서민일 씨. 그럼, 먼저 들어갈게요."

얼빠진 얼굴을 뒤로한 채, 나는 테라스를 벗어났다.

……이따 주호 씨 맛있는 거 사 줘야지. 나는 웃으며 메시지를 작성했다.

— 알았어요. 우리 저녁때 맛있는 거 먹어요. 뭐 먹을지 생각해 둬요. 내가 살게.

— 콜!

답장은 조금의 지체도 없이 바로 왔다. 눈을 반짝반짝 빛내는 이모티콘마저 너무나 사랑스러웠다.

순댓국집이 회사에서 제일 가깝고 음식이 빨리 나오는 곳이지만, 전에 그곳에서 전화를 받았던 나를 배려해 오늘 메뉴는 해장국이 되었다. 주문을 하고 음식을 기다리는 사이 지희 씨가 나에게 물었다.

"진아 씨, 아깐 무슨 일이었어요?"

무슨 이야긴가 생각해 보니 아무래도 서민일이 날 불러냈던 것 때문인가 보다.

"아, 뭐, 장례식 때 못 와서 신경 쓰이셨나 보더라고요."

그러자 재은 씨가 놀라며 물었다.

"어, 그러고 보니 민일 씨 안 갔어?"

"회사에선 우리 파트 사람들하고 팀장님 오신 게 다인데요?"

"그래? 의외네, 평소 하는 거 봐선 꼭 갈 것 같았는데."

역시 나만 그렇게 생각하는 게 아니었다. 수긍의 의미로 웃자 재은 씨가 김치를 아삭아삭 씹으며 투덜댔다.

"그런 거면 그냥 앞에서 얘기해도 될 텐데. 괜히 파트장님 심기만 불편해지고. 어휴, 서민일 씨 그렇게 안 봤는데 사람 대하는 게 좀 그렇네."

"아무래도 공공연히 말하기 좋은 주제가 아니라서 그렇지 않을까요?"

내가 맞장구치려던 찰나, 지희 씨가 조심스럽게 의견을 냈다. 말이야 맞는 말인데 왜인지 석연치 않아 나와 재은 씨가 시선을 마주치자 지희 씨가 말을 덧댔다.

"그건 그렇다고 쳐도, 사실은 저도 서민일 씨가 볼일 없이는 안 오셨으면 해요."

"으, 웅. 그렇지. 근데 난 볼일 있어도 웬만하면 메신저로 처리했으면 좋겠어. 볼일 있다고 와서는 이리저리 수다 떠느라 시간 뺏고, 그 와중에 반드시 진아 씨한테 말 걸잖아. 그때마다 파트장님 눈치 보기 힘들어서."

재은 씨가 말을 고르면서도 불만을 토로했다. 나는 가만히 고개를 끄덕였다. 지희 씨가 난처한 듯 웃었다.

"저도 그 부분은 그렇게 생각하는데요, 우리 파트장님하고 서민일 씨 잘되라고 붙이는 거 자제해야 하지 않을까요?"

"웅? 왜애?"

최대한 웃으며 이야기를 끌어가던 재은 씨의 눈썹이 꿈틀했다. 그러면서도 웃는 얼굴을 유지하고 있지만, 나도 조금 기분이 상한 터라 입을 다물었다. 그러자 지희 씨가 이번엔 웃음기를 지우고 진지한 얼굴로 대답했다.

"파트장님, 기회만 있으면 자꾸 그분 만지고 추근대시잖아요. 그걸 서민일 씨가 좋아하면 다행인데 제 눈엔 그런 것 같지 않았어요. 그럼 그거 보고 부추긴 우리도 성희롱에 동조하는 거라서……. 파트장님을 말리지 못할 거라면 우리라도 좀 자제해야지 싶더라고요."

"……일리가 있네."

재은 씨가 고개를 끄덕인 순간, 내 입술이 멋대로 말을 뱉었다.

"정말 싫으면 안 오겠죠. 계속 오는 건 그게 좋다는 거 아니겠어요?"

내 생각보다도 훨씬 날카로운 말투여서, 말을 뱉은 나조차도 놀랐다. 재은 씨와 지희 씨도 놀란 눈으로 나를 바라보았다. 식탁 분위기는 마치 드라이아이스 연기가 깔린 것처럼 싸늘하게 식어 있었다. 그래도 울컥한 마음은 계속 폭주했다.

"저, 아까도 비슷한 이야기 나오려는 거 같아 이야기 자르고 들어왔거든요? 꾸준히 계속 거절하는데, 서민일 씨가 저한테 하는 건 성희롱 아니니까 전 그것도 참아야 하고, 파트장님 응원하는 건 성희롱이니까 하면 안 되는 거예요?"

"어, 음, 미안한 말이지만, 서민일 씨가 적어도 진아 씨를 만지거나 추근대거나 하는 건……."

"그게 추근대는 게 아니면, 전 왜 파트장님 눈치 보는 거예요? 그럼 전 뭘 해야 하나요? 계속 괴롭힘당하다가 못 버티는 날 퇴사해야 해요?"

"자, 잠깐만 진아 씨, 말이 너무 거칠어."

재은 씨의 주의를 받은 나는 주의를 환기하고 숨을 들이마셨다. 때마침 해장국이 나왔다. 안 그래도 입맛이 쓴데, 메뉴가 맵고 칼칼한 해장국이라 다행이다 싶었다. 그러나 지희 씨는 기분이 상해서인지 말을 멈추지 않았다.

"그런 의미가 아니잖아요. 서민일 씨가 사무실에서 말 거는 것 이외에 언제 진아 씨한테 추근댄 적 있어요?"

"데려다준다고 회사 근처에서 기다리고, 뭐 하냐고 카카오톡으로 메시지 보내고, 제가 눈총받는 거 알면서 꼬박꼬박 말 걸고, 회식 날 굳이 저 데려다주겠다고 나섰다가 핀잔 듣고, 기회만 있으면 어깨동무하고 다가오고, 이게 추근거리는 게 아니라고 하시는 거예요?"

"……그랬었어?"

재은 씨가 눈을 둥그렇게 떴다. 지희 씨도 작게 입을 벌렸다. 나는 단호하게 고개를 끄덕였다.

"그거 다 거절했어요. 다 거절하고 싫은 소리도 했어요. 그래도 떨어져 나가지 않는 데다 일 때문에라도 자꾸 나타나니까 파트장님하고 잘되길 바란 거예요. 그런데 그것조차 하지 말아야 하면, 저는 어쩌라고요?"

"진아 씨한테 뭘 어쩌라는 게 아니고, 적어도 성희롱 부추기는 걸 하지 말자고 했을 뿐이잖아요."

"네, 대신 저는 그 성희롱 다 당하고요."

"그만, 그만. 신성한 밥 앞에 두고 이게 무슨 난리야. 자, 먹자, 일단 먹자. 배고파서 신경이 더 날카로워진 걸 거야. 응? 먹으면 좀 기분이 나아질 거야."

재은 씨가 손을 내저으며 우리를 말렸다. 나와 지희 씨는 동시에 입을 다물고 숟가락을 들었다. 기분이 몹시 나빴다.

지희 씨의 말이 무슨 의미인지 안다. 파트장이 서민일에게 하는 짓은 성희롱이 맞다. 하지만 우리가 그걸 응원하게 된 건, 서민일이 자꾸만 나에게 집적대는 바람에 기분파인 파트장이 우리에게 화풀이를 해서였다. 이상한 데 없는 공문 다시 써 오라고 시키고, 할 필요 없는 전화 업무 하라고 시키고, 이따위로 할 거냐는 둥 막말하고, 이런 교정으로 월급 받는 거냐고 구박하기 때문에. 우리 입장에서는 회사 생활을 이어 나가기 위해 나름 필사적으로 응원하게 된 거다. 만약 이렇게 몰아붙이는 분위기가 싫다면, 서민일이 자제를 해야 하는 게 맞지 않나?

생각하고 있으려니 다시 울컥 화가 치미는 것을 꾹꾹 눌러 참았다. 내 인생에 도움이 안 되는 것들. 분노를 담아 뼈를 들어 뜯고 있으려니 지희 씨가 숟가락으로 국을 괜히 뒤적이며 입을 열었다.

"……몰랐어요. 서민일 씨가 진아 씨한테 그렇게까지 하는 줄."

그 말에 미안함을 조금 담은 것은 캐치했지만 나는 아무 대답도 하지 않았다. 이번에도 재은 씨가 얼른 나섰다.

"그러게. 솔직히 나도 내가 본 것만 생각해서 그게 추근거리는 거라고 하기엔 좀 뭐하다 싶었어. 그런데 이야기 듣고 보니 정도가 좀 지나치네. 응, 그래. 물론 파트장님이 하는 짓이 옳은 게 아니니까, 우리가 동조해선 안 된다는 지희 씨 말도 맞는 거 같아. 하지만 음, 진아 씨한텐 그게 서민일 씨의 접근을 막을 유일한 방법이었던 거지?"

다정하게 상황을 살피는 재은 씨의 배려에 순간 왈칵 눈물이 터졌다. 어, 왜 이러지. 나는 입술을 깨물며 고개를 끄덕이고는 얼른 냅킨을 뽑아 고개를 돌리고 눈물을 훔쳤다. 옆에서 지희 씨가 안절부절못하며 나를 바라보고, 재은 씨가 안타까워하는 목소리로 나를 위로했다.

"어머, 어떡해. 진아 씨 많이 힘들었구나."

"스트레스는 좀 받아도 괜찮다고 생각했는데…… 그랬나

봐요."

"그래, 안 좋은 일이 계속 있었으니까. 어쩌니."

"……미안해요, 진아 씨. 전 그런 의도가 아니었어요."

지희 씨가 풀이 죽은 목소리로 사과하며 내 등을 쓸었다. 솔직히 서운했다. 그간 내가 서민일 때문에 스트레스받아 하는 거 다 봤고, 그것 때문에 파트장한테 미움 산 것도 다 봤으면서 어떻게 나한테 이래, 하고 마음이 격해져 있었다. 그래도 나는 고개를 끄덕였다. 사과해 주었으니 넘어가자 싶었다.

다만 눈물이 좀체 멎질 않았다. 이렇게 눈물이 흔한 사람이 아닌데 왜 이 정도 일로 이러는 걸까. 오히려 눈물도 없고 독하다는 소리까지 들으며 아르바이트를 했었던 난데, 눈물샘이 고장 난 것처럼 줄줄 눈물이 흘렀다. 거칠거칠한 냅킨으로 얼른 닦아 내고 국에 밥을 만 것을 억지로 입에 집어넣자 재은 씨가 다시 한숨을 내쉬었다.

"제일 좋은 건, 그 화근이 우리 사무실에 안 나타나는 건데."

"그러게요. 이따 돌아가면 또 분위기 안 좋겠죠?"

시무룩해진 지희 씨가 계속 국을 뒤적이며 중얼거렸다. 사무실로 돌아갈 생각을 하니 나도 속이 갑갑했다. 그때 재은 씨가 갑자기 인상을 썼다.

"근데 잠깐만. 그러면 그렇게까지 진아 씨한테 들이대 놓고 문상도 안 간 거야? 그 인간은?"

"……그러게요? 어, 아니, 요 며칠 영업도 좀 바빴으니까 부의만 하고 못 간 거 아니에요?"

두 사람의 시선이 내게 향했다. 나는 기운 없이 고개를 저었다. 그러자 입 두 개가 쩍 벌어진다.

"진짜? 누락된 것도 아니고?"

이번엔 고개를 끄덕였다. 두 사람의 얼굴이 잠깐 사이에 붉으락푸르락하기 시작했다.

"우와, 나쁜 놈이네?"

"세상에……"

"공평하게 생각해 주려던 지희 씨의 수고가 필요 없는 놈이었어!"

재은 씨가 분노하는 와중에 지희 씨의 마음을 다독인다. 아아, 재은 씨가 임신 계획만 없었다면 파트장이 되었을 텐데. 그럼 일하기 정말 편했을 텐데. 나와 같은 생각인 듯, 지희 씨는 난처하다는 듯 웃고는 크게 한숨을 내쉬었다.

"뭔가 정말로 방법을 생각해 보는 게 좋겠어요. 성희롱이 아니고, 진아 씨도 보호할 수 있는 그런 방법."

"발령이 최근데, 진아 씨는 소속이 학습지 연구부라 발령이 쉽지는 않을 거야. 그렇다고 이제 막 영업팀에 들어온 그 인간을 옮겨 주지도 않을 거고."

"그렇죠. 뭔가 없을까……"

지희 씨가 중얼거리며 생각에 잠겼다. 나는 옆에서 조용히 국물만 입에 떠 넣었다. 그거 잠깐 울었다고 기운이 쭉 빠졌다. 거칠거칠한 냅킨으로 눈물을 훔쳐서인지 눈가도 얼얼했다.

"진아 씨, 기운 내. 우리 같이 힘을 모아서 무찌르자. 응?"

재은 씨가 손을 뻗어 내 손을 꽉 잡더니 기운차게 웃었다. 불쑥 마음의 소리가 입 밖으로 튀어 나갔다.

"재은 씨는, 정말 뭘 해도 성공할 거예요."

"응? 무슨 소리야, 뜬금없이."

"좋은 엄마가 될 것 같아요, 정말로. 이상적인 따뜻한 엄마."

"그으래?"

임신을 위해 고군분투하는 데 여념이 없는 재은 씨의 얼굴이 활짝 펴졌다. 옆에서 지희 씨도 웃으며 덩달아 고개를 끄덕였다. 나도 기운을 끌어 올려 웃고 다시 뼈를 들어 올렸다.

"우리, 일단 먹어요. 먹고 오후에 파트장님의 습격을 대비해요."

"아아, 그래. 대비할 게 있었지! 맞아, 최강의 적수가 있었어!"

파트장의 히스테리를 떠올린 우리 세 사람은 몸을 부르르 떨었다. 누구에게 어떤 일로 불똥이 떨어질지는 알 수 없는 일. 우리는 저마다 손으로 뼈를 들고, 뼈끼리 부딪쳐 건배를 한 다음에 전투적으로 고기를 뜯기 시작했다.

그러나 정작 그 히스테리에 대비를 해야 하는 사람은 나 혼자였다.

할 일이 있었지만 정시에 회사를 나섰다. 아랫배가 부글부글 끓고 머리와 손끝은 차디차게 식었다. 지하철에서 내릴 때까지도 화는 가라앉지 않았다.

문득 가게 유리에 비친 내 모습을 보고 나는 화난 표정을 풀었다. 이런 험악한 얼굴로 주호 씨를 만날 순 없었다. 이야기는 하겠지만, 거기에 화풀이가 섞이면 파트장과 똑같은 인간이 되는 거니까. 그것만큼은 싫었다.

간신히 표정을 추스르고 억지로 입꼬리를 끌어 올린 채 꽃집 앞으로 갔다. 안쪽 의자에 멍하니 앉아 있는 주호 씨가 보여 가볍게 노크했다. 주의를 환기한 주호 씨가 얼른 문가로 달려 나왔다.

"아, 진아 씨! 일찍 왔네요?"

"같이 밥 먹기로 약속했잖아요. 뭐 먹고 싶어요?"

"근처에 철판볶음밥집이 생겼대요. 거기 가 볼까 하는데, 철판볶음밥 괜찮아요?"

나는 웃으며 고개를 끄덕였다. 이렇게 속이 뒤집힌 상태에서 어중간하게 밀가루 음식을 먹는 것보다는 밥이 좋겠지 싶었다. 그러자 주호 씨가 환하게 웃으며 앞치마를 벗고 코트를 챙겨 들었다.

가게 문을 닫자마자 주호 씨가 손을 뻗어 내 손을 잡았다. 거친 손가락이 내 손을 섬세하게 감싸자, 조금 뜨거운 체온이 내게로 옮겨 왔다. 분노로 오른 열과는 다른 따스함. 괜히 눈물이 날 것 같았지만 꾹 참았다. 그에게 징징 우는 여자가 되고 싶지 않았다. 아니, 나 자신이 그걸 용납할 수 없었다. 그러나 주호 씨는 내 표정을 살피며 물었다.

"……무슨 일 있어요? 표정이 안 좋아요."

"앉아서 얘기할게요. 좀 길어요."

어차피 숨길 만한 일도 아닌지라 순순히 대답하자, 주호 씨가 걱정스러운 듯 맞잡은 손에 힘을 꾹 주었다. 그리고 고맙게도 그 이상 묻지도, 다른 말을 하지도 않고 가게로 향했다.

신장개업한 철판볶음밥집은 인테리어가 깔끔하고 손님도 이제 막 들어오는 참이라 자리도 꽤 있었다. 입맛은 없었지만 밥을 입에 넣자 상당히 배가 고팠다는 것을 깨달았다. 어느 정도 위가 찰만큼 밥을 집어넣으니 한참 올랐던 열이 조금 식었다.

"이제 좀 살 것 같아요."

"진아 씨 배 많이 고팠나 봐요."

내가 한숨을 내쉬며 숟가락을 잠시 내려놓자 주호 씨가 싱긋 웃었다. 주변에서 힐끔대는 여자들의 시선이 느껴졌다. 슬그머니 돌아보자 다들 얼른 시선을 피하는 것이 아무래도 주호 씨에게 관심이 있는 게 맞는 모양이다. 이 인기쟁이 같으니라고. 내가 눈치를 주듯 눈을 찡그리자 주호 씨는 다 알면서 모르는 척 시선을 피하는 시늉을 한다.

사람들의 시선은 부담스러웠지만, 그래도 중요한 건 내 앞에 앉아 있는 주호 씨지 그 사람들이 아니다. 철판을 깐 내가 피식 웃자 주호 씨가 턱을 괴더니 나를 빤히 바라보면서 입을 열었다.

"그래서, 회사에서 무슨 일이 있었던 거예요?"

아, 저 얼굴도 잘생겼어. 주변의 소곤거림이 커졌다. 나는 잠시 흐뭇했지만, 그리고 물어보는 주호 씨는 다정했지만, 기억을 더듬자 잠깐 사이에 다시 화르륵 열이 올랐다.

"……맥주 시켜도 돼요?"

주호 씨는 대답 대신 자신이 맥주를 시켜 주었다. 더운 날 냉수 마시듯 맥주 반 컵을 싹 비운 나는 이야기를 시작했다.

오후에 내 인사이동 명령이 왔다. 학습지 연구부 영어팀 소속인 나보고 단행본 연구부 한문팀으로 가라고. 영어가 아니라 한문으로 가라는 것도 어이가 없는데, 더 기가 막힌 건 우리 팀에 파견 나와 있는 지희 씨가 바로 그 팀 소속이라는 것이다. 인원이 부족하다면 지희 씨를 빼 가면 되는 거였단 소리다.

그 발령을 낸 건 연구부장이었다. 이유는 짐작이 갔다. 팀장님이 나 5일 쉬게 해 주려고 연구부장과 담판을 짓는 과정에서 내가 밉보인 것이다. 몹시 쪼잔하지만 연구부장님은 그렇다고 치자. 팀장님에게 기분 상한 연구부장님은 내 발령 건을 파트장에게 물었고, 당연히 파트장은 쌍수 들고 환영했다고 한다. 그 팀 소속인 지희 씨는 언급조차 하지 않고.

차분하게 내 이야기를 들어 주던 주호 씨가 살짝 얼굴을 찡그리며 물었다.

"혹시 파트장한테도 미움 샀어요?"

핵심을 콕 짚는 말에 우울해졌다. 고개를 끄덕이자 주호 씨가 손을 뻗어 내 손등을 토닥토닥 두드려 주며 물었다.

"어쩌다가?"

"……기분 나쁠 수도 있는 이야기인데, 오해는 하지 말고 들어 줬으면 좋겠어요."

어차피 숨길 생각은 없었다. 주호 씨는 잠시 의아해했지만, 곧 고개를 끄덕하고 다시 부드러운 미소를 지은 채 나를 바라보았다.

하지만 나와 파트장, 그리고 서민일에 대한 이야기를 듣던 주호 씨의 눈빛은 서서히 변했다. 갈색 눈동자가 고동색에 가깝게 짙어지고, 내 손등을 두드리던 손의 움직임도 멎었다. 어느 정도 각오했던 반응이라 놀랍지는 않았지만, 그 얼굴이 멋있어서 오히려 마음이 설레었다는 게 함정이라면 함정이랄까. 웃은 채 굳은 얼굴이 마치 배우 같았다.

파트장과 서민일 이야기를 들은 주호 씨가 깊은 한숨을 토했다. 그가 두어 번 느리게 눈을 깜박이자 긴 속눈썹이 나풀거렸다. 눈을 내리깔고 잠시 생각에 빠진 얼굴은 무척 진중하고 무게감이 있었다. 나는 긴장한 채 그의 말을 기다렸다.

"안 그래도 좋아하는 남자의 관심을 받는 데다 자기가 실수를 크게 한 게 있어 이때다 하고 진아 씨의 발령에 동의한 거군요. ……그럼 잘된 거 아닌가요? 그 히스테릭한 파트장과 전 남친에게서 멀어지는 거잖아요."

"그 부분은 그렇죠. 하지만 전 억울해요. 내가 무슨 잘못을 했길래 쫓겨나듯 이동하나요. 싫은 티를 다 내도 접근해 오는 전 남친 때문에 스트레스받고, 파트장 히스테리 다 받아 내고, 그렇게 고생고생했는데 쫓겨나는 것조차 나라니 이건 너무 억울하잖아요. 게다가 업무도 달라요. 영어 학습지에서 한문 단행본 팀이니까. 영어 단행본만 됐어도 만세 부르고 이동했겠지만, 이건 아니잖아요. 유학파는 아니지만 실력이 없다고 생각하지는 않았는데, 뜬금없이 한문이라니……."

"지금 파견자는 한문 단행본 사람이에요?"

나는 기운 없이 고개를 끄덕였다. 모든 것을 다 털어놓고 나니

허탈했다. 어깨에서 힘을 빼고, 남은 맥주를 입안에 털어 넣자 알코올 기운이 훅 돌았다. 주호 씨는 미동도 없이 나를 빤히 바라보다가 천천히 입술을 열었다.

"개인적으로는 이동하는 게 좋아 보여요. 난 진아 씨가 전 남친과 얽히는 것도 싫고, 사람 스트레스도 무시 못 하는 거니까. 하지만 진아 씨 마음도 이해해요. 그렇게 쫓겨나듯 발령 나는 상황이 좋을 순 없죠."

"……알아요. 수긍해야 한다는 거. 그 두 사람을 다시 안 본다는 점은 정말 잘된 일이라는 것도. 하지만 그래도 속상한 거죠. 내가 일을 안 한 것도, 못한 것도 아니고, 전담해서 하고 있던 일도 많은데 열심히 한 모든 것을 인정받지 못했다는 거잖아요. 그게, 그게 속상해요."

말을 하던 나는 눈시울이 달아오르는 것을 느끼고 어금니를 악물었다. 미쳤나 봐, 왜 이렇게 자꾸 눈물이 나는 거야. 내가 억지로 감정을 추스를 때 주호 씨의 얼굴에서 웃음기가 싹 가셨다.

"그런 연놈들 때문에 울지 마요."

말투는 평소와 같은데 어휘가 과격해서 나는 깜짝 놀랐다. 눈물이 쏙 들어갔다. 놀라 주호 씨를 바라보자 완전히 웃음기가 가신 그가 내 손을 꽉 잡았다.

"발령 날짜는?"

"3일……."

대답을 들은 주호 씨가 턱을 괴었던 손으로 휴대폰 달력을 확인했다.

"금요일, 일요일. 이틀. 회사 앞으로 데리러 갈 테니까, 제시간에 나와요."

싸늘하게 말하며 내 손에 힘을 꾹 준 주호 씨가 손을 뗀 후 자신의 맥주를 입으로 가져갔다. 눈을 내리깔며 맥주를 마시는 모습이 너무나 차디차고 생소하고 낯설었다. 그리고 어쩐지 두렵고…… 두근거렸다.

"어차피 이제 발령이니까 괜찮아요. 이틀만 나가면 되고, 주호 씨 가게도 있잖아요."

"이 근처에 3월 2일 전까지 입학식 없으니까. ……송별회 하면 그 자리에 데리러 가도 되겠다."

내 의견이 끼어들 여지는 전혀 없었다. 결론을 내린 주호 씨가 휴대폰을 내려놓고 다시 턱을 괸 채 나를 바라보았다. 그리고 정확히 내 눈을 들여다보며, 한 글자 한 글자 못을 박는다.

"괜찮죠?"

평소처럼 내 의향을 묻는 것이 아닌 확신이었다. 덜컹 내려앉은 심장이 미친 듯이 뛰기 시작했다. 분노도 눈물도 완전히 사라진 나는 미친 듯이 고개를 흔들었다. 그제야 주호 씨의 얼굴에 미소가 돌아왔다. 단지 입술 끝뿐이었지만, 화난 얼굴에 치켜 올라간 입꼬리가 무척 섹시했다.

하고 싶다.

무심결에 넋 놓고 그 입술을 바라보던 나는 내 마음의 소리를 깨닫고 놀라 고개를 푹 숙였다. 얼굴에 화끈화끈 열이 올랐다. 주호 씨가 그것을 놓치지 않고 지적해 왔다.

"빨개졌어요."

"맥주, 너무 급하게 마셔서……."

난처해진 나는 얼른 둘러댔지만, 주호 씨가 씩 웃으며 다시 내 손등을 문질렀다. 토닥토닥 두드리던 아까와는 달리 농밀해진 그 손놀림이 내 말이 핑계라는 것을 주호 씨가 알고 있음을 명확히 드러냈다.

"……갈까요?"

욕구를 들킨 것이 부끄러워 나는 고개를 들지 못한 채 작게 끄덕인 후 계산서를 챙겨 자리에서 일어났다. 가게를 나오자, 주호 씨가 내 허리에 팔을 두르더니 귓가에 속삭였다.

"맛있게 잘 먹었어요."

"으, 응. 잘 먹었으면 됐어요."

뻣뻣한 얼굴 근육을 억지로 움직여 웃어 보이자, 나를 보고 눈웃음 지은 주호 씨가 고개를 숙였다. 잠깐 사이 내 입술을 훔친 그가 다시 내 귓가에 속삭였다.

"전에 썼던 거 아직 남은 거 알아요?"

말투는 즐겁고 순수했지만 그 내용까지 순수하진 않았다. 그리고 나도 '전에 썼던 거'를 못 알아들을 정도로 순수하진 않았다.

"마저 쓰러 가요."

귓가에 속삭인 그가 내 허리를 감은 팔에 힘을 주었다. 나는 얼굴을 붉히며 고개를 끄덕일 수밖에 없었다. 아까보다도 심장이 빠르게 뛰기 시작했다.

※ ❋ ※

하루 만에 내 발령이 취소됐다.

이미 결재 다 난 사안을 이제 와서 바꿀 수는 없는 일 아니냐고 학습지 연구부장은 버티고 있었다. 그에 열이 받은 정 팀장님이 달려들어 싸우고 있었는데, 의외로 발령 취소를 낸 것은 인사팀이었다. 인사팀에서 우리 파트에 전달한 문서는 두 가지였다. 내 발령 취소와 지희 씨를 3월 28일부로 본 부서로 돌리라는 것. 뒤늦게 파견자를 확인한 모양이었다. 인수인계 제대로 하고 오라며 날짜를 넉넉히 잡았다는 단행본 연구부장의 첨언 쪽지까지 확인한 나와 재은 씨, 지희 씨는 동시에 파트장의 얼굴을 확인했다.

파트장의 얼굴은 몹시 거무죽죽했다. 입술을 깨물며 모니터를 확인한 파트장은 슬그머니 고개를 들었다가 나와 시선이 맞자 얼른 고개를 숙였다. 그 모습이 통쾌하면서도 달갑지 않아 나도 한숨이 나왔다. 이게 맞는 일 처리지만, 앞으로도 저 파트장을 계속 볼 것을 생각하면 속이 갑갑했다.

그렇게 사무실 분위기가 오묘해질 즈음, 정 팀장님이 나타났다. 상기된 얼굴에 가득 찬 고양감. 어찌 됐건 자신의 의견이 관철됐기 때문일 것이다. 정 팀장님은 문을 열고 곧장 내게 다가와 물었다.

"진아 씨, 문서 확인했어?"

"네, 확인했어요."

"그래, 앞으로도 잘 부탁해. 그리고 파트장, 나 좀 봐."

나를 대할 때와는 달리 파트장을 부르는 목소리는 싸늘하기 그지없었다. 파트장은 찔끔한 얼굴로 자리에서 일어나 순순히 정 팀장님에게 걸어갔다. 정 팀장님은 잠깐 사무실 안을 둘러보더니 먼저 성큼성큼 걸어 사무실을 나갔다. 그 뒤를 따르는 파트장의 발걸음은 무척이나 어두워 보였다.

퇴근 시간이 지나도 두 사람은 좀처럼 돌아오지 않았다. 덕분에 우리 세 사람은 모두 퇴근을 하지 못하고 자리에 잡혀 있었다. 시간이 갈수록 나는 점점 초조해졌다.

— 어디 카페라도 들어가 있어요. 아무래도 많이 늦어질 것 같아요. 두 분 다 오질 않으셔서.

— 괜찮아요. 나 신경 쓰지 마요.

아직 추운 2월 말, 그것도 저녁때다. 시간 맞춰 마중 나온 주호 씨는 얼마나 추울까. 내가 발을 동동 구를 때, 사무실 문이 열렸다. 나와 지희 씨, 재은 씨의 목이 홱 돌아갔다.

"송별회 안 가요?"

서글서글한 얼굴로 서민일이 웃으며 사무실 안으로 들어섰다. 그 뒤로 두섭 씨도 얼굴을 빼꼼히 내밀었다. 어이가 없어 나와 재은 씨, 지희 씨가 서로를 마주 볼 때 서민일이 의외라는 듯 덧붙였다.

"파트장님은요? 오늘 진아 씨 송별회 한다고 연락 주신다고 그랬는데."

"오늘 송별회 안 해요. 진아 씨 부서 이동도 안 하고요."

키가 큰 서민일과 두섭 씨의 뒤쪽에서 정 팀장님의 싸늘한 목소리가 들려왔다. 문가에 서 있던 두 남자가 자리를 비켜 주자, 차가운 얼굴을 한 정 팀장님과 홀쩍거리는 파트장이 사무실로 들어왔다.

"금요일인데 너무 늦었네. 많이 기다렸지? 자, 얼른 짐 싸. 집에 가자."

정 팀장님은 파트장 쪽은 쳐다보지도 않고 우리에게 상냥하게 웃었다. 하지만 덜 식은 강렬한 분노가 남아 있는 것은 알 수 있어서, 우리는 두말없이 짐을 챙겨 들었다. 고개를 푹 숙인 채 홀쩍이는 파트장도 가방을 챙겼다.

"어, 진아 씨 안 가요? 어?"

분위기 파악을 못 한 두섭 씨가 눈치 없이 해맑게 물었다. 상황이 상황인지라 아무도 선뜻 대답하지 못할 때 정 팀장님이 짜증을 섞어 대답했다.

"3월 28일에 지희 씨가 이동해요. 본래 단행본 연구부였으니까. 그때 송별회 하면서 연락할 테니까 오늘은 이만 퇴근합시다. 자, 자. 나가요 얼른."

정 팀장님이 등을 떠밀어, 파트장까지 여섯 명은 우르르 사무실을 나왔다. 엘리베이터를 타면서 슬쩍 돌아보니 파트장의 얼굴은 엉망이었다. 하지만 아무도 위로해 주는 사람은 없었다.

무거운 침묵 속에 회사를 나섰다. 각자 갈 길이 다른데 분위기가 이 모양이라 말을 꺼내질 못해 여전히 우리는 떼거리로 움직이고 있었다. 나와 지희 씨, 재은 씨가 서로 눈치를 보며 한숨을 내쉴 때였다.

"이제 끝났어요?"

활기찬 목소리가 들린다 했더니 차디찬 손이 내 손을 덥석 잡아 왔다. 나는 화들짝 놀랐지만, 곧 주호 씨가 기다리고 있었다는 사실을 깨달았다. 심지어 한 시간 반을.

"어떡해요, 많이 기다려서. 손 차가운 것 좀 봐. 미안해요, 정말."

"괜찮아요. 내가 기다리겠다고 한 거니까. 아, 동료분들이세요?"

주호 씨에게 워낙 미안하고 놀란 나머지 다른 사람들이 있는 것도 잊었다. 당황해서 돌아보니 다들 눈을 휘둥그렇게 뜨고 나와 주호 씨를 바라보고 있었다. 그냥 봐도 나보다 한참 어려 보이는 남자를 소개하기 민망해 내가 잠시 멋쩍게 웃을 때, 서민일이 선수를 쳤다.

"동생분이신가 봐요. 많이 기다리셨구나. 그럼 우리 먼저 가 볼게요. 진아 씨, 월요일에 봐요."

가장 뒤에 서 있던 서민일이 인사를 하고 사람들을 밀기 시작하는 바람에, 다들 무어라 입도 못 떼고 걷기 시작했다. 지희 씨와 재은 씨가 억지로 손을 흔들어 주고, 파트장이 울어서 시뻘게진 눈을 나에게 고정하고 노려보며 앞으로 걸어 나갔다. 나는 서서히 내 쪽으로 다가오는 서민일을 노려보았다.

……야 이 개자식아!

하필이면 주호 씨가 제일 싫어하는 부분을! 저 눈치 없는 새끼!

왜 남의 콤플렉스를 건드리고 난리야! 누가 봐도 남자친구잖아, 남자친구!

마음속으로 온갖 욕을 퍼부었다. 그때 서민일이 내 어깨에 툭 손을 올렸다.

"카톡할 테니까 나중에 얘기해."

그리고 내게 소름이 돋기도 전에 그 손을 주호 씨가 쳐 냈다.

짜악.

몹시 날카로운 소리가 나는 바람에 앞서 걷던 사람들이 모두 이쪽을 돌아보았다. 서민일은 제법 당황한 눈치로 주호 씨를 바라보았다. 둘의 시선이 맞았다. 나는 중간에 껴 지나는 사람들의 흥미로운 시선에 안절부절못하고 있었다. 한참의 침묵 끝에 서민일이 영업용 미소를 지으며 입을 열었다.

"하하, 그러시면 진아 씨가 당황하잖아요, 동생분."

그 말을 듣고도 주호 씨는 생글생글 웃었다. 서민일과 달리 주호 씨의 미소는 누가 봐도 진실한 것처럼 보였다. 콤플렉스를 건드려 놨으니 속이 부글부글 끓고 있을 텐데, 그 속을 내가 뻔히 아는데, 미소 하나만큼은 마치 포카리 스웨트에 나오는 남자 배우의 것과 같았다. 그 화사한 얼굴에 주변을 지나던 여자들의 발이 멈추었다.

"벌레는 털어 내야죠. 진아 씨 소름 돋기 전에. 어때요, 소름 안 돋았어요?"

어제 내가 서민일이 다가오면 소름 돋는다는 이야기를 기억하고 있었나 보다. 그리고 내게서 직접 그 이야기를 들은 서민일도 움찔했다. 그 마음은 고마웠지만 남들에게 이런 모습을 보이고 싶지 않아서 고개만 끄덕이고 주호 씨의 손을 잡았다. 그러나 서민일이 반격했다.

"눈이 많이 나쁘신가 봐요. 이렇게 큰 벌레가 어디 있다고."

"저 눈 좋아요. 벌레 맞잖아요, 사람 소름 돋게 하는."

"아아, 낄 데 안 낄 데 잘 모르는 건 어린 탓인가 보네. 그래요, 어리면 그럴 수 있지."

"나이 외엔 자부할 만한 게 없으신가 봐요. 아, 능력이 안 되시나 보다. 남의 여자한테 집적대는 걸 보면."

"진아가 왜 네 여자야?"

그 말에 주호 씨의 얼굴이 일그러졌다. 나는 숨을 삼킨 채 두 사람을 양손으로 밀어냈다. 그리고 저쪽에서 지켜보고 있는 재은 씨와 지희 씨에게 들리지 않을 만큼 나직하게 속삭였다.

"나 네 카톡 안 받아. 네 번호 차단할 거니까 용건 있으면 회사에서 해. 나 너랑 사적으로 엮이고 싶지 않다고 분명히 얘기했다."

"진아야."

서민일이 미간에 주름을 잡으며 나를 부를 때였다.

"민일 씨, 안 가요?"

저쪽에서 파트장이 앙칼진 목소리로 외쳤다. 이번엔 서민일의 얼굴이 완전히 일그러졌다. 무어라 하려는 것을, 나는 더 떠밀며 대신 외쳤다.

"파트장님, 서민일 씨가 다 같이 술 한잔하자는데 저는 약속이 있어서요. 먼저 가 볼게요!"

"……어. 그래."

불퉁하지만 확실한 대답이 나왔다. 서민일을 파트장에게 떠넘기고, 얼른 주호 씨의 손을 잡았다. 주호 씨의 차갑게 얼어붙은 얼굴을 보자 생각보다 더 애가 탔다.

"가요, 주호 씨."

내가 재촉했지만 그러고도 서민일을 한참 동안 노려본 후에야 주호 씨가 발을 뗐다. 주호 씨가 움직이자 서민일도 반대 방향으로 걷기 시작했다.

지하철역에 다다를 즈음, 내가 잡아끌던 손을 고쳐 잡은 주호 씨가 크게 심호흡을 했다. 그가 굳은 얼굴을 풀고 웃는 표정을 짓기 위해 근육을 움직일 때, 바로 옆에서 빵빵거리는 소리가 났다. 나와 주호 씨는 반사적으로 도로 쪽을 돌아보았다.

"태워다 드릴까요?"

조수석 창문을 열고 이쪽을 바라보는 것은 두섭 씨. 그리고 운전석에서 이쪽을 바라보며 빙글빙글 기분 나쁘게 웃고 있는 것은 서민일. 뒤에 탄 것은 파트장.

주호 씨의 손에 바짝 힘이 들어가, 잡힌 내 손이 무척 아팠다. 아보기가 너무나 무서울 만큼 옆의 기세가 흉흉했다. 나는 억지로 웃으며 다른 손을 내저었다.

"괜찮아요. 안녕히 가세요!"

"네네, 진아 씨 불금!"

두섭 씨의 밝은 목소리가 서서히 멀어지는 것을 들으며 나는 입술을 깨물었다. 서민일의 차 꽁무니가 나를 약 올리는 것만 같았다.

너 때문에 완전히 망했다, 이 나쁜 놈아.

주호 씨는 지하철을 타고 오는 내내 말이 없었다. 늘 생글생글 웃던 얼굴에 웃음기가 전혀 없었다. 치미는 분노를 삭이려 애쓰는 듯해서 나도 침묵을 지켰다. 미안하고 민망하고 난처했다. 이 추운 날 밖에서 한 시간 반이나 기다린 끝에 그런 꼴을 당하고 돌아가는 길이니 기분이 좋을 수가 없을 테니까.

내내 아프게 잡고 있던 손을 놓은 주호 씨가 먼저 개찰구를 빠져나갔다. 그 뒤를 따라 카드를 찍고 개찰구를 나온 나를 본 그의 표정이 일변했다.

"진아 씨, 왜 울어요?"

"네?"

그 말을 듣고 뺨에 손을 대자 축축한 것이 잔뜩 묻어났다. 이게 뭐야? 당황해서 손바닥을 내려다보자 흥건한 물기가 확실히 보였다.

"언제부터 운 거예요?!"

"모, 모르겠어요."

나는 가방에서 휴지를 끄집어냈다. 급한 대로 눈물을 훔치고 나니 볼이 화끈 달아올랐다.

"미안해요. 울 일이 전혀 아닌데. 요즘 왜 이렇게 눈물이 많아진 건지…… 난 정말 내가 우는 줄도 몰랐어요."

내가 눈물을 추스르자 주호 씨가 얕은 숨을 내뱉었다. 그리고 아프지 않게, 부드럽게 내 손을 잡고 꽃집을 향해 걷기 시작했다.

꽃집 안에서만 2층으로 갈 수 있다고 생각했는데, 건물 뒤로 돌아가자 2층으로 올라가는 외부 계단이 하나 더 있었다. 집에 들어선 주호 씨는 보일러를 켜고 무릎담요를 가져와 나를 앉히고 내 무릎에 담요를 덮어 주었다.

가까이 다가와 앉은 주호 씨의 눈빛은 아까와는 달리 무척이나 그윽했다. 마치 아까의 분노 따윈 싹 잊은 듯한 다정한 눈빛이었다. 안심이 되자 눈물이 찔끔해, 나는 얼른 고개를 돌리고 손에 쥔 휴지로 눈물을 닦아 냈다. 그때 주호 씨가 부드러운 목소리로 물었다.

"요즘 눈물이 많아졌어요?"

"네……. 원래 독하단 소리까지 들으면서 아르바이트도 하고 그랬었는데, 이상하게 요새 눈물이 많아졌어요. 왜 이러는지 저도 모르겠어서……."

"감정 기복이 심하진 않아요?"

반사적으로 고개를 저으려다 나는 멈칫했다.

그러고 보니 어제 재은 씨한테 말 거칠다고 주의를 받았다. 지희 씨한테 서운하다고 그 앞에서 울기도 했고, 서민일한테 할 말 못 할 말 다 쏟아 내기도 했다. 말을 할 때는 몰랐는데, 눈물이 날 땐 몰랐는데 상당히 나답지 않은 행동들이었다는 것을 깨달았다. 특히 어제는 이상하게 욱하는 감정에 격한 말을 많이 뱉었던 것이다.

나는 기운 없이 고개를 끄덕였다. 가볍게 미소 지은 주호 씨가 내 뺨을 쓸어 주고 내 손을 어루만지기 시작했다.

"친구 하나가 게임에 빠진 적이 있어요."

"게임?"

"네. 그 친구가 게임에 빠진 건, 그 친구 어머니가 돌아가신 직후였어요. 그런데 4년쯤 지나니까 인정이 되더래요. 마음이 아파서 어딘가에 몰두하고 도피하고 싶었다고. 감정 기복이 심한 것도, 나 자신을 제어 못 하는 것도 그 여파였던 거라고."

"그냥, 게임을 할 만큼 해서 질린 게 아니고요?"

조금은 불퉁한 내 대답에도 주호 씨는 부드러운 미소를 되돌렸다.

"게임을 할 만큼 하면서 마음이 추슬러진 거죠. 만약 단순히 그 게임에 질린 거라면 다른 게임으로 갈아탔을걸요?"

"그건 그렇지만……."

"그래서 알았어요. 부모님이 돌아가셨다는 게 그만큼 충격과 고통이 큰 일이라는 걸."

그러니까 주호 씨의 말은, 내가 지금 눈물이 많아지고 감정 기복이 큰 것이 아버지가 돌아가신 직후라 그렇다는 뜻이다. 정말 그런 걸까. 내가 의구심을 버리지 못한 채 주호 씨를 응시하자, 그가 손을 뻗어 나를 끌어안았다.

"자신이 슬프고 허하고 아픈 거라는 걸 인식하는 게 의외로 어려웠대요. 계속 기운 내야지, 어머니께 부끄럽지 않도록 잘 살아야지, 하고 다짐했으니까. 그래 놓고 게임만 해서 자괴감도 심했는데, 그걸 인식만 했어도 게임을 좀 덜하지 않았을까 하고 웃더라고요."

"하지만 전 게임도 안 하고…… 말은 조금 거칠다고 지적받았
지만 그 외엔 딱히……."

"자꾸 울잖아요. 울고, 아파하고, 감정 기복도 심해졌잖아요."

"……그게, 내가 힘들어서인 걸까요?"

나를 끌어안은 주호 씨의 팔에 힘이 들어갔다. 끌어안긴 품이
몹시 든든했다.

"게임은 예일 뿐이에요. 친구가 슬픔을 인식하고 그것을 수용
하게 된 한 예. 중요한 건, 진아 씨가 지금 스스로가 힘들고 아프
다는 걸 인식하는 거예요. 내가 괜찮지 않다는 걸 깨닫고 나 자신
을 바로 바라보는 거."

"나, 괜찮지 않은 거예요?"

물으면서도 어이가 없어서 피식 웃음이 났다. 내가 괜찮은지
괜찮지 않은지를 남에게 물어서 어쩔 것인가. 그래도 주호 씨는
웃지 않고 내 등을 쓸어 주었다.

"감정 기복이 심해졌고, 눈물이 많아진 거라면 그런 게 아닐까
싶어서요. ……그리고 무엇보다 진아 씨, 이제 겨우 일주일 지났
는데 아프지 않다는 것이야말로 거짓말 아닐까요?"

딱히 힘을 주고 있다고 생각하지 않았는데, 주호 씨의 말을 듣
는 사이 어깨에서 힘이 스르륵 빠져나갔다. 잘했다는 듯 내 귀에
입을 맞춰 준 주호 씨가, 다시 위로의 의미를 가득 담아 내 등을
천천히 토닥이기 시작했다.

아, 그런가. 이제 겨우 일주일인가. 하긴, 아버지와 사이가 나

빴던 것도 아닌데 어떻게 일주일 만에 괜찮을 수가 있을까.

물론 괜찮다고 말은 할 수 있었다. 그렇게 말하고 다녔던 것도 스스로가 괜찮아지길 바라서였다. 그러면서 나는 정말 내가 괜찮다고 믿어 버렸던 모양이다.

"나는 내가 괜찮은 줄 알았어요."

"응."

"정말로…… 그렇게 생각했어요."

"슬퍼해도 괜찮아요. 내 앞에서는."

주호 씨는 그렇게 말해 주었지만, 내 마음속에는 분명한 저항감이 있었다. 나보다 어린 주호 씨, 그리고 혹시 나의 슬픔이 징징거림이 되지 않을까 하는 두려움. 그것을 눈치채기라도 한 듯 주호 씨가 속삭였다.

"나는 진아 씨 생각보다 훨씬 독점욕이 강하고 음험하거든요. 나 말고 다른 데서 슬퍼하면 그게 더 화날 것 같은데."

좀 전까지는 든든한 남자였는데, 이제는 귀여운 남자가 되었다. 내가 풋 하고 웃자, 주호 씨가 끌어안았던 팔을 풀며 내 얼굴을 살폈다.

사실 주호 씨가 사람 마음을 다독일 줄 아는 것도 대단하다고 생각한다. 그리고 자신의 분노보다 상대의 슬픔을 먼저 위로해 줄 수 있다는 것은 특히 웬만큼 성숙한 사람들도 하기 힘든 일이다. 오히려 저런 말을 하지 않으면 어른스러운 사람이라고 받아들여질 것 같은데, 때때로 내보이는 콤플렉스 덕분에 주호 씨는 스물여덟, 혹은 그 이하의 귀여운 주호 씨가 된다.

"왜요?"

"아무것도 아니에요."

"그게 아닌 거 같은데."

조금 불퉁한 얼굴을 한 채로 나를 살피는 모습도 귀여워서, 나는 웃으며 연신 고개만 끄덕였다.

그래, 나는 지금 괜찮지 않아. 그러니까 괜찮아지려고 노력하자. 주호 씨가 있어 줄 테니까.

8. 안 될 놈은 안 된다

— 음, 다 좋은데 있지, 조심스러운 말이긴 한데······ 너무 완벽하지 않아?

친구 종은이의 메시지를 받고 나는 누운 채로 고개를 끄덕였다. 모처럼 햇볕 좋은 일요일 오후, 개지 않은 이불 위를 구르는 것은 무척 기분 좋았다. 내일이 월요일이라는 것을 제외하면. 싫은 생각을 얼른 떨치고 손가락을 움직였다.

— 나도 그게 맘에 걸려. 완벽한 남자는 없다는 걸 알고 있으니까.

— 그러니까. 순순히 그렇군요 하고 받아들일 수만은 없는 나이지.

— 나이 얘기는 하지 맙시다!

장난삼아 화를 내는 이모티콘을 덧붙이고 화장실이 급해서 자

리에서 일어났다. 이불 위를 구르는 게 행복해서 계속 참고 있었
는데 이 이상은 한계였다. 후다닥 볼일을 보고 방으로 돌아오자
켜진 휴대폰에 좋은이가 주절주절 늘어놓은 메시지가 보였다.

— 같이 늙어 가는 처지에! 히히, 알았어, 알았어. 흠. 어머니
가게라고는 하지만 사실상 자기 가게일 거고, 혼자 가게 꾸려 갈
능력도 되는 거 같고? 스물여덟이면 나이도 적당하고. 차는 필요
없는 상황이니 없어도 그렇다 칠 수 있고. 서글서글하면서도 얕볼
수 있는 성격도 아니고. 집도 2층에 있고. 위로도 잘해 주고. 흠,
혹시 아랫도리 문제는 확인해 보셨는가?

— ……젊더라.

— 복 받은 년!

— 하하. 근데 좀 그래. 같이 있으면 참 행복하고 좋은데,
꼭…… 잠들었다 깨고 나면 모든 것이 사라져 있을 거 같은 그런
느낌이 있어.

— 아아, 알아 알아. 너무 행복해서 무섭지?

— 무섭다기보다…… 엄청 불안해. 차라리 무언가 눈에 띄는 흠
이 있는 남자라면 안심할 수 있을 것도 같은데, 그런 게 전혀 없
으니까. 신기루같이 하루아침에 사라지거나, 아니면 정말 상상할
수 없는 숨겨진 흠이 있거나, 뭐 그런 게 아닐까 싶어지는 거 있
지.

— 흠 없으면 다행이지! 라고 해 주고 싶다만, 그 심정 알 것
같아. 응. 좋은 사람이구나 하고 순수하게 그 관계를 즐길 수만은
없는 거지? 그치만 모르니까 일단 즐기는 게 좋지 않을까? 즐길

수 있을 때 즐기라고 하잖아. 없던 문제가 결혼하고 나서 생기기도 하니까 말이야.

— 킬킬킬, 너처럼?

— 그래, 이년아. 우리 시누이들처럼 말이다. 안 그래도 짜증나서 신랑 바가지 긁었다.

— 왜?

— 명절이라고 설에 친정에서 전복을 보내 줬거든. 엄청 좋고 비싼 거로 골라서. 근데 시부모님은 기세에 눌려 드시지도 못하고 시누이들이 다 처먹었다? 그것도 복장 터지는데, 어제 둘째 시누이가 우리 엄마한테 전화했다더라. 맛있었으니 더 보내 달라고.

— 돈 준다는 말은 했고?

— 했으면 내가 이렇게 화 안 나지! 혈압 올라서 염치도 없다고 시누이들하고 대판 하고, 신랑 바가지도 엄청 긁었어. 그러고도 분이 안 풀린다. 내일 얘기 봐 주러 엄마 오시면 휴대폰 번호 바꿔 드리려고.

남편의 근무 시간이 길다 보니 독박 육아를 하며 가끔 친정 엄마 도움을 받는 좋은이는 애가 어려 외출도 못 하는 상태였다. 쏟아지는 메시지 폭탄을 받으며 나는 혀를 내둘렀다.

주호 씨, 형제가 많다고 했지. 혹시 그 집도 이러려나?

케이스 바이 케이스라는 건 물론 알고 있다. 하지만 주변 여자들의 삶을 단 한 번이라도 유념해 본 적이 있다면, 이런 걱정이 안 될 수는 없을 것이다. 내 경우 엄마는 고아였고 조부모님은 좋은 분들이셨기에, 친구들이 서넛 시집간 후에야 그런 사실들을 알았다. 그리고 식겁했다. 내가 결혼할 경우 자칫하면 세 집 건사를 해야 할지도 모른다는 현실을 깨달았기 때문에. 게다가 좋은 남편, 좋은 시댁을 만난다고 하면 내가 염치없는 년이 될 거라는 것도. 어쨌든 우리 집의 주된 수입원은 나니까 결혼하고도 친정에 퍼 줘야 하는 일이 생길지도 모르는 것이다.

여전히 쏟아지는 분노의 메시지를 보고 웃은 후 나는 한숨을 내쉬었다. 정말 내가 결혼할 수 있을까?

대학 다닐 때, 졸업 직후 취업 준비를 하며 학원 강사를 할 때는 얼른 취직하고 결혼해서 이 집을 벗어나는 것이 목표였다. 그런데 살다 보니 그게 쉽지만은 않다는 것을 깨달았다. 우리 집이 힘든 이유는 버는 사람에 비해 가족 수가 많다는 것, 조부모님이 중환자실에 오래 계셨던 것, 떡집 운영이 힘들어져서 빚을 남긴 채 가게 문을 닫은 것, 아버지가 오래 앓으신 것 등이기 때문에, 내가 결혼을 한다 해도 친정에 도움을 전혀 안 줄 수는 없는 상황이었다.

결국 나는 남편과 시댁의 눈치를 보며 친정에 도움을 주어야 한다. 이런 나를 누가 반가워하며 아내로, 며느리로 맞을까.

그리고 그런 나에 비해 주호 씨는 너무 완벽하다.

사람 일은 모르는 것이니 주호 씨에게도 무언가 문제가 있긴 할 거라고 생각한다. 하지만 그게 과연 큰 것일까. ……아니, 그렇게 큰 것이라면 어떤 방법으로든 티가 났을 것이다. 연애라면 괜찮지만 결혼하기는 괜찮지 않을 거라는 생각에, 나는 좀 우울해져서 성의 없이 좋은이에게 답 메시지를 보냈다.

— 그래도 신랑 좋아하잖아.

— 좋아하니까 그나마 이만큼 참고 지내는 거야. 너 내 성격 알잖아.

그런 우울한 생각 속에서도, 좋은이의 단호한 대답을 보자 덩달아 주호 씨가 보고 싶어졌다. 힐끔 시간을 보니 다섯 시다. 이제 씻고 준비하고 나가면 여섯 시 될 테니까. 나는 여전히 메시지 폭탄이 떨어지는 좋은이와의 대화창을 뒤로한 채 주호 씨에게 메시지를 보냈다.

— 주호 씨, 저녁 같이 먹을래요?

— 오늘도 연락 없으면 서운하려고 그랬는데 어떻게 알았어요?

칼같이 돌아온 대답에 나는 그만 웃고 말았다.

저녁을 먹고 주호 씨와 꽃집에서 한참 노닥거리다가 내일을 생각해 집에 돌아온 것이 10시였다. 몸이 많이 호전된 엄마와 여전히 다리 깁스를 하고 있는 진수는 TV를 보며 웃고 있었다.

"막둥이는 어디 갔어?"

"대학 동기들 만나러 간댔는데 안 오네."

"술 마시겠지. 늦게 올걸?"

머리를 북북 긁으며 진수가 단언했다. 엄마와 나는 동의의 뜻으로 피식 웃었다. 이제 대학생이라고 좀 달리는 모양이다. 하기야 스무 살이면 한창 놀 때지. 진수가 1학년 때 워낙 놀았던 터라, 착실하고 성실한 편인 진형이는 걱정도 안 됐다.

화장을 지우고 샤워를 마친 내가 욕실을 나올 무렵, 뜬금없이 초인종이 울렸다. 엄마가 자리에서 벌떡 일어나며 중얼거렸다.

"이 시간에?"

"그러게? 야, 너 뭐 시켰어?"

"아, 왜, 뭐만 하면 나야. 내가 돈이 어딨다고 뭘 시켜? 이제 막 퇴원했는데."

진수의 투덜거림을 뒤로한 채 엄마가 현관문을 열었다. 훅 들어온 찬바람에 몸을 떨며 방으로 들어가려던 나는 업혀 들어오는 막둥이를 보고 깜짝 놀라고 말았다.

"진형아!"

동갑 내지는 선배로 보이는 남학생이 땀을 뻘뻘 흘리며 막둥이를 업은 채 거실로 들어왔다. 다리가 불편해 거실에서 생활하는 진수가 펴 놓은 이부자리에 막둥이를 조심히 눕히고 땀을 닦은 남학생은 숨을 몰아쉬면서도 얼른 뒤돌아 엄마에게 인사를 했다.

"안녕하세요! 저기, 진형이 동기 주경환이라고 합니다. 진형이가 오늘 좀 많이 마셔서…… 저기, 말렸어야 하는데, 어…….."

"동기끼리 마신 거야?"

진수가 막둥이의 겉옷을 벗겨 내며 물었다. 경환이는 멋쩍어하며 고개를 끄덕였다.

"가볍게 한잔하자고 만난 건데, 힘든 일이 있는지 너무 달리더라고요. 저기, 누님께 뭐 잘못한 거 같았는데…….."

"저한테요?"

"네, 계속 누나 미안하다고 그러더라고요. 잘 다독여 주세요."

"그, 그래요."

처음 본 막둥이 친구의 오지랖에 내가 떨떠름하게 대답하는 사이, 엄마가 냉장고에서 주스를 하나 꺼내 경환이의 손에 쥐여 주었다. 외삼촌이 사 온 음료수였다. 외삼촌 나이스.

"어휴, 무거웠을 텐데 고생 많이 했고, 부모님 걱정하실라. 얼른 들어가 봐."

"네, 그럼 가 볼게요. 저기, 너무 혼내지 마세요."

마지막까지 혼내지 말라는 말을 남긴 채 경환이는 떠났다. 나는 스킨도 바르지 않아 당기고 각질이 일어나는 얼굴을 방치한채, 괴로운 얼굴로 자는 막둥이를 물끄러미 내려다보았다.

뭔가가 몹시 찜찜했다.

※ ✳ ※

아침이 되면 꼭 물어보려고 했는데, 새벽에 속을 게워 낸 막둥이는 내가 출근할 때까지도 정신없이 자고 있었다. 다녀와서 물어보자 하고 출근한 회사에서도 큰일은 없었다. 회사에서만 잠깐 서민일의 차단을 풀었는데 내내 연락은 오지 않았다. 파트장도 기분이 좋아 보였고, 업무적으로 영업팀과 얽힐 일도 없었다. 재은 씨와 지희 씨가 내 남자친구를 궁금해서 몇 가지 물어본 것을 제외하면 오늘만 같아라 싶은 날이었다.

나는 회사를 나오면서 다시 서민일의 번호를 차단했다. 약속대로 회사까지 마중 나온 주호 씨와 저녁을 먹은 후, 오늘은 반드시 캐물어 보리라 하고 벼르며 귀가했건만 막둥이는 집에 없었다.

"여행?"

"그래. 네 아버지 가실 때 저만 찾은 게 미안해서 진수랑 바다나 보고 오라고 보냈다."

"깁스한 애를 붙여서 보냈어?"

"오늘 풀었어. 그러니까 보냈지. 당분간은 조심하라더라. 아르바이트도 당분간 하지 말라고 했어. 용돈이나 잘 챙겨 줘야지, 뭐."

엄마는 덤덤하게 말했지만 어쩐지 석연치가 않았다. 대체 무슨 돈이 어디서 나서 두 놈을 이 샌드위치 연휴에 여행을 보냈어? 엄마 월급날 멀었는데?

묻고 싶은 마음은 굴뚝같았지만 더 캐물을 수가 없었다. 그러니까 생활비를 더 내놔라 혹은 진수 아르바이트도 못 하는데 용돈 얼마 줄 거냐 하고 엄마가 흥정을 걸기 시작하면 분명 서로 감정만 상할 테니까. 엄마도 그걸 알고 일부러 돈 얘기를 꺼내는 거 같기도 했다.

엄마가 말한 게 마음 약한 막둥이를 괴롭히는 원인 중의 하나는 맞을 테지만, 분명 다른 이유가 있을 터였다. 돌아오면 물어보자고 결심하며 나는 일찍 잠을 청했다. 삼일절은 공휴일이었지만 나는 출근을 해야 했던 것이다.

삼일절 점심은 팀장님이 쐈다. 옹기종기 모여 앉아 피자를 먹던 우리는 묘하게 팀장님이 기분 좋아 보여 캐묻다가 내일이 팀장님 따님 초등학교 입학식이라는 사실을 알아냈다. 그러고 보니 유치원 졸업한다는 말을 얼마 전에 들었던 기억이 났다. 내친김에 유치원 졸업식 사진이며 새로 산 가방 사진을 보여 주는 팀장님은 평소보다 무척 들떠 보였다. 나는 웃으며 그 모습을 지켜보다가 불현듯 뭘 해 드려야겠다고 생각했다. 장례식 때 특별휴가 다 쓰게 해 주신 거나, 내 발령을 막기 위해 애쓰신 것을 생각하면 안 그래도 인사는 한번 해야 했다. 그게 따님 입학식이면 더 좋겠지 싶었다.

공휴일이라 평소보다 퇴근은 일렀다. 귀갓길에 나는 대형 문구점에 들러 선물로 가장 잘 나간다는 문구 세트를 하나 샀다. 그리고 주호 씨 가게에 들러 꽃다발을 맞춰 놓고 내일 아침에 가져가기로 했다. 주호 씨가 특별히 다양한 꽃을 활용해 센스를 부린 꽃다발은 작고 귀여워서 여자아이라면 좋아할 것 같다는 확신이 들었다.

진수와 막둥이에게서는 연휴에 치여 기차표 예매를 놓치는 바람에 내일 오전에 도착한다는 연락이 왔다. 나 피하려고 괜히 저러는 건 아닌가 슬쩍 의심이 돼서 조회를 해 보니 정말로 기차표 전석이 매진이어서, 도리 없이 취조를 하루 더 미뤄 주기로 했다.

— 조심해서 오고, 돌아오면 누나랑 얘기 좀 해.

— 응, 누나.

바다를 보러 간 덕분일까, 막둥이에게서 확실한 대답이 나왔다. 대답을 듣기 전인데도 그나마 마음에 남아 있던 의혹이 좀 가신 것 같아, 오랜만에 나는 개운하게 잠이 들었다.

※ ✹ ※

꽃다발을 들고 지하철을 타는 것은 생각보다 곤욕이었다. 힘겹게 꽃다발을 사수한 끝에 사무실에 도착한 나는 완전히 녹초가되었다. 혹시라도 파트장이 눈꼴시어 할까 봐 책상 아래에 꽃다발과 문구 세트 상자를 숨겨 두고, 정신없는 오전 시간을 보냈다. 오늘은 주호 씨나 친구들에게 메시지 한 번 보낼 짬도 없었다. 3월 2일, 새로운 달의 시작이니 확인할 일이나 회의가 쏟아졌던 것이다.

오랜만에 다 같이 도시락으로 점심을 먹고 다시 업무에 돌아가 열중하다 3시쯤, 살짝 상기된 얼굴의 팀장님이 돌아왔다. 오전 중에는 입학식에 갔다가 다른 파트 회의를 마치고 우리 파트 회의를 위해 오신 것이다. 너무 바쁘고 안건이 많아 나는 선물을 새까맣게 까먹었다가, 팀장님이 회의를 마치고 잠시 잡담을 할 즈음에야 선물을 기억해 냈다. 다들 선물을 준비하지 않았는데 나만 드리는 것도 눈총 살 일이라, 나는 얼른 자리로 돌아가 미리 준비해 둔 종이가방에 문구 세트와 꽃다발을 집어넣었다. 그리고 팀장님이 우리 사무실을 벗어났을 때 종이가방을 들고 달려 나갔다.

"팀장님, 여러모로 신경 써 주신 게 감사해서, 따님 입학식에 겸사겸사 준비해 봤어요. 큰 건 아니고 정말 작은 거니까 부담 갖지 말고 받아 주세요."

"어머? 진아 씨, 이게 뭐야?"

그러나 역시 세상은 내 맘대로 되는 게 하나도 없다. 가져가서 확인하시라고 일부러 종이가방에 넣어서 드렸건만, 종이가방을 받아 든 팀장님은 눈을 휘둥그렇게 뜨더니 우리 파트 사무실로 도로 들어와, 방금 전까지 회의를 한 원탁에 내용물을 꺼내 놓았던 것이다.

단번에 파트장의 눈이 쌜쭉해졌다. 재은 씨와 지희 씨도 이번엔 놀란 눈치였다. 등줄기에 식은땀이 흐르기 시작했다. 눈치 없는 사람이라고 생각한 적 한 번도 없는데 저한테 왜 이러세요, 팀장님. 내가 세 사람의 시선을 받아 내며 안절부절못하고 있을 때 팀장님이 감탄했다.

"어머, 꽃다발이랑 문구, 엣취! 세트네? 엣취! 어머, 귀여워라! 고마워, 진, 엣취! 진아 씨!"

그리고 재채기도 시작했다.

"팀장님 감기 걸리셨어요?"

재은 씨가 얼른 휴지를 내밀며 물었다. 그것을 받아 들어 코를 푼 팀장님은 고개를 절레절레 젓고는 난처하게 웃었다.

"아니, 내가 꽃가루 알레르기가 좀 심해서……."

"어, 꽃가루 알레르기 있으세요?"

"그것도 몰랐어?"

지희 씨가 놀라 되묻자 파트장이 핀잔을 주었다. 그러나 파트장의 시선은 정확하게 나에게 꽂혀 있어서, 나는 입술을 깨물었다.

"아, 괜찮아. 말한 적이 없어서 그런 거, 엣취! 니까. 아고, 어쩌나. 우리 딸도 나 닮아서 엣취! 꽃가루 알레르기가 좀 심해서,

엣취! 어, 꽃은 못 가져가겠다, 진아 씨. 엣취!"

"괜찮아요, 팀장님. 죄송해요, 그런 줄도 모르고 괜히……."

"아냐, 정말 고마워. 챙겨 줘서 마음이 고맙지. 이거, 엣취, 잘 쓸게."

내가 본 사람 중에 가장 꽃가루 알레르기가 심한 사람이 바로 내가 꽃을 선물한 팀장님이었다. 잠깐 사이에 엄청나게 재채기를 하고 연신 코를 푼 팀장님의 코 주변은 발갛게 달아올랐다. 문구 세트를 들어 올리며 웃어 보인 팀장님은 더는 견디기 힘들었는지 인사를 하고 종이가방에 문구 세트만 챙겨 얼른 사무실을 나갔다.

우리 네 사람은 묵묵히 자리에 서서, 멀어지는 팀장님이 재채기 소리를 듣고 있었다. 그 소리는 복도를 울리고도 우리 사무실 문틈으로 스며들어 와, 온전히 사라질 때까지는 꽤 오랜 시간이 걸렸다.

이제 나는 내가 불쌍할 지경이었다. 내 팀장님 선물이라고 주호 씨가 심혈을 기울여 만들어 준 작고 귀엽고 예쁜 꽃다발은 탁자에 덩그러니 남았고, 나는 그 꽃다발과 함께 다른 세 사람의 눈총을 감내해야 했다. 그 눈총이 얼마나 따가운지, 나는 꽃다발을 회수하러 갈 엄두도 내지 못했다. 그래서 재은 씨가 총대를 메고 나서 준 것이 눈물 나게 고마웠다.

"……할 거면 같이하든지 얘길 해 주지 그랬어, 진아 씨."

"죄송해요."

"같이했으면 꽃을 사는 그런 실수는 안 했을 텐데."

파트장이 나를 조소하며 빈정거렸다. 그 말을 들은 지희 씨가 무언가 말을 하려다 도로 입을 닫았다. 침묵을 지켜 주는 것이 몹시 고마웠다.

"그래, 혼자 생색내니 엄청 좋겠다?"

생색내려던 게 아니다. 생색내려는 것이었으면 회의 시작할 때나 끝날 무렵 줬겠지. 반박하고 싶었지만 어쨌든 남의 눈엔 혼자 생색내는 것으로 보인다는 것을 알고 있기에 나는 얌전히 입을 다물었다. 변명해 봐야 더 비루해질 뿐이니까.

딴에는 정말 신경 써서 준비한 것인데, 아침에 저 꽃다발 때문에 지하철에서도 많이 치였는데, 주호 씨가 정말 각별히 신경 써 준 건데. 최근 눈물샘이 느슨해진 데다 그런 생각이 몰아치자 정말로 눈물이 날 것 같았다.

하지만 나는 이런 상황에서 울면 더 욕을 먹는다는 것도 알고 있었다. 그래도 문구 세트는 잘 쓰겠다고 가져가셨으니까 됐다. 나는 요동치는 마음을 애써 가라앉히며 탁자의 꽃다발을 집어 들었다. 아까처럼 다시 책상 아래에 꽃다발을 숨긴 뒤 파트장 앞으로 걸어갔다. 이런 일은 이 자리에서 바로 끝내야 뒷말이 나오지 않으니까.

"죄송합니다. 장례식 때 신경 써 주신 게 감사해서 준비한 건데, 제가 생각이 짧았어요."

내가 고개를 꾸벅 숙이며 사죄하자, 무어라 말하려던 파트장은 입을 다물었다. 노린 것이었다. 아버지와 관련해서 파트장은 나에게 빚이 있으니까. 내 아버지의 장례식을 이런 식으로 '써먹는' 데에는 나 자신도 거부감이 있었지만, 지금 그걸 가릴 처지는 아니었다.

파트장의 입을 다물리게 해 놓고, 나는 뒤로 돌아섰다.

"재은 씨, 지희 씨, 죄송해요. 다음부터 이런 일 없게 주의할게요."

"아냐, 그런 거면 이해할 수 있어. 대신 다음엔 의논해서 같이 준비하자, 응?"

"네, 그럴게요. 죄송합니다."

"괜찮아요, 기운 내요, 진아 씨."

재은 씨도 지희 씨도 웃으며 사과를 받아 주어서, 나는 다시 한 번 고개를 숙이고 자리로 돌아갔다.

우리 사무실은 내내 조용했다. 그리고 나는 내 발밑의 꽃다발을 애꿎게도 걷어차고 싶은 욕구에 시달리느라 일에 집중할 수가 없었다.

"……저기, 제가 가서 커피 좀 사 올게요. 뭐 드시고 싶으세요?"

"뭐 사 오게?"

파트장이 냉큼 묻는다. 그러면 설마 이 상황에 캔 커피 사 올까. 어이없었지만 오늘의 죄인은 나인지라, 나는 열심히 웃었다.

"1층 다녀오려고요."

"그럼 난 캐러멜 라테!"

카페에 다녀오겠다 하니 파트장이 활기차게 외쳤다. 그래, 그 나마 먹을 거에 넘어가 주면 감사한 일이다. 나는 고개를 끄덕이고 재은 씨와 지희 씨를 바라보았다.

"괜찮으니까 편하게 시키세요. 뭐 드실래요?"

"난 그냥 아메리카노."

"전 카페 라테로 할게요."

두 사람이 미안해하는 눈빛으로 웃으며 메뉴를 주문했다. 그래, 차라리 이게 나아. 나는 웃고 얼른 꽃다발과 지갑을 챙겨 사무실을 빠져나왔다. 빨리 어디에든 이걸 버리고 싶었다. 작고 예쁘고 귀여운 꽃다발이 지금은 쳐다보기도 싫을 만큼 끔찍했다.

문득 주호 씨가 보고 싶었다. 하지만 주호 씨가 성심껏 만들어 준 꽃다발이 걸려 있어 만나기 껄끄럽기도 했다. 게다가 오늘과 내일은 근처의 초등학교에서 입학식이 있어, 어머니와 함께 꽃다발을 만들고 팔러 갈 거라고 듣기도 했다. 사귄 지 오래된 것 같지만 따지고 보면 이제 열흘이다. 열흘 만에 어머니를 뵐 순 없다. 그러니 오늘의 일은 오로지 혼자 감내해야 했다.

심란한 마음을 가다듬는 사이 엘리베이터 문이 열렸다. 그리고 불행히도 엘리베이터에는 서민일이 먼저 타고 있었다.

"어, 진아 씨, 웬 꽃이에요?"

"……팀장님 선물이었는데, 꽃가루 알레르기가 있으시대요."

막말로 쌩 까고 싶었는데, 엘리베이터에 우리 회사 사람이 둘 더 타고 있어서 나는 어쩔 수 없이 대답해야 했다. 궁금해하던 두 사람은 웃으며 고개를 끄덕이고 말았지만, 서민일마저 피식 웃는 것을 본 내가 수치심과 불쾌함에 휩싸일 때였다.

"아 참, 진아 씨. 나 차단 좀 풀어 줘요."

순간 말문이 막혔다. 다른 두 사람이 나를 빤히 응시하는 시선이 느껴져서 나는 어금니를 깨물며 억지로 웃어야 했다.

"차단한 적 없는데요?"

"차단 안 했어요? 연락해도 안 되던데?"

"같이 업무하는 사람을 제가 왜 차단해요. 누가 들으면 오해하 겠어요."

서민일. 너는 대체 나랑 무슨 악연이길래 나를 이렇게 괴롭게 만드는 거냐.

두 사람이 다른 층에서 먼저 내리고, 이윽고 1층에서 엘리베이 터가 멈췄다. 나는 먼저 가겠다고 짧게 인사하고는 꽃이 뭉개지든 말든 아직 열리는 중인 엘리베이터를 얼른 빠져나왔다. 그러나 카 페는 바로 1층이었고, 내가 아무리 종종걸음을 쳐도 키가 180인 서민일의 보폭을 당해 낼 수가 없었다.

"주말에는 차단한 거 맞잖아. 대신 오늘 나 술 좀 사 줘."

아무렇지 않게 옆에 따라붙어 어깨동무를 해 오는 서민일을, 나는 더 견딜 수가 없었다.

휙 돌아섰다. 서민일이 웃는 얼굴 그대로 멈춰 섰다. 총무과 여 직원이 나갔다 들어오는 길인지 엘리베이터를 타기 위해 걸어오 는 것이 보였지만, 차라리 잘됐다 싶었다. 그래, 보고 소문이라도 내라. 그런 심정으로 나는 꽃다발을 서민일의 얼굴에 냅다 집어 던졌다.

"윽, 야, 너 뭐 하는……."

"너 스토커냐? 어? 싫다고 몇 번을 말했는데 아직도 못 알아들 어! 짐승도 그 정도 말하면 알아듣겠다! 나는 너 끔찍하게 싫으니까, 제발 내 눈앞에서 꺼져! 나는 너한테 발톱 때만큼도 관심 없다고!"

모든 울분을 담아 있는 대로 울부짖는 소리가 건물 로비를 왕왕 울렸다. 다행인지 불행인지 경비 아저씨를 제외하고, 지금 로비에 서 있는 사람 중에 우리 회사 사람은 저 여직원 하나였다. 대신 다른 회사 사람들이 우리 두 사람을 보며 힐끔거리기 시작했다. 그 재미있어하는 시선에는 평소 능글맞던 서민일도 당황했는지 얼른 내 팔을 잡아당기기 시작했다.

"야, 가서 얘기해. 일단 가자."

"놔, 경찰에 신고하기 전에! 다신 접근하지 말라고!"

서민일의 체온에 벌레가 닿은 듯 소름이 돋았다. 나는 고함을 지르며 격하게 몸부림을 쳐 그 손을 떨궜다. 내 격렬한 반응에 어쩔 수 없다는 듯이 서민일이 물러났고, 나는 그때를 틈타 냅다 달려 카페로 향했다.

커피를 주문하고 기다리는 동안, 흥분은 좀처럼 가라앉질 않았다. 과연 내일 회사에는 어떤 소문이 퍼질까. 팀장님께 혼자 잘 보이기 위해 선물 공세를 했다는 것일까, 아니면 서민일에게 난리를 피운 것일까. 어느 쪽이든 안 좋은 쪽 소문이겠지만, 끔찍해진 꽃다발을 끔찍한 남자에게 버린 덕분에 나는 도리어 개운해져 있었다. 소문은 소문이고, 금세 지나갈 것이다. 오히려 잘됐다 싶었다. 그 꼴을 다 보고도 서민일과 나를 엮으려는 사람은 없을 테니까.

커피에 작은 롤빵도 사서 사무실로 돌아왔다. 그러나 내 생각보다 소문은 빨랐다. 내일까지 기다릴 것도 없이, 파트장의 얼굴은 오늘 흉흉해 있었다. 내가 탁자에 커피 캐리어를 내려놓기도 전에 파트장이 험악하게 물었다.

"꽃을 민일 씨에게 줬다고?"

"네?"

"아까 그 꽃다발, 민일 씨에게 준 거 맞냐고!"

있는 대로 지른 고함에 사무실이 떠나갈 듯했다. 나는 멍하니 입을 벌린 채 씩씩대는 파트장을 바라보았다. 내가 커피를 사 가지고 돌아올 때까지는 20분도 채 걸리지 않았는데, 그걸 고새 어떻게 안 걸까. 내가 주위를 둘러보자 지희 씨가 눈치를 보며 몸짓하는 것이 느껴졌다. 돈 모양, 그리고 눈, 귀. 아아. 아까 그 총무과 직원, 이어폰 끼고 있어서 정작 내가 말한 건 못 들었구나……! 잠깐 사이에 정신이 아득해졌다.

그리고 내가 가까스로 주의를 환기했을 때, 파트장은 나를 쏘아보며 여전히 빈정거리고 있었다.

"양다리 걸치는 거야? 어?"

나는 웃었다. 허탈함, 지침의 미소였다. 그러나 그것이 파트장의 분노에 기름을 부은 모양이었다.

"웃어? 지금 웃어? 최진아, 너 내가 그렇게 안 봤는데 그따위로 인생 살지 마. 세상 남자가 다 네 건 줄 알아? 꼬리 치면 다인 줄 아냐고!"

"그런 거 아닙니다."

내 목소리는 생각보다 낮고 조용했지만 의외로 파트장의 귀에 제대로 꽂힌 듯했다.

"그런 게 아니면 뭔데!"

"저 그 꽃다발 준 게 아니고 던진 겁니다. 너무 짜증 나서요."

"뭐?"

"파트장님, 말이 나온 김에 말씀드리면요, 이거 서민일한테도 말한 건데요, 전 세상에 서민일과 단둘이 남는대도 안 가져요."

진지한 내 말에 파트장이 얼굴을 더 일그러트리며 코웃음을 쳤다.

"이제 민일 씨도 아니고 서민일? 흥, 얼마나 꼬리를 쳤으면 사람 이름이 그렇게 편하게 막 나와? 어?"

"이름 부르는 게 당연히 더 편하죠. 동갑인 데다 전 남친이니까요."

생각보다 말은 덤덤하게 나갔는데, 그 말을 들은 파트장은 완전히 굳어 버렸다. 재은 씨와 지희 씨의 헉하고 숨을 삼키는 소리도 들렸다. 하지만 나는 이제 이 상황을 끝내고 싶었다. 너무 지긋지긋했다.

"10년 전에 두 달 썸 타고 세 달 사귀었어요. 잠수 타서 헤어지는 게 제일 최악이라고 파트장님도 말씀하신 적 있죠. 그 최악의 짓거리를 하고 헤어진 남자가 반갑겠어요? 파트장님 말씀대로 저 지금 남자친구도 있는데?"

"그럼 말을 했어야지! 내가 마음 두는 걸 알고도 그런 인간이랑 잘해 봐라 하고 지켜보면서 박수 치고 있었던 거야? 와, 최진아, 너 그런 년이야?"

"파트장님, 말이 심하세요!"

재은 씨가 얼른 끼어들었다. 나는 기운 없이 웃었다. 해명을 해 줘도 파트장의 사고가 그리로 튈 줄은 몰랐다. 그래, 저런 인간이 었지. 그런 인간이었어.

"그럼 전 남친이 나타났다! 하고 온 회사에 자랑해요? 10년 전에, 그것도 막말로 세 달 사귀었으니 제대로 사귀었다고 할 수도 없는 인간을?"

"나한테는 말을 해 줬어야지!"

"파트장님, 진, 진정하세요."

"이게 지금 진정할 일이냐고!"

재은 씨와 지희 씨가 말리는데도 파트장의 분노는 끝 간 데 몰랐다. 나는 두 사람이 말리고 말려 마지못한 척 자리에 앉아 씩씩거리는 파트장을 멍하니 바라보다가, 조용해질 즈음 자리로 돌아갔다. 재은 씨와 지희 씨가 눈치를 보며 자리로 돌아가자 사무실은 이제 아까보다도 더한 무거운 침묵이 내려앉아 있었다. 내가 큰맘 먹고 1층 카페에서 사 온 커피는 아무도 손대지 못해, 탁자에서 차갑게 식어 갔다.

나는 멍하니 모니터 화면을 들여다보며 생각했다.

4년 일했다. 퇴직금 400은 나오겠지. 그러면 4천. ······천만 원만 쓰자. 그사이엔 재취업되겠지. 그러고 보니 곧 월급날이다. 월말에 공과금도 다 빠져나갔을 테니 남은 돈 계산해서 카드값 선결제 해 두고, 한 달에 필요한 최소 비용을 계산해 적금을 깨고 나머지는 예금으로 묶어 두는 게 좋겠다.

나는 생각난 김에 가방에서 외장 하드를 꺼내 컴퓨터에 연결하고 인터넷뱅킹을 확인했다. 그리고 굳었다.

왜 총액수가 이것밖에 안 돼?

순간 온몸에서 피가 사악 빠져나가는 듯했다. 냉기가 얼굴과 손끝, 발끝부터 온몸으로 퍼져 갔다. 덜덜 떨리는 손을 억지로 움직여 예금 적금란을 확인하자, 가입된 예금 적금이 없다는 문구가 화면에 나타났다.

"이게 뭐야……?"

나도 모르게 중얼거린 말에 세 사람의 시선이 내게 꽂혔다. 하지만 나는 신경 쓸 겨를이 없었다. 내가 설마 다른 계좌에 적금을 옮겨 놨나 싶어 다른 인터넷뱅킹을 켜 봐도, 다른 은행 계좌에는 전부 내가 예상한 액수의 금액만 들어 있었다. 이게 뭐야. 나는 덜덜 떨리는 손으로 벌어진 입을 막은 채 하염없이 적금을 들었던 은행 계좌를 새로 고침 하다가 자리를 박차고 일어났다.

"최진형……?!"

"무슨 일이야, 진아 씨?"

내게 말도 붙이기 싫은 파트장이 눈짓해, 대신 재은 씨가 물었다. 하지만 나는 이제 앞뒤를 가릴 상황이 아니었다.

"겨, 결혼자금으로 모으던 적금이 없어졌……."

"뭐어?!"

"지, 집에 가 봐야 할 거 같아요, 조, 조퇴할게요, 저, 저 가 볼게요."

"회사가 장난이야? 자기 맘대로 조퇴하게?!"

파트장이 버럭 고함을 질렀지만, 나는 파트장을 설득시키거나 어떻게 할 여력이 없었다. 결국 중재자 재은 씨가 나섰다.

"진아 씨, 진아 씨, 정신 차려. 적금이 없어졌다고? 다른 은행이랑 착각한 거 아니고?"

나는 넋이 나간 상태로 고개를 저으며 가방을 쌌다. 아직 사용 중인 외장 하드도 그냥 잡아 빼 가방에 쑤셔 넣었다. 작업하던 것을 저장할 생각도 못 하고 본체 파워 버튼을 눌러 강제로 컴퓨터를 종료했다.

"괜찮아, 은행 문제라면 은행이 보상해 줄 테니까, 너무 걱정 마. 누가 뭐래도 진아 씨 본인 동의 없이 해지 못 하는 거니까, 응? 이 기회에 보상금까지 뜯어내면 되니까, 너무 걱정하지 마. 액수가 얼마나 돼?"

"3,600이요……."

내 대답에 세 사람이 모두 숨을 삼켰다. 곧 정신을 차린 재은 씨가 내게 다가와 차디차게 식은 내 손을 도닥이며 위로했다.

"헉. 아, 아니야, 괜찮아. 은행에서 한 4,000 뜯어내면 되니까, 걱정 말고 은행부터 가 봐, 응?"

나는 고개를 끄덕였지만, 은행에 갈 생각은 전혀 없었다. 은행 실수일 리가 없었다.

평소라면 엄두도 내지 못하는 택시를, 회사를 나오자마자 잡아 탔다. 덜덜 떨리는 목소리로 주소를 말하고 집까지 가는 동안 나는 내내 떨었다. 아저씨가 많이 춥냐고 히터를 더 틀어 주었지만 아무리 히터를 올려도 떨림은 멈추지 않았다.

진형아, 제발.

아니, 설마, 우리 막둥이가. 진수면 몰라도 막둥이가 그랬을 리가.

부들부들 떨리는 손으로 카드를 내밀어 계산을 하고 구르듯이 택시에서 내렸다. 오늘 오전에 집에 도착한다고 했으니 와 있겠지 싶어 초인종을 눌렀다. 하지만 집 안에서는 어떤 반응도 없었고, 나는 한참 헛손질을 한 끝에 열쇠로 문을 열 수 있었다.

식탁 의자에 주저앉아 나는 가족들이 돌아오길 기다렸다. 누구라도 좋았다. 분명 나를 제외한 세 사람은 내 적금의 행방을 알고 있을 터였다. 3월 초, 아직 해가 길지 않아 금세 어두워졌지만 나는 불을 켤 정신이 없었다. 가족들이 돌아오길 기다리는 시간이 지옥 같았다. 끝이 올 것 같지 않았다.

얼마나 기다렸을까. 왁자한 소리가 복도 쪽에서 나더니, 달그락달그락 열쇠 소리가 났다.

"어머? 내가 문을 안 잠그고 나갔나?"

"엄마, 문단속 좀 잘하고 다녀, 이게 뭐야."

"그러게, 별일 없…… 아이고! 진아야! 너 일찍 오면 온다고 말을 하지!"

집 안으로 들어선 엄마가 어둠 속에 앉아 있는 나를 발견하고 기겁을 했다. 진수가 불을 켰다. 그 뒤로 진형이가 따라 들어왔다. 굳은 진형이의 얼굴을 보는 순간 나는 마음이 싸늘해지는 것을 느꼈다.

"최진형."

"어?"

"너 누나 적금 어쨌어."

"어?"

"누나 적금 어쨌냐고."

신발을 벗던 진형이가 내 질문을 받고 새파랗게 질렸다. 너 맞구나. 내가 자리에서 벌떡 일어날 때였다.

"그거, 엄마가 좀 썼다. 이놈의 기집애야, 그만큼 돈을 모아 놓고도 집이 그렇게 어려운데 도와주지도 않고 나 몰라라 하니? 어?"

그리고 하늘이 무너졌다.

"뭐? ……엄, 엄마가 썼다고?"

"그래, 이년아. 그것 좀 썼다고 그렇게 기세등등하게 막내를 노려보니? 야, 생각을 해 봐라. 진수 합의금만 이천이다, 이천. 오토바이로 횡단보도에서 보행자를 치고도 이천만 나온 거면 다행이라더라. 게다가 진수 병원비, 아빠 병원비, 밀린 카드값에 장례식비까지, 네가 그거 다 내놔도 모자란다고! 근데도 얌체같이 입 싹 닫고 너만 돈을 쥐고 있니? 못된 것, 얄미워서 엄마가 썼다, 왜!"

거기에서 내 기억은 끊기고 말았다.

9. 손길

"……차려, 최진아!"

누군가 외치는 소리에 정신이 들었다. 새카맸던 시야가 돌아오
자, 내내 이명이 울렸던 귀에도 청각이 돌아왔다.

나는 거친 숨을 몰아쉬며 상황을 확인했다. 눈앞에 보이는 것
은 거실 구석에 몸을 웅크리고 흐느껴 울고 있는 최진형, 최진형
을 끌어안고 경악, 공포, 혐오 등으로 벌어진 눈을 내게 고정한
황정자, 비장하게 그 앞을 막아선 최진수였다. 폭탄 맞은 듯 널브
러진 세간 때문에 발 디딜 곳은 보이질 않았다. 안 그래도 좁은데
물건도 많은 집, 내가 날뛰며 다 때려 부순 탓이다.

고개를 돌리자 익숙한 목소리가 들렸다.

"진아야, 정신이 들어?"

나를 뒤에서 잡고 말린 것은 외삼촌이었다. 키가 크진 않아도

건장한 외삼촌이 뒤에서 내 두 팔을 꽉 잡고 조심스럽게 내 상태를 확인했다. 현관 앞에서 어쩔 줄 몰라 하며 손수건을 꼭 쥔 것은 외숙모. 그 발치에는 또 장을 한가득 보고 오셨는지 식재가 가득한 커다란 비닐봉지가 놓여 있었다.

나는 말없이 고개를 끄덕였다. 외삼촌이 내 상태를 다시 한 번 확인하고는 천천히 내 팔을 풀어 주었다. 얼마나 세게 잡혔는지 어깨가 얼얼했다.

"지, 진아야, 괘, 괜차, 괜찮니?"

덜덜 떨면서도 외숙모가 내게 물었다. 나는 멀뚱멀뚱 눈만 깜박이며 외숙모를 쳐다보았다. 급격한 피로가 몰려와 입을 열기가 싫었다. 그러자 외삼촌이 내 어깨를 다독이며 나와 시선을 맞추었다.

"진아야. 나 누군지 알아?"

반사적으로 대답하려다 입을 다물었다. 이 집구석과 관계있는 사람을 입에 올리고 싶지 않았다. 대신 고개를 끄덕이자 안도한 외삼촌이 다시 물었다.

"진아야, 왜 이렇게 화가 났어?"

"제, 제가 잘, 잘못, 잘못했어요, 누나, 누나, 내가 미안해, 누나, 내가 잘못했어, 누나……."

흐느끼던 최진형이 나 대신 대답했다. 그러자 황정자가 빼액 소리를 질렀다.

"네가 잘못하긴 뭘 잘못해! 저년이, 저년이 배은망덕한 거지! 그깟 돈 좀 갖다 썼다고 세간을 부숴? 내가 그렇게 가르쳤어? 네 아빠가 그렇게 가르쳤냐고!"

"아, 엄만 좀 닥쳐!"

황정자의 고함을 최진수가 막았다. 오, 의외네. 내가 피식 웃자 황정자는 다시 무어라 떠들려고 했지만, 그 입을 최진수가 손으로 막았다. 곁에 선 외삼촌이 잠시 외숙모와 시선을 맞추더니 얼굴을 일그러뜨리며 물었다.

"설마, 진형아, 네가 진아 돈 갖다 썼니?"

"내가 썼, 좀 놔 봐!"

"엄마가 떠들면 더 나빠지니까 좀 가만히 있어!"

"야, 내가 날 위해 썼니? 날 위해 썼어? 한 푼이라도 나 위해 쓴 게 있으면 말해 봐!"

"갚아."

피로감이 가득한 내 한마디에 집 안이 쥐 죽은 듯 조용해졌다.

"이자는 빼 줄 테니까 갚아. 각자 자기가 쓴 부분 차용증 써 와. 갚아. 한 푼도 빠짐없이 갚아."

"저, 저, 저년 말하는 꼴 좀 봐! 왜, 죽은 느이 아빠한테 장례식 비용 받아 내게?!"

"그 장례식 비용도 내 지인들이 돈 낸 거로 해결했잖아. 안 모자라다며. 지금 다시 방명록 까고 계산해 볼까?"

"너, 너, 여태까지 키워 주고 입혀 준 걸 뭐라고 생각하는 거야!"

"12년간 갖다 바쳤으면 됐지, 내가 언제 낳아 달랬어?! 최진수 낳고 나 제대로 돌봐 준 적은 있어?! 그래도 꼴에 부모라고 12년간 다 갖다 바쳤어! 그나마 결혼해서 이 집구석 벗어나 사람답게 살아 보겠다고 결혼자금 모은 걸 홀랑 갖다 쓴 게 부모야? 그게 부모냐고! 그게 부모면 난 부모 필요 없어. 연 끊어! 호적 파! 고아 아닌 걸 감사하라고 늘 그랬지? 웃기지 마, 고아면 차라리 이런 꼴은 안 당했겠지!"

악에 받쳐 소리치면서도 마음 한구석은 냉정했기에 나는 몰랐던 나 자신의 바람을 깨달았다. 아, 나 결혼하고 싶었구나. 결혼해서 이 가족과 멀어지고 싶었구나. 벌어도 벌어도 모으는 보람이 없게 만드는, 일해도 일해도 남는 게 없게 만드는 이 가족과 좀 멀어져서, 좋은 남자 만나 알콩달콩 행복한 가정을 꾸리고 아이를 낳고, 그렇게 살고 싶었구나.

좋은 남자를 만날 수나 있을까. 그 생각을 하자 주호 씨의 얼굴이 스쳐 지나갔다. 아, 이제 주호 씨 못 만나겠다. 헤어지자고 말해 두지 않으면.

최진형과 최진수가 필사적으로 황정자의 입을 막았다. 대강의 사태를 파악한 외삼촌은 내게 한 걸음 물러나 입을 막고 있었다. 황정자가 몸부림치다가 내가 부순 물건들을 발로 차는 소리, 최진형이 흐느끼는 소리만 집 안을 메웠다.

나는 미련 없이 돌아서서 작은 방으로 가 가방을 찾았다. 캐리어가 있다면 좋았겠지만 여행 한 번 안 간 집이라 당연히 캐리어는 없었다. 최대한 큰 가방을 끄집어내 짐을 싸기 시작했다. 속옷을 먼저 꺼내 집어넣고, 옷가지를 집어넣었다. 아직 날이 추워 부피 있는 옷들이 많아 가방은 금세 찼다. 나는 다른 가방을 꺼내 최대한 옷을 욱여넣고, 가방과 화장품, 노트북과 통장, 인감 등을 챙겼다.

내가 내는 보험 증서도 모조리 챙겼다. 손해를 보든 말든 이제 내 것 아닌 보험은 전부 해지할 생각이었다. 그 김에 최진수와 최진형의 인감과 인감 증명서, 전에 보험 때문에 만들어 둔 위임장도 챙겼다.

돈을 벌면 무조건 사 등분을 했다. 집 생활비가 절반, 나머지는 내 생활비와 적금이었다. 생활비가 조금이라도 더 지출되면 그 액수를 채우기 위해 주말 아르바이트도 서슴지 않았다. 취미를 즐길 시간이 없었으니 특별히 모은 물건도 없었다. 가방 세 개, 거기에 오늘 출근한 가방까지 총 네 개. 그것이 이 집 안에서 나만 쓰는 물건의 전부였다.

그대로 나가려던 나는 멈칫하고 휴대폰을 찾아 꺼냈다. 불안해하는 다섯 명의 시선이 나에게 꽂혀 있었다. 시선의 화살을 꿋꿋이 받아 내며 네이버에서 원하던 것을 찾아 필요한 내용을 확인하고, 방에서 A4용지와 펜을 가져왔다. 내가 던지고 흔든 탓에 한쪽 다리가 나가 기울어진 식탁에서 나는 차용증을 두 장 썼다. 황정자는 어차피 쓰지 않을 테니까, 최진수와 최진형의 이름으로.

합의금과 병원비를 합쳐 최진수 2,500. 최진형 1,100. 네임펜으로 대충 작성했지만 네이버의 힘으로 필요한 요소를 모두 채웠다. 상환 기간은 최진수 7년, 최진형 4년. 이자는 없음.

"최진수."

내가 부르자 최진수는 절뚝이며 물건을 헤치고 내게 다가왔다.

내가 던진 물건에 다친 모양이지만 전혀 신경 쓰이지 않는 것이 나 스스로도 신기했다. 차용증을 읽은 최진수는 나지막한 한숨을 내쉬고는 묵묵히 도장을 찍었다.

"최진형."

황정자가 최진형을 잡았지만, 울던 최진형은 비실거리면서도 황정자를 떨치고 내게 다가왔다. 차용증을 제대로 읽어 보지도 않고 도장을 찍고는 나를 보며 우는 얼굴이 몹시 더러웠다. 황정자가 차용증을 뺏으려 달려들었지만, 의외로 그것은 외삼촌이 막아 주었다.

"이년아! 이년아! 이 망할 년아! 너 지금 그게 동생들한테 할 짓이냐!"

"누님, 이건 아닌 거 같으니까……."

"비켜 봐! 아니긴 뭐가 아니야!"

두 사람의 실랑이를 외면한 채 나는 최진수와 최진형에게 고했다.

"둘 다 기간 내에 갚아. 문자로 계좌 알려 줄 테니까 두 번 다시 얼굴 보지 말자."

"누나……."

"나 이제 가족 없어. 나 부모도 없어. 아니, 엄마가 없지. 나한테 신경 쓰지 마. 돈만 잘 갚아. 너희 이제 내 동생 아니야. 돈 갚는 거 외엔 연락도 하지 마. 이거 공증받으려면 인감 증명서랑 위임장 필요하다는데, 전에 떼 놓은 거 있으니 그걸로 내가 알아서 공증할게. 공증 비용도 내가 낼 거고, 이자도 없어. 참 세상 편하

196

게 돈 빌리고 갚네. 안 그래?"

"누나, 그러지 마, 돈은 갚을 테니까 나가지 마, 누나……."

"누가 네 누나야?"

내 목소리는 내 생각보다 차가웠다. 달라붙는 최진형을 떠밀고, 나는 가방들을 집어 들었다. 가방만 네 개인지라 내용물이 옷이 대부분이어도 꽤 무게가 나갔다.

"진아야, 그러지 말고 우리 집으로 와. 당분간 우리 집에 있어. 너 지금 돈 하나도 없을 거 아니니. 어디 가서 무슨 방을 얻으려고 그러니. 응?"

외숙모가 손수건으로 눈물을 훔치고는 가방을 든 내 손에 자신의 손을 얹었다. 따뜻했다.

사실 나는 외삼촌네 아이이고 싶었다. 다정하면서도 현명하고 온화하면서도 단호한 외숙모와 푼수 같은 데가 있지만 성실하고 잘 웃고 돈도 잘 버는 외삼촌. 아이가 생기지 않는 두 사람이 입양 고민을 할 때, 나는 내가 입양되고 싶다는 생각을 잠시 했었다.

그래도. 나는 웃으며 고개를 저었다.

"저 여자와 관계있는 사람과 만나고 싶지 않아요. 이해해 주세요."

"진아야……."

"저, 저 여자라니, 배 아파서 낳아 준 제 어미에게 저 여자라니?!"

외삼촌과 실랑이하던 황정자가 내 말을 듣고 뒷목을 잡았다.

당황한 최진형이 얼른 달려가 받쳤다. 무슨 막장 드라마도 아니고. 나는 키들키들 웃으며 외숙모에게 고개를 숙였다.

"괜찮아요. 어디든 이 집보다 나을 거예요. ……안녕히 계세요."

"진아야……."

친엄마보다 더 엄마다운 외숙모의 안타깝고 따뜻한 시선. 나는 눈꼬리에 맺히는 눈물을 무시하며 신발을 신었다.

미안해요, 외숙모. 다음엔 외숙모 딸로 태어날게요.

❋ ✳ ❋

사표를 낼 생각이었는데 어림도 없어졌다. 파트장이 무슨 지랄을 하더라도 회사에 붙어 있어야 하고, 그러려면 회사 근처에 방을 얻어야 했다. 보증금이 없으니 고시원밖에 답이 없었다. 어차피 집에서 회사 근처로 가려면 지하철을 타야 하니까, 지하철역 보관함에 이 가방들 좀 처넣고 고시원을 알아봐야겠다.

"……."

그래도 나쁘진 않은 거 같다. 집에 나가던 세금 자동이체를 전부 취소하고, 보험도 내 것만 남기고, 집에 갖다 주던 생활비도 다 끊으면, 2월에는 수당이 덜 붙어 월급 230 정도 나올 테니까……. 고시원비 50이라고 쳐도, 보험이나 폰 요금도 그렇게 많이 안 나올 거고, 먹는 것도 어찌어찌하면……. 하하, 오히려 남겠구나. 적금 들 수 있겠네. 그간 왜 이렇게 미련하게 살았냐, 나.

"……씨!"

누가 내 손목을 확 붙들어 나는 들고 있던 가방을 놓쳤다. 놀라 고개를 들자 눈이 동그래진 주호 씨가 보였다. 회사 근처로 가기 위해 지하철역 가는 길, 그러니까 내 출근길에 주호 씨 가게가 있다 보니 짐을 들고 가는 나를 발견한 모양이다.

"진아 씨, 무슨 일이에요? 왜 짐을 바리바리 싸서 나왔어요? 응?"

어디부터 어디까지 설명해야 적절할까 고민하는 사이 주호 씨가 내 손에서 가방들을 빼앗아 들었다. 들고 오면서 꽤 무겁다고 생각했는데 주호 씨의 손에 들린 그것들은 너무나 가벼워 보였다. 힘 좋다. 나는 웃다가 불현듯 생각해 냈다.

"주호 씨, 우리 헤어져요."

"……네?"

짐을 받아 들고 걱정스럽게 내 얼굴을 들여다보던 주호 씨가 미간에 살짝 주름을 잡았다. 그 얼굴조차 잘생겨서, 나는 웃으며 되풀이했다.

"나, 결혼 못 해요. 12년 모은 내 결혼자금 엄마가 다 갖다 썼어. 이제 회사 근처에 방 구하러 갈 거고, 주호 씨 만날 여유 없을 거 같아요. 바닥부터 다시 시작해야 해서 전 남친이든 파트장이든 회사 못 그만둬요. 그러니까 우리 헤어져요."

"자, 잠깐만요, 진아 씨."

다시 가방을 빼앗으려는 내 손이 닿지 않는 거리까지 가방을 물린 주호 씨가 피식 웃었다. 웃어? 내가 어이가 없어 그 얼굴을 올려다볼 때 주호 씨가 입을 열었다.

"결혼이 급한 건 진아 씨지 나 아니거든요? 그런 거라면 난 상관없는데?"

"나 지금 진짜 개털이라니까?"

"지금 개털이라고 나중도 개털이겠어요? 게다가 내가 언제 결혼하자고 할지도 모르는 거 아닌가? 내가 당장 결혼하자고 할 것 같이 보였어요?"

놀리는 듯한 주호 씨의 말에 감정이 상하는데, 생각해 보니 본인 말대로 급히 결혼하자고 할 만한 분위기를 풍긴 건 확실히 아니었다. 오히려 갓 관계를 나누기 시작한 어린 커플처럼 연애를 하고 있었으니까. 나는 순순히 고개를 저었다. 짜증스러워서 얼굴은 찡그렸지만 부정할 순 없었다.

"봐요, 우리가 언제 결혼할지는 아무도 몰라요. 그렇지만 지금 진아 씨 남자친구는 누구죠?"

"……주호 씨."

"그럼 무슨 일 있을 때 가족 다음으로 찾아야 하는 사람은 누구죠?"

주호 씨의 질문에 바로 외삼촌과 외숙모의 얼굴이 뇌리를 스쳤지만, 얼른 고개를 저어 그 둘의 얼굴을 머릿속에서 떨쳐 냈다.

"주호 씨."

"그래요. 나잖아요. 자, 들어와요."

가뿐하게 짐을 든 주호 씨가 먼저 가게 안으로 사라졌다. 내가 한 푼도 없는 건 달라지지 않는데 안 헤어지고 이래도 되나 하는 의문이 스쳤지만, 가게 안에서 짐을 인질 삼아 흔들어 보이는 주호 씨를 보자 저절로 발이 움직여졌다.

홀린 듯 가게 안에 들어서고 나서야 나는 안에 다른 사람이 있다는 것을 알았다. 주호 씨가 한 것과 같은 앞치마를 메고 있으니 손님은 아닐 테고……. 잠시 생각하던 나는 어머니가 와 계실 거라던 말을 기억해 냈다.

그래도 긴장이 되지는 않았다. 발광한 끝에 찾아온 피로, 정신적 충격으로 지쳐 있던 내 몸은 가게 안의 온기에 노골노골하게 풀려 긴장할 힘조차 없었다.

"안녕하세요."

"어서 와요."

가게 안쪽에 놓인 작은 의자에 반듯이 앉아 상냥하게 마주 인사해 주시는 주호 씨의 어머니는 확실히 연세가 있어 보였다. 주호 씨가 다섯 남매의 막둥이라 했으니 연세가 많긴 많으실 터였다. 하지만 곱게 나이 든 느낌이랄까. 그 옛날 결혼해 산전수전 다 겪고 다섯 남매를 키워 내신 분이니 분명 억척스러운 데가 없진 않을 텐데, 마주 웃는 얼굴은 더할 나위 없이 부드럽고 진실돼 보였다. 주호 씨의 영업용 미소, 엄청 진실돼 보이는 그것을 떠올린 나는 역시 모자지간이구나 싶어졌다.

"진아 씨, 커피 드세요. 오늘도 믹스뿐이지만. 내가 안 마시니다른 걸 사다 두는 걸 자꾸 깜박하네요."

"고맙습니다."

흥분 상태에서 막 벗어난 터라 커피라는 말이 아주 반갑지는 않았지만 어쨌든 인사하고 받아 들었다. 그러나 의외로 커피 믹스의 달달한 맛이 입안에 착 감겨 왔다. 조금 뜨거운 액체가 차가워진 몸을 데워 주는 것도 좋았다.

주호 씨의 어머니와 주호 씨는 말없이 내가 커피 마시는 것을 지켜보았다. 따스한 시선 속에 나는 차츰 진정을 찾았다. 아까도 진정되어 있다고 생각했는데 그렇지도 않았던 모양이다.

내가 느릿느릿 커피를 마시는 사이 손님이 둘 왔다. 입학식 꽃다발을 찾는다는 말에 마음 한쪽이 아렸다. 주호 씨가 만들어 줬던 예쁘고 귀여운 꽃다발이 생각났기 때문이다. 다른 사람도 아니고 바로 내가 던져 버린 그것.

"……처음으로 사람에게 뭘 던져 봤어요."

멋대로 입술이 움직였다. 주호 씨도 아니고 주호 씨의 어머니에게. 다정하게 나를 바라봐 주시던 분의 눈빛에 이채가 스쳤다.

"오늘 전 참 폭력적이었어요. 꽃다발도 던졌고, 세간도 제가 다 부쉈어요. 저희 집안엔 그런 사람이 없었는데, 오늘 제가 폭력을 썼어요."

"그랬어요?"

"네……."

"많이 힘들었구나."

내가 물건을 다 부수고 폭력을 썼다는데 어째서 그렇게 확신하시는 걸까. 나는 말을 잇지 못하고 주호 씨의 어머니를 마주 보다가, 어머니가 손을 뻗어 와 움찔하고 말았다. 거칠고 메마른 손끝이 내 눈꼬리로 다가와 슬그머니 눈물을 거두곤 내 뺨을 쓸어내렸다. 나는 그 손끝의 물기를 보고는 무심코 진심을 토해 내고 말았다.

"……결혼하고 싶었어요."

"결혼?"

"결혼해서 집을 벗어나고 싶었어요. 다정한 남자를 만나서 행복하게 내 가정을 꾸리고, 아이도 키우고 싶었어요. 부모님과 동생들을 외면할 수 없으니까, 나는 결혼할 수 없을 거라고 생각하면서도 희망을 버릴 수가 없어서 열심히 모았는데, 액수는 크지 않아도 그래도 나는 열심히 했는데……."

"그랬구나."

끊임없이 흘러넘치는 눈물을 거친 손이 자꾸만 거둬 갔다. 손님을 맞이하면서도 주호 씨가 나를 힐끔거리는 것이 느껴졌다.

"그래도, 다 지나갈 거야."

"……이렇게 아픈데도요?"

"그래."

"연 끊겠다고 하고 나왔는데도요? 앞으로 얼굴 안 볼 건데도요?"

투정 부리는 듯한 내 말에도 주호 씨 어머니는 온화하게 웃었다.

"다 지나가. ……나도 그랬으니까."

나는 그제야 깨달았다. 주호 씨 어머니의 '다 지나가리라'는 단순한 위로도, 누구나 입에 올릴 수 있는 일반론도 아니었다. 같은 경험, 같은 아픔을 먼저 이겨 낸 자의 단언에는 강력한 힘이 있었다.

"진짜 괜찮아져요? 이렇게, 이렇게 아픈데?"

"그래. 다 지나갈 거야."

단언과 함께, 주호 씨 어머니가 내 손을 힘주어 잡았다.

나는 주호 씨 어머니의 치마폭에 얼굴을 묻었다. 내가 눈물만
보이면 기집애라고 징징거리는 거 보라던 엄마의 핀잔도 이번만
큼은 따라오지 않았다. 외숙모의 손보다도 다정하고 강인한 손길
이 하염없이 내 머리를 쓰다듬어 주었다. 영업하는 가게라 그러면
안 되는 걸 알면서도 나는 울었다.

그냥 울었다.

내가 진정이 될 무렵 주호 씨 어머니가 말했다.

"주호야, 넌 오늘 집에 가서 자. 아가씨랑 나는 여기에서 잘 테
니까 아빠한테 말 좀 해 놓고."

"……잠깐, 왜 엄마가 진아 씨랑 자?"

얼굴을 잔뜩 찡그린 주호 씨가 반박하자, 어머니는 씩 웃으며
내게 물었다.

"진아 씨, 누구랑 잘래?"

주호 씨가 당연히 자신이라는 듯 팔짱을 끼고 턱을 들어 올렸
다. 그런 주호 씨에겐 좀 미안했지만, 오늘 내게 필요한 사람은
주호 씨가 아니었다.

"……어머님이요."

"우와, 너무해!"

주호 씨가 가슴에 손을 얹고 비틀거리며 뒤로 물러났다. 그 과장된 몸짓을 본 어머니는 씩 웃고 손을 내저었다.

"우린 올라갈 테니까 짐 좀 옮겨 놓고, 문단속하고 가. 알았지?"

"와, 내쫓기까지!"

"그래, 내쫓는 거다, 왜. 불만 있어?"

"여사님 하시는 일에 불만이…… 당연히 있지!"

"어쭈, 이놈 봐라?"

너스레를 떠는 주호 씨와 어머니는 정말로 사이가 좋아 보였다. 늦둥이인 친구 하나는 부모님과 나이 차이가 워낙 많이 나 부모님과는 좀 데면데면하고 오히려 언니 오빠를 부모님처럼 따르던데, 이 집은 그렇지 않은 모양이었다.

결국 주호 씨는 툴툴거리면서도 내 가방들을 2층으로 옮겨 주고 내려왔다.

"진아 씨, 밥 먹었어요?"

"아니요……."

"저녁은 나도 같이 먹고 갈 거예요."

"으이구, 설마 내가 굶길까."

어머니의 핀잔에도 굴하지 않고 주호 씨는 씩씩하게 해장국을 3개 주문했다. 근처 해장국집에 주문했는지 금세 배달이 왔다. 내가 편하게 먹도록 두 사람은 내 쪽을 거의 보지 않고 꽃에 관한 이야기, 내일 일정 등에 대한 이야기만 나누며 밥을 먹었다. 그럼에도 나는 반 이상 남겼고, 그걸 보고도 더 권하거나 안쓰러워하지 않는 두 사람의 태도가 너무나 고마웠다.

미적거리며 꽃집을 나가려 하지 않는 주호 씨를 내쫓은 어머니를 따라 2층으로 올라갔다. 지친 나를 배려해 어머니가 일찍 자자고 말씀하셔서, 나는 얼른 세수를 하고 가방을 뒤져 옷을 갈아입었다. 어머니도 편한 옷으로 갈아입고 씻으신 후 우리는 한 이부자리에 나란히 누웠다.

주호 씨 어머니와 자겠다고 한 건 나였지만, 생각해 보면 생판 남이다. 어색하고 민망하기도 해서 내가 무어라 입을 떼지 못할 때, 어머니가 먼저 내 쪽으로 돌아누워 부드럽게 내 손등을 도닥이기 시작했다.

"진아 씨. 내 나이가 이제 예순하고도 여덟인데, 아직도 안 잊히는 일이 있어."

"그렇게 안 보이시는데……."

"응, 나도 알아."

어머니의 천연덕스러운 대답에 웃음이 터졌다. 내 기운 없는 웃음이 멎을 때를 기다려, 어머니가 다시 입을 열었다. 분명 연세가 있으신 분인데도 말투는 친구에게 이야기하듯 친밀하고 목소리도 한없이 다정했다.

"우리 집은 9남매거든? 내 위로 오빠만 둘이야. 생각해 봐. 60년 전의 시골이니 살림 밑천 장녀는 어땠겠어. 겨우 중학교는 졸업했는데, 꽃다운 열일곱에, 하루 16시간 공장 일을 하면서 식구들을 먹여 살린 대가는 점점 더 늘어나는 동생들이었어."

"……끔찍해요."

평소라면 입 밖으로 낼 수 없는 말이었지만, 오늘은 아니었다. 나는 솔직하게 표현했고, 어머니도 고개를 끄덕였다.

"그래, 끔찍했어. 하지만 어쩌겠어. 내가 벌지 않으면 갓 난 동생들이 줄줄이 굶을 판인데. 그렇게 6년 동안 매일 16시간씩 일을 했는데, 내게 남은 건 땡전 한 푼 없었지. 그런데 오빠란 놈들은 재수를 하고도 똥통 대학조차 못 가고 미끄러졌지 뭐야. 그러다 아버지가 시켜서 얼굴 한 번 못 보고 시집을 갔는데, 결혼식날 보니 신랑 한쪽 다리가 없더라고."

경악으로 입이 떡 벌어졌다. 어머니가 내 뺨을 어루만지며 웃었다

"후후, 첫날밤은 눈물바다였어. 어찌나 서럽던지, 알고 보니 그집안에서 병신 된 외아들 평생 장가 못 갈까 봐 있는 돈 다 털어서 날 데려온 거야. 그걸 나만 몰랐어. 시집가 보니 재산은커녕 동전 한 푼 안 남은 개털이지, 신랑은 다리병신이지, 시부모는 이제 며느리 들어왔으니 손 놓을 준비만 하지, 나는 여태 공장 일만해서 살림은 할 줄 아는 게 많지도 않지, 그냥 딱 죽고만 싶더라고. 근데 우습게도, 신랑이 쩔쩔매면서 밤새 나를 위로하는 거야. 미안하다고, 내가 병신이라 미안하다고 하면서."

무어라 대답해야 할지 몰라 고개만 끄덕였다. 어둠 속이었지만 어머니가 내 뺨에 손을 올려놓고 있어 의미는 전달이 된 듯했다.

"신랑 다리를 붙잡고 밤새 울고 나니 좀 개운하더라. 여기에서 더 나빠질 순 없을 거다 싶었지. 이 악물고 온갖 잡일을 다 해서 밑천을 만들고, 신랑에게 사업을 시켰어. 신랑도 열심히 했고 일

도 잘 풀려서, 숨 좀 돌리나 했는데, 사기를 당해 버렸지 뭐야."

"어째요……."

"그게 내 친정 식구들이었어. 나를 돈 주고 사 왔다고 죄책감을 갖고 있던 신랑이, 친정 식구들이 빌려 달라고 할 때마다 다 빌려주고 못 받아서 구멍이 난 거야. 갚겠다길래 빌려줬다지만, 정작 빌린 인간들은 나를 다리병신에게 시집보냈으니 당연하다고 생각했던 모양이야. 갚을 생각 없이 빌렸으니 사기지. 그래서 쫄딱 말아먹었어. 하필 첫애를 가졌을 때."

이야기를 듣는 것만으로도 숨이 막혔다. 말없이 내가 어머니의 손을 잡자, 어머니의 거친 손도 내 손을 꽉 잡아 주었다.

"신랑이랑 이를 악물었어. 성공하자고, 애를 낳아도 저렇게 키우지는 말자고. 다행히 그때 해 먹은 액수가 커서, 우리가 다시 성공했을 때에도 친정 식구들이 연락은 못 하더라. 염치는 있는 게지. 당당히 성공하고 애들도 번듯하게 잘 키워 내고, 그래, 이만하면 행복한 결혼 생활이다, 그렇게 생각해. 그런데, 그때의 절망감은 안 잊혀. 절대 못 잊지. 내 부모가 날 팔아먹고, 내 동기들이 내 신랑을 망하게 했는데 그걸 어떻게 잊어. 그저 지나갔을 뿐이야. 지나가서 이겨 냈을 뿐이야."

나는 하염없이 고개를 끄덕였다. 공감할 수 있었다. 죽는 날까지 오늘 일은 잊을 수 없을 거다. 돈의 액수가 중요한 게 아니었다. 엄마와 동생들이, 내가 숨겨 둔 최후의 희망마저 짓밟아 버린 것이, 그 배신감과 좌절, 절망이 문제였다.

"전 내내 이상했어요."

"뭐가?"

"엄마는 보육원에서 자랐다고 했어요. 외동인 아버지랑 결혼했지만, 시부모를 모신 것도 아니고 할머니 할아버지가 남녀 차별을 하지도 않았어요. 엄마를 괴롭히지도 않았고. 그런데도 엄마는 딸과 아들을 차별하고, 모든 책임을 저에게 지웠어요. 저는 스무 살 때부터 아르바이트를 해서 생활비를 보태고, 대학도 시립대를 가서 학비도 용돈도 내가 벌어서 썼는데, 스무 살이 돼 사립대를 간 둘째에게는 용돈을 주시는 거예요. 물론 그때 전 성인이었고, 독립 안 하고 집에 붙어 있으니 당연히 생활비를 내야 한다고 생각은 했지만, 동생이 고생하는 걸 보고 싶은 건 아니라 모르는 척하긴 했지만 늘 부당하다고 생각했어요. 생각만. ⋯⋯만약 이번에도, 엄마가 사실대로 동생 합의금이 2천이 나왔는데 방법이 없으니 차라리 대출을 받아 달라고 했다면 전 고민 끝에 결혼자금을 깨서 줬을 거예요. 부당해도, 속상해도, 그럼 어쩔 수 없지 하면서."

"그래, 그걸 몰라. 고생하는구나, 미안하다, 좀 도와다오, 하면 가족이니 어쩔 수 없다고 하게 되어 있어. 하지만 그걸 당연하게 생각하고 내 것에 손을 대는 순간 오만 정이 다 떨어지지. 그래놓고 여태 키워 줬는데 배은망덕하니, 뭐니. 입이 아니라 주둥이지, 그딴 건."

정확하게 엄마가 했던 말을 짚어 내는 주호 씨 어머니의 말에 나는 기운 없이 웃었다.

"그래도 지나갈 거야. 속상하고 가슴 아프고 힘들지만, 자고 일어나면 다음 날이고 정신없이 살다 보면 또 다음 날이야. 그렇게 하루하루가 지나고 나중에 돌아봤을 때 아, 내가 헛살지는 않았구나 하는 순간이 올 거야. 나는 그랬어."

거친 손이 손등을 도닥이기 시작했다. 그래, 나보다도 힘들었던 어머니가 그러셨다면 나도 그렇게 될 거야. 그렇게 될 수 있을 거야. 그런 생각이 들기 시작했다.

안심한 탓일까, 규칙적으로 도닥이는 어머니의 손길 때문일까. 소록소록 잠이 몰려오기 시작했다. 가물가물해진 눈을 천천히 감자, 주문을 외듯 반복하는 어머니의 목소리만 귓가에 남았다.

"살아서 다행이다, 이겨 내서 다행이다, 그런 날이 올 거야. 꼭 올 거야. 자고 일어나면, 다 좋아질 거야. 잘 자라, 진아야."

어머니도 주무시라고 말하고 싶었지만, 잠이 온 탓에 입이 열리질 않았다. 내가 눈을 감은 채 겨우 고개를 끄덕이자, 어머니의 웃는 소리가 들렸다. 나는 나도 모르게 따라 웃고는 그대로 잠에 빠져들었다.

❋ ❋ ❋

다음 날은 목요일. 출근을 해야 했다. 나는 주말에 방을 구할 때까지는 꽃집 2층에 머물기로 했다. 힘들 때 어두침침한 방을 구하면 사람은 더 가라앉게 되어 있으니 밝을 때 방 보는 거라고 주호 씨 어머니가 강력히 주장하셨기 때문이다.

"대신 그동안 주호 너는 집에 가서 자."

"말 안 해도 그럴 거예요."

"웬일로 순순해?"

"작은형수가, 동거가 여자한테도 흠이 안 되는 세상이 올 때까지 절대 허락 못 한댔어. 하면 쫓아와 다리몽둥이 부러트릴 거라고 그랬단 말이야."

"그래? 우리 며느리가 시동생 교육 하난 잘 시켰네."

주호 씨가 어머니께 날름 혀를 내밀어 보이고는 나를 돌아보며 화사하게 웃었다. 그 밝은 미소를 따라 나도 웃으며 고개를 끄덕였다.

"고맙습니다."

급한 불을 껐기에, 평소대로 출근을 할 수 있었다. 엘리베이터를 탔을 때 같이 탄 우리 회사 사람들의 시선이 모두 내게 꽂혀서 의아해하던 나는 곧 이유를 깨달았다. 적금 날린 게 벌써 다 소문이 났구나. 하지만 내 잘못도 아니고, 차용증도 받았으니 받을 돈이다. 나는 당당하게 허리를 펴고 고개를 든 채 사무실로 들어갔다.

평소처럼 청소를 대강 해 두고 환기도 한 뒤 자리에 앉았다. 어제 사용 중인 외장 하드를 잡아 빼 버린 덕분에 공인인증서 폴더에 손상이 가 있어서 근무 전에 잠깐 재발급을 받고 비밀번호를 바꾸었다.

정시쯤에 세 사람이 함께 나타났다. 인사도 받는 둥 마는 둥 하는 파트장은 왜인지 몹시 우울해 보였다. 파트장이 자리에 앉아 업무 시작 준비를 할 때 나는 파트장에게 다가갔다.

"파트장님, 어제 무단 조퇴해서 죄송합니다."

"……그래, 잘못한 거 알면 됐어."

"시말서 제출할까요?"

"그게 좋겠지. 허가 없이 나간 거니까."

"네, 그러겠습니다. 죄송합니다."

"적금은 잘 해결됐어?"

느닷없는 기습에 나는 잠시 멈칫했지만, 호기심이나 빈정, 비아냥으로 들리지는 않았다. 어차피 재은 씨와 지희 씨에게도 설명해야 했기에 나는 웃으며 고개를 끄덕였다.

"네, 걱정 끼쳐 드려서 죄송합니다. 가족이 쓴 거였고, 돌려받기로 했어요."

"가족이 썼어?"

"네. 그래서 이 기회에 독립하기로 했어요. 당분간 친구 집에 있으면서 방 구해 볼 건데, 근처에 좋은 고시원 혹시 아시면 알려 주세요, 파트장님 인맥 넓으시잖아요."

나는 일부러 살갑게 말을 붙였다. 어쨌든 말 아끼다가 파트장에게 쓸데없는 오해를 사는 일은 두 번 다시 겪고 싶지 않았다. 그 성격의 지랄맞음과는 별개로 인맥이 넓은 것은 사실이고. 오래 같이 일하면 기분파에 뒤끝 긴 본색을 드러내서 그렇지, 잠깐잠깐 보는 사람들에게는 참 잘하는 사람이다. 그렇지 않고서야 고만고만한 사람 중에 파트장이 되었을 리가 없지.

이런 생각이 드는 건 역시 내가 회사에 더 붙어 있어야 하기 때문일지도 모르겠다. 내가 속으로 자조할 때 파트장의 우울한 얼굴이 조금이나마 펴졌다.

"그래, 한번 알아볼게."

"네, 감사합니다."

나는 웃으며 고개를 끄덕이고 자리로 돌아왔다. 파트장이 저렇게 누그러진 데는 왠지 짚이는 데가 있었다. 팀장님이겠지.

— 어제 팀장님이, 진아 씨가 선물 줘서 고맙다고, 아마 파트 전체 마음도 그럴 거라고 우리 몫까지 커피를 사 오셨어. 그래서 어제 진아 씨가 사 온 커피를 봤거든. 왜 마시지도 않고 식어 있냐, 물으셨는데…….

— 제가 나서서 다 말했어요. 전 어차피 이달 말에 이 파트 뜰 사람이니까 제일 낫겠다 싶어서.

재은 씨도 아니고 지희 씨가 다 보고했다는 점에서 나는 깜짝 놀랐다. 가장 의외인 사람이었기 때문이다.

— 그래서 그간 있었던 일, 서민일 씨 접근하는 거, 다 얘기했어요. 그러니까 팀장님이 서민일 씨 불러와서 취조하는데, 팀장님 최고 무섭고 최고 멋있었어요. 서민일 씨가 웃으면서 요리조리 빠져나가려는 거 잡고 집요하게 캐물었는데 의외의 사실이 밝혀져서…….

— 의외의 사실이요?

— 파트장님이랑 이미 사귀고 있었다는 거라든가…… 그런데 서민일 씨 어머니는 결혼을 종용하는데 파트장님보다 진아 씨가 취향이라든가…… 아버지랑은 수도 없이 싸웠는데 어머니의 강요는 처음이라 진아 씨 꼬셔서 본가에 데려다 놓을 생각이었다든가…… 그

러면서 자기는 서울에서 놀 생각이었다든가…….

나는 어이가 없고 할 말이 없어 입만 벌렸다. 이미 사귀는 사람이 있으면서, 어머니 취향인 날 데려다 놓을 생각이었다고? 누구 맘대로?

— 그 새끼 본가 대군데요?

— 네, 그러니까 본인 생각은 이거죠. 일단 어머니가 결혼 닦달을 하니까 진아 씨를 꼬셔서 일을 그만두게 한 뒤 본가에 데려다 놔요. 그럼 진아 씨는 본가 살림과 아버지 가게 일을 돕겠죠? 그 사이 자기는 파트장님과 희희낙락 놀다가 혼전 임신해서 결혼식 올리고 진아 씨를 내쫓겠다는.

— 그래서 진아 씨한테 자꾸 접근한 거야. 어장 치려고. 어장 쳐 두면 진아 씨가 어제처럼 문제가 생길 때 일 그만두게 하고 집에 데려다 놓을 수 있으니까. 근데 자기도 그 내용이 어이없다는 걸 아니까 파트장한테 얘길 안 한 거지. 사귀는 사람이 진아 씨에게 자꾸 접근하니까 파트장은 얘가 탔던 거고.

— 그래서 어제 둘이 헤어졌어요. 안 그래도 진아 씨랑 사귀었었는데 저런 내용까지 다 알게 되고는 파트장님이 찼음. 우리 보는 앞에서 서민일 귀싸대기 맞고, 팀장님이 한 번만 더 진아 씨한테 접근하면 성추행으로 회사가 아니라 경찰에 신고할 거라고 일갈하고, 윗선에 성추행이라고 신고한댔어요. 서민일 부서 바꿔 달라고.

— 근데 유감이지만, 쉽게 바꿔 주진 않을 것 같아. 신규 학습지 영업을 이미 시작해 버렸는데 대표 영업사원을 바꾸면 이미지에

도 타격이 있으니까. 대신 이전처럼 접근하진 않을 거야, 안심해, 진아 씨. 파트장도 면목 없어서 그러는 거야. 진아 씨 잘못이 아니라는 걸 아니까. 어제 자기가 막말한 거 미안하다고 울기도 했어. 감정이 앞서서 못 할 말 너무 많이 했다고.

서로 앞서거니 뒤서거니 다투어 이야기를 전달하는 통에 카카오톡 PC 버전 창의 스크롤이 죽죽 내려왔다. 나는 의자 등받이에 몸을 깊이 기대고 시말서를 작성하면서 재은 씨와 지희 씨가 보낸 내용을 다시 한 번 눈으로 확인했다.

자신의 외적인 매력을 잘 활용할 줄 알고, 영업을 하면서 매끄러운 말발까지 얻은 그 남자는 아무래도 왕자병 내지는 낚시병에 걸린 것 같다. 내가 제일 잘났어, 내가 제일 멋있어, 내가 낚으면 여자는 다 낚여. 실제로 파트장이 덥석 걸렸으니까. 그러니까 다시 만난 나도 그렇게 걸릴 줄 알았던 거다. 하지만 내가 낚이지 않으니 오히려 오기가 생겼겠지. 자신의 행동이 파트장을 괴롭혀서, 파트장이 날 괴롭히고 내가 서민일을 더 미워하는 사태가 벌어지는 것을 보고도 내가 넘어갈 거라고 생각하는 건, 대체 무슨 자부심일까.

아주 개운하지는 않지만 어쨌든 마법같이 하루아침에 문제가 해결되었다. 더 이상 파트장에게 시달릴 일도, 서민일에게 진절머리를 낼 일도 없어졌다. 갑자기 너무나 순조롭게 풀려 가는 듯해 오히려 불안할 지경이었다.

어제 있었던 일을 모두 털어놓은 두 사람이 집안일을 물어 와, 나는 간단하면서도 사실대로 대답했다. 동생 사고 합의금이 필요

해 어머니가 쓰셨길래, 동생들에게 차용증을 받았다고. "어머니가?!" 하고 경악하던 두 사람이었지만, 곧 둘 다 "그래, 놀다 합의금 내는 것도 아니고 아르바이트하다 다친 거면 어쩌겠어. 차용증 썼다니 다행이다. 힘내, 진아 씨."라고 메시지가 왔다.

생각해 보니 재은 씨도 지희 씨도 가족에겐 마음 약한 딸들이다. 그래, 이게 일반적인, 없이 자란 집안의 마음 약한 딸들의 반응일 것이다. 집안일이라면, 그리고 잘해 보려다 한 일이라면 어쩔 수 없지. 내가 좀 희생할 수밖에, 그게 몸에 밴 사람들.

하지만 주호 씨 어머니 말씀대로 그 희생이 당연해지는 시점에서 희생하던 사람은 좌절한다. 배신감은 절절해지고, 내가 어떻게 했는데 너희가 나한테 이래, 하고 절규하게 된다. 더 슬픈 것은, 그 절규에 돌아오는 대답은 그때조차 "그럴 수도 있지."라는 것이다. 물론 다 나 같지는 않을 테고, 다 같은 생각이지도 않겠지만 내가 본 사람들은 대부분 그랬다. 그래서 그동안 나조차도 당연한 줄 알았던 것이다. 요즘 같은 세상일지라도.

나는 공증을 받아야 해서 함께 점심을 먹지 못한다고 알리고 시간 맞추어 사무실을 나왔다. 차용증 두 장과 여러 서류며 도장들을 한데 넣은 커다란 서류 봉투는 몹시 무겁게 느껴졌지만, 이번만큼은 그냥 넘어갈 생각 따윈 없었다.

한번은 집에 생활비 대는 게 너무너무 힘들었을 때 계산을 해 본 적이 있었다. 대체 내가 집에 얼마나 갖다 주고 있는 건지. 5년에 3천이었다. 그나마도 4년은 대학 다닐 때라 아르바이트였고, 1년은 졸업하고 학원 강사로 일할 때였다.

그때의 처절함은 아직도 기억한다. 다만, 같은 경험을 하게 하고 싶지는 않았다. 남자애들이라 일을 선택할 수 있는 폭도 넓고, 무엇보다 기간이 기니까 충분히 모아 올 수 있을 것이다. 7년이 지나면 나는 서른아홉. 그땐 지금처럼 바닥에 있지 않으리라. 두 번 다시 이런 경험을 하진 않으리라. 내게는 가족보다도 따뜻하게 지켜봐 주고 내밀어 주던 손길들이 있으니까.

이제 나는 행복해질 것이다.

그렇게 될 것이다.

10. 결심

　주말에 주호 씨와 고시원을 보러 다녔다. 주호 씨의 지적은 날카롭고 깐깐해서 단 한 군데도 괜찮다는 대답이 떨어지지 않았다. 사실 내가 봐도 그랬다. 번화가인데도 주변에 CCTV가 단 하나도 없다든가, 분명 여성 전용 고시원으로 알고 갔는데 정면에서 남자가 나오는 모습을 봤다든가, 겉은 참 깨끗했는데 내가 쓰게 될 방문을 열자 바퀴벌레가 두 마리 붙어 있다든가…… 결국 수확 없이 터덜터덜 꽃집 2층으로 돌아왔는데, 방은 천천히 구해도 된다고 어머니가 다독여 주셔서 더 죄송했다.

　월요일 저녁, 꽃집에 도착하자 주호 씨는 밥상을 차려 놓고 나를 기다리고 있었다. 아침도 점심도 일찍 먹으니 몹시 배가 고팠을 텐데, 미안했지만 사람과 마주 앉아 밥을 먹으니 마음은 든든했다.

내가 설거지를 하고 주호 씨가 상을 치웠다. 밤이니까 허브티를 두 잔 만들어 나란히 앉았는데, 주호 씨가 휴대폰 문자를 확인하더니 내게 말을 건넸다.

"진아 씨, 큰누나네 원룸 세입자가 5월 말에 나갈 거라길래, 300에 30으로 방 빌려주면 안 되냐고 말해 놨어요. 사정에 따라 고민해 보겠다고 해서 미안하지만 간략하게 진아 씨 이야기를 했는데, 방금 매형이랑 이야기가 됐는지 그렇게 해 주겠다고 하네요."

"원룸인데 300에 30이요?"

입이 떡 벌어졌다. 서울의 원룸인데 300에 30이라니 그게 말이 되나. 멍청하게 주호 씨를 바라보던 나는 얼른 고개를 저었다.

"그렇게까지 신세 질 수는 없어요. 원룸이면 못해도 몇천에 4, 50일 텐데, 저 때문에 주호 씨 누님이 손해를 감수하게 할 수는 없어요, 사람이 염치가 있지……."

"진아 씨."

내가 횡설수설하며 손을 내젓자, 주호 씨가 조금은 단호한 얼굴로 나를 응시했다.

"한마디만 할게요."

"네?"

"진아 씨 지금 염치 찾을 때 아니에요."

"……."

"3, 4, 5월 세 달 월급을 모으면 300은 되겠죠. 모자라면 빌려줄게요. ……기회는 왔을 때 잡는 거예요."

단호하게 단정 내리는 주호 씨의 얼굴을 바라보면서, 나는 미친 듯이 머리를 굴렸다. 하지만 인정할 수밖에 없었다. 필요한 건 내 마음의 결정일 뿐.

"……그럼 신세 좀 질게요. 300은 만들 수 있을 거 같아요."

"잘 생각했어요. 그리고 이사할 때까진 그냥 여기 있어요. 고시원 보내 놓으면 나도 불안할 거 같아요."

"그러면 방값 낼게요. 똑같이 30."

이 역시 염치없는 말이라는 건 알고 있지만, 나는 주호 씨의 눈을 들여다보며 당당하게 제안했다. 주호 씨는 길게 생각하지 않고 부드럽게 웃으며 고개를 끄덕였다.

"그래요."

"……고마워요, 주호 씨."

주호 씨가 웃으며 머그잔을 들어 올렸다. 기분 좋은 미소에 휘어진 눈꼬리.

행복이 가득 찬 마음이 설레기 시작했다.

❋ ❋ ❋

마감이 있었기에 3월은 정신없이 지나갔다. 그사이 지희 씨는 인수인계 서류를 만들어 놓았고, 우리 파트만의 단출한 송별회도 했다. 3월 중에 신입을 뽑았어야 했는데 사람을 못 뽑아서, 지희 씨의 일은 우리 셋이 나눠 가졌다. 마감이 있다 보니 결국 먼저 일을 끝낸 사람이 알아서 지희 씨 몫의 일을 해내야 했다. 가장

220

숙련자인 파트장, 재은 씨, 나 순서였다.

우리는 일에 치여 허덕허덕하면서도 신입에 대한 기대는 하지 않았다. 사람을 제때 뽑지 못했을 때 남은 인원으로 일이 돌아가는 걸 위에서 알면, "괜찮네?" 하면서 절대 충원해 주지 않는 걸 알고 있기 때문이었다. 덕분에 일이 밀려, 한가해야 할 4월 초에도 우리는 죽을 맛이었다. 파트장이 히스테리 부릴 시간이 없을 정도였다. 주호 씨는 4월이 잠깐 여유가 있다고 해서 데이트도 좀 하려고 했는데 이놈의 일이 대체 언제 끝날지 알 수가 없었다. 그래서 다들 스트레스가 한껏 쌓여 있을 때였다.

서민일을 대신해 우리 파트에 드나들게 된 두섭 씨가 입방정을 떤 순간 우리는 모두 동작을 멈췄다.

"응?"

"아, 얘기 못 들으셨나 봐요? 영어 2파트 신입 들어온다던데요? 다음 주 월요일부터."

싱글싱글 웃으며 입을 놀리는 두섭 씨를 멍하니 바라보다가 나와 파트장, 재은 씨는 서로 시선을 맞추었다. 잠시 생각하던 파트장이 말을 붙였다.

"그래요? 어떤 사람이래요?"

"맹랑한 타입이라 고생 좀 하실 거 같다고 하던데요? 하하하."

우리 세 사람은 다시 한 번 시선을 마주쳤다.

작년 가을부터 신입을 거의 뽑지 않아서, 인원 충원이 시급한 부서는 우리 파트 말고도 많았다. 제때 신입을 못 뽑은 우리 파트의 순위는 저 뒤로 밀려 있을 터였다. 그 상황에 우리 파트에 먼저 인원이 할당되었다는 이야기는 분명 비밀일 텐데 그럼에도 그 이야기를 두섭 씨가 하는 건, 아마 본인이 알게 된 사실을 말하고 싶어서 입이 근질근질한 탓이겠지.

잠시 생각하던 재은 씨가 물었다.

"누구 맘에 든 거래요?"

"네?"

"3월엔 연구부장님하고 인사팀장님하고 의견이 안 맞아서 결국 못 뽑은 거로 아는데, 이번에 누구 맘에 들어서 뽑힌 거래요?"

"아, 그건…… 어, 거기까진 모르겠네요."

주절거리려던 두섭 씨가 분위기를 눈치채고 얼버무렸다. 이제야 하면 안 되는 이야기를 했다는 것을 깨달은 모양이었다. 하지만 우리 셋은 다시 눈을 마주쳤고, 나는 웃으며 물었다.

"두섭 씨, 탁루루 씨랑 사귀죠?"

"네?! 그걸 어떻게……. 아, 저, 그만 가, 가 볼게요!"

당황한 두섭 씨가 얼른 문서들을 챙겨 후다닥 도망을 갔다. 두섭 씨가 사라지고 난 뒤, 우리 셋은 미친 듯이 웃었다. 눈물이 날 것 같았다. 영업팀에서도 말단인 두섭 씨가 인사팀의 이야기를 알아낸 루트를 생각하면 당연한 결론인데, 본인은 설마 들키겠느냐 하고 가볍게 생각한 듯하다.

인사팀의 탁루루 씨는 유일하게 미혼이고 유일하게 입이 가벼운 사람이다. 해선 안 되는 이야기를 해 버려 감봉이 된 적도 있어서, 인사팀 내에서도 너 한 번만 더 두고 보마, 하는 상황이었다. 한동안은 조용했는데 사귀는 사람에겐 입의 자물쇠가 풀린 모양이다.

우리가 한참 웃고 있을 때, 기분 좋아 보이는 팀장님이 나타났다. 약간 의기양양해 보이는 그 얼굴을 보며 우리는 바로 깨달았다. 신입 충원 이야기구나.

"자, 주목. 잠깐 할 얘기가 있어. 다음 주 월요일에, 우리 파트에 지희 씨 자리를 메워 줄 신입이 와요."

역시나. 우리는 셋이 시선을 마주치고 어색하게 환호했다. 그것을 못 알아챌 팀장님이 아니다. 팀장님이 살짝 눈썹을 일그러뜨렸다.

"반응이 왜 이래? 별로야?"

"그게 아니라……."

자칫하면 고자질이라 재은 씨가 아니라고 입을 떼 놓고도 어물어물했다. 그러나 거기에서 팀장님은 또다시 눈치채고 말았다.

"……설마 알고 있었어?"

우리는 어색하게 고개를 끄덕였다. 대번에 팀장님의 얼굴이 험악해졌다.

"어떻게 알았어?! 비밀로 하라고 인사팀에서 얼마나 신신당부를 했는데! 신입 출근 전에 이야기 새어 나가지 않게 조심하라고 그렇게 입단속을 했는데 어떻게 안 거야?!"

대답을 할 수도 없고 안 할 수도 없다. 우리는 서로 눈치만 보다가 내가 총대를 멨다.

"팀장님. 두섭 씨가 탁루루 씨랑 사귄대요."

그 한마디에, 팀장님도 모든 사태를 파악한 듯했다. 억지로 분노를 눌러 삭이며 팀장님이 고개를 끄덕였다.

"그래, 알았어. 그건 내가 알아서 할게. 아오, 진짜. 어쨌든, 그래. 미국 유학파라길래 우선 배정받은 거라, 그 신입이 나가면 다시 충원받기 힘들 거야. 그러니까 잘 달래 가면서 가르쳐 줘. 교육은…… 이번엔 진아 씨가 하면 되겠네, 그치?"

지희 씨가 우리 파트로 파견 왔을 때 담당한 게 재은 씨니까 내가 가르칠 차례가 맞긴 한데, 두섭 씨의 '맹랑하다' 라는 말 때문에 나는 영 내키질 않았다. 그래도 방법이 있나, 그냥 해야지. 나는 떨떠름한 얼굴로 고개를 끄덕였다.

"그래. 잘 부탁해."

지시를 마친 팀장님이 인사도 받지 않고 바람처럼 사라졌다.

탁루루 씨, 미안.

우리 셋은 잠시 눈을 감고 명복을 빌었다.

❄ ✱ ❄

예정대로 다음 주에 신입이 들어왔다. 팀장님은 붉으락푸르락한 얼굴로 신입을 우리에게 소개했고, 우리는 모두 할 말을 잃었다.

"……새로 들어온 맹의주 씨야. ……여러모로 마아않이 도와주길 바라."

"네, 네에……."

원래대로라면 파트장님과 재은 씨, 나를 의주 씨에게 소개할

차례인데, 팀장님은 그 순서를 건너뛰고 바로 내 손을 잡았다.

"진아 씨."

"……네."

"잘 부탁해. ……사람 좀 만들어 줘."

나를 끌어안고 나에게만 들리게 속삭인 팀장님은 정말로 짜증이 극에 달한 듯했다. 나는 교육 맡은 죄로, 울상을 지으면서도 고개를 끄덕여야 했다.

맹의주 씨의 문제는 너무나 확연히 눈에 띄었다. 옷차림 때문이었다. 본인은 좋다고 생글생글 웃고 있었지만, 우리는 하나같이 할 말을 잃었다.

일단 가슴골이 드러나는 블라우스. 단추가 있으면 잠그라고 말이나 하지, 윗부분엔 아예 단추가 없었다. 체구가 작으니 더 파여 보였다. 얇고 흰 블라우스 안에는 비치라고 입은 검은 레이스 브래지어. 치마 길이는 무릎 조금 아래까지 내려와 괜찮았지만, 거의 허벅지까지 파인 슬릿이 너무나 노골적이었다. 거기에 금방이라도 부러질 것 같은 스틸레토 힐의 높은 구두가 오히려 작은 키를 부각시켰다. 그나마 재킷이 얌전한 것이라, 우리는 합심해서 에어컨을 켰다. 추우면 입겠지, 그런 생각으로.

의주 씨의 웃는 얼굴은 참 귀여웠다. 아니, 사람 자체가 귀염상이었다. 작은 키에 작은 몸집, 마른 몸. 동그란 눈에 작은 코와 입이 특히. 그런데 입술은 새빨갛게 칠하고 머리는 틀어 올리고 옷은 마치…… 일본의 야한 동영상에 나올 거 같은 오피스룩이다 보니……. 쉽게 말해 남자 직원들의 입방아에 오르내리기 딱 좋은 차림새였다. 학습지 회사고 여직원들이 많아 우리 회사는 옷차림에 민감해서 빨리 지적하지 않으면 곤란했다. 하지만 저걸 어디부터 어디까지 어떻게 손을 대나.

그나마 에어컨 때문에 재킷을 챙겨 입어서 일단은 넘어가 주기로 하고, 맞춤법부터 가르치기로 했다. 아무리 영어 회화 중심의 학습지라 해도 한국어 설명이 전혀 안 들어갈 수는 없고, 영어 교정을 볼 때의 기호라든가 회사 기준은 알려 둘 필요가 있었다. 그래서 지희 씨가 미리 만들어 둔 인수인계 문서를 내주었는데, 그것을 들여다본 맹의주 씨는 귀여운 얼굴을 살짝 찡그리더니 빨갛게 칠한 입술을 내밀었다.

"저, 이런 거 필요 없어요. 다 알고 있는걸요."

"……응?"

"인사팀장님이 바로 실전에 투입할 수 있는 사람이라 2파트 보낸다고 말씀하셨어요."

그 깐깐한 인사팀장님이 신입사원에게 그런 말을? 그럴 리가 없는데. ……설마 인사팀장님 인맥인가? 그렇게 들어온 건가?

어느 정도 의심이 가는 상황이라, 좀 더 조심하는 것밖에는 방법이 없을 것 같다. 나는 등 뒤로 재은 씨와 파트장의 안쓰러운 시선을 느끼며 애써 한숨을 삼키고 웃었다.

"그럼, 간단한 테스트를 해 보죠. 다 통과하면 의주 씨 말대로 바로 실전으로 가면 되고, 아니면 이 인수인계 문서를 외우는 걸로."

"테스트를 제가 왜 해야 해요? 그것도 같은 사원에게."

이 말에는 도저히 웃을 수가 없었다.

"나는 맹의주 씨 사수고, 인사팀장님이 교정 테스트를 하고 붙여 주신 건 아니잖아요? 그러니까 실력을 보여 주세요. 아니면…… 자신 없어요?"

"그럴 리가요. 할게요, 테스트. 통과하면 되죠?"

뻔히 보이는 도발에 어린애같이 발끈하는 걸 보니 그냥 어린애다. 나는 묵묵히 인수인계에 딸린 교정 문제를 프린트해서 건넸다. 지희 씨의 선견지명에 감탄하면서.

그리고 잠시 후, 되다와 돼다를 구별하지 못한 의주 씨는 대체 이런 걸 왜 알아야 하냐고 짜증을 부렸다. 그 천연덕스러운 얼굴이 어찌나 뻔뻔한지 한 대 쥐어박고 싶을 정도였다. 결국 의주 씨는 인수인계 문서를 처음부터 외워 검사받기로 했다.

의주 씨의 영어 교정은 문제가 없는 반면 한국어 교정은 기본도 안 되어 있었다. 종일 의주 씨와 씨름하다가 내 할 일을 다 못해 야근을 하고 돌아오는 길, 주호 씨에게 위로받아야지 했는데 꽃집에 불이 꺼져 있었다.

생각해 보니 월요일이라 조금 일찍 문을 닫은 것 같은데 오늘은 '정기 휴일입니다' 종이도 문에 안 붙어 있었다. 한 번도 그런 일이 없어 의아해하며 메시지를 보냈지만 답이 없었다. 일이 있나 보다 싶어 일단 씻고 나왔는데, 때마침 누군가 바깥쪽 현관문을 두드렸다.

"누구세요?"

"진아 씨, 나예요."

주호 씨 목소리였다. 얼른 옷을 걸치고 문을 열자, 주호 씨가 커다란 보자기를 품에 안고 환히 웃고 있었다.

"어떻게 된 거예요?"

"잠깐 집에 들렀다 왔어요. 아, 메시지는 봤는데 운전하느라 답장할 시간이 없었어요."

주호 씨가 운전하는 줄은 몰랐다. 내가 고개를 끄덕이는 사이, 주호 씨는 손을 씻고 상을 꺼내 닦은 후 상 위에서 보자기를 풀어 헤쳤다. 그 안에서 찬합과 보온병이 나왔다.

"뭐예요, 그건?"

"진아 씨 요새 몸이 좀 축나는 거 같다니까 엄마가 같이 먹으라고 해 주셨어요."

"어? 나 몸 괜찮은데요?"

"몸무게 줄지 않았어요?"

주호 씨가 되물으며 구석의 체중계를 가리켰다. 나는 머뭇거리다 체중계 위에 올라가 보고는 감탄했다.

"나도 몰랐는데 어떻게 알았어요?"

"진아 씨에게 관심이 많으니까?"

사실 몸무게가 준 것은 몹시 좋았지만, 주호 씨가 신경 써 주는 것도 좋았다. 나는 기분 좋게 상 앞에 앉았다. 그리고 곧 입을 다물 수가 없었다.

"이, 이게 다 뭐예요?"

"음, 이건 전복죽이랑 물김치고, 이건 도미찜. 탕평채, 두부선, 삼색 나물, 이건 후식으로 먹을 과일. 입맛 없어서 몸이 축나는 걸 수도 있다고 엄마가 소화 잘되는 거로 했대요."

"……날도 더워졌는데 고생하셨겠어요, 이렇게 많이……."

"괜찮아요, 엄마 요리해서 누구 먹이는 거 좋아하니까. 자, 먹어 봐요."

주호 씨가 권해서 일단 숟가락을 들었다. 그리고 전복죽을 한 입 떠먹은 나는, 파는 죽과 집에서 한 죽의 차이를 32년 만에 깨달을 수 있었다.

"맛있어요. ……정말로."

"응, 많이 먹어요."

"주호 씨도요."

우리는 잠시 말없이 먹는 데 열중했다. 정말 맛있었다. 얼마나 맛있었냐면, 먹다 보니 기가 죽을 만큼 맛있었다.

"……어머니 요리 정말 잘하시네요."

"하하, 근데 엄마 요리 잘하게 된 거 얼마 안 됐대요."

"네?"

"엄마 내내 일하시다가, 제가 아프면서 일 그만두고 요리 시작하셨거든요. 그래서 큰형이랑 큰누나는 되게 억울해해요. 평생 맛없는 것 먹여 놓고 이제 와서 이렇게 요리 잘하는 건 사기라고."

이 요리 솜씨를 보면 그럴 만도 하겠다. 그 심정이 이해돼서 웃던 나는 문득 깨달았다.

"어, 주호 씨 아팠었어요?"

"초등학교 때 심장 수술했거든요. 다행히 한 번에 잘돼서 지금은 건강해요."

"다행이다."

"그다음엔 백혈병이었지만."

"……응?"

순간 놀림당하는 건가 싶었던 건 그만큼 믿기지 않는 말이었기 때문이었다. 내가 고개를 들자, 주호 씨는 왜 그러냐는 듯 오히려 나를 마주 보았다.

"대학교 다닐 때 둘째 형한테 조혈모세포 이식받았어요. 그것도 지금은 완치 판정받고 건강하지만, 군대는 면제."

"……고생이 많았네요."

"부모님이 고생하셨죠. 늦둥이 낳아 놨더니 여기저기 부실해서."

주호 씨는 아무렇지 않게 웃으며 도미 살점을 발라 내게 내밀었다. 무심결에 그것을 받아 삼키며 나는 무어라 말을 해야 할지 몰라 애매하게 웃었다.

"괜찮아요. 지금은 정말 건강하니까."

"그래서 간이 약했군요."

"네?"

"아버지가 오래 아프셔서 우리 집 음식은 간이 약한 편이거든요. 근데 주호 씨가 한 음식도 맛은 있었지만 간이 약해서, 혹시 집에 환자가 있나 하는 생각을 잠깐……."

"진아 씨 예리한데요? 하하. 응, 내가 환자였죠."

주호 씨는 밝게 웃으며 나물을 집어 입에 넣었다. 그 모습을 물끄러미 바라보던 나는 오늘 묘하게 주호 씨가 가라앉아 있다는

230

사실을 깨달았다.

"주호 씨, 무슨 일 있어요?"

"왜요?"

"오늘 좀…… 기분이 안 좋아 보여서."

"어, 나 진아 씨랑 같이 있어서 지금 기분 좋은데요."

주호 씨는 유쾌하게 웃었다. 하지만 어쩐지 꾸며 낸 것 같은 웃음이라, 나는 걱정스럽게 주호 씨의 얼굴을 들여다보았다. 아무렇지 않게 넘기고 싶었던 모양인데, 내가 그리 쳐다보자 결국 웃음을 거둔 주호 씨가 입을 열었다.

"가게를 접을까 해요."

"네?"

"원룸 동네에 있다 보니 아무래도 수익이 나질 않아서. 아, 당장 하겠다는 건 아니에요. 곧 5월 대목도 다가오고, 진아 씨 이사도 있으니까요."

"응, 그런데요?"

"사실 이 건물, 원룸으로 바꾸려고 엄마가 산 거였어요. 그런데 제가 그 당시에 좀…… 일이 있어 의욕 없이 다니고 하니까, 몸 움직이게 꽃집 해 보라고 시키신 거였거든요. 아무것도 모르고 시작한 거라 처음엔 정말 싫었는데, 막상 닫겠다고 결정하니 내가 생각보다 가게를 많이 좋아했구나 싶더라고요. 그래서 어쩔까 고민하던 차에, 식구들이 그럼 이제 뭐 할 거냐고 몰아쳐서 진아 씨 핑계 대고 도망 나왔어요. 미안해요."

주호 씨는 미안해했지만, 나는 괜찮다고 웃어 주었다. 아주 평계는 아니었을 거다. 그렇지 않으면 이 음식들이 그렇게 바로 준비됐을 리가 없으니까. 그것도 이렇게 따끈따끈한 채로. 나는 도미 살점을 한 점 발라 주호 씨 입에 넣어 주고 물었다.

"이야기가 전부터 있었으면, 주호 씨는 생각해 둔 일이 있어요?"

"플로리스트가 되어 볼까 하는 생각을 했어요. 제대로 꽃집 사업을 해 보고 싶기도 하고. 전에도 한 번 이야기했었는데, 그땐 가족들이 모두 하고 싶으면 하라고 이야길 했거든요. 그래서 막연하게 가게 문을 닫으면 공부를 더 해야겠다고 생각했는데……."

"그런데?"

"오늘은 온 가족이 나서서 반대를 하더라고요."

주호 씨는 조금 침울해하며 젓가락을 내려놓았다. 입맛이 사라진 듯했다. 하지만 그 이상은 말해 주지 않아서 나는 조심스럽게 채근했다.

"왜요? 굳이 반대할 이유가 없지 않아요?"

그래도 주호 씨는 끝까지 입을 열지 않았다. 나는 애가 탔지만, 본인이 말을 하지 않겠다는 데에는 어쩔 도리가 없었다. 결국 화제를 바꾸어, 나는 회사 이야기를 털어놓았다.

"참, 오늘 우리 파트에 새로운 사람이 왔어요."

"어떤 사람이에요?"

"……맹랑하고, 맹랑하고, 맹랑하고, 맹랑한……."

궁금해하는 주호 씨에게 오늘 있었던 일, 오늘 의주 씨가 입었던 옷 이야기를 해 주자 주호 씨는 빵 터져서 배를 잡고 굴렀다.

"회, 회사에, 그런 옷을 입고 왔다고요?"

"퇴근할 때, 내일은 좀 더 얌전한 옷을 입어 달라고 말은 했는데, 모르겠어요. 예상대로라면 분명……."

"더 심한 옷을 입고 올 거 같은데."

나는 고개를 끄덕여 동의를 표하고 전복죽을 크게 떠 입에 밀어 넣었다. 한참 웃고 난 주호 씨도 다시 수저를 들었다.

"괜찮아요. 진아 씨는 잘할 거예요."

"내가 잘해서 되는 일이 아니니까요. 아, 내 회사 생활은 어째서 이다지도 가시밭길인지."

"하하, 파트장님은 뭐라 지적 안 해요?"

"첫날이고, 제가 맡았으니 일단 알아서 해 봐라 하시는 거 같아요. 게다가 파트장님이 나서면 세계 대전 터질 거 같아요. 하나는 히스테릭한 곰이고 하나는 뻔히 보이는 수 얕은 여우고…… 아우우."

"진아 씨 회사 한번 가 보고 싶네요. 궁금하다."

"절대 오지 마요. 신입은 둘째 치고, 요새 야근 때문에 내 몰골이 말이 아니란 말이에요."

"흠, 그러니까 더 궁금한데요?"

"절대 그러지 마요! 으으, 내일 출근할 거 생각만 해도 끔찍해요."

나는 평소보다 더 오버해서 괴로워했다. 나를 위로하는 주호 씨의 웃음소리가 평소의 맑은 것으로 돌아왔기 때문이다.

둘이 이런저런 이야기를 하며 찬합을 싹 비우고 나는 설거지를 했다. 그러고 나니 텅 빈 찬합이며 보온병이 너무 허해 보여서, 상을 닦고 치우는 주호 씨에게 말을 붙였다.

"어머니께서 음식을 너무 맛있게 잘해 주셔서 과일이라도 좀 싸서 보내야 할 거 같은데, 어머니 뭐 좋아하세요?"

"아, 엄마가 괜히 눈치 보지 못하게 하랬어요. 괜찮으니까 그냥 빈 통 가져오라고."

내가 순간 말문이 막혀 멍하니 주호 씨를 바라보자, 그가 방긋 웃었다.

"그렇게 말씀하시는데 굳이 싸서 보낼 필요는 없다고 생각해요."

"······그래도, 이렇게 맛있게 잘해 주셨는데······."

"괜찮아요. 그리고 나 오늘 자고 갈 건데."

아무렇지 않게 웃은 주호 씨가 뒤에서 나를 감싸 안았다. 조금 뜨거운 체온이 등에서부터 느껴져, 얼굴에 확 열이 올랐다.

"그치만 그럼 어머니가 아실 텐데······."

"괜찮아요. 안 할 건데, 뭐."

"······응?"

나는 의외의 말을 듣고 고개를 돌려 주호 씨를 올려다보았다. 하지만 주호 씨는 내 이마에 가볍게 입을 맞추고 웃었다.

"진아 씨 몸 너무 축났어요. 지금 하면 어디 잘못될 것 같아서 내가 불안해요."

"아······."

하기야, 그러니 어머니께 부탁해서 이런 음식을 해 왔겠지. 납득했다. 조금, 쪼오끔 기대했던 게 허탈하고 허무했지만 그래도 주호 씨가 옆에 있어 주는 것이 나도 좋았다.

"진아 씨!"

주호 씨가 나를 흔들어 깨웠다. 화들짝 놀라 눈을 떠 보자, 시야가 온통 어두컴컴했다. 거친 숨을 몰아쉬며 어둠에 눈이 익길 기다렸다. 한참 만에 걱정 가득한 주호 씨의 얼굴이 눈에 들어왔다.

"진아 씨, 괜찮아요?"

"아, 응, 괜찮아요."

"대체 언제부터 이런 거예요?"

"응?"

"악몽 꾼 거, 오늘 처음 아니죠? 이래서 몸이 축난 거죠?"

혹시 짐작하고 있어서 오늘 자고 가겠다고 한 걸까. 나는 머뭇거리다 고개를 끄덕였다. 주호 씨가 얼굴을 잔뜩 일그러뜨리더니 나를 확 끌어안았다. 조금 뜨거운 체온 속에서 나는 천천히 숨을 골랐다. 진정이 될 즈음 주호 씨가 나직하게 물었다.

"무슨 꿈을 꾸는 거예요?"

걱정이 절절하게 밴 달콤한 목소리가 기분 좋았다. 대답하고 싶었지만, 꿈을 말로 하면 그것이 현실이 될 것 같아 머뭇거려졌다. 하지만 나는 그것이 이미 현실이라는 것을 깨닫고 웃었다.

"그냥, 일어났던 일이요."

"……어머니 일?"

235

"응. 아르바이트하던 시절로 돌아가서, 나는 열심히 일을 하고 적금을 드는데 만기가 될 즈음이면 돈이 없어진 거예요. 속상해서 공인인증서 비밀번호를 바꾸고, 다시 아르바이트를 해서 돈을 모으면 또 없어지고…… 그러다 어느 순간 정신을 차리면 나는 노을 지는 단칸방에 있어요. 앞에는 우는 여자아이를, 나는 장난감을 흔들어 가며 달래요. 그런데도 아이는 울음을 그치지 않아서, 나중엔 내가 미칠 것 같아서 시끄럽다고 소리를 지르면서 장난감을 내팽개쳐요. 그럼 아이는 울다가 눈을 동그랗게 뜨고 나를 쳐다보는데, 거기엔 내 얼굴이 아니라 엄마 얼굴이 비쳐요. 놀라서 얼른 거울을 쳐다보면, 거기엔 정말로 엄마 얼굴이 있는 거예요. 그게 너무 끔찍해서……."

몇 번 반복해서 꾼 꿈은 입술 사이로 술술 빠져나갔다. 주호 씨는 말없이 팔에 힘을 주어 나를 품으로 더 끌어들였다. 땀이 배어 옷이며 몸이 축축했는데도 아무렇지 않다는 듯이 나를 끌어안은 팔은 지금 이 순간 세상에서 가장 든든하게 느껴졌다. 그 속에서, 나는 어둠을 틈타 마음을 조금씩 풀어 놓았다.

"북적북적한 집에서 자라서, 이렇게 조용한 밤을 보내는 게 익숙하지 않아요. ……아직은 힘들지만, 좀 더 시간이 지나면 익숙해지겠죠."

"단순히 외로워서 꾸는 꿈이라면, 그런 내용은 아닐 것 같은데요."

"……응, 솔직히 불안하기도 해요. 또 누가 날 배신하지는 않을까, 누가 내 돈을 훔쳐 가지는 않을까…… 결혼하면 내가 엄마처럼 되지는 않을까."

"엄마처럼 될까 봐 무서워요?"

"나는 엄마가 아니고, 엄마처럼 살지도 않을 거예요. 그 점은 확실해요. 하지만…… 나는 생각보다 내가 엄마처럼 될지도 모른다는 걸 두려워하는구나 싶었어요. 그렇지 않으면 몇 번씩이나 같은 꿈을 꿀 이유가 없으니까."

주호 씨가 내 등을 토닥토닥 두드리기 시작했다. 느긋한 손길에 마음이 안정되어 갔다.

"어쩌면 결혼하는 게 두려운 걸지도 모르겠어요."

"어째서?"

"엄마가 달라진 건 결혼하고 삶이 힘들어지면서부터니까요. 하지만 난 엄마처럼 되지 않을 거예요. 그러니까 결혼해서, 그렇지 않다는 걸 보여 줄 거예요."

"어떻게요?"

"돈이 문제라면 아이를 낳지 않든지, 하나만 낳을 거예요. 여유가 돼서 둘 이상 낳게 된다면 절대로 차별하지 않을 거예요. 누군가가 희생하지 않으면 안 되는 삶을 아이들에게 주지는 않을 거예요. 가족 중에 누구 하나만 희생해야 하는 삶을 만들진 않을 거예요. 절대로. ……그래서, 다 같이 행복해질 거예요."

"좋은 마음가짐."

주호 씨가 낮게 웃으며 내 이마에 입을 맞추었다.

"그럼, 결혼할까요?"

"응?"

"결혼해서 그렇지 않다는 걸 보여 줄 거라면서요. 그럼 결혼을 해 봐야 아는 거 아니겠어요?"

"괜찮겠어요? ······나 정말 몸만 가게 될 텐데."

"그런 건 상관없어요. 진아 씨가 나를 원한다면."

"······옆에 있어 줘요."

주호 씨가 고개를 끄덕이자마자 나는 주호 씨에게 입술을 맞췄다. 땀에 젖었다 식은 내 몸에 딱 맞는 뜨거운 체온이었다.

11. 사람과 사람 사이

달콤한 밤을 보내고, 주호 씨가 차려 준 아침밥을 먹었다. 내가 차려 줄 생각이었는데 주호 씨의 기상이 훨씬 일렀고, 그가 나보다 요리 솜씨가 더 좋았다. 결혼하기로 작정해서 그런지 나는 뻔뻔하게 밥상을 받았다. 평소 밥상을 받았을 때의 미안함보다는 고맙고 좋은 감정이 마음에 가득했다.

결혼을 하기로 했다고 하루아침에 천지가 개벽하지는 않는다. 하지만 격랑 속에 흔들리던 내 몸과 정신이 삽시간에 진정되는 마법 같은 효과는 분명 있었다. 여태 가장 아닌 가장으로 모든 바람에 혼자 맞서 나가던 나는, 옆에서 그 바람을 같이 맞아 주기로 각오한 사람이 생겼다는 것만으로도 힘을 얻고 용기를 얻었다.

비록 출근 30분 만에 깨지더라도, 힘은 힘이고 용기는 용기였다. 그 순간에는.

나는 머리를 싸쥐었다. 지희 씨가 빠지면서 할당받은 일이 많아진 데다, 굉장히 짧고 몸에 딱 달라붙는 핑크색 원피스에 흰 정장 재킷을 입은 우리의 맹 씨가 아직도 되다와 돼다를 구분하지 못하고 있다는 점이 내 용기와 힘을 모조리 갉아먹는 원인이었다.

"이걸 왜 알아야 해요? 영어만 교정할 수 있으면 되는 거 아니에요? 회화 전문 학습지잖아요!"

내가 묻고 싶었다. 국내에서 가르치는 영어 문법은 완벽하게 파악하고 있으면서, 대체 왜 이런 학습지 회사를 온 거냐. 대기업 계열사라고는 하지만 우리 회사는 아직 규모도 작고, 소문이며 태도를 보아하니 인사팀장님하고 좀 아는 모양이던데, 그런 유학파가 굳이 여기 올 이유가 없지 않나? 혹시 사회생활을 한번 체험해 보고 싶어서? 커리어 우먼 놀이를 하고 싶어서? 으, 어느 쪽이든 정말 최악이다.

하지만 팀장님이 하신 말도 있고, 얼른 가르칠 필요도 있었다. 임신 준비 중이던 재은 씨의 얼굴이 힘들어서 노랗게 뜨고 있는 것도 신경 쓰이고, 한계에 다다라 히스테릭한 반응이 나올 때가 됐는데 아직 가면을 쓰고 있는 파트장도 몹시 신경 쓰였다. 게다가 어제 들어온 신입이다, 신입. 나도 신입일 땐 이랬을 거야. 나는 최대한 마음을 가라앉히고 웃었다.

"……의주 씨. ~이 ~이 되다, 라는 표현이 학습지에서 얼마나 많이 쓰이는지는 굳이 말 안 해도 알겠죠?"

"아이 씨."

마음 같아서는 이게 얻다 대고 아이 씨야, 하고 쥐어박고 싶었지만 참았다. 팀장님이 잘해 주랬다. 그만두게 하지 말라고. 나는 속으로 참을 인을 반복해서 새기며 열심히 웃었다.

"영어 교정하는 거 보면 의주 씨 똑똑한 사람이니까, 금방 익힐 거예요. 되다, 돼다랑 몇 가지만 더 익히면 우리 학습지에서 필요한 한글 맞춤법은 끝나요. 많지도 않다니까요? 그러니까 조금만 더 고생합시다."

"아, 정말. 이건 인재를 적재적소에 배치해서 활용하라는 회사의 모토에 어긋나는 거 아닌가요?"

얼씨구, 모토 같은 소리 하고 앉아 있네. 입사를 위해 꽤나 준비한 건 알겠는데 말본새는 역시나 맹랑하다. 집중하고 있던 파트장도 그 소리를 들었는지 고개를 절레절레 흔들고, 재은 씨는 웃음을 참느라 책상에 머리를 박았다.

"그렇지만 회사에서 한 가지 일만 시키는 법은 절대 없어요. 그건 어느 회사든 다 그래요."

"그런 거예요?"

"그런 거예요."

나는 최대한 상냥하게 웃어 보였다. 그러자 맹의주 씨가 마지못해 다시 펜을 손에 잡는다. 그 어깨를 툭툭 두드려 주고는 잠시 후에 다시 검사하겠다 하고 내 자리로 돌아왔다.

우리 집은 친척도 없고, 진수와 진형이는 철이 일찍 들어 이래저래 잔소리를 할 필요가 없었다. 자기 일을 알아서 하지 않으면 반드시 싸움이 났으니까. 아니, 집이 어렵다 보니 다들 신경의 날이 곤두서 있어서 알아서 몸을 사렸다는 게 맞는 말인 것 같다.

다 같이 웃는 순간이 없지는 않았지만, 그래도 기본적으로 내 할 일이 주어지면 책임지고 해내야 하는 집이었다.

하지만 맹의주 씨는 떼쓰기, 조르기 대장이어서 다루기가 몹시 힘들었다. 신입을 처음 받아 보는 건 아닌데, 내가 받아 본 신입 중에 가장 정신 연령이 어리게 느껴진다.

지끈지끈 아파지기 시작한 관자놀이를 꾹꾹 누르며 교정고를 확인했다. 이틀 정도만 더 고생하면 끝날 것 같은데, 집중할 수가 없어 자꾸만 늦어지니 애가 탔다. 마음을 다잡고 교정고를 보던 내 집중을 깬 건 역시나 의주 씨였다.

"저 50분 일했으니까 10분 쉬고 올게요!"

맹의주 씨가 자리에서 발딱 일어나 사무실 밖으로 도망갔다. 그 뒷모습을 망연히 바라보는데, 재은 씨가 중얼거렸다.

"그 50분 동안 뭘 했다고?"

"……내 말이."

내가 중얼거리자, 파트장이 머리를 흔들며 진저리를 쳤다.

"저거 진짜 우리가 데리고 있어야 하나? 아, 짜증 나. 쟤 때문에 교정이 끝나질 않잖아."

"이틀 가지고 내보내기도 뭐하잖아요. 팀장님이 부탁도 하셨으니 제가 하는 데까지는 해 볼게요. ……근데, 큰 기대는 하지 마세요."

"알아, 알아. 화병 안 나는 선까지만 해. 그다음은 어떻게든 되겠지."

파트장이 선을 그어 주어서, 나는 안심하고 고개를 끄덕였다.

맹의주 씨는 정확히 10분 후에 돌아왔다. 손에는 1층 카페에서 파는 아메리카노가 들려 있었다. 뭘 사 먹든 내 알 바는 아닌데, 문제는 아메리카노를 손에 들고 맹의주 씨와 같이 나타난 인물이었다.

서민일.

나는 서민일을 보는 순간 직감했다. 이번엔 맹의주 씨냐. 반사적으로 나와 파트장, 재은 씨는 동시에 한숨을 내쉬었다.

"의주 씨, 뭐 하고 있어요?"

"한글 맞춤법이 좀 어려워서요. 까다롭네요, 외울 것도 많고."

맹 씨가 활짝 웃으며 자리에 앉아 대답했다. 그 웃는 얼굴을 정말로 쥐어박고 싶었다. 어제부터 지난 50분 동안 되다 돼다 하나도 못 외운 게 뭐가 외울 게 많다고!

"그래요? 쉬운데. 아, 되다 돼다 하고 계셨구나. 자, 봐 봐요."

서민일이 앉아 있는 맹의주 씨의 등을 감싸듯 몸을 숙이고 펜을 들어 되다와 돼다를 설명하기 시작했다. 그 구분 방법은 내가 한 번 가르쳐 줬던 것이었지만 어쩐지 맹의주 씨의 반응이 짐작이 가, 나는 묵묵히 기다렸다. 아니나 다를까. 내 생각대로 맹의주 씨는 환하게 웃으며 서민일을 올려다보았다.

"민일 씨가 알려 주시는 방법대로 하니까 구분이 쉽네요! 잘 가르치시는 것 같아요."

"그래요? 도움이 됐으면 다행이에요."

"진아 씨! 저 되다 돼다 이제 구분할 수 있어요!"

"그래요?"

나는 어제부터 아예 프린트해서 쌓아 두었던 테스트 용지를 들어 올렸다. 이번엔 맹의주 씨도 의기양양하게 다가와 종이를 받아 들었다. 서민일은 나를 보고 피식 웃은 후 맹의주 씨가 되다와 돼다를 구분하는 것을 지켜보았다. 그리고 잠시 후, 급한 일이 생각났다며 테스트가 끝나기 전에 도망갔다.

……그럼 그렇지.

여전히 비가 내리는 테스트 용지를 보며 나는 한숨을 내쉬었다. 맹의주 씨가 하도 틀려서, 이젠 나도 되다 돼다가 헷갈릴 지경이다. 게슈탈트 붕괴. 이래서 교정 남은 거 어떻게 해결하나.

솔직히 하루하고도 50분을 의주 씨에게 투자했던 나는, 서민일이 가르쳐서 된 거여도 좋으니까 좀 익히길 바랐다. 그래서 꼴 보기 싫어도 기다린 건데, 이렇게까지 안 될 줄이야.

내 한숨을 들은 파트장님이 모니터에서 시선을 뗐다.

"의주 씨?"

"네?"

"하나만 물어볼게. 왜 우리 회사에 지원했어요? 아, 다른 게 아니고 의주 씨 능력 생각하면 좀 아까워서."

순간 웃음이 터지려는 것을 입술을 깨물며 참았다. 파트장님이 본성을 감추고 사근사근하고 나긋나긋하게 물어보긴 했지만, 지금 이 상황에 저 말을 진짜로 믿으면 바본데, 맹의주 씨는 환하게 웃으며 고개를 끄덕였다. 바보 맞았다.

"저도 그렇게 생각은 하는데요, 좋아하는 사람을 만나려면 어쩔 수 없었어요."

"응?"

"이사님 동생이거든요. 제가 좋아하는 사람."

"그렇지만 우리 회사에 이사님 동생이…… 있나? 동생 있는 건 아는데, 다른 일 한다고 들었던 거 같은데."

"아, 네, 회사에 안 계세요. 가끔 회사 들를 거라는 이야기를 좀 들어서요, 그냥 자연스럽게 얼굴 보고 만나는 게 목적이에요."

바보 맞았다2. 저런 이야기를 자랑스럽게 할 수 있다는 점이 맹의주 씨의 대단한 점이었다. 눈치가 없는 걸까, 사랑에 눈이 멀어서 그런 걸까. 나와 재은 씨가 작게 한숨을 내쉴 때, 파트장은 드디어 본성을 드러내며 조소했다.

"그래서 일 열심히 안 하는 거구나?"

"네?"

"그렇게 똑똑한 사람이 왜 되다 돼다 하나로 진아 씨 이틀이나 잡고 있나 했거든. 응, 그런 거라면 왜 열심히 안 하는지 알겠네. 그래, 결혼이 중요하지, 일 따위보다는. 그치?"

"아닌데요, 저 열심히 하고 있는데요……."

그제야 상황 파악이 된 듯 맹의주 씨의 얼굴이 새빨개졌다. 말도 기어들어 갔다. 나는 갑자기 체증이 확 풀리는 것을 느끼며, 웃지 않기 위해 입안의 볼살을 깨물었다.

"그래? 어디 보자, 의주 씨 미시간 대학 나왔댔지? ……세계 21위? 우와. 진짜 좋은 대학 나왔구나. 좋겠다. 음, 그런데 결혼이 이유가 아니고, 열심히 하는데도 되다 돼다 구분이 안 되는 건…… 혹시 다른 이유가 있어?"

파트장이 맹의주 씨를 몰아세우는 것을 보며 나는 엄청난 쾌감을 느꼈다. 계란 세 개 연달아 먹고 물 찾는데 사이다 들어가서 뻥 뚫린 느낌. 맹의주 씨가 더 빨개진 얼굴로 작게 대답했다.

"아니에요, 일할게요⋯⋯."

"아냐, 무슨 일을 해. 가서 쉬어. 50분 다 된 거 같은데? 우리 의주 씨 같은 인재에게 노동법 위반으로 신고라도 당하면 나 잘려서 안 돼. 나는 나이만 많은 노처녀라 이젠 갈 데도 없단 말이야. 결혼은 꿈도 못 꾸고, 흑흑흑."

미치겠다.

재은 씨도 상황은 크게 다르지 않은지 꾹 하는 이상한 소리를 내고는 화장실로 달려갔다. 파트장은 태연하게 "웬 딸꾹질?" 한마디 하고는 태연하게 맹의주 씨에게 손을 내저었다.

"쉬어, 쉬고 와. 난 여기 오래 붙어 있어야 하거든. 뭐 어때, 결혼하고 금방 그만둘 건데 내키는 대로 좀 쉬면 어때서. 안 그래? 듣자 하니 의주 씨 인사팀장님이랑 아는 사이라고 소문이 자자하던데, 설마 내가 그런 거로 책잡겠어? 마음껏 편하게 쉬고 와. 아, 진아 씨. 교정 오늘 중으로 다 되겠어?"

"⋯⋯읍, 어⋯⋯ 아무래도 안 되겠는데요."

"그래? 야근해. 진아 씨는 결혼해도 회사 그만둘 거 아니지? 응, 한국에서 계속 살 거니까 진아 씨는 쉬지 말고 일해. 알았지?"

"⋯⋯끕, 네⋯⋯."

야근보다 웃음을 참아 내는 게 더 큰일이었다.

맹의주 씨는 흰 정장 재킷이 더 두드러지도록 빨개진 얼굴을 폭 숙이고 펜을 들었다. 최소한의 눈치는 있어서 정말 다행이다.

쥐 죽은 듯한 침묵이 흐른 후, 맹의주 씨가 자리에서 비척비척 일어나 내 책상으로 다가왔다.

"테스트할게요……."

여태 내가 종이를 들고 가서 "테스트합시다." 하고 어르고 달 랬던 것이 무색할 만큼 공손하고 조용한 태도였다. 한마디 해 주 고 싶었지만 이미 파트장에게 까인 다음이라, 나는 말없이 고개만 끄덕인 후 프린트해 둔 종이를 내주었다.

자리로 돌아갔던 맹의주 씨가 문제를 다 풀고 도로 나에게 와 테스트 용지를 내밀었다. 빨간 색연필로 하나하나 꼼꼼히 채점을 하던 나는 문득 줄을 잇는 동그라미를 깨닫고 움직임을 멈췄다.

"……이렇게 잘하면서 나한테 왜 그랬어?"

내가 일곱 살이나 연상이니 참으려고 했는데, 도저히 한마디 하지 않고서는 넘어갈 수가 없었다. 냉랭한 내 말에 맹의주 씨가 아랫입술을 깨물었다.

"집중이 잘 안 돼서……."

그러니까 내가 만만해 보인 거다. 일 대충하면서 애태우는 재 미로 일부러 틀리고 있었던 거다. 나를 기만하면서 즐거워하고 있 었던 거다.

진심으로 맹의주 씨를 파트장에게 떠넘기고 싶어졌다. 하지만 아랫사람인 내가 윗사람인 파트장에게 멋대로 넘길 수도 없는 노 릇. 나는 동그라미밖에 없는 테스트 용지를 도로 내밀며 조용히 말했다.

"의주 씨."

"네……."

"그동안 우리 사무실에서는 내가 막내였거든요? 그래서 내가 못 미더울 수도 있는 거 알아요. 나를 정 못 믿겠으면 언제든지 얘기해요. 의주 씨를 더 잘 이끌어 줄 수 있는 분들이 우리 회사에 많이 계시니까 다들 의주 씨를 잘 도와줄 거예요."

맹의주 씨는 무어라 말하려다 움찔하고는 도로 입을 다물었다. 머뭇거림도 잠시, 묵례하고 홱 돌아서서 자기 자리로 가는 꼬라지를 보니 절로 한숨이 나왔다.

대체 나는 왜 이 신입에게 얕보인 거지? 내가 뭘 했다고? 나도 신입일 때 헤맸다고 상냥하게 대해 준 것도 죄라면 죄인가? 너무 물렁하게 보인 모양이지?

나는 다시 지끈거리는 관자놀이를 누르며 교정고를 보다가 문득 생각이 나 말을 걸었다.

"의주 씨, 인수인계서에 다른 맞춤법도 외우고 검사 맡는 거 알죠?"

"……테스트할게요."

이젠 불쾌한 기색을 숨기지도 않은 의주 씨가 바로 테스트를 요구했다. 저거 지금 나랑 싸우자는 건가? 왜 파트장한테 뺨 맞고 나한테 화풀이야? 나한테 테스트 맡겨 놨어?

그쯤 되자 나 역시 너무나 불쾌해져서, 나는 이미 교정이 끝난 부분의 원본을 출력해 내밀었다.

"자신 있으면 됐어요. 바로 실전으로 하면서 익히는 게 좋겠네요."

"테스트해 봐야 제 실력을 아신다면서요."

왜 내 말에만 꼬박꼬박 말대답일까. 맞는 말이면 수긍하겠지만, 고집부리는 게 분명하니 내 목소리도 덩달아 날카로워졌다.

"인사팀장님이 바로 실전 투입할 수 있는 인재라고 하셨다면서요. 여태 잘할 수 있는 것도 일부러 못한 거 서로 뻔히 아는데 시간 낭비는 하지 말죠? 저 교정 마감이라 이것만으로도 바빠요."

내가 강경하게 나가자 그제야 반항은 수그러들었다.

화장실에서 돌아온 재은 씨가 어깨 너머로 의주 씨가 보고 있는 것을 확인하고 놀란 눈을 하길래 카카오톡 메시지로 잠깐 사이의 울분을 쏟아 낸 나는 그 분노의 여파로 미친 듯이 교정을 보기 시작했다.

❋ ❋ ❋

교정을 도저히 제시간에 못 끝낼 것 같아 우리는 사이좋게 회사에서 날을 새웠다. 그나마 다행인 건 맹의주 씨가 알아서 일을 받아 가고 알아서 밥을 먹고 알아서 정시 출퇴근을 했다는 점이랄까. 여전히 나에게는 냉랭했고 지금 자신의 담당이 나라서 어쩔 수 없이 어울려 준다는 느낌이 강했지만, 다행인지 불행인지 마감이 닥친 나는 누구를 신경 써 줄 여력 따위는 전혀 없었다.

원고를 넘기고 겨우 한숨 돌린 뒤에야 내 눈에 맹의주 씨가 들어왔다.

오늘도 대단하다, 너.

몸에 딱 달라붙는 짙은 와인색 원피스는 가슴이 너무 깊게 파였고, 본인도 그건 아는지 안에 검은 러닝셔츠를 받쳐 입었다. 그나마 재킷이 있으면 좋겠는데, 오늘은 날이 따뜻하다고 재킷도 안들고 온 모양이었다.

결국 나는 점심시간에 식당에 가 앉아서, 파트장에게 한 소리듣고 말았다.

"진아 씨, 의주 씨 옷, 주의 좀 줘."

"파트장님이 직접 하시는 게 좋지 않을까요?"

안쓰러운 얼굴로 재은 씨가 먼저 물었다.

"담당인 진아 씨가 먼저 주의를 줘. 해도 안 되면 내가 하는 거지."

"저번에 한 번 말을 하긴 했는데 아무래도 대충 흘려들었나 봐요. 다시 말해 둘게요."

나는 순순히 대답했지만, 맹의주 씨가 내 말을 들을 거라는 기대는 하지 않았다. 그건 파트장과 재은 씨도 마찬가지인 모양이었다.

"……왠지 얕보인 거 같은데, 이유를 모르겠어요."

"내가 봐도 좀 그래서, 나도 보기가 좀……."

재은 씨가 내 등을 쓸며 조심스럽게 동의했다. 억측이 아닌 것은 다행이지만, 그 내용이 별로 반갑지는 않았다. 파트장이 설렁탕 국물을 떠 마신 뒤 가슴을 쓸며 말했다.

"얕보인 거 맞아. 진아 씨가 초반에 기선 제압을 못 하기도 했고, 인상이 부드럽기도 하고."

"……으으."

"근데 파트장님한테는 꼼짝 못 하는 거 보니까 좀…… 좀 시원했어요, 솔직히."

성격이 온화한 재은 씨가 이렇게까지 말하는 걸 보니 맹의주 씨는 나를 대하는 태도 때문에 여기저기에서 어지간히 미움을 산 것 같다. 내 편이 있어서 그나마 든든해졌다. 나는 재은 씨에게 눈인사를 건네고 밤을 새워 예민해진 위에 설렁탕 국물을 흘려보냈다. 맞은편에 앉은 파트장이 잠시 숟가락으로 국물을 휘젓더니 말을 내뱉었다.

"정말 싫어하는 타입이야."

파트장이 예민하고 히스테릭하고 뒤끝이 길긴 하지만, 저렇게 대놓고 싫다고 말하는 건 처음 본다. 재은 씨와 내가 의아해하자, 조금 망설이던 파트장이 설명했다.

"내가 정말 싫어하는 타입이라고. 나랑 닮아서. 근데 내가 더 오래 살았잖아. 내 눈에는 걔가 무슨 생각하는지가 대충 보여. 그 점이 더 싫달까……."

같은 점이 있다는 건 부정할 수가 없었다. 남자 앞에서 여우로 돌변해서 애교 부리며 다른 여자를 무척이나 견제한다는 점에서는. 내가 대답에 애를 먹을 때, 재은 씨가 적절하게 치고 들어갔다.

"에이, 파트장님이 훨씬 낫죠. 어디다 비교를 하고 그러세요."

"내가 몇 년을 더 살았는데, 걔보다 못하면 안 되지. 걔도 그걸 알아서 내 앞에서는 기는 거야. ……어쨌든 그래. 진아 씨 지금 무시당하는 거 맞으니까 좀 강경하게 나가도 돼. 괜히 말 삼키다 화병 나지 말고, 할 말 있으면 제대로 하고."

씩 웃어 주는 파트장을 보며 나는 말없이 고개만 끄덕이고 다시 숟가락을 입으로 가져갔다. 서민일 때문에 나와 틀어지기 이전의, 조금 까다롭지만 그래도 사이가 나쁘지 않은 파트장으로 되돌아온 느낌이 달갑지만은 않았다. 나에게는 앙금이 있기 때문이다.

아마도 평생 지워지지 않을.

어딘가가 콱 막히는 듯해 괜히 설렁탕 국물 대신 물을 마시자, 나를 물끄러미 지켜보던 파트장이 작게 한숨을 쉬었다.

"진아 씨, 회식 가서 할까 했는데 아무래도 맨정신일 때 말하는 게 맞는 것 같아."

"네?"

"나 믿기 어려운 거 알아. 나도 진아 씨 신뢰를 다시 쉽게 얻을 거라고 생각하지 않고. ……정말 미안했어, 진아 씨."

느닷없는 사과였지만 무슨 말을 하는 건지 이해하지 못하는 사람은 없었다. 무어라 대답해야 할까 내가 잠깐 고민할 때, 파트장이 다시 한숨을 내쉬었다.

"사실은, 서민일 그 인간을 보는 순간 결혼할 사람이라는 생각이 들었어. 나랑 안 어울린다는 건 알았지만 실제로 쉽게 사귀기까지 했으니 됐다 싶었거든. 그 와중에 그 인간이 진아 씨에게 접근하니까 남편을 뺏긴 것 같아서 정말 내 감정을 추스르기가 어

252

렵더라. 엄청 예민하게 군 거 알아. 진아 씨뿐만 아니라 재은 씨
나 지희 씨한테도 미안하게 생각하고 있어. ……미안해."

"저는 괜찮으니까 신경 쓰지 마세요."

재은 씨가 손을 내저으며 내 눈치를 살짝 보았다.

나도 괜찮다고 말해 주어야 하는 타이밍인 건 알고 있다. 하지
만 내 경우, 파트장에게 남은 앙금은 서민일과 관련된 것뿐만은
아니었다. 서민일과 관련된 거라면 얼마든지 용서할 수 있지만,
그게 다가 아닌 것이다.

묵묵히 수저로 설렁탕을 헤집자, 나를 물끄러미 바라보던 파트
장이 가만히 웃었다.

"용서하기 힘든 말 했다는 거 나도 알아. 가장 힘들 때 못 할
말 한 거 맞지, 뭐. 정말 미안해. 일이 그렇게 된 것도 미안하고.
그렇지만 내가 사과하는 게, 당장 용서해 달라고 하는 건 아니야.
인간으로 하면 안 되는 말 했으니 사과하는 게 맞는 거잖아. 그러
니까 안 내키면 용서하지 않아도 돼. 그래도…… 조금이나마 나
랑 같이 일해야 하는 진아 씨 마음이 편해졌으면 해."

"왜 꼭 밥 먹을 때 그런 이야기 하시는 거예요."

나는 전혀 생각지 못한 눈물이 설렁탕에 들어가는 것에 놀라
얼른 고개를 돌리고 퉁명스럽게 말을 뱉었다. 재은 씨가 얼른 냅
킨을 뽑아 건네주어서 눈가를 훔치자 파트장이 장난스럽게 말을
붙였다.

"술 처먹고 꽐라 돼서 하는 것보다는 낫지 않겠어? 하하. 자,
먹자. 먹고 기운 내자. 오후에 졸면 안 돼. 마감 보고 때문에 팀장

님 오실 거란 말이야."

아, 그랬지. 시큰한 코를 훌쩍이며 고개를 끄덕였다. 다시 내 등을 두드린 재은 씨가 안심의 미소를 지으며 설렁탕에 집중하기 시작했다.

노골노골해진 마음을 안고 사무실에 돌아왔다. 점심시간이 끝나는 시간에 맞추어 맹의주 씨도 돌아왔다. 복도를 향해 손을 흔드는 걸 보니 복도에 서민일이 있는 모양이었지만, 놀라울 만큼 아무도 관심을 주지 않았다.

밤샘 끝에 배부르게 설렁탕을 먹은 뒤라 솔솔 졸음이 왔다. 나도 모르게 졸다가, 짙은 와인색이 시야 끝을 스치는 바람에 깜짝 놀라 번쩍 고개를 들었다. 아, 옷 말해 놔야지. 그제야 생각이 난 나는, 컵에 물을 받으려고 일어난 맹의주 씨를 복도로 불러냈다. 맹의주 씨는 순순히 복도로 나왔지만, 곧 눈을 치켜뜨고 내게 물었다.

"왜요?"

왜요는 일본 노래가 왜요고.

"의주 씨, 저번에도 한 번 이야기했던 것 같은데, 있잖아. 옷 입는 거 좀 주의해 줬으면 해."

그러나 내 노력에도 불구하고 맹의주 씨의 눈썹은 위로 확 치켜 올라갔다.

"······왜요?"

"우리 회사, 옷은 좀 까다롭거든. 연구팀이라고 해도 교육 나갈 일도 많고, 드나드는 사람도 많아서 일반적인 정장에서 크게 벗어나지 않는 선까지만 허용돼."

"이것도 정장인데요?"

"그건 누가 봐도 정장이 아닌 것 같은데."

"정장 맞아요."

"그게 사람들이 일반적으로 생각하는 정장의 범주에 포함된다고 진심으로 말하는 거야?"

"그 일반이 객관적으로 규정된 것도 아니잖아요."

"우리 회사에 정식으로 면접 보고 들어온 맹의주 씨가 그걸 모른다고 생각하기는 어려운데, 정말 몰라서 묻는 거야?"

"그럼 진아 씨가 생각하는 정장이 어떤 건지 말해 주세요."

이쯤 되자 나도 슬슬 열이 받았다. 안 그래도 좀 전에 파트장이 할 말 있으면 제대로 하라고 지지해 주기도 했으니, 오랜만에 전투 의욕을 불태워 볼까. 아가야, 이 언니가 알바만 십여 년을 했단다. 그 안에 진상을 얼마나 많이 만났겠니.

"첫날 입었던 치마, 너무 짧아. 치마는 무릎 위로 너무 많이 올라가지 않도록 해 줘. 그리고 흰 블라우스나 셔츠 안에 검은 속옷이나 검은색 러닝셔츠가 비치면 안 돼. 흰색이나 아이보리, 살색으로 부탁해. 가슴이 너무 많이 파여도 안 되고, 어제오늘 입은 원피스들처럼 몸에 너무 짝 달라붙는 것도 불편해. 원피스가 입고 싶은 거라면 무늬가 작든지, 색깔이 얌전한 거로 하고, 바지가 입고 싶으면 정장 바지를 입어. 그게 우리 회사에서 통용되는 기준이야."

"……하하, 첫날부터 지금까지 그렇게 지적하고 싶어서 어떻게 참으셨대요? 그리고, 그게 회사 근로계약서에 명시라도 되어 있어요? 그 모든 것이?"

"내가 말한 내용은 이 회사에서 맹의주 씨 이외의 모든 여자 사원이 지키고 있는 것들이고, 단정한 옷차림에 관한 거라면 근로계약서에 있으니 오늘이라도 가서 확인해 보면 되겠네."

"모든 사람이 한다고 다 따라 하고 싶진 않아요. 사람에겐 개성이 있는 거니까요."

"빽이 있으면 그런 말도 할 수 있구나. 대단하다."

놀라움 반, 비아냥 반을 섞은 말이 튀어 나갔다. 설명한 게 허무하고 말씨름하는 것이 허탈해서 헛웃음도 나왔다. 그러나 그 순간, 맹의주의 눈에서 눈물이 떨어졌다. 내가 눈 깜짝하는 사이에 돌아서서 눈에 안약이라도 넣었나 싶을 만큼 순식간의 일이었다.

"어떻게 그런 말씀을……. 저 정식으로 면접 보고 온 거 맞아요, 아무리 제가 미우시더라도 그 지적 내용만 말씀하시지, 어떻게 그렇게 비꼬실 수가 있어요?"

가증하다.

어이가 없어서 한마디 하려는 순간이었다.

"의주 씨? 무슨 일이에요?"

복도 끝에서 낯익지만 낯선 얼굴이 나타났다. 자주 볼 일이 없어 낯선, 하지만 압박 면접으로 나를 질리게 만들었던 인사팀장님이었다.

나이 지긋한 인사팀장님이 얼굴을 잔뜩 찌푸린 채 성큼성큼 걸어오자, 맹의주는 고개를 저으면서도 더 구슬프게 울었다.

"흐, 흐윽……."

오시는 걸 봤구나. 그래서 우는 거구나. 당했다, 제기랄.

"왜 복도에 서서 이러고 있어요?"

"오, 오해가 좀, 흑, 있으셨나 봐요. 흡…… 제, 제가 낙하산이라고 하셔서 그걸로 좀……."

나는 맹의주가 말하는 순간 인사팀장님의 눈을 스쳐 가는 당혹감을 확실히 읽었다. 너 낙하산 맞잖아! 하지만 그걸 지적하기보다, 나는 공손히 머리를 조아렸다.

"안녕하세요, 팀장님. 영어팀 최진아라고 합니다. 다른 게 아니라 잠시 신입 교육 중이었습니다. 간단하게 끝날 줄 알고 복도에서 이야기했는데, 생각보다 길어지는 바람에…… 좋지 못한 모습을 보여서 죄송합니다."

"흠, 흐흠, 그래도 신입을 울리면 안 되지. 의주 씨? 울지 말고, 뭐 때문에 혼난 건지 얘기를 좀 해 봐요."

"일을 못 한다고……."

"신입이 일 못 하는 건 당연하지!"

당장 호통이 터졌다. 나는 어이를 상실해서 잠시 입을 벌리다가 정색했다.

"일 못 하는 걸로 혼낸 거 아닙니다."

"지금 나더러 그 말을 믿으라는 거야?"

"하루 반나절을 되다 됐다를 못 익혀서 애먹일 때에도 일 못 한다고 구박하지 않았습니다. 제가 지금 지적한 건 옷차림이에요."

설마 내가 인사팀장님 앞에서 정색할 줄은 몰랐던지 맹의주의 눈에 난처함이 서렸다. 내 말을 들은 팀장님이 잠시 멈칫하고 맹의주의 옷을 살필 때 나는 얼른 말을 보탰다.

"출근 첫날 옷차림이 과하길래 넌지시 한마디 했는데, 못 알아들은 것 같아서 제대로 주의를 주고 있었을 뿐입니다."

"……뭐, 옷은 자기 개성이기도 하니까……."

얼버무리는 말에 깨달았다. 나타난 적 없는 인사팀장님이 여기 나타난 것 자체가 맹의주 때문일 거고, 팀장님이 한풀 꺾일 정도로 맹의주 집안이 좀 사나 보다. 그리고 팀장님도 저 옷차림이 옳지 않다고 생각하는가 보다.

그걸 눈치 못 챈 맹의주에게는 기쁨의 감정이 잠시 엿보였지만 나는 최대한 공손함을 가장하며 물었다.

"그럼 저 옷 입고 교육을 나가거나 타 부서와의 회의에 참가해도 괜찮을까요? 괜찮은 거라면 제가 굳이 주의 줄 필요는 없을 것 같아서요."

"……그건 안 되지. 의주 씨, 개성은 이해하는데, 좀 더 단정한 옷이 좋긴 하겠네."

이번엔 내가 승리의 미소를 지을 차례였다.

우리 회사 사람들이 옷차림에 예민하게 구는 것은 여자들이 많다 보니 조금이라도 과하면 험담이 돌기 때문이기도 하지만, 그게 근본적인 원인은 아니었다. 회사를 운영하는 높으신 분들이 학습지 회사라고 단정, 단정 또 단정을 외쳤기 때문이다. 그걸 뻔히 알기에 나는 질문을 던져서 승리한 것이고, 그걸 몰랐던 맹의주는 입술을 깨물며 눈물을 뚝뚝 떨구었다.

"아, 아니, 의주 씨, 울지 말라니까, 자, 자. 진정해, 진정하고, 일단 가자."

맹의주의 울음이 높아지려는 기색이 보여, 당황한 인사팀장이 그녀의 등을 밀었다. 사무실로 돌려보내 봐야 좋은 꼴 못 볼 테니 데려가려는 모양이었다. 한숨 쉬던 내가 돌아서려는 찰나 맹의주가 뒤를 돌아보았다.

"아, 그, 그래. 진아 씨도 와. 오해가 있으면 푸는 게 좋겠지."

저분이 나 입사 때 압박 면접으로 기분 더럽게 만든 그 인사팀장이 맞나⋯⋯. 속으로 빈정거리면서도 겉으로는 미소 지으며 나는 고개를 끄덕였다.

12. 마음을 갚다

　인사팀도 아니고 인사팀장실 겸 회의실로 들어왔다. 인사 관련 기밀 서류들도 여기에 보관되어 있고, 인사팀 회의도 여기에서 주로 진행하기 때문에 나 같은 타 부서 사원에겐 전혀 인연이 없는 곳이다. 방도 넓고 설비도 훌륭해서 이런 회의실 하나만 마련해 줬으면 좋겠다 하고 딴생각을 하는 사이 맹의주가 손끝으로 눈물을 훔쳤다.

　"옷은 그래요, 제가 잘못 생각했어요. 인사팀장님께서도 그렇게 생각하신다면 당연히 바꿔야지요. 하지만 제가 일 못 한다고 짜증 내신 건 맞아요. 테스트한다고 하시더니 안 해도 된다면서 말 바꾸신 것도, 제가 미워서 그러신 거잖아요."

　쩔쩔매던 인사팀장님이 나를 돌아보며 눈꼬리를 치켜세웠다. 이 자리에서 한판 붙을까, 어쩔까. 나는 진지하게 고민했다. 작정하면 테스트 결과 등 증거가 남아 있는 내가 유리하다. 하긴, 파트장님도 내 편을 들어 준다고 약속했지. 어디 저질러 볼까. 내가 전투 욕구를 느끼며 등을 곧추세울 때였다.

"팀장님, 어서 나오세요! 이사님 오셨어요!"

빠른 노크 소리, 들어오라는 말도 없었는데 벌컥 문이 열리고 고개를 들이민 탁루루 씨가 다급하게 속삭였다. 이사님이라는 말에 팀장님이 움찔하더니 옷매무시를 가다듬었다. 함께 움찔하고 눈치를 살피는 맹의주는 좀 의외였다. 이사님 동생 노리고 있다고 하지 않았나? 이사님을 아는 눈치 같았는데, 아닌가?

의아해하며 나는 팀장님을 따라나섰다. 팀장님 너머로, 마찬가지로 키가 큰 이사님이 보였다. 그리고 그 옆엔 날 보며 놀란 눈을 하고도 싱글싱글 웃고 있는 꽃집 여우가 한 마리.

나 일하는 모습, 그리고 그 맹랑하다는 신입이 보고 싶다고 했던 게 빈말이 아닌 모양이다. 정말로 이렇게 회사에 나타날 줄은 생각도 못 했다. 하지만 어떻게? 나는 급히 시선을 돌려 주변을 살폈다. 이사님 동행으로 온 모양인데, 그럼 주호 씨 이사님하고 아는 사이인가? ……꽃집 하는 주호 씨가 학습지 회사 이사님을 어떻게 알고?

의아해진 나는 인사도 잊고 이사님과 주호 씨를 살폈다. 그런 나를 눈치챈 주호 씨가 눈을 굴려 이사님과 나를 차례로 보고 눈썹을 들썩인 후 씩 웃었다. 이사님은 주호 씨를 힐끔 내려다보고 살짝 인상을 썼지만, '으이구.' 하는 정도의 미소 섞인 찌푸림이었다. 그 눈매가 닮아서 두 사람이 친인척이나 가족인가 싶었다.

그 사실에 내가 당혹해하는 사이 이사님이 주위를 둘러보시고 헛기침을 하며 회의실을 가리켰다.

"임 팀장, 들어가지. 밖에서 할 이야기가 아닌 것 같아. 주호 너도 들어와라."

"네? 네, 네. 진아 씨, 의주 씨, 이따 이야기해."

인사팀장님이 몹시 당황하며 우리에게 나오라고 손짓했다. 나도 마음이 급해져 얼른 맹의주의 팔을 잡았다.

"빨리 나와요. 여기 쓰신대요."

"이야기 아직 안 끝났잖아요."

"아, 회의 중이었나?"

"아닙니다, 다 끝났습니다."

인사팀장님이 대답하며 손짓에 이어 눈치까지 주었지만, 맹의주는 눈물을 검지 끝으로 걷어 낸 후 조신하게 고개를 숙였다. 아까처럼 소리 높여 우는 울음이 아니라 참는 척 흑흑거리는 울음을 지어내며 일어나지 않는 맹의주를 보는 인사팀장님의 얼굴이 일그러졌다. 우는 사원을 본 이사님의 눈매도 날카로워졌다.

"무슨 일이지?"

"아직 신입사원이라……. 배우는 과정에서 마찰이 좀 있었던 모양입니다."

인사팀장님이 최대한 수습해 주려고 애써 노력하는데, 맹의주는 그 말에 눈을 동그랗게 뜨고 '어쩜 그런 거짓말을!' 하는 표정을 지었다. 팀장님 말이 거짓말도 아닌데, 하여간 맹랑하기 짝이 없다. 당연히 이사님은 그 낌새를 눈치채고 사실을 확인했다.

"정말로 단순 마찰인가?"

"네? 네, 지도 과정에서 상처를 좀 받았나 본데, 앞으로 더 단단해지겠지요."

"그래, 이름이 뭐지?"

"맹의주입니다."

"……네가 여기 왜 있어?"

상황이 이상하다 싶었는지 눈치를 보며 회의실 안으로 들어와 문을 닫은 주호 씨가 맹의주를 보고 끼어들었다. 잘생긴 얼굴이 놀람과 경악의 감정으로 가득 찼다. 맹의주는 그걸 보고 당황한 듯 손으로 입가를 가렸다.

"어머, 주호 오빠……."

하지만 나는 봤다. 가린 손 아래로 치켜 올라가는 입꼬리를.

맹의주가 반색할 만한 인물, 그리고 조신한 척할 만한 인물은 노리고 있다던 이사님 동생일 것이다. ……그리고 저 반응을 봐서는, 그리고 뜯어볼수록 닮은 생김새를 봐서는 암만해도 주호 씨가 이사님 동생인 듯하다. 단순 친인척이 아니라, 무려 동생. 우리 회사 이사님의 동생이 내 남자친구 주호 씨. 머리가 어질어질했다. 그러면, 맹의주는 어디에선가 주호 씨가 자주 이 회사에 드나들 거란 말을 들었다는 이야긴가? 대체 어떻게? 능력도 좋다. 정작 나는 몰랐는데.

나는 여전히 가련한 척하는 맹의주를 내려다보며 고개를 기울였다. 접점이 없는데, 대체 애는 어떻게 주호 씨를 아는 걸까? 대학이 같은가?

연속해서 떠오르는 의아함에, 일부러 등줄기를 곧게 펴고 자세를 가다듬었다. 불안함이 없지는 않았다. 하지만 주호 씨가 내게 다가와 손을 꼭 잡아 주는 순간 그 모든 불안함은 날아가 버렸다.

이사님이 의아해하며 물었다.

"주호야, 둘 다 아는 사이냐?"

주호 씨는 손에 힘을 꽉 주며, 고개를 끄덕였다.

"저쪽은 상관없고, 이쪽이 결혼할 사람이야."

이사님의 눈길에 주호 씨의 손을 잡은 채 얼른 고개를 숙였다. 놀랍게도 나에게 정중하게 인사를 되돌린 이사님이 맞잡은 손을 보며 웃었다.

"어쩐지, 무보수 아르바이트라도 시켜 달라는 이유가 그거였군."

주호 씨가 씨익 웃었다. 그래도 그 미소 한구석에 그늘이 느껴졌다. 말은 그렇게 했지만 맹의주가 걸리는 거구나. 둘이 무슨 사이였던 걸까. 다소 관찰하듯이 두 사람을 번갈아 보는 사이, 맹의주가 힌트를 던졌다.

"내가 왜 상관없는 사람이에요. 나 아직도 오빠 많이 좋아하는걸요. 오빠도 그렇잖아요."

그 말에 주호 씨의 얼굴이 확 일그러졌다.

"이젠 전혀 아니니까 넘겨짚지 마."

그렇게 대답하는 주호 씨는 불쾌해 보이기도 했지만 아파 보이기도 했다. 그 모습을 보고 있으려니 퍼뜩 생각이 났다. 주호 씨에게 위로받았던 그날 밤, 친구에게 걸려 온 전화. 2년 전에 헤어지고 주호 씨가 많이 힘들어했다고 했었다. 뱃속부터 전투욕이 끓어오르기 시작했다.

너구나.

저 맹의주가 그 여자친구고 다시 어떻게 해 보려고 등판했다는 게 짐작이 갔다. 상처 많이 준 주호 씨 앞에 그냥 나타나면 욕만 먹을 테니, 맹의주 나름대로 드라마틱하게 나타나려 한 것이다.

주호 씨가 아프게 내 손을 잡았다. 맹의주가 그 정도로 많이 힘들게 했구나. 가슴이 아려져, 나도 가만히 손에 힘을 주었다. 주호 씨가 나를 돌아보며 미소 지었다. 고마워요, 하지만 괜찮아요. 말로 하지 않아도 전해지는 마음이 뭉클해서, 보는 눈만 없다면 꼭 끌어안고 도닥여 주고 싶었다.

나를 무시한 채, 맹의주가 중얼거렸다.

"사실 좀 자신 없기도 했는데, 막상 만나 보니……."

상세한 내용이 들어가 있지 않은 막연한 발언이지만, 맹의주의 시선이 나를 위아래로 훑어서 깨달았다. 내가 주호 씨 여자친구라는 걸 알고 있었구나. 그래서 내가 눈엣가시였던 거고, 그래서 반발했던 거다. 그럼 그 옷차림은 나보다 나아 보이려고? 견제였어? 만나 보니 자신 있다면서 왜 그런 옷을 입었니, 이 맹랑한 것아.

얕은수라 짐작이 어렵지는 않았다. 서민일은 자기 의도를 꼭꼭 숨기기라도 했지, 맹의주 저것은 너무 티가 났다.

"사적인 내용은 나중에 알아서 하고, 업무 쪽은? 이야기 끝났나?"

이사님이 주위를 둘러보며 물었다. 눈빛을 받은 맹의주가 엉거주춤 엉덩이를 들어 올리다가 입술을 깨물었다. 얼굴을 찌푸리는 인사팀장님을 무시한 채, 맹의주가 이사님께 대답하는 내용이 기가 찼다.

"제 사수님이 제게 한 오해를 아직 못 풀어서요."

"오해가 있었나?"

"사수님이 제가 일 못 한다고 짜증 내셨거든요. 일부러 못 하는 척하는 거 아니냐고 구박하시고, 테스트한다고 하시더니 안 해도 된다면서 말 바꾸시고 그러셨어요."

문제의 근원이 되었던 옷차림 이야기는 불리하다고 느꼈는지 싹 빼놓는 게 머리가 아주 없는 건 아닌데……. 나는 이제 제삼자가 된 기분으로 맹의주를 지켜보았다. 침묵을 틈타 눈물을 찍어 낸 맹의주가 아예 나를 보며 말을 이었다.

"파트장님 남자 가로챘다가 버린 이야기는 저도 들었지만, 그래도 그런 분 아닐 거라고 항변하고 다닌 전데, 대체 저한테 왜 그러세요? 제가 그렇게 미우세요?"

웃음이 나왔다. 일부러 저 이야기를 넣어 나를 나쁜 년 만들고 자신의 억울함을 부각하려는 모양인데 생각하는 게 어쩜 저리 짧을까. 이사님과 인사팀장님은 나를 힐끔거렸지만, 내 옆에 선 주호 씨는 바람 빠진 헛웃음을 지었기에 무엇보다도 든든했다.

"내가 누구의 남자를 가로챘다고요?"

"파트장님이요."

"그 남자가 누군데요."

차마 이름을 대기엔 뭐했는지, 머뭇거리던 맹의주가 팀장님과 이사님의 눈빛을 받고 실토했다.

"……영업팀 서민일 씨요."

"아, 그 성추행범. 영업이나 잘하라고 신고 안 하고 넘어가 줬더니 의주 씨한테 그런 소리나 하고 다니나 보네?"

빈정거리는 내 말을 들은 맹의주가 아차 하는 표정을 지었다.

"아니에요. 다, 다른 사람들도 다 그렇게 말해요!"

"다른 사람 누구?"

"지금 그게 중요한 게 아니잖아요!"

"중요하죠. 타인에 대해 유언비어를 퍼트리고 다니는 사람들 때문에 내 회사 생활이 곤란하게 되었으니, 알아내서 명예훼손으로 신고해야죠. 그 허무맹랑한 이야기를 믿은 맹의주 씨가 나를 '오·해'해서 옷차림 주의해 달라는 내 말도 무시하며 대들고, 아는 것도 일부러 틀려 가며 일 땡땡이치고 그랬잖아요? 마침 지금 인사팀장님도 계시니까 잘됐네요. 그 사람들 누군지 알려 주세요."

"말 돌리지 마세요!"

"말 안 돌렸어요. 그 말을 믿은 게 아니라면 왜 나 얕보고 나 무시하고 그랬겠어요, 우리 머리 좋은 의주 씨가."

바락바락 악을 쓰던 맹의주가 입술을 깨물었다. 허, 하고 인사팀장님이 탄식하는 사이 나는 아예 쐐기를 박았다.

"팀장님, 들으신 대로입니다. 의주 씨가 알면서도 하루 반나절 동안 되다 돼다 일부러 틀렸던 테스트 용지, 이따가 갖다 드릴게요."

"지, 지금 절 협박하시는 거예요?"

팀장님이 무어라 대답하기 전에, 궁지에 몰린 맹의주가 새된 목소리를 내며 외쳤다. 하지만 나는 '응, 협박하는 거야. 그리고 서민일 말고는 너에게 그 말을 해 준 사원이 없는 것도 알아. 그러니까 이실직고해.' 라는 의미가 담긴 미소를 지으며 입으로는 다른 말을 했다.

"이게 왜 협박이에요? 다른 사람들 때문에 의주 씨가 날 오해한 증거고, 그것 때문에 내 업무에 지장이 있었으니 정당한 보고죠. 우리의 갈등을 팀장님이 모르셨으면 모를까, 이미 이렇게 다 알게 되셨는데 숨길 게 뭐가 있나요?"

"이, 이잇!"

맹의주가 작은 손을 꽉 움켜쥐었다. 분노 때문에 눈시울이 붉어지고, 눈물이 그렁그렁한 채로 나를 노려보는 모습이 더할 나위 없이 통쾌했다. 그래, 순진한 척 하루 반나절 나 놀릴 때는 즐거웠겠지. 그게 네가 기어오른 증거가 될 줄도 모르고.

"그만해라, 맹의주. 추하다."

울기 일보 직전임에도 물러서지 않고 내게 맞서려는 맹의주를, 주호 씨가 나직하게 저지했다. 맹의주의 눈이 동그랗게 떠지더니 눈물이 똑 흘러내렸다.

"오빠……?"

"네가 이길 상대가 아니야. 처음부터 네가 실수한 거 맞고. 보기 흉하니까 그만해."

"어, 어떻게 오빠가 나한테 그런 말을 할 수가 있어? 내가 누구 때문에 이러고 있는 건데……?"

"650일 기념으로 명품 백 안 사 준다고 걷어찬 건 누구더라."

하마터면 이 상황에 웃음 터질 뻔해서 서둘러 입을 막았다. 맹의주가 당황한 채 손을 내저었다.

"그건 오해라고 했잖아!"

"너에겐 모든 게 오해니?"

"그래! 오해야!"

누가 봐도 명백한 상황에 아득바득 기를 쓰는 맹의주가 한심하기 이를 데가 없어 나는 시큰둥하게 말을 뱉었다.

"오해면 말해 봐요. 내가 파트장님 남자였던 서민일 가로챘다고 잘못된 사실을 알려 준 게 누군지."

"나랑 오빠 말하는 데 끼어들지 마요!"

"원래 나하고 이야기를 하고 있었을 텐데?"

"됐으니까, 넌 꺼져!"

순하고 아기자기한 얼굴에 표독한 눈빛이 겹돌았다. 저 얼굴만큼 마음씨가 고왔으면 도저히 나는 상대가 되지 않았을 것이다. 그러나 그 못된 심보가 드러난 이상, 내가 꿀릴 것은 조금도 없었다. 게다가 내가 대꾸할 필요도 없었다. 이사님이 얼굴을 잔뜩 찌푸린 채 상황을 지적했기 때문이다.

"회사에서, 정당한 사유로 혼내고 오해를 풀려던 사수에게 지금 꺼지라고 말한 겁니까, 맹의주 씨?"

"오, 오해예요, 이사님!"

"내가 직접 보고 듣고 있는데 오해는 무슨 오해입니까!"

이사님이 호통치는 소리가 온 방을 쩌렁쩌렁하게 울렸다.

이사님은 아예 인사팀장님 자리에 앉으셨고. 인사팀장님과 나, 주호 씨, 맹의주는 책상 앞에 쪼로록 일렬로 섰다. 교무실에 불려 간 고등학생들처럼 머리를 푹 숙인 우리를 앞에 두고, 이사님이 먼저 주호 씨를 지목했다.

"강주호. 문제를 직접 만든 건 아니지만 문제의 근원이 된 사람을 아르바이트로 채용할 수는 없다."

단호한 선언에 주호 씨는 시무룩해졌다.

"진아 씨 일하는 거 보고 싶었는데."

그 말을 못 들은 체, 이사님은 나에게로 고개를 돌렸다.

"그리고 최진아 씨. 서민일이라고 했던가, 그 사람하고는 어떻게 엮인 건지 본인 입으로 설명을 해 주세요."

옆에서 맹의주가 날 보며 꼴좋다는 표정을 지어 보였지만, 이사님께 말 못 할 이유도 없었다. 나는 나와 서민일의 관계, 서민일의 계획, 그로 인해 성추행에 가까웠던 접근 등을 간략히 설명했다. 설마 과거에 나와 서민일이 사귀었을 거라고는 생각 못 했는지 맹의주의 얼굴은 일그러졌고, 그 멍청한 계획 때문에 파트장님께 뺨 맞고 차였다는 이야기에 이르러서는 부들부들 떨기 시작했다. 맹의주가 친하게 지낸 사원은 서민일 하나고, 가해자인 서민일이 이 이야기를 제대로 해 줬을 리가 없다. 하지만 나보다 서민일을 더 믿는 맹의주가 내 말을 반박하고 나섰다.

"제가 들은 사실과는 몹시 다릅니다, 이사님."

"얘기해 보세요."

이사님은 공평하게 맹의주에게도 기회를 주었다. 하지만 이야기를 들을수록 불쾌해졌다. 파트장님과 서민일은 결혼을 약속한 사이였는데, 내가 서민일을 꾀어 술을 마시고 집에 데려다 달라고 조른 탓에 서민일이 날 데려다주었고, 그것을 오해한 파트장님이 서민일도 차고 나를 구박했다는 것이다. 그러면서 맹의주는 덧붙였다.

"서민일 씨도 머리가 있는데, 그런 멍청한 계획을 짰을 리가 없잖아요."

말이야 바른말이라 쓴웃음이 나왔다. 그게 머리가 있다는 서민일이 짠 계획이 맞거든. 하지만 나는 반박하지 않았다. 얼굴을 찌푸린 이사님이 바로 파트장님을 소환했기 때문이다. 파트장님이 의아해하며 인사팀장실로 쫓아와서는, 서민일과의 이야기를 하라는 이사님의 말에 깊은 한숨을 내쉬며 나와 같은 내용의 말을 읊었다. 파트장님 입장에서 하는 이야기니 세부는 좀 달랐지만, 큰 틀은 나와 다르지 않았다.

"거짓말, 둘이 짠 거죠!"

"나랑 진아 씨가 뭘 짤 시간은 있었니? 그리고 짠다 해서 무슨 이득이 있는데? 나랑 진아 씨는 이미 서민일 일을 덮고 넘어가기로 했어. 근데 뭘 짜, 짜기를."

파트장님이 한심하다는 눈빛으로 맹의주를 쳐다보았다. 붉으락푸르락해진 얼굴을 한 채 입술을 짓씹는 맹의주는 몹시 불안해 보였다.

"그만. 회사에서 연애 싸움까지 끼어들고 싶지 않습니다. 헤어졌고, 서로가 납득했다면 그걸로 됐습니다. 하지만 연애 부분 때문에 업무에 지장을 주고 있다는 이야기는 그냥 넘어가기 어렵군요. 맹의주 씨. 알고 있는 것임에도 일부러 하루 반나절을 잡고 있었고, 옷차림을 지적받았는데도 여전히 그런 옷을 입고 온 것이 사실입니까?"

"아니에요!"

"아니긴 뭐가 아니야. 진아 씨가 첫날 퇴근할 때도 내일은 오늘보다 단정히 입고 와 달라고 부탁했고, 오늘 말한 것도 내가 보다 못해서 사수니까 주의 주라고 한 건데."

인사팀장님, 게다가 이사님 앞인데도 파트장님의 말은 거침이 없었다. 기어이 맹의주의 눈에서 눈물이 뚝 떨어졌다.

"다들 나, 나만 괴롭히고……."

초등학생이냐.

나와 파트장님은 동시에 한숨을 내쉬었다. 반 박자 늦게, 주호 씨도 숨을 내뱉었다. 이사님이 물끄러미 맹의주를 바라보다가 물었다.

"맹의주 씨. 우리 회사 들어온 지 얼마나 됐습니까?"

어린애처럼 울음이 터진 맹의주의 어깨가 위아래로 흔들렸다.

나오지 않는 대답에, 이사님의 시선이 인사팀장님에게로 돌아갔다.

"이번에 뽑은 사원입니다. 출근한 지…… 오늘이 5일째입니다."

"5일……."

이사님의 미간에 굵은 주름이 잡혔다.

"맹의주 씨."

"흐, 흑, 네, 네에……."

"자진 퇴사를 할 건지, 회사에 집중할 건지, 선택하세요."

"제, 제가 왜!"

"왜가 아닙니다. 당연한 소리를 하는 겁니다. 신입사원에게 회사 일에 집중하라는 게 그렇게 부당한 발언입니까?"

"아, 아니요……."

"만약 맹의주 씨의 목적이 오로지 주호였다면, 주호는 앞으로 우리 회사에 오지 않을 테니 퇴사하는 게 맞을 거고요. 안 그렇습니까?"

이사님의 말투는 엄했지만 짚어 주는 내용은 다정했다. 어쨌든 우리 회사에 들어온 사람이니, 분란은 만들었지만 노력하면 봐주겠다는 뜻이니까. 내 입장에선 주호 씨 전 여자친구와 함께 일해야 하는 건 여전하니 마음에 드는 결론은 아니었지만, 기회를 주려는 이사님의 마음을 알긴 알았던지 맹의주는 손바닥으로 눈물을 닦아 냈다. 분이 풀리지 않은 채 사과하는 어린아이처럼 여전히 흡흡거리면서도 맹의주가 결론을 냈다.

"회사, 일에, 흡, 집중하겠습니다."

"좋아요. 그럼 이만 가 보세요. 임 팀장님하고 주호는 여기 남고, 다른 분들은 가 보세요."

"네, 그럼 가 보겠습니다."

파트장님의 씩씩한 인사에, 맹의주의 애절한 시선을 싸그리 무시한 주호 씨가 아쉬운 얼굴을 하며 맞잡은 내 손을 흔들었다. 나는 웃으며 주호 씨의 손을 꽉 잡았다가 놓았다.

주호 씨와 한참 동안 꽉 맞잡았던 손이 허전했다.

회의실을 나오자마자 파트장님이 긴 한숨을 내쉬었다.

"둘이 어디서 머리끄댕이 잡고 싸움이라도 하나 싶었더니, 여기 와서 혼나고 있었어?"

"복도에서 이야기하다가 인사팀장님 눈에 띄어서요."

나와 파트장님은 태연하게 대화를 나누었지만, 우리 뒤를 따라오는 맹의주는 그러지 못했다. 입을 다무는 걸 보니 울음을 참고 싶은 듯한데, 그럼에도 울음은 좀처럼 멎지 않았던 것이다. 결국 지나는 사람들의 눈총을 다 받으며 사무실로 돌아오는 길, 파트장님의 얼굴이 험악해졌다. 아, 한마디 하겠다 하려는 찰나, 우리 사무실 문이 벌컥 열렸다.

"왔어? 무슨 일이야? 무슨 일인데 인사팀장에 이사님까지 이야기가 돌아?"

뛰쳐나온 건 우리 팀 팀장님이었다. 다급히 우리의 손목을 잡아끌고 사무실로 들인 팀장님은 우리 세 사람을 테이블에 앉혀 놓고 자초지종을 물었다. 중간에 불려 와 상황을 다 모르는 파트장님을 대신해서, 내가 다시 한 번 설명을 반복하자 팀장님이 머리를 감싸 쥐었다.

"아오, 이사님한테 제대로 찍혔네."

"그나마 신입이라 봐주시더라고요."

"응, 그게 다행이라면 다행인데……."

과연 정말 다행일까.

팀장님, 파트장님, 재은 씨, 나의 시선이 여전히 울음을 그치지 못하고 있는 맹의주에게로 쏠렸다. 우리의 시선을 의식한 맹의주가 입을 꾹 다물고 고개를 숙였다. 분노를 애써 숨기며 팀장님이 물었다.

"사정은 다 알았어. 그럼 의주 씨, 앞으로 진아 씨 말 잘 들을 거야?"

그 질문에 맹의주의 어깨가 움찔 흔들렸다.

"앞으로도 의주 씨 사수는 진아 씨야. 진아 씨 말 못 듣겠다 싶으면 지금 그만둬 줘. 마음에 안 든다고 말 안 듣고 뻗대는 사원 두느니, 사람이 모자라도 일할 마음 있는 사람들만 일하는 게 업무 효율은 더 높으니까."

"사수만 바꿔 주시면 안 돼요……?"

눈물이 그렁그렁한 얼굴을 들어 올린 맹의주가 가냘픈 목소리로 물었다. 나도 제발 바꿔 줬으면 좋겠다만, 우리 팀장님이 그럴 리가 없지. 팀장님은 단호하게 고개를 가로저었다.

"이건 팀장으로서 내리는 벌이기도 해."

그 벌을 제가 왜 같이 받나요. 팀장님, 살려 주세요. 나는 간절히 팀장님을 바라보았지만, 팀장님은 알면서도 내 시선을 꿋꿋하게 무시했다.

"앞으로 진아 씨가 의주 씨 뻗대서 못 가르치겠다는 말이 나오면, 난 주저 없이 의주 씨 해고 공문 올릴 거야. 그 각오가 되어 있으면 일하고, 없으면 오늘이라도 나가 줘."

"대체 제가 뭘 그렇게 잘못했다고⋯⋯. 왜 나만⋯⋯."

"정말 뭘 잘못했는지 몰라서 이러는 거야?"

팀장님이 한심해하며 되물었다. 맹의주가 눈물을 뚝뚝 떨구며 팀장님을 바라보았다. 정말 모르겠다는 그 눈치에, 여태 나온 이야기를 팀장님이 다시 하나부터 설명하기 시작했다.

"이사님 말대로, 연애 문제를 건드리고 싶은 마음은 나도 없어. 하지만 진아 씨 엿 먹인답시고 일 안 한 거, 그러느라 진아 씨 일 방해한 거, 진아 씨가 정당히 지적하는 말 안 듣고 대든 거, 이것만 짚어도 충분히 해고 사유는 돼. 그래도 이사님이 기회를 주셨으니까 나도 기회를 주는 거야. 그게 싫다면 그만두면 돼. 의주 씨 머리도 학벌도 좋으니 오라는 데도 많을 테니까."

"말, 들을, 들을게요⋯⋯."

아니, 왜? 너 굳이 이 회사 다닐 이유 없잖아! 주호 씨 아니면 너 굳이 여기 있을 필요 없잖아! 내 얼굴은 일그러졌지만, 팀장님은 고개를 끄덕였다.

"좋아. 그러면 화장실 가서 마저 울고, 세수하고, 4시까지 들어와. 진아 씨, 이제 거침없이 시켜."

결론을 내린 팀장님이 자리에서 일어나며 내 어깨를 꽉 잡았다. 잘 부탁해, 하는 그 손길이 너무 미워서 입술을 내밀며 슬쩍 올려다보자, 팀장님이 씩 웃었다. 돌아보니 파트장님도 재은 씨도 이제 후련한 얼굴이라, 그저 나만 한숨이었다.

＊ ＊ ＊

꽃집 2층으로 돌아오자, 주호 씨는 가게 문을 닫고도 집으로 돌아가지 않고 내게 착 달라붙어 있었다.

뒤에서 나를 끌어안고, 고개를 내 어깨에 묻은 채 움직이지 않았다. 배고프지 않냐고, 나는 배고프다고 달래서 함께 밥을 차려 먹고 치우고 양치는 했지만, 내가 욕실에서 나오기 무섭게 다시 달라붙는 통에 허브티도 타지 못하고 그대로 이부자리에 앉아야 했다.

TV를 켤 새도 없어서 방 안은 온통 조용했다. 고요한 숨소리 속에 주호 씨의 손등을 문지르자, 간지러운지 손을 움츠리며 배시시 웃으면서도 떨어질 생각은 하지 않는다.

으음, 어떻게 할까.

조금 고민하다가 주호 씨의 손등을 두드려 봤다.

"하고 싶은 말 있으면 해요, 주호 씨."

"그냥 이러고 있고 싶어서 그래요."

뻔한 거짓말에 웃음이 샜다. 내가 안다는 걸 주호 씨도 알았는지 다시 배시시 웃음을 지었다. 하지만 상황은 그대로. 어쩔 수 없이, 오늘은 내가 선심을 쓰기로 했다.

"오늘은 무슨 이야길 해도 다 들어 줄게요."

"그런 거 아니라니까요."

아, 정말. 다 아는데 쓸데없이 고집은.

아무래도 이 고집 센 남자는 과거의 상처를 혼자 속으로 삭이고 넘어갈 모양이다. 하지만 저번에도 그러다가 제대로 안 아물어서, 오늘 맹의주를 보고 동요했던 것 아닌가. 제때 치료하고, 제때 아문 상처라면 지금 이렇게 나에게 달라붙어 있지도 않을 거다.

그것을 아는 이상, 어영부영 표피만 아물게 놔둘 생각은 조금도 없었다.

"주호 씨. 지금 맹의주 씨 생각하죠?"

"아니에요! 내가 왜 그런 생각을 하겠어요. 진아 씨가 좋아서 이러고 있는 건데."

"잊으려고 했는데 안 잊히니까 이러고 있는 거잖아요."

"그런 거 아닌데……."

주호 씨답지 않게 말투를 흐리면서 고개를 들지 못하는 모습이 오히려 내게 확신을 주었다. 서서히 내 허리를 감싼 그의 손에서 힘이 빠져나갔다. 나는 잠시 기다렸다가 몸을 돌리고 주호 씨의 뺨에 손을 댔다. 내가 시키는 대로 천천히 고개를 든 주호 씨의 얼굴은 어둡기 그지없었다. 아, 잘생긴 사람은 어두운 얼굴을 해도 잘생겼구나. 내가 딴생각을 하는 사이, 그의 입술이 열렸다.

"미안해요."

아, 이런. 감탄하고 있을 상황이 아니지. 주호 씨의 말에 주의를 환기한 나는 가만히 웃으며 입을 맞췄다.

"진아 씨……."

"우리, 해요."

뺨을 어루만지며 속삭이자 주호 씨의 눈빛이 흔들렸다. 하지만 머뭇머뭇하다가 고개를 젓는다.

"지금은 주체 못 하고 거칠게 할 것 같아서…… 안 할래요."

"나는 어떤 주호 씨라도 좋은데요."

"나한테 제일 소중한 사람한테 그러고 싶지 않아요. 내가 싫어요. 그런, 그런…… 때문에 진아 씨를 아프게 하고 싶지 않아요. 정말로 다 잊었다고요."

단호한 대답 속에 담긴 배려에 입꼬리가 올라갔다. 이런 상황에서도 주호 씨는 주호 씨다, 싶었다. 나는 연신 비어져 나오는 웃음을 억지로 깨물어 참으며, 그의 너른 등을 두드렸다.

"그런데 왜 맹의주라고 말을 못 해요. 못 잊은 거잖아요. 그런 거 싫어요. 나는 주호 씨를 누구와 나누고 싶지 않아요."

"응, 나도 그래요."

"하지만 이대로 놔두면 주호 씨는 내일도, 모레도 자꾸 떠오르는 맹의주 때문에 괴로워할 거고, 나는 그 모습도 보고 싶지 않아요. 그러니까 나한테 다 털어놓아요. 거칠게 해도 괜찮아요, 응?"

그렇게 다독이듯 달래자, 주호 씨의 어깨가 움찔한다.

"농담이 아니고, 정말 아플지도 몰라요."

"내가 아플 때, 주호 씨가 다 받아 줬잖아요. 나도 그래요. 내가 그러고 싶어요."

"하하, 상처받은 사람들끼리 서로 상처 핥아 주기예요?"

어울리지 않게 자조하는 말투. 이번엔 내가 단호하게 대답했다.

"네, 그러면 안 돼요?"

주호 씨가 당황해서 입을 다물었다. 실수했다고 생각하며 무어라 대답할지 몰라 하는 것을 알면서도 나는 주호 씨를 몰아붙이기 시작했다.

"나는 주호 씨가 행복해하는 모습이 가장 좋지만, 아프고 괴로워한다면 내가 위로해 주고, 내가 힘이 되어 주고 싶기도 해요. 내가 아프거나 괴로울 때는 주호 씨가 그래 줬으면 좋겠고요. 우리, 그러기 위한 애인 아닌가요?"

"진아 씨……."

"서로 아픈 데를 핥아 주면 안 되는 건가요? 혹시 그게 비참하게 느껴져서 그래요?"

"아니, 아니에요. 그냥, 그 말을 긍정적인 의미로 써 본 적이 없어서……."

"오늘 주호 씨 상처를 도로 벌리고 후벼 내서, 안에 썩은 걸 다 빼내고 완전히 아물게 할 거예요. 나는 온전히 나만 생각하는 주호 씨를 원해요. 이제 와 맹의주에게 질질 끌려다니는 주호 씨는 오늘만 참아 줄 거예요."

순간 일그러진 얼굴은 당장이라도 울음을 터트릴 것만 같았다. 하지만 그렇게 약한 남자가 아니라는 걸 안다. 주호 씨는 조용히 시선을 떨구고 마지막으로 확인했다.

"후회하지 않겠어요?"

물어 놓고 불안한지 내 손을 꼭 움켜쥔다. 아프지 않은 건 아니었지만, 그래도 나에게는 확신이 있었다.

"괜찮다니까요. 어떤 상황이든, 주호 씨가 나에게 상처 줄 리 없으니까요."

내 대답에 주호 씨가 맥없이 웃었다.

맥없는 웃음과 달리, 그리고 본인의 경고대로, 주호 씨는 몹시 거칠었다. 답답한지 내 옷도, 자신의 옷도 찢어발기듯 벗겨 낸 그는 마치 잡아먹기라도 할 듯이 내게 달려들었다. 혀의 놀림도, 손길도 격했다. 차근차근 다정하게 만져서 나를 고조시키던 평소의 스타일과는 너무나 달라서, 그동안은 엄청 참은 거였나 싶을 정도였다. 거두절미, 본론부터 잡아채는 주호 씨는 낯설었지만, 그럼에도 내가 아프거나 괴롭지 않도록 내 반응을 확실하게 살폈다.

배려는 주호 씨가 나를 잠식한 후, 내가 적응했을 때에 끝났다. 서론을 생략한 만큼 내가 적응하는 데에 시간이 걸렸지만, 더 이상 내가 아프지 않다는 걸 확신한 순간 주호 씨는 자신의 상처에 칼을 들이댔다. 곪은 상처에서 터져 나온 분노가 나에게 쏟아부어졌다. 아픈 기억이 되돌린 쓰라린 추억도 나에게 흘러들어 왔다. 다 못 흘린 눈물도, 갈 곳을 잃었던 괴로움도, 난도질당한 끝에 숨어 버렸던 연심도……

몸은 괴로웠지만, 여느 때보다 내 머리는 맑았다. 주호 씨의 고통을 고스란히 받아 내느라 흘린 생리적인 눈물만큼이나 주호 씨가 가여웠다. 조금만 더 일찍 당신을 만났으면, 당신은 좀 덜 아팠을까. 내가 조금만 더 일찍 주호 씨를 사랑했다면, 그래도 주호 씨는 괴로웠을까. 그런 마음에 내가 그를 끌어당겨 안으면, 주호 씨는 흐느끼듯 내 안에 자신의 슬픔을 풀어 놓았다. 이토록 마음이 깊은 사람인 것을, 이토록 모든 걸 내던져 사랑하는 순수한 사람인 것을……. 그의 짓밟힌 마음이 애절하고 안타까웠다.

그 아픈 마음까지 모두 나에게 줘. 당신의 눈물 한 조각까지, 전부 내 거야.

나는 욕심껏 주호 씨에게 매달렸다. 태어나서 처음 느껴 보는 강렬한 독점욕에 사로잡혀, 주호 씨 말고는 아무것도 눈에 들어오지 않았다. 주호 씨도 절벽 끝에 매달린 것처럼 내게 매달렸다. 오롯이 내게 자신의 아픔을 쏟아부었다. 마치 세상에 우리 둘만 남은 것처럼, 그렇게 우리는 서로를 끌어안았다.

상처의 바닥의 바닥이 드러날 때까지는 시간이 걸렸다. 하지만 내게 모든 감정을 털어 내놓은 주호 씨는 냉정하게 과거를 살펴보기 시작했다. 천장을 보며 묵묵히 생각에 잠긴 주호 씨는 무척이나 외롭고 슬퍼 보여서, 지쳤지만 나는 주호 씨의 뺨을 어루만지며 속삭였다.

"말해 줘요."

내 말에 주호 씨는 슬픈 눈을 한 채, 나를 끌어안았다. 맞닿은 살이 기분 좋았다. 잔뜩 쉰 목소리로 나는 다시 속삭였다.

"상처를 보여 주지 않으면, 내가 핥아 줄 수가 없잖아요."

내 말을 듣고도, 주호 씨는 한참 후에야 입을 뗐다.

"많이 아팠었다고 했잖아요."

"네."

"아플 때 옆을 지켜 준 사람이었어요. 이식받기 전엔 학교생활
도 거의 못 했는데, 그래도 꼬박꼬박 병원에 들러 줬어요. 처음엔
아무 마음 없었는데 점점 의지하게 되더라고요."

"응, 이해해요."

"부모님이나 형 누나들하고 안 만나려고 피해 다니는 건 좀 이
상했지만, 결혼한 것도 아니니 당연한 거라고 생각했어요. 그래도
옆에 있어 준 것만으로도 감사하다고 생각했고, 건강 회복하고 퇴
원하고 나서는 보답하듯이 잘해 줬죠. ……그때 너무 잘해 줬던
것 같아요."

회한이 듬뿍 담긴 목소리에 가슴이 아렸다. 주호 씨의 가슴에
고개를 묻고, 그의 허리를 끌어당기자 괜찮다는 듯이 내 어깨를
두드린다.

"회복하고 퇴원하니 만나자는 약속도 줄더라고요. 물론 서운했
지만, 처음엔 그게 일상으로 돌아가는 건 줄 알았어요. 아플 때
옆에 있어 준 게 어디냐고 생각하면서. 하지만 나중에 내가 독감
때문에 아프다는 데도 신경조차 안 쓰고 클럽에 놀러 가는 걸 보
면서 이건 아닌데, 싶었어요. 이전처럼, 아플 땐 옆에 있어 줄 줄
알았거든요."

"전에 그랬으니까."

"응, 전에 그랬으니까요. 그래도 믿었어요. 독감 때 600일 기념일을 그냥 넘어가서 미안하다고 했더니 괜찮다, 대신 클럽에 가서 노는 거 허락해 달라, 그렇게 된 거였거든요. 친구들은 다 이상하다고 했지만, 나 스스로도 이상하다고 생각했지만 그래도 허락받고 가지 않았냐, 내가 허락 안 했으면 안 갔을 만큼 나에게 충실한 사람이다, 그렇게 믿었죠. 650일 기념으로 명품 백을 사 달라고 할 때까지는."

낮에 주호 씨가 이를 갈 듯 이야기했던 것이 떠올랐다. 아까처럼 목소리에 분기가 실리지는 않았지만, 담담한 척하는 것이 속상했다. 말없이 손을 잡자, 주호 씨가 깍지를 껴 왔다.

"순전히 허세고, 대학생에겐 분에 넘치는 사치죠. ……그래도 그깟 가방 하나, 못 해 줄 건 없었어요. 맹의주가 정말로 나를 사랑했던 거라면 말이죠."

"응, 정말로 사랑했다면."

"그 사랑을 믿을 수 없어서 700일 선물로 생각해 보겠다고 대답했죠. 아주 안 주겠다는 것도 아니었는데, 헤어지자고 하더군요. 그럴 줄 몰랐어요. 아직 마음을 정리하기 전이어서, 미친 사람처럼 붙잡았어요. 쫓아가서 빌고 또 빌었죠. 하지만 다 소용없었어요. 맹의주가 원했던 건, 자기가 원할 때 뭐든 다 내놓는 남자였으니까."

"허……."

"중간에 집안이 기울었다는 말은 들었어요. 이전처럼 사치하고 다니지 못한다는 것도, 나 만날 때가 최고로 사치스러웠다는 것도. 내가 봉이었던 것도……. 그래도 한동안은 맹의주가 내 앞에 나타나길 기다렸어요. 보고 싶었다, 다시 만나자 하면 나는 어떻게 할까. 멋지게 걷어찰까, 남자답게 용서할까, 뒤도 안 돌아보고 돌아설까. 아니면 경멸할까, 짓밟을까."

웃음이 났다. 서민일과 헤어지고 나서 나도 그랬으니까. 서민일이 잘못했다고 용서해 달라고 나타나지 않을까, 보고 싶었다고 천연덕스럽게 나타나면 어떻게 할까. 여러 가지 상황을 시뮬레이션해 가며, 그간의 분을 삭이며, 망상 속에서 쾌감을 느끼며, 하지만 그렇게 진행되지 않을 걸 알기에 씁쓸함에 맥주로 입술을 축였던 기억들. 그 아픔이 주호 씨에게도 있었던 거였다. 그 기억이 주호 씨의 아픔이 되었던 거였다.

"하지만 맹의주는 나타나지 않았고, 나는 모든 여자가 집안만 보고 달려드는 거 같아 진력이 났어요. 그래서 아무것도 안 하고 빈둥빈둥 놀다가, 보다 못한 어머니 고함에 꽃집 일을 시작하게 됐죠. 그리고…… 진아 씨를 만났고요."

괴로운 기억을 회상하던 주호 씨의 입가에 드디어 미소가 올랐다. 그래도 내가 주호 씨에겐 미소를 자아내는 존재구나 싶어 안심이 되었다. 여기저기 맞닿은 살갗부터 따끈함이 전해졌다.

"혼자 있을 땐 누구보다 힘들고 지쳐 보이는데, 가족과 함께 있을 땐 누구보다 행복해 보여서…… 내 옆에서도 저렇게 웃어 줄까. 내가 아무것도 없어도 저 사람은 웃어 줄까, 그렇게 진아 씨를 염두에 두기 시작했어요. 그래도 나 자신이 속물 같아서 접근할 엄두는 못 냈는데, 진아 씨가 서럽게 울면서 화장실로 달려

가는 걸 보니까…… 너무, 너무 끌어안아 주고 싶어서 참을 수가 없었어요."

"아, 그때……. 맞아요, 엄청 서러운 날이었어요. 아버지랑 동생 병원비 번다고 나는 저녁도 못 먹고 야근했는데 집에 보일러는 고장 났고, 엄마랑 막내는 병원에서 따뜻하게 잔다는데 나는 냉골에서 자야 하고, 찜질방이나 갈까 했더니 그렇게 고생하며 돈 벌면서도 찜질방 갈 돈이 아까웠거든요. 그래서 집에서 자고 다음 날 목욕탕 가서 씻을까 했는데 생각해 보니 목욕탕은 정기 휴일이고……. 그게 그렇게 서럽더라고요."

"목욕탕 정기 휴일인 것이?"

"응, 목욕탕 정기 휴일인 것이."

웃으면서 한 대답에, 강한 포옹이 돌아왔다. 지금은 서럽지 않은데, 괜히 눈시울이 시큰했다.

"주호 씨가 준 장미꽃 한 송이가, 그때 나에게 정말 큰 힘이었어요. 좋은 일이 하나도 없었는데, 그 꽃을 받고 마음이 차오르는 것 같았거든요."

"……그때, 더 좋은 걸 주지 못해서 미안해요."

"아뇨, 그땐 그게 가장 좋은 거였어요."

확신하는 마음만큼 주호 씨를 끌어안은 팔에 힘을 주었다. 주호 씨는 깊은 한숨을 내쉬더니 내 등을 부드럽게 문지르기 시작했다.

"진아 씨를 만나고 행복해지면서 맹의주를 잊었었어요. 갑자기 나타나서 동요하긴 했지만, 맹의주에겐 정말로 조금의 마음도 없어요. 다만……."

"그런 사람을 좋아했던 스스로가 아프죠?"

"……진아 씨도 그랬어요?"

웃음으로 미소를 대신하자, 이번엔 주호 씨가 씁쓸한 미소를 지었다.

"서민일이랬나, 그 인간이죠?"

"하하, 응. 그 당시엔 뭐에 홀리기라도 한 듯 좋아했어요. 남들 다 아는 단점도 내 눈엔 안 보였고요. 아, 몰랐던 건 아니에요. 알았지만, 그래도 눈에 콩깍지 때문에 그러려니 했달까."

"맞아요, 그런 느낌이었어요."

"헤어지는 방법까지도 실망하게 하고, 발버둥 쳐도 안 잊혀서 괴롭기만 하고……. 그러다 겨우 잊었을 때 나타나서 심란하게 만든 주제에, 이제 와서 나에게 관심 있다는 듯 접근하는데 소름이 돋더라고요. 내가 저렇게 생각이 얕고, 인간적이지 못하고, 책임감도 없고, 이기적인 인간에게 넋이 나갔었던 건가, 나는 정말 저런 인간을 좋아했던 건가, 하고."

"……같은 경험을 한 거군요. 진아 씨랑 나는."

"응. 그래서 알았어요. 주호 씨 마음이 아직 덜 아물었다는 거, 아직 회한이 남은 거."

"……미안해요."

진중하게 돌아오는 진심. 나는 기꺼이 미소를 되돌렸다.

주호 씨는 내 마음 한 자락, 내 생각 한 자락을 허투루 넘기지 않는다. 서민일과도, 맹의주와도 다르다. 주호 씨는 주호 씨다. 내가 최우선인 주호 씨, 나를 사랑해 주고 내가 사랑하는 주호 씨.

주호 씨는 알고 있을까. 내가 지금 이렇게 너그럽게 받아들이고 위로할 수 있게 된 것은, 주호 씨가 먼저 나를 사랑해 주고 위로해 주고 받아 주었기 때문이라는 것을. 당신이 먼저 나를 사랑해 줘서, 어떻게 사랑을 표현하면 되는 건지를 내가 알게 되었기 때문이라는 것을.

모든 것을 털어놓은 주호 씨는 드디어 개운해 보였다. 입가에 미소도 돌아왔고, 나를 더듬는 손길도 돌아왔다. 아프지 않게 조심조심 나를 매만지는 손길을 느끼며, 나는 문득 충동을 느꼈다.

"주호 씨. 나도 돈은 많으면 많을수록 좋다고 생각하는 속물이에요. 그건 알죠?"

"그건 누구나 그렇죠."

"그래요. 하지만 나는 돈이 있건 없건, 주호 씨가 날 사랑해 줬으면 좋겠어요."

"진아 씨."

"우리가 살면서 정말 없이 살게 되면, 내가 엄마처럼 억척스러워질 수도 있어요. 하지만 난 그렇게 되지 않으려고 노력할 거고, 노력하는 내 옆에 주호 씨가 있어 줬으면 좋겠어요."

잠시 나를 물끄러미 보던 주호 씨가 몸을 굴려 내 위로 올라왔다. 위에서 나를 내려다보는 진한 눈빛을 따라, 짙은 애정이 뚝뚝 떨어진다. 그 눈길을 마주하자, 가슴이 설레기 시작했다.

"진아 씨는, 지금도, 결혼해도, 아이를 낳아도 진아 씨예요."

"응?"

"죽을 때까지 진아 씨라고 부를 거예요. 나는 진아 씨가, 죽을 때까지 최진아였으면 좋겠어요."

"아······."

"나도, 진아 씨에게 남편, 애들 아빠가 아니라 평생 강주호였으면 좋겠어요. ······평생 진아 씨가 나한테 설레었으면 좋겠어요. 십 년, 이십 년이 지나도, 부부라는 이름으로 몇 년을 보내더라도."

대답할 새도 주지 않고 주호 씨의 입술이 내 입술을 덮었다.

모든 것을 털어 낸 주호 씨는 홀가분해진 영혼째로 나에게 달려들었다. 아까와는 달리 진하게, 달콤하게, 그리고 다정하게.

그리고 나는 좀 궁금해졌다.

정말 우리 사이에 아이가 생기더라도, 우리가 최진아, 강주호일 수 있을까? 아무리 그래도 애들 엄마, 애들 아빠가 되지 않을까? 애들이 학교에 가면 자연스럽게 누구누구 어머니, 아버지가 될 텐데······.

"허, 진아 씨, 지금 딴생각할 겨를이 있다, 이거죠? 이거 나보고 더 잘해 보라는 뜻인 거죠?"

내 안을 내달리던 주호 씨의 애정 가득한 핀잔에 나는 퍼뜩 정신을 차렸다.

"아, 그런 게 아니고 아까 주호 씨가······ 앗!"

"알았어요, 더 열심히 할게요."

씩 웃은 얼굴에 장난기가 한가득이다. 하지만 안심할 수 없는 것은, 아직 밤이 길기 때문에······.

나는 애매하게 웃으며 주호 씨에게 집중했지만, 역시나 주호 씨는 연하였고, 어렸다.

……그리고 그날 밤은, 내게 정말로 긴 밤이 되었다.

13. 주실 때 받겠습니다

주호 씨는 정말 개운하고 후련한 얼굴로 일어나 아래층 꽃집으로 내려갔고, 맹의주는 거짓말처럼 얌전해졌다.

하지만 나는 수면 부족과 체력 부족으로 병든 닭처럼 꾸벅꾸벅 졸았다. 밤새워 마감한 게 그제 밤이었던 뒤라 파트장님도 눈감아 주었기에 망정이지, 안 그랬으면 맹의주 대신 내가 사직 권고를 받을 뻔했다.

점심 먹기 전, 커피를 한 잔 마시고 나서야 겨우 정신이 돌아왔다. 오전을 졸음으로 홀랑 날렸으니 밥 먹고 와서 오후는 좀 집중해서 하자 싶어 업무 리스트를 챙기는데, 전화를 받은 파트장님이 찜찜한 얼굴로 내게 말했다.

"진아 씨, 전화."

"몇 번이요?"

"······011. 이사님."

순간 숨이 턱 막혔다. 뵙고 온 게 바로 어젠데 오늘은 무슨 일인가. 파트장님의 찜찜한 얼굴도 그 때문인 듯했다. 직장 내 최고 높은 상사분이 대체 나를 왜. 혹시 뭐 징계받을 것이 있나 싶어 조심스럽게 번호를 눌렀다.

"전화 바꿨습니다. 최진아입니다."

— 진아 씨, 나 강주형 이사예요.

"아, 예, 이사님. 안녕하세요."

— 그래요, 이제 점심시간이죠? 잠깐 지하 주차장으로 와요. 어딘지 알죠?

"네? 네······. 바로 가겠습니다."

— 그래요. 그럼 이따 봐요.

나 역시 파트장님처럼 찜찜한 얼굴을 한 채 전화를 끊었다.

"뭐라셔?"

"점심때니까 잠깐 오라고······."

"어제 일 때문에 점심을 같이 드시려고 그러시나?"

파트장님의 말에 맹의주의 어깨가 튀었다. 아무렇지 않은 척하고 있지만 아직 많이 힘들겠지. 나는 일부러 그쪽을 돌아보지 않으려고 노력하며 지갑과 휴대폰을 챙겼다.

"그럼 다녀올게요. 먼저들 드세요. 밥 못 먹을 거 같으면 알아서 챙겨 먹을게요."

"잘 다녀와."

재은 씨가 걱정 가득한 얼굴로 배웅해 주었다. 나는 애써 웃으며 떨어지지 않는 걸음을 옮겼다.

엘리베이터가 지하 주차장에서 멈췄다. 차가 없어 갈 일이 없는 곳이라 회사 빌딩 주차장인데도 무척 낯설었다.

이사님이 멈춰 선 곳 앞에 주차된 차에는 동그라미가 네 개 붙어 있었다.

"타세요."

"네? 네……."

조금 주눅이 든 채 조수석에 올라 안전벨트를 맸다. 이사님이 시동을 걸고 차를 뺐다. 매끄럽게 주차장을 빠져나가며, 이사님이 내게 말을 붙였다.

"최진아 씨. 우리 주호랑 결혼할 예정이라고 들었습니다."

"네? 네."

아까부터 네만 하네. 나는 머쓱해져서 웃었다. 그럼에도 허리는 곧게 펴지고, 얼굴은 어색 그 자체였다. 반면, 이사님은 여유롭게 주위를 둘러보며 말을 이었다.

"주호가 말 안 했을 거라고 짐작해서 하는 말인데, 우리 아버지가 좀 많이 아프세요. 칠순이 넘기도 하셨는데, 젊었을 때 한쪽 다리를 잃기도 하셨고요. 혹시 주호한테 이 이야기는 들었나요?"

"아, 그건 어머님께서……."

"어머니가? 진아 씨, 어머니 만났어요?"

"네……. 저번에 어머님이랑 같이 잔 날, 어머님이 말씀해 주셨어요."

이사님의 눈이 휘둥그렇게 떠졌다.

"그럼 혹시 아버지 직업도 들었어요?"

"사업해서 성공하셨다고만 들었어요."

"SG그룹이에요."

무슨 말인지 이해가 가지 않아 나는 얌전히 입을 다물었다. 그리고 생각했다. SG그룹? 내가 생각하는 그 SG그룹? ……설마.

불길함이 닥쳐서 자라목을 한 채 이사님을 돌아보자, 이사님도 나를 힐끔힐끔 보고 있다. 나는 잠시 고민하다가 웃었다.

"패기 넘치게 지원했다가 떨어진 데네요."

"……그랬어요? 왜 진아 씨 같은 인재를 몰라봤을까."

웃으라고 한 말에 안도하는 기색이 확연했다.

"그렇다고 주호가 그룹을 물려받거나 하지는 않아요."

그 말에는 내가 안도가 되었다.

"네, 저한테 주호 씨는…… 꽃집 아들인걸요."

사실을 말하는 건데도 조금 멋쩍어서 목소리를 낮추자, 이사님의 입꼬리가 슬쩍 위로 올라갔다.

"아버지는 진아 씨를 굉장히 만나고 싶어 하셨는데, 누나들이 많이 반대했어요. 아버지 아프시다고 결혼하자고 말하는 건 최악이라고. 하지만 아버지 상황이 좀, 좀 많이 안 좋으셔서, 제가 무리하게 데리고 가는 겁니다. 경우에 안 맞는 짓이라는 건 저도 알고 있어요. 나중에 벌충할 테니, 오늘은 마음의 준비를 해 주세요."

"저……. 아버님께서 많이 아프신가요?"

"성한 쪽 다리가 부러졌는데, 안 붙어서. 꽤 됐어요. 오늘은 컨디션이 괜찮으시다고 연락이 와서 제가 급히 진아 씨를 모셔 가는 겁니다. 휠체어를 타고 나오실 건데, 놀라지 마세요."

"네."

대답하고 나서야 자각이 됐다. 그렇구나, 나 지금 주호 씨 부모님 뵈러 가는구나. 오늘 옷차림이 어떻더라. 아침에 하도 졸리고 피곤해서 대충 입고 나온 거 같은데, 그러고 보니 나 오늘 화장 완전 다 떴······!

내 상황을 돌이켜 보고 나서야 식겁했다. 옷이야 기본 정장 범위 안에서 입고 다니니 크게 문제 될 만한 복장은 아니었지만, 다크서클이 무릎까지 내려온 데다 화장은 다 뜨고 머리도 대충 말렸더니 아주 산발인 상황이다. 세상에, 이 꼴로 주호 씨 부모님을?

"어, 이사님, 제가 오늘 상태가 아주 안 좋은데요······."

"괜찮아요. ······미안하지만, 진아 씨 상태 좋을 때를 기다릴 수가 없어요. 요즘 아버지 상태 좋으실 때가 드물거든요."

"그 정도로 심하신가요."

"네. 집에서 지내고 싶다고 하셔서 모시고는 있습니다만······ 그렇다 보니 온 식구가 주호 결혼을 고대하고 있어요."

이사님은 유쾌하게 웃으며 휴대폰을 만졌다. 아마 집에 전화를 해 두시려는 모양이다. 나는 전화가 연결되기 전에 얼른 물었다.

"그럼 혹시 플로리스트 공부 반대하신다는 이야기도······."

"아, 그 얘길 들었나요? 네, 결혼을 생각하면 지금은 공부하면 안 되니까요. 물론 주호는 때려죽여도 그렇게 급하게 결혼 안 할 거라고 뻗대고 있지만요. ……하지만 형으로서는 주호가 아니라 진아 씨를 먼저 설득해서라도 주호 결혼식을 아버지께 보여 드리고 싶어요. 물론 강요는 아닙니다만, 생각은 한번 해 주세요."

— 무슨 생각을 해! 진아 씨, 안 그래도 돼요! 아, 형 정말 이러기야?!

내가 대답하기 직전, 휴대폰에서 주호 씨의 고함이 흘러나왔다. 이사님은 태연하게 휴대폰을 차량용 거치대에 걸고 스피커 모드로 통화 상태를 변경했다.

"네가 안 나타나니까 이러는 거 아니야. 아버지 상태가 조금만 좋았어도 내가 안 이랬어."

— 이게 대체 무슨 무례한 짓이야?!

"무례한 짓인 거 나도 알아. 그러니까 너도 당장 집으로 튀어와."

— 형!

"그래, 내가 네 형이다. 당장 튀어 오라고."

휴대폰에서 주호 씨가 고래고래 고함을 질렀다. 대체 무어라 말하는지 알아들을 수가 없을 정도로 크고 격한 고함이었다. 하지만 이사님은 산뜻하게 통화 종료 버튼을 눌러, 주호 씨의 고함을 차단했다.

"진아 씨는 결혼을 당기는 걸 어떻게 생각하시나요?"

부하 직원의 본분대로 바로 대답하려다, 백미러를 통해 나를 바라보는 이사님의 진중한 눈빛에 얼른 입을 다물었다. 제대로 생각해야 하는 순간이었다.

"저는 결혼 앞당겨도 괜찮아요. 물론 주호 씨 아버님 어머님께서 허락하실 때의 일이겠지만요."

"……진심인가요?"

"네……. 저도, 그런 생각 하거든요. 주호 씨랑 좀 일찍 만났으면, 우리 아버지 버진 로드 함께 걷고 돌아가셨을 텐데, 하는 생각이요. ……저는 주호 씨가 같은 후회를 하지 않길 바라요."

내 목소리, 떨리지 않았을까. 나는 열심히 웃었다. 이사님은 잠시 물끄러미 나를 바라보다가 깊은 한숨을 내쉬며 고개를 끄덕였다.

"정말 그래도 되겠어요?"

"어차피 할 걸, 좀 당기는 것뿐이에요. ……늦지 않도록. 게다가 저랑 주호 씨가 아무리 하고 싶다고 해도, 이건 어머님 아버님께서 허락을 해 주셔야 하는 거고……."

"괜찮아요. 허락하실 거예요. 일단 어머니가 진아 씨를 맘에 들어 하시니까, 그 부분은 걱정하지 않아도 돼요."

이사님이 기분 좋은 미소를 지었다. 그 접히는 눈매며 입꼬리가 딱 주호 씨라서, 나는 흔쾌히 미소를 되돌렸다.

"그러면 정말 다행이고요."

처음엔 그냥 평범한 꽃집 아들인 줄 알았다. 평소 하는 말이나 태도로 보아 집안에 여유가 좀 있나 보다 했고, 주호 씨 어머니가 성공했다는 이야길 해 주셔서 부자일 거라고 짐작은 했다. 집을

300에 30으로 빌려줄 수 있는 누나도 있고 내가 개털이어도 괜찮으며 그깟 가방 사 줄 수 있다고 말하는 거로 봐서 그냥 부자는 아니겠다는 생각은 당연히 했으며, 아까 SG그룹 이야기를 들었으니 대단하겠구나 짐작도 했다.

그런데 그건 정말로 다 짐작에 불과했다. 말로만 들을 땐 그럴 수 있지 싶었는데 막상 차 열 대는 주차 가능할 것 같은 차고를 보자 그제야 실감이 났다. 차고를 벗어나 호화로운 2층 저택을 눈으로 확인하자 내가 못 올 곳에 온 것 같고, 와선 안 되는 곳에 온 것 같다는 느낌이 강하게 들었다.

대문 입구에서 약간의 언덕 위에 있는 저택까지는 길이 두 개였다. 정원을 감싸고 반원을 그리는 길 하나는 걸어 올라갈 수 있게 만들어졌고, 다른 하나는 차가 올라갈 수 있도록 블록을 깔아놨다. 입구에서는 보이지 않도록 건물 뒤로 이어진 커다란 차고를 나서자 저택 옆문이 바로 시야에 들어왔지만, 이사님은 당연하다는 듯 그 문을 지나쳐 저택 정문까지 걷고 있었다. 그 덕분에 나는 어디 한 군데도 흐트러짐 없는 넓은 정원과 푸른 잔디, 천장이 높고 큼직큼직해서 시원해 보이는 건물에 주눅이 들었다. 세심하게 관리된 것이 분명한 따스해 보이는 흰 외벽을 유지하려면 일 년에 얼마나 돈이 들까. ……과연 주호 씨의 재산은 어느 정도나 될까. 나는 그게 처음으로 궁금해졌다. 돈이 탐나서가 아니라 정말 순수한 호기심이었다. 어차피 내가 다룰 수 있는 돈은 아닐 테니까.

이사님이 그림 같은 포치에 발을 올려놓기 무섭게 안쪽에서 문이 활짝 열렸다.

"어서 오세요, 도련님."

안에서 나온 사람을 보고, 나는 부잣집 가사도우미도 아무나 하는 게 아니라는 사실을 처음으로 깨달았다. 저 외모로, 저 인상으로 왜 가사도우미를 하시는 걸까 싶을 만큼 단아하고 나긋나긋하신 분이 안에서 나왔기 때문이다. 그 뒤에는 좀 더 어려 보이는, 아무리 봐도 가사도우미인 이십 대 아가씨가 둘 정도 더 서 있었고, 이사님은 자연스럽게 그들에게 인사하며 안으로 들어갔다.

"오랜만이에요, 아주머니. 잘 지내셨어요?"

"그럼요. 그쪽은⋯⋯."

"아, 주호와 결혼할 분이에요."

"아, 그래요. 어서 들어오세요."

"안녕하세요. 실례하겠습니다."

나는 꾸벅 인사하고 얼떨떨한 기분으로 현관에 발을 들였다. 밖에서 봐서 천장이 높다는 건 알았지만, 안에 들어서자 높은 천장이 주는 위압감에 위축이 됐다. 잘 꾸며진 데서 온 우아함도 피부로 와 닿았다.

아주머니가 내어 주신 실내화로 갈아 신자 뒤에 서 있던 아가씨들이 상냥하게 미소 지은 채 신발을 정리했다. 몹시 불편했지만 내가 손 내밀 틈이 없었다.

이사님이 이끄는 대로 걷자, 널따란 응접실이 등장했다. 여전히 천장이 높았다. 이미 차와 다과가 준비된 그곳에 휠체어를 탄 아버님, 그 옆 소파에 앉아 아버님께 과일을 권하는 어머님이 보였다. 그 모습은 무척 다정해 보였지만, 다음 순간 나는 정말 저 소파에 내가 앉아도 되는 걸까 하는 어이없는 생각을 하고 말았다. 그리고 그사이 이사님이 소파로 가며 말을 붙였다.

"저 왔어요."

"왜 왔어?"

"준비 다 해 놓고 또 그러신다."

"네가 진아 데리고 온다니까 준비야 해 놓지. 진아야, 왔니?"

어머님이 내게 시선을 주셔서, 나는 얼른 고개를 숙였다.

"안녕하세요."

인사를 하고 슬그머니 고개를 들자, 부드럽게 웃고 계신 어머님과 이사님, 그리고 기운 없는 미소 속에 나를 관찰하는 것이 역력한 아버님이 보였다.

"거기 앉으렴. 주형이가 억지로 오자고 해서 많이 당황했지?"

"아, 아니에요."

나는 손을 내저으며 시키는 대로 자리에 앉았다. 좌불안석, 불안하기 이를 데 없어 어쩔 줄 몰라 하는 사이, 내가 걸어온 복도 쪽에서 맹렬하게 달리는 소리가 났다.

"진아 씨!"

집 안을 질주한 주호 씨가 나를 발견하고 후다닥 소파로 달려왔다. 인사도 하기 전에 일단 내 손을 잡은 그가 쩔쩔매기 시작했다.

"미안해요, 진짜 미안해요. 내가 저 형 이럴 걸 사전에 차단했

어야 했는데, 미리 신경을 못 써서 미안해요. 진짜 미안해요. 많
이 놀랐죠?"

"괘, 괜찮아요."

"가요, 여기 안 있어도 돼요. 괜찮아요, 진아 씨."

"어허."

이사님이 주호 씨를 제지했다. 하지만 주호 씨는 눈도 깜짝하
지 않고 내 손을 잡아 끌어당겼다.

"나중에 정식으로 날 잡을 테니까 그때 인사해요. 네?"

하지만 내가 차마 일어나지 못했던 건, 아버님의 시선이 내게
꽂혀 있기 때문이었다. 손에 땀이 흠뻑 뱄다. 긴장으로 침을 꼴깍
삼키는 사이 아버님의 호령이 떨어졌다.

"주호 너는 외박한 주제에 부모를 보고도 인사도 안 하냐?"

"……죄송해요. 다녀왔습니다."

"그리고 경우야 어쨌든 여기까지 오신 손님을, 그대로 데리고
나가게 하는 것도 예의가 아니야."

"이건 형이 잘못한 거잖아요!"

"그건 나중에 내가 혼내서 손님께 제대로 사죄하게 시킬 거
다."

아버님의 단호한 대답에, 주호 씨가 깊은 한숨을 내쉬었다. 맞
는 말이라면 맞는 말이니 반박할 거리가 있을 리 없다. 결국 주호
씨가 내 손을 잡은 채 울상을 지었다.

"미안해요, 진아 씨."

"괜찮다니까요."

자칫하면 더 길어질 사과 공방을 아버님이 잘랐다.

"이름이 뭐라고?"

"네? 아, 최진아입니다."

"어디 최씨인가?"

"해주 최씨입니다."

대답하면서 머릿속으로 오만 가지 생각이 다 들었다. 무슨 파 몇 대손인지 물어보시면 어쩌지. 다 까먹었는데. 그러나 어머님이 손을 내저으며 나를 안심시켰다.

"진아야, 너무 긴장 안 해도 돼. 사이 안 좋은 최씨 집안이 있 어서 확인차 물어본 것뿐이야. 당신도 그래, 뭘 그런 걸 물어봐 요?"

"나도 그것만 확인하려고 한 거야."

아버님은 툴툴거리면서 턱을 내밀었다. 어머님은 눈짓으로 핀 잔하고는 곧 사과 조각을 아버님께 내밀었다. 주호 씨가 내 옆에 앉으며 내 손에 자신의 손을 얹었다. 크고 조금 뜨거운 손길에 안 도할 무렵, 아버님이 이사님에게 물었다.

"그래서, 무슨 일이냐?"

내게 물었던 것과 달리 낮고 더 힘이 실린 목소리여서 나는 나 도 모르게 허리를 곧추세웠다. 내 주위에 잘 없는, 마주하기 힘든 위엄 때문이었다.

"주호 결혼할 사람이라 인사시키려고요."

"……나중에 제대로 사죄드려라."

"네, 그럴게요."

이사님은 주호 씨와는 달리 아주 상큼하게 답변을 되돌렸다. 주호 씨는 더 심기가 불편해 보였지만 그나마 분위기는 좀 누그러졌다. 그대로 아버님이 내게 무언가 말씀하실 찰나, 낯모르는 사람들이 줄줄이 나타났다. 나는 당황해서 얼른 자리에서 일어났다. 내 손에 자신의 손을 얹고 있던 주호 씨도 덩달아 일어났다.

"아, 벌써 와 계셨네. 안녕하세요!"

"네?! 네, 안녕하세요……."

"왜 이렇게 떼거리로 몰려온 거야?"

"주호 결혼할 분이 오신다는데 가만있을 수 없죠."

가장 나이가 많아 보이는 남자분, 그러니까 이리 보나 저리 보나 앞으로 보나 뒤로 보나 주호 씨 큰형이신 분이 빙글빙글 웃으며 대답했다. 그 옆에 여자분은 분명 아내분이실 거고, 그 뒤로 아버님 얼굴을 쏙 빼닮은 여자분, 큰누나이실 분이 남자분과 팔짱을 끼며 입장. 그 뒤에 작은누나로 보이는 분이 남자분과 입장, 그 너머로 중학생 아이를 데리고 여자분 한 분이 더 들어왔다. 이사님 아내랑 아들이겠지.

고요하고 엄중하던 응접실이 순식간에 여러 사람이 내는 기척으로 북적북적해졌다. 말이 많지는 않았지만, 사람이 많은 것만으로도 화기애애한 분위기가 되었다. 그럴 수밖에 없는 것이, 나와 주호 씨까지 포함하면 무려 열세 명인 것이다!

은연중에 두 분이 사시기엔 너무 큰 저택이 아닌가 생각했는데, 그렇지 않다는 걸 절감하며 나는 안녕하세요 하고 인사를 반복했다. 그사이 어머님이 관자놀이를 누르며 인상을 썼다.

"왜 너희들까지 몰려왔어, 번잡스럽게!"

"에이, 좋으면서."

"좋긴 뭐가 좋니? 사람 많고 정신없기만 하지."

"할머니는 츤데레야. 맨날 왜 왔냐고 해."

똘망똘망해 보이는 남자아이가 톡 튀어나와 한 말이 귀엽다. 응접실에 들어서자마자 할아버지를 끌어안고, 할아버지 아프시다는 엄마의 주의를 받고 나서 할머니에게 매달려 한 말이니 귀엽게 보일 수밖에 없었다. 아버님은 좋아 죽겠다는 표정을 억지로 근엄 진지하게 바꾸려 노력하셨지만 다 보였다. 어머님은 정말 좀 짜증스러우신 듯했지만, 어머님 눈치를 살피는 아버님 때문에 결국은 표정을 풀며 손자의 엉덩이를 토닥토닥 두드렸다.

"인석아, 너 때문에 츤데레가 뭐냐고 삼촌한테 물어봤다가 할머니가 얼마나 비웃음 샀는지 알아?"

"어, 내가 가르쳐 주려고 했는데 늦었네. 헤헤."

한참 만에 응접실의 소란이 잦아들었다. 이사님, 주호 씨와 아버님, 어머님을 제외한 여덟 명은 자리에 앉자마자 나를 스캔하기 시작했다. 면접에 온 기분으로 내가 억지 미소를 지으며 그 시선을 받아 낼 때였다.

"너희들, 이렇게 몰려오는 것도 예의가 아니다. 갑자기 끌려와 온 식구를 다 만나게 된 저 아가씨 마음은 어떻겠냐. 인사하고 다들 물러나 있어라."

"아, 아버지 그렇지만……."

아버님은 두 번 말씀하지 않으셨다. 지그시 큰형님을 바라보는 걸로, 갑자기 나타난 사람들을 모두 일으켜 어디론가 보내시는 그 위엄에 내가 다시 짓눌릴 때였다.

"미안합니다, 진아 양. 갑자기 끌려온 거로도 모자라서……."

"아니요, 괜찮습니다!"

꾸벅 고개를 숙이며 인사하시는 아버님에 놀라 얼른 손을 내저었다. 하지만 아버님은 단호했다.

"주호가 결혼할 사람이 있다고 해서 내가 궁금해한 건 사실인데, 그 때문에 우리 넷째가 진아 씨에게 무례한 짓을 해 놓고도 모자라 온 식구들에게 연락을 했던 모양입니다. 사실은 날을 제대로 잡고 서로 인사를 해야 하는 부분인데, 정말로 미안합니다."

아버님이 이렇게까지 사과를 하시니, 이제는 내가 몸 둘 바를 알 수 없어졌다. 아니라고 몇 번이나 손을 내젓고 대답을 하고 나서야 아버님의 얼굴이 부드럽게 풀렸다. ……내 옆에서 쌤통이라는 표정을 짓고 있는 주호 씨와, 주호 씨의 시선을 받고 열이 받은 이사님은 열외였다.

"최진아 양. 한 가지만 물어봅시다. 우리 주호와 결혼할 마음은 있으신가?"

"네, 있습니다."

"그런가. 저놈, 더 공부한다 어쩐다 하는데도 괜찮은가? 결혼하고도 공부하네 어쩌네 할 수 있는데."

나는 모든 용기를 끌어내 웃었다.

"네, 괜찮습니다. 하고 싶은 건 하게 해 주고 싶어요. 결혼식도 빨리하고 싶기도 하고요."

"왜?"

아버님의 눈빛이 날카로워서 나는 멈칫했다. 사실대로 말하자니 어쩌면 감성팔이로 보일 수도 있겠다 싶어서, 사실임에도 말하기가 껄끄러웠다. 그런 나를 구해 준 것은 이사님이었다.

"끼어들어서 미안한데, 진아 씨 아버지가 결혼식 못 보셨으니까, 주호는 안 그랬으면 좋겠다고 아까 차에서 이야기했어요."

맞는 말인데 괜히 눈시울이 뜨거워졌다. 내가 한 말인데 남의 입으로 들으니 무언가가 울컥했다. 주호 씨가 내 어깨를 잡은 손에 힘을 주었다. 하지만 질문은 계속 쏟아졌다.

"내가 아프단 이야기 듣고 무리하게 결혼하려는 거 아니고?"

"아버님 아프시다는 이야기 방금 오면서 들었어요. 결혼식을 빨리하자는 건 그 이야기 듣고 결정한 게 맞는데, 결혼 결정은 미리 한 게 맞습니다."

"⋯⋯그래?"

앞으로 내밀었던 상체를 휠체어에 기대며 아버님이 흐음, 하고 소리를 냈다. 일단은 괜찮은 건가 안심할 때 아버님이 자세를 고치셨다.

"진아 양. 처음 보는 자리가 이런 자리라 미안하네."

"아, 아닙니다!"

"귀한 손님이니 귀하게 맞아야 했는데 그러지 못해서 면목이 없지만, 그래도 우리 주호를 잘 부탁하네."

"네?"

아버님은 두 번 말하지 않고 빙그레 웃었다. 질문받은 건 이름하고 본관뿐이었는데…… 믿기 어려웠지만, 나는 잽싸게 대답했다.

"제가 많이 부족해서 눈에 안 차실 텐데도 허락해 주셔서 정말 감사합니다. 행복하게 잘 살겠습니다."

이런 건 주실 때 받아야 하는 법이다.

고개 숙여 인사한 뒤 슬쩍 옆을 보니, 주호 씨도 입이 귀에 걸렸다. 어머님도 아까와는 달리 부드러운 미소를 짓고 있었다. 아버님은 조금 기운 없는 미소를 지으며 고개를 끄덕였다.

"진아 양한테는 미안하지만, 무슨 일이 있었는지는 이 사람에게 들어서 대강 알고 있어. 옛날의 이 사람을 많이 닮아서 만나기 전에 맘이 갔지. 주호가 좋다고 하니 웬만하면 허락하려고 했는데, 그래. 우리 막내가 병약하고 마냥 어려서 대체 어떤 여자를 만나려나 걱정했는데 안심이 돼. 야무지게 잘 살 것 같아."

새, 생활력인가! 그래. 생활력이라면 내가 어디 가서 지지 않지. 납득하고 고개를 끄덕일 때 어머님이 끼어들었다.

"진아야. 저놈 아팠던 거 아니?"

"네, 이야기 들었어요."

"그래서 음식 가리고 하는 것도?"

"네."

"많이 피곤할지도 몰라. 이거다 하면 좀처럼 물러나지 않는 놈이라. 그래도 괜찮니?"

이게 떠보는 말이었다면 기분이 묘했을 텐데, 어머님의 성정대로 따스하고 부드러운 걱정이었다. 나는 잠시 생각과 말을 골랐다. 다른 네 사람은 묵묵히 기다려 주었다.

"주호 씨의 그런 부분에 힘을 많이 얻은 거라 저는 괜찮아요. 음식 신경 쓰는 건 몸에 좋은 습관이고, 자기 몸을 자기가 관리하는 것도 좋고요. 같이하다가 안 되면 조율하면 되는 거고, 제가 힘들어하는데도 무리하게 하자고 할 사람은 아니라고 생각해요."

"으휴, 저놈 입 찢어지는 것 좀 봐. 진아야, 그런 말 함부로 해주면 안 돼. 머리 꼭대기까지 기어 올라갈 테니까."

어머님의 웃음 섞인 핀잔에도 주호 씨는 싱글벙글한다. 잘 대답한 걸까. 나쁜 대답은 아니었던 것 같기도 하다. 그런 분위기 속에, 아버님이 질문했다.

"결혼식은 언제로 생각하고 있나?"

"저는 언제든 괜찮아요."

"그래도 이것저것 준비하려면 두어 달은 걸릴 거 같은데."

나와 동시에 주호 씨가 대답했다. 그러나 아버님은 고개를 저었다.

"두 달까지는 무리일 것 같다. 진아 양, 미안한데 다음 달 괜찮겠나?"

아. 나는 바로 이해했다.

"네."

"최대한 빨리 진행했으면 해. ……신혼여행은 아마 미뤄야 할 텐데, 미안하네. 대신 좋은 데로 보내 줄 테니까."

옆에서 주호 씨가 무어라 말하려다 입을 다물었다. 어머님이 손을 뻗어 아버님의 손을 꼭 잡았다. 생각보다 기력이 많이 쇠하신 건지도 모르겠다. 나는 목이 메는 걸 침과 함께 삼켜 내리고 밝게 웃었다.

"오월의 신부라니 제가 감사하죠. 여행이야 언제든 갈 수 있는 거니까, 너무 신경 쓰지 않으셔도 돼요."

"그렇게 말해 주니 내가 마음이 좋아. 단기간에 준비하기가 조금 빡빡하겠지만, 오늘 민폐 끼친 저 주형이 놈이 많이 도와줄 테니 무슨 일 있으면 상의하도록 해."

"네, 그럴게요. 잘 부탁드립니다."

이럴 때일수록 더 밝게 최대한 힘을 끌어 올려 웃었다. 작은형, 그러니까 예비 시숙이 가볍게 고개를 끄덕였다.

"그럼 대강 정리된 건가? ……난 먼저 올라갈 테니까, 상의할 거 하고 돌아가렴. 그럼 나중에 보자, 진아야."

"네, 곧 다시 올게요."

내 대답이 만족스러운 듯 아버님이 웃었지만, 그 웃음조차 기운 없어 보여서 조금 안타까웠다. 어머님도 웃으며 고개를 끄덕하고는 일어나 휠체어를 잡았다. 두 분은 계단 쪽으로 가, 엘리베이터 버튼을 눌렀다. ……그랬다. 이 집엔 실내에 엘리베이터가 있었다. 아버님을 위해 설치한 모양이다.

두 분의 모습이 사라진 후, 주호 씨의 작은형이 이것저것 물었다. 집은 어떻게 할 건지, 내 이직은 어떻게 할 거고 주호 씨는 앞으로 어떻게 할 건지. 그런 것들을 상의하는 사이, 어디론가 사라졌던 사람들이 하나둘씩 나타나 나는 이야기를 하다 말고 한 분 한 분 인사를 드려야 했다.

인사를 마치고 자리에 앉자 묘한 침묵이 흘렀다. 누가 먼저 어떤 말을 꺼내야 하나 머뭇거리는 사이 큰누나, 그러니까 예비 시누가 물었다.

"그래서 언제 결혼해?"

"오월 초."

"오오, 축하한다, 막둥아! 축하해요 진아 씨!"

주호 씨의 대답이 끝나기 무섭게 우리는 요란한 축하의 말과 박수 속에 파묻혔다. 얼떨떨했다. 다 오늘 처음 뵙는 분들인데, 너무 과분한 애정을 받는 것 같았다. 과분한 축하를 받는 것 같았다.

하지만 주호 씨가 활짝 웃으며 내 어깨를 감싸는 순간 나는 당당하게 받아들이기로 했다. 하기야, 다른 때라면 잔뜩 주눅 들어서 내가 이 자리에 합당한가 아닌가를 재고 있을 최진아가, 아까는 당당하게 주호 씨 옆에서 주호 씨를 포기하지 않겠다고 외쳤다. 내 것이니까 절대 놓지 않겠다고. 주신다니 감사하게 받겠다고.

주호 씨를 올려다보았다. 주호 씨가 정말 한 점 그늘도 없이 행복하게 웃는 것이 보기 좋았다. 가슴이 벅차올랐다. 고맙고 무언가가 울컥했다. 처음부터 가진 것 없다고 도망치려는 나를, 나이만 많고 딸린 것만 많다고 피하려던 나를 꿋꿋하게 붙잡은 건 주호 씨였다.

그 주호 씨가 퍼부은 사랑이 썩어 가던 나에게 약이 되어 주었다. 곪아서 썩는 줄도 몰랐던 나를 보듬어 주고, 고름을 짜내 주었다. 약을 발라 주고 잘 아물라고 도닥여 주었다. 내게서 눈을 떼지 않으면서도, 어떤 것도 강요하지 않았다. 주호 씨를 만나고 나서야 나는 내 마음이 피어나는 것을 느꼈다. 상처들이 터지고 제대로 아물어, 웅크렸던 마음이 피어나는 소리를 들었다.

주호 씨가 아니었으면 나는 여기까지 올 수 없었다. 이렇게 당당해질 수 없었다. 이런 내가 좋았다. 나를 이렇게 만들어 준 주호 씨가 좋았다.

말로 형용할 수 없는 감정들이 몰아쳐 차마 입을 떼지 못하고 내가 물끄러미 올려다보자, 이유를 모르는 주호 씨가 살짝 고개를 기울였다. 그리고 무언가 생각하더니, 불쑥 고개를 숙여 입을 맞춰 주었다. 주변에서 환호와 야유가 들렸지만, 나는 그저 행복했다.

14. 차근차근

결혼 날짜는 3주 뒤인 5월 4일, 수요일 저녁. 되도록 5월 초로 잡다 보니 연휴를 피한 것이었는데 나쁘진 않은 듯했다. 주호 씨의 큰형, 그러니까 예비 시숙이 호텔 연회장을 잡아 주었는데, 회사에서 가까운 것이 가장 마음에 들었다. 저녁 시간에 맛있는 거 배부르게 먹여 보낼 수도 있는 점도 좋았고, 규모가 작은 것도 좋았다.

호텔이라고 하셔서 겁먹었다는 내 소심한 고백에, 주호 씨는 웃으며 다섯째 결혼이니 크게 할 필요 없다고, 오히려 작게 해서 서운한 거 아니냐고 내 마음을 보듬어 주었다.

결혼할 거고, 날짜가 정해졌다는 이야기에 친구며 지인들은 모조리 뒤집어졌다. 당장 만나자는 연락부터 안 겹치도록 미리 결혼 축하 선물 리스트를 짜라는 권유에 왜 수요일 저녁이냐 저쪽에 무슨 문제 있어서 급하게 너 데려가려는 거 아니냐는 걱정까지, 하여튼 지인들의 반응은 각양각색이었다. 그럼에도 하나같이 기쁘게 축하해 주어서, 내가 인복이 없지는 않구나 하고 조금은 흐뭇해졌다.

이왕이면 청첩장 나오고 알리고 싶었는데, 결혼식이 당장 3주 뒤라 회사에도 알려야 했다. 어쩔 수 없이 회의 끝에 결혼 소식을 알렸는데, 소문은 몹시 빨랐다.

"여자 팔자 뒤웅박이라더니 딱 그 꼴이네. 그 꽃집 총각이 이사님 동생이었을 줄 누가 알았겠어?"

"진아 씨는 전생에 무슨 덕을 쌓았길래 그렇게 시집을 잘 가나 몰라. 엄청 예쁘거나 착하거나 뭐 그런 것도 아니잖아요."

화장실에 앉아 있다가 내 이야기, 주호 씨 이야기가 나와 나는 화들짝 놀랐다. 목소리가 낮이 익었다. 영어 1파트 사람들. 나랑 몇 년 일한 사람들이고 나와 크게 싸운 적도, 틀어진 적도 없이 고만고만한 사람들이 하는 말에 가슴이 싸해졌다.

"에이, 그만하면 괜찮지. 근데, 괜찮다 생각은 하는데 그래도 아까워, 저쪽이. 이사님 동생인 데다 이사님 집안 진짜 좋잖아. SG니까. 대체 진아 씨는 어떻게 휘어잡은 걸까?"

"얘기 못 들었어? 왜, 그 팀 신입하고 사귀고 있었는데 진아 씨가 뺏은 거라고 그러던데. 신입이 떠들고 다니는 말이니 신빙성은 없지만, 돈 못 버는 꽃집 아들이 황금알 낳는 오리일 줄 누가 알았겠어. 으으, 이럴 줄 알았으면 대시해 볼걸. 모르는 사람도 아니고 한 번 눈독 들였던 사람이라 진짜 아깝다."

"잘생겨서 눈독 들인 사람 많을 텐데요, 그쵸?"

"솔직히 말해 봐, 너도 눈독 들이고 있었지?"

"어머, 들켰네."

까르르 웃는 두 사람이 화장실을 나갈 생각을 하지 않아, 나는 일부러 드르륵 소리 내 화장지를 끌어냈다. 이상한 기운을 느꼈는지 잠시 대화가 멎었다. 곧 화장실을 나서는 발소리가 났지만 나는 그러고도 한참 후에 화장실을 나와 느릿느릿 손을 씻었다.

주호 씨, 원래 우리 회사에서 유명했구나. ……어쩌면 내가 운이 좋았던 걸지도 몰라. 주호 씨가 사랑을 퍼부을 대상을 찾다가 운 좋게 내가 걸린 걸지도 몰라.

그런 부정적인 생각이 스멀스멀 피어오르자 기운이 빠져 터덜터덜 사무실로 돌아왔다. 열심히 화면을 들여다보는 맹의주의 자그마한 어깨가 보였다. 확연히 단정해진 옷차림, 아직 진하지만 이전보다는 옅은 화장. 다들 딴사람 같다고 혀를 내두를 정도로 일도 열중하는 중이라, 안 좋은 쪽으로 오기를 발휘하고 있는 막냇동생을 보는 거 같기도 하다.

이런저런 사건이 있었는데도 의외로 맹의주가 증오스럽지는 않았다. 물론 과거에 주호 씨를 상처 입힌 건 밉지만, 하는 말이나 생각하는 게 얄고 나 좀 바라봐 줘, 나만 사랑해 줘, 하는 어린애와 다를 바가 없다 보니 증오라고 할 만한 강한 감정은 생기지 않았다. 하지만 모든 감정을 다 떠나, 소문의 근원은 맹의주가 확실했다.

그러고 나니 서민일과 점심을 먹고 묘하게 기분이 좋아 보인 맹의주가 신경 쓰였는데, 퇴근 무렵 여기저기서 나에 대한 소문이 날아들었다. 최진아 시집 잘 간 정도가 아니라 몸만 간다더라, 하기야 저번에 결혼 적금 다 날리지 않았냐, 친정이 그 모양인데 어떻게 남자를 녹여낸 거냐, 나도 좀 배우고 싶다 등등. 타 부서 친한 사람들의 걱정과 호기심을 섞어 날아오는 소문들에 금세 피곤해졌다.

서민일과 맹의주가 합작하면 저 정도는 나오겠구나 하고 짐작도 갔다. 둘이 좀 붙어 다녀야지. 회사 내에서는 둘을 이미 커플로 알고 있는 사람도 많고 소문을 캐 보면 대체로 저 둘의 이름이 오르락내리락하니, 내 짐작이 억측만은 아닐 터였다.

조용히 살고 싶은 사람을 자꾸 건드리니 크게 한 번 밟아 주고 싶은데, 사실은 그러기도 귀찮았다. 하지만 눌러 주지 않으면 정말로 머리끝까지 기어오를 거고, 여기서 더 악소문이 나는 것도 곤란하다. 어떻게 하면 좋을까.

고민하는 사이 퇴근 시간이 되었다. 교정이 끝나 조금은 한가해서, 모처럼 제때 우리 사무실 사람들이 우르르 건물을 나설 때였다. 저 멀리 큰길가에서 자기 차에 기대 담배를 피우며 인상을 잔뜩 쓰고 있는 서민일, 그리고 그 앞에 차를 주차해 놓고 기댄 채 팔짱을 끼고 있는 주호 씨. 차체가 낯이 익은 걸 보니 아무래도 이사님…… 아니지, 예비 시숙에게 빌린 모양이다.

"주호 씨!"

"아, 끝났어요? 안녕하세요."

손을 흔들며 부르는 나를 발견한 주호 씨가 얼른 달려왔다. 못마땅한 얼굴로 서민일이 주호 씨 뒤를 따라왔다. 주호 씨를 본 맹의주의 얼굴이 순간 하얗게 질렸지만, 곧 맹의주는 고개를 빳빳이들고 주호 씨를 지나쳐 서민일에게 다가갔다.

"가요, 민일 씨."

야, 설마, 그리로 정말 갈아타게……? 나와 재은 씨, 파트장이서로 눈을 마주치며 난처해할 때, 두 사람은 빠른 걸음으로 차에타 횡하니 사라져 버렸다. 정말 찰나라고 부를 만큼 빠른 시간이었다.

……맙소사.

경악해서 아무도 말을 못 꺼내고 눈만 마주쳤다. 그 틈에 주호씨가 내 어깨를 툭툭 치며 주의를 돌렸다.

"배고프죠? 밥 먹으러 가요. 아, 파트장님? 재은 씨? 같이 가실래요? 배고프시죠?"

영업용 미소, 그 진실해 보이는 미소를 지은 주호 씨의 제안을파트장님이 덥석 물었다.

"오, 주호 씨가 사시게요?"

"그럼요, 제가 사죠. 뭐 드실래요?"

뜬금없는 제안에 내가 당황해하자, 괜찮다는 듯 주호 씨가 나를 밀어 조수석에 태웠다. 파트장님과 재은 씨도 얼른 뒷좌석에타더니, 주호 씨가 운전석에 타 문을 닫자마자 신이 난 얼굴로 묻는다.

"서민일하고 무슨 얘기 했길래 저렇게 얼굴이 똥색이 됐어요?"

"아, 그거요. 그냥 뭐, 남자들만의 이야기랄까."

그렇게 대답하는 주호 씨는 무진장 기분이 좋아 보였다. 아무래도 차하고 관련이 있겠지 싶어 슬그머니 물었다.

"이사님한테 빌렸어요?"

"뭘요?"

"이거."

가볍게 손끝으로 차를 가리키자, 시동을 걸고 깜빡이를 켜고 주위를 살피며 주호 씨가 싱긋 웃었다.

"샀는데."

"아, 샀구나. ……뭐요?!"

너무 놀라 소리가 먼저 나갔다. 하지만 예상했던지, 주호 씨는 가볍게 어깨를 으쓱하고는 차선으로 끼어들며 대답했다.

"형한테 추천받긴 했어요. 좋다고 하길래. 앞으로 필요할 거고."

나는 뻐끔뻐끔하다가 입을 다물었다. 어, 어쩐지 때깔 좋게 번쩍번쩍하더라, 아니, 혹시 했지만 시트에 비닐이 없어 빌렸겠지 했는데, 아니, 차, 차, 차를 사면서 어쩜 말 한 마디 없이, 물론 필요해서 사는 거고, 당연히 주호 씨 돈이니까 내가 뭐라 할 건 아닌데, 아니, 그래도 그렇지!

마음 같아서는 마구 스매시를 날려 주고 싶은데, 뒷좌석에는 눈을 반짝반짝 빛내는 파트장님과 재은 씨가 있다. 차마 말 못 하고 눈을 흘길 때 상황을 파악한 파트장님이 박장대소했다.

"그래서 얼굴이 똥색이었구나!"

"네?"

"서민일, 차에 엄청 자부심 있었거든요. 차 자랑도 엄청 하고, 영업 직원 중에 자기 차가 제일 좋다는 말도 몇 번 했는데, 진아 씨 애인이 떡하니 더 좋은 차를 끌고 나타나니까 똥색이 된 거지! 아까 차 얘기 했죠? 했죠?"

"대화 주제가 차는 아니었지만, 제 차라는 이야긴 했죠."

주호 씨가 다시 싱긋 웃으며 백미러를 통해 파트장님에게 시선을 보냈다. 파트장님이 배를 잡고 웃기 시작했다. 재은 씨도 입을 가린 채 쿡쿡 웃었다. 끄으응. 결국 자세한 취조는 밤으로 미루기로 하고 나는 주호 씨의 팔뚝을 가볍게 쥐어박았다.

"말은 하고 사지."

"다음엔 그럴게요."

대답은 잘하지. 내가 불신의 눈으로 쳐다보자, 신호를 기다리느라 차를 멈춘 주호 씨가 싱긋 웃으며 내 볼을 살짝 꼬집었다.

"진짜로, 다음엔 말하고 살게요. 약속해."

야, 약속은 좋은데, 뒤에 사람 있다고! 왜 안 하던 짓을 해! 몹시 당황해 얼굴까지 빨개졌다. 내가 어버버하며 뒷좌석의 눈치를 살피자, 아니나 다를까 푹 한숨이 들려왔다.

"솔로 앞에서 보란 듯이 염장을 지르다니, 천벌 받을 거야."

"아이고, 기운 내세요, 파트장님."

"절루 가! 재은 씨도 남편 있잖아!"

약간의 진심을 담아 거짓 울음을 우는 파트장님에게, 주호 씨가 살갑게 말을 붙였다.

"대신 맛있는 거 살게요."

"많이 먹을 거예요!"

"네, 많이 드세요."

그러고는 내 손을 끌어다가 기어 위에 놓고, 자신의 손을 덮더니 휘파람을 분다.

……이러고 싶어서 그동안 어떻게 살았대.

결국 나도 픽 웃고 말았다.

스테이크를 배부르게 먹여 두 사람을 보내고 꽃집 2층으로 돌아왔다. 다음엔 꼭 말하고 사라고 등짝을 가볍게 쳐 주고, 씻고 옷을 갈아입은 후 머리를 맞대고 결혼과 관련된 것들의 상의를 시작했다.

나는 출근을 하고 결혼식은 촉박하니 주호 씨가 오며 가며 이야기를 물어 나르는 중이었다.

오늘의 전언은 어머님으로부터, 내용은 원한다면 부부 동시 입장을 해도 괜찮다.

잠시 눈시울이 시큰해진 나를 주호 씨가 도닥여 주었다. 안 그래도 가족들이 참석하지 않아 혼주석이 텅텅 빌 게 걱정이었는데 어머님이 그 마음을 알아주신 것이 감사했다. 정말 내가 결혼을 잘하긴 잘하는 것 같다.

일단 알릴 데는 다 알렸고, 가장 우려했던 파트장님도 기쁘게 축하해 주어서 거기에서 한시름은 덜었는데, 나에게는 아직 문제가 남아 있었다.

외삼촌과 외숙모.

가족을 부를 생각은 없는데, 외삼촌 부부만큼은 마음에 걸렸다. 내가 집을 나온 뒤로 간간이 연락해서 내 안부를 살폈던 두 분 때문에 더더욱 그랬다.

"어떻게 하는 게 좋을까요?"

대강의 이야기를 마치고 이부자리를 펴는 주호 씨에게 묻자, 주호 씨가 "음." 하고 고민하며 마저 이부자리를 펴고 그 위에 앉았다. 오늘은 자고 갈 건지 잠옷 차림이었다.

"좋은 분들이신가 봐요. 그렇게 고민하는 거 보면. 진아 씨는 어떻게 하고 싶어요?"

"모르겠어요. 부르고 싶다가도, 내 결혼 이야기가 흘러 들어갈 거 생각하면 분명 난리 날 테니까 안 부르고 싶기도 하고, 그렇지만 좋으신 분들이고 날 많이 아껴 주신 분들인데 내가 그러면 안 되지 싶기도 하고……."

"그럼 만나 뵙고 결정하는 건 어때요?"

"응?"

"오랜만에 인사드리는 셈 치고 만나 뵌 다음에 마음이 결정되면 결혼 이야기 하고, 아니면 그냥 돌아오는 것으로. 뵙고 나면 무언가 결정이 나지 않겠어요?"

안 그래도 외숙모가 한번 보자고는 했는데 내키지 않아서 미루고 있긴 했다. 나는 조금 망설이다가 고개를 끄덕였다.

"그럴게요. 고마워요."

"에이, 뭘 이런 거로. 얼른 와요."

"집에 안 들어가도 돼요?"

"어제 집에 들어갔잖아요. 혼났어요, 진아 씨 혼자 두지 말라고. 북적북적한 집에서 자란 사람이 혼자서 얼마나 외롭겠냐고 아빠가 그러시던데."

아무리 생각해도 이런 모습은 아버님을 많이 닮은 것 같다. 나는 웃으며 주호 씨가 기다리는 이불 속으로 들어갔다.

꼬물꼬물 움직이는 사이 발가락이 얽혔다. 이렇게 함께 누워 서로의 체온을 나누는 것만으로도 만족스러웠다.

"아, 맞다. 이직하는 거요. 좀 여유를 두는 게 어때요?"

"응?"

"여행 가요, 우리. 이직하는 사이에. 그때면 나도 꽃집 문 닫고 이것저것 준비할 때니까. 신혼여행도 못 가는데 그 정도는 괜찮지 않을까 싶은데."

이런들 어떻고 저런들 어떠하리. 내가 고개를 끄덕이자 주호 씨의 얼굴이 대번에 밝아졌다.

"주호 씨, 말해 둘 게 있는데 나 개인적인 여행 처음 가요."

"그래요?"

"응, 그래서 내가 어떤 타입인지도 잘 몰라요. 그거 감안해서 일정 짜면 좋겠어요."

"그런 거야 뭐."

그냥 사귀는 거라면 하기 힘들 말도 술술 나왔다. 주호 씨가 편해지긴 한 걸까. 슬그머니 손을 내밀어 주호 씨의 손을 잡자, 나를 확 끌어당겨 팔베개를 해 준다.

"진아 씨, 사랑해요."

"나도 사랑해요."

여기에서 한 발만 더 나아가면 불타오를 걸 알기에, 그럼 내일 내가 몹시 힘들 걸 알기에 우리는 그렇게 끌어안은 채 열기를 가라앉혔다. 반쯤 발기한 것을 들키지 않기 위해 엉덩이를 뒤로 쭉 뺀 채 내 등허리를 쓸어 주는 주호 씨가 귀여운 밤이었다.

❈ ✳ ❈

주호 씨가 1층에서 일을 하는 토요일, 나는 2층에서 느긋하게 쉬다가 전화를 걸었다.

"외숙모 저예요."

— 그래, 진아야. 잘 지내고 있니? 지금 어디 있어? 방은 구했어?

"네, 방 잘 구해서 거기에서 회사 다녀요. 잘 지내고 있고요."

— 그러니, 다행이다. ……진아야. 내가 할 말이 있는데, 언제 가게에 한번 오지 않을래?

"가게요?"

— 응. 얼굴 보고 이야기하는 게 좋을 거 같아서. 너 정말 잘 지내나 궁금하기도 하고.

만날 생각을 하고 전화를 건 건데도, 가면 외숙모가 가족 이야기 할 게 확실해서 조금 저어됐다. 하지만 나는 주호 씨 생각을 하며 맘을 굳혔다.

"외숙모랑 외삼촌만 만나는 거면 갈게요."

— 외삼촌은 출장 갔어. 그냥 내가 진아를 보고 싶어서 그래. 가족들은 당연히 안 부를 거야.

"……그럼 지금 갈게요."

— 그래? 다행이다. 그럼, 기다릴게. 조심해서 와.

"네, 이따 봬요."

쇠뿔도 단김에 빼라고, 나는 얼른 옷을 갈아입고 나갈 준비를 했다.

주호 씨의 귀여운 응원에 오글거려 하면서도 뿌듯해하며 꽃집을 나와 지하철을 탔다. 심장이 두근거려 일부러 음악을 들으며 외숙모가 운영하는 카페까지 느긋하게 걸었다.

맑은 소리가 나는 작은 벨이 달린 유리문을 열자, 손님이 온 줄 알고 인사하던 외숙모의 눈이 휘둥그레졌다.

"아이고, 진아야! 잘 지냈니? 응?"

"그럼요."

다짜고짜 끌어안고 눈물을 글썽이는 외숙모는 내가 건강한 것을 보고 정말 안심한 듯 몇 번이나 가슴을 쓸어내렸다. 겨우 인사를 끝내고 자리에 앉자마자 질문 공세가 이어졌다.

"어디에서 지내니?"

"아직 친구 집이에요. 친구가 선뜻 빌려줘서."

"어휴, 다행이다. 그래도 얼굴 보니 안심이 되네."

"걱정 끼쳐 드려서 죄송해요, 외숙모."

"아니야. 그럴 수밖에 없었잖니. 너 나가고 이야기 다 들었어.

외삼촌이 아주 노발대발하셨단다."

"외삼촌이요?"

의외였다. 생활고로 엄마가 점점 성격이 이상해지고 더 억척스러워졌어도 허허거리고 다 이해하고 받아 주던 사람이 화를 냈다니 몹시 놀라웠다. 하지만 외숙모는 다정하게 내 등을 쓸며 고개를 끄덕였다.

"그래. ……옛날에 외삼촌하고 형님이 보육원에 있었던 건 알지?"

"네."

"그 원장은, 여자애들은 나이가 차도 안 내보내려고 했대. 여자애들이 돈 벌어 오면 그걸로 남자애들 공부시킨다고. 남자애들이 잘돼야 기부도 더 들어오고 지원도 더 받는다고. 갈 데 없는 여자애들은 머물게 해 주는 것만으로도 월급 거의 다 갖다 주고 그랬나 보더라. ……형님은 그게 싫어서 나이가 차자마자 보육원을 뛰쳐나오셨대."

처음 듣는 이야기에 숨을 삼켰다. 베일 속에 감춰져 있던 것이 까발려진 기분이 들었다. 내내 알고 싶었지만 알고 싶지 않기도 했던 이야기이기도 했다. 모르면 궁금하고 답답하지만, 알면 엄마를 동정하게 될 것만 같아서, 마음이 약해질 것만 같아서.

"외삼촌이 그날 이야기하시더라. 친동생 같던 내가 있었어도 월급 갖다 바치기 싫다고 뛰쳐나간 사람이 친딸한테 같은 짓 한 거냐고. 그러고도 사람이냐고, 아주 노발대발하셨어. 외삼촌이 그 얘기 하니까 형님이 조금은 정신이 드신 것 같았는데……."

"괜찮아요. 뻔하니까. 그렇다고 친동생한테 차용증이라니 사람이 할 짓이냐고 그랬죠?"

내 말에 외숙모가 안타까운 시선으로 나를 바라보며 다시 내 등을 쓸었다. 나는 웃으며 약해지려는 마음을 다잡았다.

"사람은 쉽게 안 변한다잖아요. 평생 그렇게 살아온 제가 갑자기 반항하니 용납할 수 없는 거겠죠. 괜찮아요, 어차피 저 가족들 볼 생각 전혀 없으니까."

"······그래. 미안한 말이지만, 나도 그게 진아 너한테 더 낫다고 생각해."

외숙모의 나직하지만 단호한 말에, 내 어깨에서 힘이 빠져나갔다. 나는 고개를 끄덕이고 외숙모가 내준 커피를 한 모금 마셨다. 내가 잔을 내려놓기를 기다렸다가 외숙모가 아주 어렵게 이야기를 다시 꺼냈다.

"그런데 진아야. 있지······. 일이 그렇게 된 게 진형이 탓이긴 한데, 일이 딱하게 되기도 한 게······. 적금 깨고 나서 형님이 진수랑 진형이한테 입단속을 시킨 모양이야. 그런데 알잖니, 진형이 착한 거. 그 여린 애가 고민하고 괴로워하다가, 너무 힘들어서······ 아주 버님께 털어놓았대."

"아버지한테요?"

"응. 엄마가 하지 말라고 했으니 믿을 구석은 아빠밖에 없잖니. 그런데 그 이야기 듣고 아주버님이 너무 충격을 받으셔서 상태가 악화돼서 그렇게 되신 거라고······."

무슨 말을 들어도 놀라지 않겠다고 생각했다. 무슨 말을 들어도 남 일처럼 여기자고 생각했다. 그런데 도저히 남 일이 되지 않았다. 무언가가 울컥 치받았다.

"그러면 진형이는……."

"자기가 아버지를 돌아가시게 만들었다고, 자기 때문에 누나도 나가 버린 거라고 괴로워하고 있는데…… 정말로 상황이 딱하게 됐어."

갑자기 가슴이 답답하고, 목구멍이 꽉 멨다. 그것 때문에 아버지가 돌아가시기 전에 그토록 막내를 찾았구나. 그래서 진형이가 장례식장에서 그렇게 나에게 미안하다고 빌었구나. 순간순간 의아하게 느껴졌던 것들, 그럼에도 지나쳤던 것들이 확실한 형체를 드러냈다. 말없이 냅킨만 만지작거리는 나를 보며 외숙모가 한탄하듯 말을 이었다.

"듣기 싫은 이야기였을 텐데, 미안해, 진아야."

나는 말없이 고개를 저었다. 그래도 외숙모의 얼굴에서 미안한 기색은 지워지지 않았다.

"삼촌이 많이 반대했어. 너한테 절대 알리지 말라고. 나도 진아네가 나온 게 다행이라고 생각하는 사람이라 정말 많이 고민했는데, 진수가 부탁하더라. 모르게 놔두지 말아 달라고."

여전히 말이 나오지 않아 고개만 끄덕였다. 진수의 말이 맞다. 이 모든 것을 나중에 알았다면, 만약 그 때문에 진형이가 잘못된 후에 알게 되었다면 겨우 홀가분해진 나는 또 다른 짐을 얹고 살아야 했을 거다.

외숙모는 그 이상 말하지 않고 하염없이 내 등을 쓸었다. 나는 말없이 커피를 마시다가 바닥이 드러날 즈음 겨우 입을 뗐다.

"외숙모, 저 결혼해요."

"어머, 진아야!"

"시아버지 될 분이 아프셔서 결혼식도 빨리해요. 5월 4일 수요일 저녁 7시예요."

"어머, 세상에! 그래서 알려 주려고 온 거구나! 잘됐다, 진아야! 신랑은 어때? 어떤 사람이야?"

"좋은 사람이에요, 정말로. 저희 집 근처 꽃집 기억나세요?"

"꽃집? 어……. 너희 집 근처 편의점 맞은편인가?"

"네, 저 거기 2층 살아요. 그 사람이 1층 꽃집 하고요. 그 사람은 본가에서 출퇴근하느라 힘들 텐데도 저 갈 데 없다고 거기 있어도 된다고 해 줬어요."

"그랬구나! 그래도 가까운 데 있었구나. 아니, 그게 중요한 게 아니지. 잘됐다, 정말 잘됐다, 진아야!"

"청첩장은 아직 안 나왔는데, 나오면 다시 드리러 올게요."

"그래, 그래. 삼촌도 좋아하시겠다. 어머, 세상에. 우리 진아가 시집을 간다니, 어머나."

외숙모는 진심으로 기뻐하며 세상에를 반복했다. 나는 망설임 끝에 가까스로 결심했다.

"그때 진수 진형이 좀 데리고 와 주세요. ……엄마한테는 비밀로."

"……괜찮겠니?"

"엄마는 아직 부르고 싶지 않아요. 하지만 진수랑 진형이

는…… 특히 진형이는 그렇게 괴로워하면서도 알바는 꼬박꼬박
하나 봐요. ……둘 다 돈 입금했더라고요. 얼마 전에."

"그랬어?"

"둘 다 정말로 갚을 생각인 것 같고, 사실 돈을 쓴 건 엄마
고……. 도와주거나 당장 용서할 순 없어요. 그래도 내가 행복한
모습을 보여 주는 정도는 괜찮지 않나 싶어서……."

외숙모가 나를 와락 끌어안았다. 목소리가 물기로 흠뻑 젖어
있었다.

"우리 진아는 착해. 정말 착해. 그래서 맨날 동생들에게 다 양
보하고, 그래도 좋다고 웃고 하는 거 보면서 늘 안쓰러웠어."

"저 안 착해요, 외숙모. 용서하는 거 아니라니까요."

"알아. 그래도 여지를 주는 거잖아. 진수 진형이 마음의 짐 덜
라고, 일부러 부르는 거잖아. ……이렇게 착하고 이쁘게 큰 딸 시
집가는 건 보셨으면 좋았을 텐데."

가리키는 대상은 없었지만 알아들었다. 내가 괜찮다고 웃자,
겨우 외숙모가 나를 놓아주었다.

"사실 부모님 자리에 외삼촌이랑 외숙모를 모실까도 했는데,
예비 시댁에서 동시 입장 해도 괜찮다고 하셔서요. 게다가 연은
끊었지만 엄마가 돌아가신 것도 아니고 해서, 부모님 자리는 비워
둘까 해요."

"그래, 그게 나아. 외삼촌은 몰라도 내가 그 자리에 앉으면 앞
으로 형님 뵙기 힘들 거 같다. 잘 생각했네."

"네. ……그날 진수랑 진형이 좀 부탁드릴게요."

"그래, 그래. 걱정하지 마. 신경 안 써도 돼. 그냥 그날 밥 산다고 시간 비워 두라고 하고 데려갈게."

센스 있고 눈치 빠르신 분이니 외숙모에게 맡겨 두면 안심이다. 나는 웃으며 고개를 끄덕였다. 그런 나를 물끄러미 바라보다가 외숙모가 물었다.

"진아야. 지금은 행복하니?"

"네."

나 스스로가 놀랄 정도로 조금의 지체도 없이 대답이 나왔다. 외숙모도 놀란 눈치였지만, 곧 환하게 웃었다.

"그래, 행복하면 됐어. 좋아 보여서, 행복해 보여서 기쁘다, 진아야."

"네, 정말 행복해요."

"그래. 그거면 됐어."

외숙모가 그렁그렁해진 눈을 하고도 활짝 웃었다.

뿌듯한 마음을 안고 꽃집으로 돌아와 주호 씨에게 사정을 보고했다. 어쩌다 보니 동생들을 부르게 됐다는 내 말에, 주호 씨는 그래요, 하고 대답하는 것이 끝이었다. 가타부타 말이 없는 게 조금 서운해서 그게 끝이냐고 묻자, 주호 씨는 씩 웃었다.

"그렇게 하는 게 진아 씨 맘이 편하니까 결정한 거잖아요. 그럼 됐어요."

아, 어쩌자고 이렇게 이쁜 남자가 나에게 굴러들어 왔을까. 제기랄, 오늘이 평일만 아니었어도. 치미는 욕정을 꾹꾹 참으며 주호 씨를 확 끌어안았다. 왠지 오늘은 밤이 길 것만 같다.

엄마가 알았다.

외삼촌이 진수에게 시간을 빼 두라고 전화하던 중, 그날은 아르바이트가 잡혀 시간을 뺄 수 없다고 다른 날이 좋다고 반복하는 진수에게 내 결혼식이라고 밝혀 버렸다고 했다. 놀란 진수는 "누나 결혼식이요? 정말요?" 하고 되풀이했고, 엄마는 그걸 들었다고 한다.

당연히 집은 난리가 났다. 개년 소년 쌍년 등등 온갖 년이 다 나오고, 가슴을 치고 방바닥을 구르고 물건을 집어 던졌다고 했다. 혹시나 진수에게 무슨 일이 날까 쫓아간 외삼촌이 말로 엄마에게 화를 냈다.

"그렇게 딸 결혼식에 가고 싶었으면 결혼자금은 건드리지 말았어야지. 누나가 지금 진아 남편한테 예물 해 줄 수는 있어? 아니, 예단 보낼 돈이나 있어?"

"내가 그년한테 그걸 왜 해 줘야 해!"

"그러려고 모은 돈 누나가 다 썼으니까!"

"살다 보면 그럴 수도 있지, 내가 나 위해서만 썼니? 왜 나만 갖고 난리야! 너도 나같이 목구멍이 포도청이었으면 그 돈 안 썼겠니? 안 썼겠냐고!"

"어, 안 써. 그리고 누나가 진짜 딸을 생각하는 엄마라면, 지금은 없는 게 도와주는 거야. 엄마가 결혼자금 다 들어먹고도 모자라 딸에게 빌붙어서 아들 키우려는 거 알면 진행되던 결혼도 취소되겠다."

"그 배은망덕한 년 결혼은 취소돼도 돼!"

"하. 뚫린 입이라고 정말 막말하네."

외삼촌이 그렇게 말하며 웃는 게 너무나 차가웠다고 했다. 그렇게 외삼촌이 진심으로 화가 난 얼굴을, 엄마는 거의 처음 보다시피 했기 때문에 몹시 놀라고 당황했다고. 그래서 엄마가 어버버할 때, 진수가 한마디 했단다.

"그럼 그 배은망덕한 년 결혼식 안 가면 되겠네."

"뭐, 뭐?"

"그 쌍년 결혼식에 왜 가. 가지 마. 안 가면 되잖아."

"너 지금 그걸 말이라고 하니?"

"그럼 지금 엄마는 말이라고 생각하고 그딴 말을 하는 거야?"

"뭐, 뭐, 뭐……."

"엄마가 나 위해서 그런 짓 한 건 아는데, 그게 누나한테 못 할 짓 한 거 맞잖아. 그래 놓고 왜 엄마가 적반하장이야? 걱정하지 마. 그 배은망덕한 년 결혼식에 엄만 안 데려갈 거니까. 나랑 진형이만 갈 거야. 엄만 집에 있어. 그럼 되겠네."

그때 아르바이트를 마친 진형이가 돌아와 엄마는 진형이에게 매달렸지만 진형이 역시 엄마의 한탄에 진절머리를 냈다고.

"그렇게 엄마 노릇 하고 싶으면 최소한 결혼자금 해 먹은 건 엄마가 해 줘야지."

"상견례도 안 했는데 내가 그걸 왜 해 주겠니?!"

"엄마가 지금 뭘 잘못 생각하는 거 같은데, 엄만 지금 해 주고도 잘못했다고 빌어야 결혼식에 갈 수 있는 상황이야."

"내가 왜 비니, 내가 왜! 뭘 잘못해서!"

그 말에 외삼촌은 말없이 집을 나가고, 진형이와 진수도 각자 방에 틀어박혔다고 했다. 외숙모가 마지막으로 나올 때 엄마는 몇 번 더 악을 썼지만 아무도 들어 주는 사람도 없었다고. 그 이후로 다들 내 결혼 이야기를 아주 철저하게 숨기자, 엄마는 그제야 후회하는 눈치였다고 했다.

그리고 며칠 뒤, 엄마는 아주 머뭇거리며 나와 전화하고 싶다고 했다는데, 진수 진형이며 외삼촌 모두 다 내 바뀐 번호를 알려 주지 않았다고 했다.

계속 거절당한 끝에 외숙모에게까지 부탁이 들어가 외숙모는 말이나 해 보겠다고 대답했다지만, 실제로 말은 전해 주었지만 그러면서도 단호했다.

— 내가 낄 일은 아니라고 생각하지만, 진아야. 형님은 좀 더 반성하셔야 해.

외숙모가 보고 들은 것들과 최후의 부탁까지 전해 들은 나는 웃으며 동의했다.

가족끼리는 굳이 사과하지 않더라도 함께 생활하다 저도 모르게 기분이 풀리거나 저도 모르게 화해를 하게 되는 때가 분명 있다. 아니, 그게 가족일 것이다.

하지만 엄마가 나에게 저지른 짓은, 그럴 수 있는 선을 넘었다. 당장 그 돈을 다 토해 내라는 건 기대도 하지 않는다. 돈을 갚겠다는 의지, 내게 한 짓에 대한 사과, 그리고 나를 어려워하고 날 대하기를 조심하는 태도. 이것이 완벽하게 갖춰져야 나는 엄마를 용서할 수 있지 않을까.

지금 어영부영 넘어가면 엄마는 금방 다시 예전으로 돌아갈 거다. 그리고 나뿐만이 아니라 주호 씨도 함부로 대하겠지. 그런 꼴은 절대 볼 수 없다. 얼마나 귀한 사람인데, 주호 씨를 그런 진창에 처넣겠나. 나를 사랑해서 결혼한 죄로 '변하지 않은 황정자'를 얻게 된다는 건, 주호 씨에게 너무나 가혹한 일이다.

통화를 끊고 나는 마음을 다잡았다. 내 엄마라는 사람은, 주호 씨를 위해서라도 끊어 내야 하는 사람이다. 절대 가까이 두지 않을 거다.

결심은 했는데 단호하게 되뇔수록 내 기분은 바닥을 쳤다. 남들은 다 있는 친정 엄마, 나만 생각해 주고 내 편이 돼 주는 친정 엄마가 왜 난 이 모양인가. 남편 될 사람에게 내보이기 부끄럽고 절대 내보여선 안 되는 친정 엄마를 가진다는 건 얼마나 큰 상처인가. 너무나 아프고 아픈데 부끄러워서 누구에게 말도 할 수 없고, 공감받기도 어려운 부분이지 않은가.

물론 어머님이라면 공감해 주시겠지만, 친정 엄마 이러저러하다고 시어머니 될 분에게 쫓아가 미주알고주알 털어놓을 수도 없는 노릇이다.

우울해하며 삽화 샘플들을 뒤적이면서 오후 시간을 보냈다. 그리고 청천벽력 같은 소식을 들었다.

"뭐?"

"저도 결혼한다고요."

맹의주는 생긋 웃으며 청첩장을 내밀었다. 나도 아직 안 나온 청첩장을 벌써 찍어 돌리다니 대단하다. 받아 들고 신랑의 이름을 확인한 나는 입을 떡 벌렸다. 저쪽에서 재은 씨와 파트장님의 입도 벌어졌다.

"……서민일 씨랑 결혼해?"

"네. 둘이 잘 맞더라고요."

맹의주는 한 점 거리낌도 없이 생글생글 웃는데, 나와 재은 씨, 파트장님은 할 말을 잃었다. 이게 대체 무슨 일이냐. 너 아무리 기울었다지만 사는 집 딸이고, 유학까지 다녀오지 않았냐. 어디 내놔도 빠지는 데 없는 아가씨가, 아무리 주호 씨한테 차였다고는 해도 이렇게 결혼을 결정하면 안 되지, 그것도 서민일하고!

……라고 말해 주고 싶은 마음은 굴뚝같은데, 결혼 날짜가 5월 14일 토요일이다. 나는 차마 할 말을 찾지 못해 입을 겨우 다물었고, 파트장님이 괴상한 표정을 지으며 물었다.

"어, 의주 씨? 진짜 5월 14일이야?"

"네!"

"상견례는 했어?"

"토요일에 했어요."

"그, 그렇구나. 집은?"

"아, 저희 집 방 많아서요. 일단 민일 씨가 들어와서 살다가 돈 모아서 분가하기로 했어요."

잠깐만, 그 전제부터 잘못됐어. 그럼 둘 다 돈이 없단 소리 아냐. 게다가 그 서민일이 처가살이……. 영업 핑계 대고 집에 안 들어갈 가능성이 높은데, 어, 음, 어…….

"추, 축하해, 의주 씨."

해 주고 싶은 말은 많았지만 다 눌러 참으며 나는 겨우 웃었다. 맹의주는 살짝 고개를 들어 올리고 나를 내려다보며 도도하게 내 인사를 받았다. 그래도 밉지 않았다. 밉기보단 벌써 안쓰러웠다. 하지만 나는 제삼자일 뿐, 축하해 주면 그만이다. ……몹시 안타깝지만, 그뿐이다. 이미 결정된 결혼이니까.

그 미묘한 기분을 안고 퇴근했다. 주호 씨는 오늘 가게 문을 닫고 몇 가지 일을 처리하러 간다더니 내가 퇴근할 무렵 맞춤하게 귀가했다.

나란히 밥을 차려 먹고 오붓하게 앉아 차를 마시며 나는 맹의주의 청첩장을 내밀었다. 주호 씨의 얼굴도 괴상해졌다.

"……진짜 한대요?"

"응……."

그리고 한동안 우리는 말이 없었다.

내가 조용히 청첩장을 치우고 돌아서자 주호 씨가 주먹을 불끈 쥐었다.

"우린 저거보다 더 예쁘게 해요."

"그런 데서 경쟁의식 가질 건 없는데……."

"회사에선 비교할 거 아니에요. 예쁘게 해서 돌립시다. 응?"

주호 씨가 살살 눈웃음을 치며 다가앉았다. 나는 핀잔을 섞어 눈치를 주면서도 당기는 대로 끌려가 주호 씨 품에 안겼다.

넓고, 든든한 나의 울타리. 내 목덜미에 입술을 문지르는 것을 그대로 둔 채, 나는 주호 씨의 허리에 팔을 둘렀다.

"무슨 일 있어요?"

"응?"

"오늘 좀 가라앉아 보여요."

"어떻게 알았어요? 지금은 좀 괜찮아졌는데."

놀란 내가 몸을 일으키려 했지만 주호 씨는 힘주어 날 안은 채 내 목에 입술을 대며 속삭였다.

"사랑하니까 알지."

으으.

오글거려서 닭살이 돋고 민망한데 싫지만은 않다. 오글거림과 웃음을 참기 위해 입술을 깨물었다. 주호 씨도 자기가 말해 놓고 자기가 웃으며 내 허리에 팔을 둘렀다.

"괜찮으니까 말해 봐요. 무슨 일이에요?"

망설여졌다. 뭐라 해도 내 집안의 일이다. 주호 씨에게 말하기도 부끄럽고 창피하다. 말을 해야 하나 말아야 하나, 하면 어떻게 해야 하나 고민할 때 주호 씨가 입술로 내 귓불을 물며 속삭였다.

"나 아니면 누구한테 말하려고 그렇게 입 꾹 다물고 있어요? 응?"

그래서 나는 주호 씨의 넓은 마음에 기대, 오늘 외숙모에게 들은 내용을 전달했다.

내 몸 여기저기를 은근히 문지르던 손도 멈췄다. 나를 끌어안은 채 주호 씨는 묵묵히 내 이야기를 들었다. 면목도 없고 염치도 없었다. 조금 토로했다고 가벼워진 마음이. 하지만 곧 주호 씨에게 이런 이야기를 들려준 자체가 미안해져서, 나는 가만히 고개를 숙였다.

"진아 씨는 어쩌고 싶어요?"

"응?"

"혹시 어머님을 결혼식에 모시고 싶은 거 아니에요?"

"그런 건 아니에요."

"솔직하게."

"아니라니까."

나는 손을 내저으며 애써 웃었다. 하지만 주호 씨는 웃음기를 거둔 말간 눈으로 내 눈동자를 들여다보았다. 내 마음 저 밑바닥까지 들여다보는 것 같은 맑은 눈동자가 두려워 나는 눈을 감고 말았다.

"정말로 모시고 싶지 않아요. 정말인데, 결혼식 날이나 청첩장에 들어갈 엄마 이름이나, 나중에 엄마가 없는, 외할머니가 없는 결혼사진을 아이들에게 보여 줄 것 생각하면 조금, 조금 우울해져요. 엄마가 보고 싶거나, 엄마랑 왕래하고 싶어서가 아니라…… 남들 다 있는 친정 엄마가 내겐 그런 존재라는 게 슬퍼서 그래요. 정말로 모시고 싶은 게 아니에요."

"응, 이해했어요."

"……미안해요. 괜히 얘기했다."

"아니에요. 솔직하게 이야기하라고 한 건 나잖아요."

그제야 주호 씨가 웃었다. 하지만 평소와는 달리 조금 쓸쓸해 보이는 미소여서, 나는 자기혐오로 눈물이 날 것만 같았다. 왜 이런 사람에게 내 짐을 나눠 지자고 했을까. 괜찮다고 정말 괜찮은 게 아닌데, 왜 그랬을까. 말하지 말걸. 미안해서 더 이상 얼굴을 볼 수가 없어서, 나는 주호 씨를 와락 끌어안았다.

미안하다는 말도 할 수가 없었다. 괜찮다고 할 테니까. 하지만 괜찮지 않은 걸 아니까, 결국은 내 탓이니까. 말없이 꼭 끌어안고 주호 씨에게 매달렸다. 주호 씨는 괜찮다고 웃으며 내 등을 두드렸지만 곧 조용해졌다.

무서웠다. 주호 씨가 질려서 떠나면 어떡하지. 집안이 이 모양이라 나한테 질리면 어떡하지. 엄마를 완전히 끊어 냈어야 했는데, 아니 끊어 냈지만 외숙모 연락도 받지 말걸, 주호 씨한테 부담 주지 말걸.

한참 만에 주호 씨에게서 조용한 목소리가 흘러나왔다.

"진아 씨, 나는요. ……나도 솔직히 말할게요. 나는 진아 씨가 어머님과 연락하는 게 싫어요. 어머님 때문에 진아 씨가 상처를 많이 받았고, 그게 괜찮아지기 전이고, 다시 왕래해도 또 상처받을 거 같아서요. 근데 그래도 제일 상처받고 아픈 건 진아 씨잖아요. 그래서 생각한 건데…… 진아 씨 어머님 만나면 우리 엄마도 옛날 생각 날 것 같아서 상견례 하자고는 못 하겠어요. 진아 씨 상처 너무 많이 줘서 나도 어머님 뵙고 싶지 않고요. 하지만 옆에서 지켜봐 줄 사람이 있으면, 결혼식에는 참석하셔도 되지 않을까요?"

"아니에요, 그럴 필요 없어요. 안 만날 거예요. 안 부를 거고, 그러기로 했어요."

"진아 씨는 우리 아이들한테 외할머니가 없느니만 못한 존재라는 걸 알려 주기 싫은 거잖아요."

주호 씨가 웃으면서 한 말이 날카롭게 가슴에 와 박혔다. 부정할 수 없어서 입술만 깨물자, 살그머니 나를 밀어낸 주호 씨가 엄지손가락으로 내 입술을 부드럽게 쓸었다.

"그건 나도 그래요. ……외삼촌이랑 함께 모시면, 외삼촌이 알아서 커버해 주시지 않을까요?"

"주호 씨, 결혼식에서 엄마가 난동 부릴 수도 있어요."

"지금 얘기 들어선 그럴 것 같지 않아서 그래요."

"모르는 거예요."

"그래요. 나는 몰라요. 그러니까 모든 가능성을 열어 두고, 어머님이 좀 변하셨는지도 보고, 진아 씨 마음은 어떤지를 잘 생각해서 결정하자고요. 진아 씨 말대로 좀 더 시간을 두고 어머님을 한번 만나 보고, 괜찮겠다 싶으면 결혼식에 초대하는 거로. 아니다 싶으면 안 부르는 거로. 응? 그렇게 해요."

온종일 나를 휘둘렀던 우울감이 눈물이 되어 떨어졌다. 주호 씨는 부드럽게 웃으며 내 눈물을 훔쳐 갔다. 억눌러 놓았던 감정들이 뒤섞인 눈물방울이 줄을 지어 흘러내리는데도 싫은 기색 하나 없이 손으로 닦아 준다.

"……주호 씨가 싫어하는 거 하고 싶지 않아요."

"내가 뭐 대단한 거 해 주는 게 아니에요. 상견례도 안 하겠다, 인사도 안 드리겠다, 결혼식만 참석하셔라, 감시인도 붙여라. 나도 못된 제안이라는 거 알아요. 하지만 그나마도 안 하면 평생 진아 씨 마음의 짐이 될 텐데 그게 더 싫어요. 진아 씨도 저번에 나한테 그랬잖아요. 내가 아파하는 건 받아 주고 싶다고. 나도 마찬가지예요. 나도 진아 씨가 내 생각만 했으면 좋겠어요. 그러려면, 한 번은 만나 보고 마음 정해야 끝나는 거잖아요. 그렇죠?"

이 사람은…….

눈물 때문에 앞이 흐려져, 주호 씨의 얼굴이 제대로 보이지 않았다. 하지만 그래도 웃어 주는 건 알았다.

"내 마음이 꺾일 때마다, 주호 씨가 일으켜 주는 거 같아요."

"응?"

"정말 힘든 순간 많았고, 정말 아픈 순간도 많았고, 너무너무 힘들어서 좌절하고 싶을 때도 많았는데…… 그래도 주호 씨가 있어서……."

목이 메 그 이상 말을 할 수가 없었다. 하고 싶은 말은 많은데, 표현하고 싶은 고마움이 한가득인데 어떤 것도 말이 되지 않았다.

울면서 주호 씨에게 입을 맞췄다. 그쪽이 더 빨리 전달이 될 것 같았다. 주호 씨는 조금 놀란 눈치였지만, 기꺼이 입을 열고 나를 받아 주었다. 나는 연신 울었고, 주호 씨는 연신 웃었다.

가까스로 입술이 떨어졌을 때 주호 씨가 속삭였다.

"결혼하면 나한테만 신경 써 주기예요. 알았죠?"

생각하고 자시고 할 필요가 없는 물음이었다. 나는 몇 번이고 고개를 끄덕였다. 주호 씨가 만족할 때까지, 그리고 주호 씨가 안심하고 나를 끌어안을 때까지.

15. 날개

손에 쥔 열쇠의 촉감이 낯선 것은 눈앞의 도어락 때문이었다. 내가 집을 나간 이후 설치했다는 도어락. 당연히 비밀번호는 모른다. 아무렇지 않게 열쇠로 문을 열고 들어가 아무렇지 않게 엄마와 대면하는 밑그림을 그렸던 내 손에 땀이 흠뻑 배 열쇠가 미끄러질 뻔했다.

지금이라도 돌아갈까. 나를 거부해서 달아 놓은 게 분명한데, 그래도 들어가야 하는 걸까.

주저하는 내 어깨를 주호 씨가 힘주어 끌어안았다.

"괜찮아요. 내가 여기 기다리고 있잖아요. 마음 같아선 같이 들어가고 싶지만……."

그 말에 얼른 고개를 저었다. 아무리 결혼할 사람이라지만 친정 엄마와의 못 볼 꼴을 보게 하고 싶진 않았다.

주호 씨와 이야기가 잘되었기에 엄마를 한 번은 만나 볼 생각이었다. 그래도 좀처럼 결심이 서지 않았는데, 엄마에게 시달린 끝에 마지못해 한 외숙모의 전화에 마음을 굳혔다.

주말엔 결혼식 준비를 마무리해야 해서 일부러 연가를 냈다. 결혼식까지는 앞으로 딱 일주일. 오늘은 엄마를 결혼식에 모실 건지 안 모실 건지 결론을 내야 했다.

떨리는 손으로 초인종을 누르려는데, 귀에 익은 목소리가 들렸다.

"누나!"

주호 씨가 감싸 주고 있었던, 긴장하고 있던 어깨가 튀어 올랐다. 놀란 채 뒤를 돌자 잔뜩 수척해진 진형이가 계단에 멈춰 서 있었다.

눈이 마주쳤다. 그래도 무어라 말을 할 수는 없었다. 나는 나대로, 진형이는 진형이대로 입술이 떨어지지 않았다. 20년을 본 내 동생인데 그렇게 낯설 수가 없었다.

"안녕하세요."

잠시 나를 살핀 주호 씨가 나섰다. 진형이는 두어 번 눈을 깜박이더니 눈을 동그랗게 떴다.

"어, 어…… 매, 매형?"

"하하, 그렇게 불러 주시니 기분 좋네요. 네, 매형 될 강주호라고 합니다. 진형 씨죠?"

"네, 네!"

진형이는 훌쩍 계단을 올랐다. 주호 씨가 다가간 만큼 나와 진형이의 거리도 가까워졌다. 움찔거리며 반사적으로 물러나려는 내 등을 주호 씨의 팔이 든든히 받쳐 주었다.

그래, 피하면 안 되지. 오늘은 일부러 만나러 온 거잖아. 그렇게 다짐해도 침이 꼴깍 넘어갔다.

"만나서 반가워요, 진형 씨."

"저도요! 어, 그런데 어…… 지금 엄마 있……."

"여름옷 가지러 왔어. 이제 내 짐 다 빼야 하기도 하고."

머릿속에서 수도 없이 연습한 말이 다소 성급하게 흘러나왔다. 말이 잘린 진형이가 멈칫하더니 내 눈치를 보았다.

"괜찮겠어, 누나?"

안 괜찮아. 그러니까 이러고 10분째 서 있는 거라고. 하지만 그 말을 뱉을 순 없어서 나는 억지로 웃었다. 안타까워하는 주호 씨의 시선이 내게 와 닿았다.

이제 진형이도 왔으니 얼른 마음을 굳히고 집으로 들어가야 했다. 눈을 질끈 감고 심호흡을 하며 뒤로 돌아섰다. 그리고 맞춘 듯이 현관문이 열렸다.

"남의 집 앞에서 뭐가 이렇게 소란스러……."

엄마와 정확하게 시선이 맞았다. 나도 엄마도 움직일 수 없었다. 손끝이 차가워지고 떨렸다. 주호 씨가 팔을 내려 내 손을 꼭 잡아 주었다. 그 바람에 엄마의 시선이 주호 씨에게 닿았다.

"어……."

눈을 크게 뜬 엄마가 주호 씨를 살피는 시선에 퍼뜩 정신이 들었다. 주호 씨 앞을 가리고 선 나는 눈짓으로 진형이를 먼저 들여

보냈다. 주호 씨의 손 대신 새로 산 캐리어 손잡이를 잡고 얼른 좁은 현관으로 밀고 들어가 문을 닫자, 대번에 뾰족한 말이 튀어나왔다.

"……넌 결혼할 사람을 여기까지 데리고 와 놓고 소개도 안 해 주니?"

예상했던 반응인데도 막상 들으니 종이에 손끝을 벨 때처럼 온 몸에서 싸하게 핏기가 가셨다. 눈치를 보던 진형이가 조심스럽게 끼어들었다.

"짐 가지러 온 거라잖아. 나중에 정식으로 소개해 주겠지."

"결혼식이 일주일 뒤인데 잘도 그러겠다."

"엄마!"

진형이가 소리를 지르자 빈정거리던 엄마가 일단 입을 다물었다. 나는 엄마를 물끄러미 바라보다가 캐리어를 들고 내가 쓰던 작은 방으로 향했다. 습관처럼 문을 꼭 닫고 돌아서니 한숨부터 흘러나왔다.

나 여기 왜 온 거지.

심장의 고동이 빨랐다. 얼른 이 집을 나가고 싶었다. 그 못마땅한 시선이 끔찍했다. 조금이나마 반성하는 것 같다는 말은 들었지만, 직접 보고도 확신이 서지 않았다. 변한 게 없는 것 같기도 했지만, 진형이 말에 입 다무는 걸 보니 조금 달라진 것 같기도 했다.

심장이 조금 진정됐을 무렵 옷장을 열어젖혔다. 몇 안 되는 여름 옷가지를 꺼내 캐리어에 대충 쑤셔 넣었다. 얌전히 개서 넣을 정신머리는 없었다. 주호 씨가 여행 대비로 사 준 커다란 캐리어에 공간이 남아, 방을 살피며 내 물건을 찾아 넣었다. 애초에 많은 짐도 아니었기에, 부차적인 목적이었던 짐 챙기기는 금세 끝났다.

마음을 굳게 먹었는데도 문손잡이에 올린 손이 떨렸다. 꽤 여러 번 심호흡을 하고 문을 열자 엄마와 진형이가 바뀐 식탁에 앉아 내 쪽을 돌아보았다. 엄마는 내 얼굴을 보고 캐리어를 보더니 여상하게 물었다.

"다 챙겼어?"

"응."

"그럼 앉아 봐. 얘기 좀 하자."

그러려고 온 건데도 그 말에 가슴이 덜컹 내려앉았다. 내색하지 않으려 안간힘을 쓰며 엄마의 맞은편 의자를 끌어내 식탁에 앉았다. 옆에 앉은 진형이의 안타까운 눈길이 고스란히 느껴졌다.

아무도 입을 떼지 않았다. 기나긴 침묵은 몹시 무거웠다. 진수라도 있었으면 제가 먼저 분위기를 어찌해 보려 했을 텐데, 나와 엄마 사이에 끼기에 진형이는 너무 어렸고, 나와 엄마는 너무 사이가 나빴다.

내 휴대폰의 진동이 침묵을 깼다. 주머니에서 꺼내 보니 아니나 다를까 주호 씨였다.

— 괜찮아요? 얘기 중이려나?

엄마의 시선이 고스란히 휴대폰에 쏟아지는 걸 느끼며 손가락을 움직였다. 아직 이야기 중이고 괜찮다고 메시지를 전송한 후 내 손가락의 움직임이 멎자 엄마가 먼저 입을 열었다.

"아까 그 사람이니?"

"응."

"뭐라니?"

"……이야기 중이냐고."

"들어오라고 해. 사위 될 사람 얼굴 좀 보자."

휴대폰을 쥔 내 손이 움찔했다. 나는 휴대폰에서 시선을 떼고 천천히 고개를 들어 엄마를 바라보았다. 엄마가 대번에 인상을 썼다.

"그럼 넌 인사도 안 시켜 줄 거니?"

"그 전에 엄마 나하고 할 이야기가 있잖아."

"무슨 얘기?"

정말 모르겠다는 과장된 표정을 물끄러미 바라보자, 진형이가 안절부절못하며 끼어들었다.

"엄마, 좀!"

"얘 좀 봐. 내가 뭘 어쨌다고. 내가 욕을 했니, 뭘 했니? 내 딸하고 결혼할 사람 얼굴 좀 보자는 게 그렇게 못 할 말이니?"

"나하고 할 얘기 다 끝내기 전엔 못 봐."

분노를 들키고 싶지 않아서 휴대폰을 꽉 틀어쥐며 최대한 평정을 가장했다. 거칠어지려는 숨소리를 다듬는 것도 버거웠다.

"너랑 나랑 무슨 얘기가 남았는데? 나도 너도 그날 할 얘기 다 했잖아."

얼굴을 일그러뜨린 엄마의 말을 듣고 나는 숨을 삼키며 의자

등받이에 몸을 기댔다. 곧 성대한 한숨이 입술을 빠져나갔다.

"엄마, 정말 나한테 할 말 없어?"

일순 엄마의 눈동자가 흔들렸다. 나는 잠시 엄마의 눈을 들여다보다가 휴대폰을 꺼냈다.

— 잠깐 나가 있어.

내가 보낸 문자를 확인한 진형이가 의자에서 엉거주춤 엉덩이를 뗐다. 엄마가 힐끗 보고도 만류하지 않자, 진형이는 미적거리며 신발을 신고 현관을 나섰다.

그러고도 다시 침묵이 길어지려 해, 이번엔 내가 먼저 화두를 던졌다.

"나, 결혼해."

"……알아."

엄마의 눈동자가 다시 흔들렸다. 나는 숨을 죽이고 엄마의 말을 기다렸다. 잠시 머뭇거리던 엄마가 입을 뗐다.

"예단은 어떻게 했어."

"안 했어. 아니, 못 했어."

"……괜찮으시대?"

"어쩔 수 없잖아. 내가 가진 돈은 이제 200인데 그걸로 무슨 예단을 해."

자제하려 했는데 아무래도 대답에 날이 섰다. 엄마가 조금 고개를 숙이며 웅얼댔다.

"예물도 못 받았겠네."

"받았어."

"받았다고?"

엄마가 고개를 번쩍 쳐들었다. 눈빛도 빛났다.

"뭐 받았니?"

"예단도 못 보냈는데 그게 왜 궁금해?"

내 말에 엄마가 멈칫했다.

"궁금해할 수도 있지. 그래도 내 딸 결혼식인데."

엄마의 말을 듣자 웃음이 났다. 실소였고, 냉소였다. 하지만 엄마는 내가 조금 누그러진 줄 알았는지 내 대답을 기다리는 눈치였다.

나는 웃음을 거두고 입을 다물었다. 분노가 일어 노려보듯 엄마를 바라보았다. 그제야 내가 대답해 주지 않을 것을, 내가 누그러진 게 아님을 깨달은 엄마의 눈이 쌜쭉해졌다.

"비싸게 굴기는. 결혼식은 어디서 하니?"

"호텔."

엄마의 눈이 다시 빛났다. 이젠 냉소할 기력조차 없었다.

"5월에 호텔 자리 난 데가 있었단 말이야? 이야, 인물만 좋은 게 아니라 능력도 있네. 야, 얼른 들어오라고 해, 제대로 인사하게."

"왜?"

"왜긴! 내가 이제 장모인데, 사위 인사는 받고 결혼식장에 들어가야 할 거 아냐."

"괜찮아. 엄마 안 부를 거니까."

"뭐?"

허탈한 미소가 속에서부터 우러났다. 나는 자리에서 일어나며 캐리어 손잡이를 움켜잡았다.

"착한 사람이라서, 엄마가 정말 나에게 미안해하는 거 같으면 결혼식 불러도 된다고 해 줬거든. 근데 엄마 나한테 안 미안하잖아. 그러니까 안 부를 거야."

"너, 넌, 가족이 돼서, 그걸 꼭 말로 해야 아는 거니? 내가 미안해하는 게 안 보여?"

"어, 안 보이는데. 돈만 밝히는 거로 보이는데."

내가 딱 자르자 엄마가 몸을 부들부들 떨었다. 하지만 무슨 생각을 했는지 곧 표정을 바꾸고 덩달아 자리에서 일어났다. 몸놀림도 사근사근해졌다.

"아니야. 엄마가 얼마나 미안하게 생각하고 있는데. 솔직히 너 남자친구 없는 줄 알고 쓴 거야. 있다고 미리 말해 줬음 안 썼지. 나중에 결혼할 때 되면 내가 돈 다 해 주려고 했다고."

"그럼 지금이라도 해 주든가."

"이렇게 급하게 결혼하는데 어떻게 해 주니? 게다가 너, 진수랑 진형이한테 돈 받고 있잖아. 걔들이 갚고 있는데 나한테 또 받을 거니, 너? 양심도 없다."

양심이라는 단어에 다시 웃음이 터졌다. 좀 전까지 소란스럽던 심장도 완전히 가라앉았다. 나는 말없이 주머니에서 열쇠를 꺼내 식탁에 올려놓고는 캐리어를 쥐고 현관으로 걸음을 옮겼다. 당황한 엄마가 얼른 나를 따라와 내 팔뚝을 움켜잡았다.

"얘기 안 끝났는데 어디 가니?"

"놔. 이제 엄마 볼 일 없으니까."

"너 진짜 나 안 부를 거야?"

나는 말없이 엄마를 돌아보았다. 내 시선에서 대답을 읽어 낸 엄마가 대번에 눈썹을 치켜올렸다.

"아빠도 없는데, 내가 버젓이 살아 있는데 혼주석을 그냥 비워 놓겠다고? 야 이 기집애야, 남들이 보면 욕해. 얼마나 독한 년이 길래 하나뿐인 엄마랑 연 끊었냐고 뒤에서 욕한다고. 네 시부모가 지금은 괜찮다 하실지 몰라도, 속으로 너 기댈 데 없다고 만만해 할걸?"

맞닿은 어금니에 힘이 바짝 들어갔다. 턱이 얼얼했다. 나를 키운 엄마는 내가 어떤 말에 아파하는지 너무나 잘 알고 있었다. 심장이 쪼그라드는 것같이 아팠다. 주저앉고 싶었지만 억지로 버티고 섰다.

"나를 그렇게 기댈 데 없도록 몰아세운 건 엄마잖아. 친정 엄마가 남보다 못하다는 말보단 그게 낫지."

"내가 왜 남보다 못해?!"

소리를 빽 지르는 통해 귀가 먹먹했다. 반사적으로 얼굴을 찌푸리고 엄마의 팔을 떨쳐 내려 했지만 갈고리처럼 내 팔을 꽉 쥔 손은 좀처럼 떨어지지 않았다.

"그깟 돈 때문에 엄마를 버리겠다고? 야, 내가 도박을 했니, 술을 마셨니, 남자한테 갖다 바치기라도 했니. 그 돈 동생들이 피눈물 흘리며 갚고 있는 거 뻔히 알면서 멀쩡히 살아 있는 엄마를 결혼식에도 안 부르겠다고?"

"어, 안 불러. 나한테 엄만 남보다도 못해. 그러니까 오지 마. 아니, 그냥 나 죽은 셈 쳐. 나도 엄마 없는 셈 칠 테니까. 엄마 이름 다 뺄 거야. 엄마라는 존재를 내 인생에서 지워 버릴 거야."

내 입으로 뱉은 말이 내 속을 후벼 팠다. 그래도 눈물은 나지 않았다. 여느 때보다도 내 목소리는 차분했다. 심장도 느리게 뛰었다. 열이 바짝 올라 내 팔을 잡은 채 어버버 하는 엄마의 눈을 똑바로 바라보며 나는 한 자 한 자 똑바로 내뱉었다.

"나 키운다고 고생 많으셨어요. 하지만 난 더 이상 착취당하기 싫어. 귀한 사람 데려다 엄마한테 뜯어먹히게 하고 싶지도 않아."

"뜨, 뜯어먹, 이년아, 내가, 내가 언제!"

"진수랑 진형이에게 콩고물 가루 하나라도 떨어지길 바란다면 절대 나한테 연락하지 마. 나 알은척도 하지 마. 엄마가 나 알은척하고 연락하고 매달리는 즉시 내 인생에서 동생들도 지워 버릴 테니까."

콩고물 가루 하나라도 흘릴 생각은 전혀 없다. 하지만 엄마가 나를 아는 만큼, 나도 엄마를 안다. 내가 귀하지 않은 엄마에게 진수와 진형이는 귀하다. 그 둘이 이익을 볼 수도 있는 일이라면 절대 엄마 손으로 망치지는 않을 거라는 걸, 나는 너무나 잘 알고 있다.

생각대로였다. 엄마의 손에서 힘이 빠져나갔다. 꽉 조였던 팔에 피가 돌기 시작하면서 잡혔던 부위가 얼얼해졌다.

어디까지나 엄마에겐 진수와 진형이가 먼저라는 사실은 확인했다. 진수와 진형이 이야기에 팔을 놔 버린 것은, 정말 죽었는지

시체에 칼을 찔러 넣은 것과 다름이 없었다. 나는 피 흘리는 가슴을 방치한 채로 웃었다.

"네년이 얼마나 부잣집에 시집가길래 그따위로 말하는지 두고 보자."

진수 진형이 이야기에 기운은 빠졌지만 독기는 남은 엄마가 나를 쏘아보며 말했다. 나는 신발을 신고 현관문을 열었다. 밖에 서 있던 진형이가 불안한 눈빛으로 나를 바라보았다. 그 옆에서 부드러운 미소를 짓고 있는 주호 씨가 서 있었다.

나는 얼른 주호 씨의 팔을 낚아챘다. 엄마와 한 마디라도 섞게 하고 싶지 않았다. 내 의도를 알아챈 주호 씨가 얼른 캐리어를 빼앗아 들었다. 나는 뒤도 돌아보지 않고 뛰어 내려갔다. 뒤에서 엄마가 무어라 고함을 치는 듯했지만 제대로 들리지는 않았다.

다리가 긴 주호 씨가 나를 추월해 달리며 차 키를 꺼냈다. 내가 차 문을 잡기 전에 차의 잠금이 해제되는 소리가 났다. 지체 없이 올라타자, 뒷좌석에 캐리어를 던지다시피 한 주호 씨도 얼른 운전석에 올라 바로 시동을 걸었다.

"안 부를 거예요."

나는 단호하게 그 한마디를 짓씹듯 뱉었다. 주호 씨가 나를 살피고는 확고하게 고개를 끄덕여 주었다.

떨림은 좀처럼 진정되지 않았다. 아까는 분명 차분했던 것 같은데 달리기 탓인지 심장이 쿵쾅거렸다. 숨을 고르려고 노력하는 나를 주호 씨는 연신 힐끔거렸다.

차는 꽃집 앞도 그대로 지나쳐 큰 도로로 진입했다. 하기야 복

도 난간 너머로 차를 봤을 테니 꽃집 앞에 주차했다간 바로 걸릴
터였다.

"본가로 가요?"

"아니요."

"그럼?"

주호 씨가 웃었다. 말해 줄 것 같지 않아 나도 웃으며 고개만
끄덕였다.

그렇게 둘이 열심히 웃었지만 차 안의 공기는 따끔따끔했다.
나도 주호 씨도 좀처럼 긴장을 풀지 못했기 때문이었다. 음악을
틀까 했지만 그랬다간 신경이 더 날카로워질 것만 같았다. 괜히
초조해져서 휴대폰만 만지작거리는데 차가 골목으로 접어들며 속
력을 줄였다.

곧 시야 안에 HOTEL이라는 글자가 들어왔다. 집과는 좀 떨어
져 있지만 근처 대학가에서 멀지 않은, 모텔보다 한 등급 높은 정
도의 호텔 주차장이었다.

"호텔?"

"응."

의아해하는 걸 뻔히 알면서도 대답해 줄 마음은 없어 보였다.

차에서 내린 주호 씨가 내 손을 이끌고 로비로 들어가 방을 잡
았다. 이 호텔에서 가장 좋은 방으로. 엘리베이터를 타고 올라가
는 동안 잡은 손을 흔들자 주호 씨가 나를 돌아보았다. 왜 그러냐
는 듯한 시선에 왜 온 거냐는 시선으로 묻자, 그저 미소만 되돌린
다.

좀 복잡한 기분으로 방에 들어섰다. 웬만한 모텔 방 두 배는 되는 넓은 방이었다. 검은색과 회색이 주로 쓰인 모던하고 깔끔한 디자인에 감탄하는 사이 등 뒤에서 주호 씨가 나를 와락 끌어안았다.

"오늘은 나한테 쏟아 내요."

"아……."

그 말에 오히려 마음이 가라앉았다. 무슨 의도로, 어떤 생각으로 여기를 왔는지 알 것 같았다. 아픈 내 속을 풀어 주려고, 피 흘리는 내 상처를 핥아 주려고.

하지만 놀랍게도, 여태 요동치던 마음이 주호 씨의 말 한마디에 가라앉기 시작했다. 내가 엄마에게 할퀴어진 것을 생각하면, 주호 씨가 나에게 그랬던 것처럼 나도 주호 씨에게 쏟아 내야 맞을 텐데 그럴 의욕은 조금도 생기지 않았다.

왜 그럴까.

나는 천천히 뒤로 돌아섰다. 걱정이 가득한 눈, 내 모든 걸 받아 주겠다는 의지가 가득한 굳은 입매를 물끄러미 바라보다가, 뒤꿈치를 들어 그 입술에 키스했다.

"진아 씨."

"나 괜찮아요, 주호 씨."

"하지만."

"주호 씨가 옆에 있어 줘서, 나 그렇게 상처받지 않았어요."

그래도 주호 씨는 물러서지 않았다. 정말로 괜찮은지 내 눈 깊은 곳까지 들여다보며, 몇 번이고 등을 쓸어내리며 내 상태를 확

인했다. 걱정에 배어 나오는 짙은 애정에 오히려 배시시 웃음이
났다.

"빈말이 아니에요. 엄마가 오늘 한 말들이 아팠던 건 사실인데,
뭐랄까……. 이전까지랑 달리 마음에 새겨지는 말들은 아니었어
요. 예전처럼 영혼에 새겨지는 것 같은 그런 아픔이 아니라……
지나가는 사람이 부딪혔다고 뱉어 내는 욕 같달까……."

"그럴 리가 없잖아요."

"물론 그것보다는 좀 더 아프지만, 그래도 잊을 수 있는 아픔
이에요. 기억은 하겠지만, 그런 일도 있었지 하고 나중에 웃을 수
있는 정도. 정말로 괜찮아요."

"진아 씨……."

내 말이 진짜인지 아닌지를 확인하려 몇 번이고 내 얼굴을 조
심스레 쓰다듬는 주호 씨의 손길이 부드럽다. 그 손바닥에 입술을
댄 채 나는 눈을 감았다.

"주호 씨를 만나서 내 마음이 단단해진 것 같아요. 아프지만,
깊지 않아요. 토해 내고 쏟아 낼 것도 없어요. 그래도, 키스해 줘
요."

"그런 거라면 기꺼이."

그제야 안심한 주호 씨의 입술이 내 뺨에 내려앉았다.

평소만큼, 아니 평소보다도 훨씬 부드러운 관계 후 나는 주호
씨의 위에 엎드려 그의 심장 소리를 들었다. 땀에 잔뜩 젖었지만
주호 씨에게서 떨어지고 싶지 않았다.

주호 씨가 더듬거리며 밀려 나간 이불을 찾아 내 위에 덮었다. 내 머리카락을 부드럽게 쓰다듬는 손놀림은 다시 이전의 부드럽고 다정한 주호 씨의 것이었다. 졸음에 겨운 입술을 겨우 움직여 속삭였다.

"고마워요……."

"찐하게 해 줘서?"

알면서 하는 대답에 피식 웃음이 났다. 나는 억지로 팔을 들어 주호 씨의 팔을 툭 때렸다. 주호 씨도 웃으며 이불이 덮이지 않은 내 어깨를 쓸었다.

"……이제 정말 나만 봐요. 행복하게 해 줄 테니까."

주호 씨도 졸린 듯 목소리가 제법 가라앉아 있었다. 나는 떠지지 않는 눈으로 웃으며 대답했다.

"이미 행복한데."

"에이. 지금보다 백배 천배는 더 행복해져야지."

낮은 목소리가 부드럽게 나를 감쌌다. 정말로 충분히 행복하다고 말해 주고 싶었지만 졸음을 이길 수가 없었다. 대신 남은 힘을 끌어모아 주호 씨에게 꽉 매달리자, 정수리에 입술이 와 닿았다. 그 입술이 속삭였다.

"잘 자요. 자고 일어나면 더 행복해져 있을 거야."

16. 예감

메이크업 디자이너가 내 얼굴에 겹겹이 막을 씌우다 피식 웃으며 말을 걸었다.

"신부님, 그렇게 긴장 안 하셔도 돼요."

"네? 네……."

어설프게 웃었지만 그것도 잠시였다. 얼굴이 몹시 답답했다. 거울 속의 나는 거의 다른 사람이었지만, 그래도 긴장은 여실히 드러났다.

"긴장되세요?"

"좀, 그런 것……."

"아 잠시만요."

말 걸어 놓고 입을 다물게 한 디자이너가 내 입매를 매만졌다. 나는 가볍게 숨을 내쉬며 힐끗 시선을 돌렸다. 주호 씨의 메이크

업은 끝난 지 오래였지만, 디자이너들은 좀처럼 주호 씨 곁을 떠나지 않으며 화기애애하게 말을 붙이고 있었다.

웃으며 받아 주는 주호 씨를 보니 기분이 이상해졌다. 이건 분명 긴장 탓이라고 속으로 되뇌는 사이, 옷 갈아입자고 부르는 스태프의 말에 주호 씨가 자리에서 일어나며 내 쪽으로 몸을 돌렸다.

주변을 둘러싸고 있던 디자이너들이 조금 비켜서자, 주호 씨의 시선이 내 뺨에 닿았다. 시선을 느끼자 갑자기 손에 땀이 찼다.

"음. 조금 진한 거 같은데……."

"어머, 아니에요. 지금도 다른 분들보다 훨씬 옅게 한 거예요. 진한 거 안 좋아한다고 하셔서. 이 정도도 안 되면 사진 정말 안 예쁘게 나오거든요."

"그래요?"

"네, 결혼사진에 잡티 같은 거 다 나오는 건 신부님도 싫으시잖아요. 그죠?"

아니, 물론 내가 꿀피부는 아니라 잡티가 없진 않은데, 그렇다고 그걸 그렇게 대놓고 찌르면……. 나는 대답하지 않고 눈만 깜박였고, 질문은 내게 했지만 주호 씨에게만 시선을 향하던 디자이너가 문득 나를 보고 아차 하는 표정을 지었다.

"신부님이 워낙 피부가 좋으셔서 이 정도만 하는 거예요."

아, 예. 어련하시겠습니까.

나는 괜히 뒤틀어지는 심사를 드러내지 않기 위해 억지로 입꼬리를 끌어 올렸다. 거울 속으로 주호 씨가 나를 빤히 바라보는 것이 느껴졌다. 왠지 거울을 통해 마주 보는 게 부끄러워서 일부러 인조 속눈썹이 붙은 눈을 조금 내리깔자, 주호 씨가 가볍게 웃었다.

"어떻게 해도 진아 씨는 예쁘니까 괜찮아요. 나 먼저 갈아입고 올게요."

닭살 돋는 말을 던진 주호 씨가 사라지고 난 뒤, 가게 안에는 아우성이 가득 찼다.

"어머, 신부님 정말 좋으시겠다아!"

"어휴, 신랑님이 너무 달달하시다아."

저조한 내 기분을 눈치챘는지, 주호 씨에게 달라붙어 있던 스태프들이 내게 한 마디씩을 던졌다. 나는 억지로 웃었지만, 그래도 기분은 좋아지지 않았다.

왜 이렇게 마음이 가라앉은 건지 나조차 이유를 알 수가 없었다. 그래서 어제부터 몇 번이나 반복했던 결혼식 관련 내용을 하나하나 짚어 보았다.

시아버지가 결혼식 비용은 부담해 주셨다. 인원수도 딱 좌석 숫자만큼 정해져 있어서 꼭 오겠다는 사람에게만 청첩장을 보냈다. 이름표도 작성됐다. 주호 씨가 나와 주호 씨 중심의 결혼식을 원해서, 순수하게 우리의 지인들만 불렀다. 시댁에서 축의금을 생략하고 싶어 해서 나도 그러기로 했다. 그간 뿌린 돈이 아쉽지 않은 건 아니지만, 식장이며 식대며 집까지 모든 것을 시댁과 주호 씨가 부담하고 있으니 회수할 축의금은 문제도 아니었다.

드레스는 나보다 센스 있는 주호 씨가 내게 어울리는 것으로 골라 주었다. 좀 고생스러웠던 스튜디오 촬영도 잘 끝났다. 예식이 저녁이라 많이 기다릴 필요 없이 맞춰서 메이크업을 받기로 했다. 부케는 드레스와 어울리도록 주호 씨가 직접 만들었다. 생화 무겁다고 작고 귀엽게 만들어 준 부케는 요즘 열심히 선보는 파트장님이 받기로 했다.

입장은 동시 입장으로 확정했고, 화촉 밝히는 것도 폐백도 모두 생략하기로 했다. 주례도 없이 진행하기로 했다. 주호 씨가 우기기도 했지만, 다섯째 결혼식이니 너희 하고 싶은 대로 하라고 시댁에서 너그럽게 이해해 주셔서 가능한 일이었다. 사회는 주호 씨 친구가, 축가는 내 친구들이 하기로 했다. 요샌 신랑이 축가 한 곡 하는 게 트렌드라는데 주호 씨가 안 내켜 해서 그건 생략하는 대신 이벤트를 좀 짓궂게 할 것 같다는 사회자의 귀띔이 있었다.

예단에 꾸밈비, 봉채비는 모두 생략했다. 예물은 주호 씨가 맞춘 반지 두 개로 해결하기로 했는데, 외삼촌이 결혼 축하 선물이라고 주호 씨에게 시계를 선물해 주셔서 무척 감사했다. 안 그래도 다 시댁 돈으로 해결하는데 그나마 면이 선 느낌이랄까. 이조차 갚아야 할 빚이지만, 그래도 한시름 덜어서 좋았다.

그렇게 결국 나는 거의 다 받기만 했다.

주호 씨와의 결혼에서 1, 2백은 돈이 아니었다. 소비 수준이 너무 높았고, 나는 따라가기가 힘들었다. 그래도 맞춰 보려고 했는데, 시댁에선 다 안다는 듯 알아서 해결해 주셨다. 대신 내주거나, 안 받는 방법으로.

면목 없고 죄송했다. 지금의 심란함은 그것 때문인 걸지도 모르겠다. 내가 정말 주호 씨와 결혼을 해도 되는 걸까. 내가 이렇게 받기만 해도 되는 사람인 걸까.

……진짜 그것 때문이야?

알 수 없는 질문이 생각의 끝에 따라붙었다. 어제부터 수없이 반복된 질문이었다. 답을 낼 수 없는데, 불안할 게 없는 상황에 불안함을 더 부추기는 그 질문이 다시 나를 습격했다.

처음엔 엄마 때문인가 했다. 하지만 큰시숙이 잡아 준 홀은 규모는 작아도 관리가 확실해서, 초대장인 청첩장이 없으면 아예 홀이 있는 층에 들어올 수 없고, 진수와 진형이에게 갈 청첩장은 외숙모가 맡고 있다. 저녁에 만나서 함께 이동하며 건네줄 거라고 하셨으니 엄마는 신경 쓰지 않아도 된다. 그러니 엄마는 아닐 것이다.

그럼 동생들? 동생들은 그토록 아껴 주는 엄마가 있으니 걱정하지 않아도 된다. 상환액도 엄청 무리가 가는 액수는 아닌 상황이고. 외숙모도, 외삼촌도, 결혼식에 초대한 지인들도 아무 문제 없다. 그렇게 몇 번이나 상황을 되짚어 봐도 불안할 이유가 없는데, 나는 너무나 불안했다.

조금은 울고 싶은 기분으로 나는 자리에서 일어났다.

이제는 웃어야 하는 시간이었다.

"어머, 이게 얼마 만이야, 세상에, 너무 예쁘다! 화장 너무 안 진하게 잘했네! 야야야, 사람이 다르다. 결혼 축하해!"

"고마워."

제일 먼저 신부 대기실에 도착한 건, 멀리 살아서 일찍 출발하는 바람에 제일 많이 기다려야 했던 윤지였다. 인사를 받고, 정해진 것처럼 사진을 찍고도 신부 대기실은 한산해서, 윤지는 옆에 앉아 장갑 낀 내 손을 지그시 잡았다.

"표정이 왜 그래, 좋은 날에."

"이상해?"

"이상한 건 아닌데, 울 거 같아."

별거 아닌 그 한마디에 정말 왈칵할 뻔했다. 나는 천장을 보며 억지로 눈물을 참았다. 윤지가 곁에서 불안한 얼굴로 나를 지켜보았다.

"어, 나 좀 불안한 거 같아."

"뭐 때문에?"

"모르겠어. 다 따져 봐도 걸릴 게 없는데, 너무 불안해서 무서워. 윤지야, 나 왜 이러니?"

"메리지 블루?"

"그런가?"

"신랑이랑 안 좋은 건 아니지?"

"응, 그건 아니야."

호랑이도 제 말 하면 온다더니. 내가 대답하기 무섭게 주호 씨가 신부 대기실에 나타났다. 턱시도를 차려입고 가볍게 메이크업을 한 주호 씨는 훤칠하니 완전히 화보 그 자체였다. 윤지의 입이 떡 벌어졌다.

"친구 윤지예요."

"아, 강주호입니다. 와 주셔서 감사합니다."

"아니에요, 당연히 와야죠. 얘는, 있던 불안도 날아가겠다!"

윤지가 일부러 더 너스레를 떨며 내 어깨를 툭 쳤다. 하지만 주호 씨는 그냥 넘어가지 않았다.

"……진아 씨 불안해요?"

"아, 아니에요. 좀 긴장했나 봐요."

"아까부터 안 좋아 보이긴 했는데."

바지가 구겨지는 것에도 아랑곳하지 않고 주호 씨가 무릎을 꿇고 나를 올려다보았다. 말간 갈색 눈동자에 걱정이 한가득 담겼다. 마음 같아서는 주호 씨에게 매달리고 싶었지만 충동을 참으며 최대한 밝게 웃었다.

"안 해 본 걸 하려니 긴장돼서 그래요."

"그런 거면 다행이지만…… 정말 괜찮아요?"

나는 열심히 고개를 끄덕였다. 그래도 주호 씨는 미심쩍어했지만, 곧 친구들이 몰려와서 신부 대기실이 소란스러워졌다. 나와 인사하고 나를 끌어안고 사진을 찍은 후 주호 씨와 인사하고 흥분한 채 수다를 떨며 신나 하는 친구들과 지인들을 물끄러미 바라보며, 나는 불현듯 깨달았다.

나, 외로운가?

처음엔 설마 했다. 약속한 지인들도 속속 도착하고 있었으니까. 정말 기쁘게 축하해 주었으니까. 주호 씨도 일부러 신부 대기실 앞에 서서 인사를 주고받았다. 계속 내 상태를 확인하기 위해서인 것 같았다. 시댁 식구들도 들렀고, 외삼촌과 외숙모, 진수와 진형이도 무사히 왔다. 신부 대기실은 비는 시간이 거의 없을 만큼 붐볐다.

잠깐 사람이 없는 사이 헬퍼가 재빨리 드레스를 정리해 주었다. 그리고 멍하니 앉아 있는데, 하연이 언니가 왔다.

"진아야! 이게 웬일이니, 어쩜 이렇게 예쁘게 잘했대?"

"에이, 언니는."

너스레를 떨어 주는 언니의 손을 툭 쳤다. 결혼식장 뷔페 아르바이트로 내 숨통을 틔워 주었던 언니다. 수없이 많은 신부를 봤을 언니의 말에 내가 그저 웃자, 언니가 어깨를 으쓱했다.

"진짜야. 내가 본 중에 베스트는 아니어도 상위권이야, 얘."

"그 거짓말 진짜 같네요."

"진짜라니까."

실없는 대화를 주고받으며 사진을 찍은 언니가 내 손을 꽉 잡았다.

"진아야, 결혼 진짜 축하해."

"고마워요, 언니. 와 줘서."

"오랜만에 얼굴 보는 게 정말 좋은 일이라 기쁘다, 얘. 근데 얼굴이 어째 그리 안 좋아?"

불안의 원인을 알고 아까와는 달리 한껏 미소를 꾸며 냈음에도 수많은 신부를 본 언니는 대번에 내 상태를 짚어 냈다. 나는 잠시 망설이다가 사진사나 헬퍼에게 들리지 않도록 속삭였다.

"좀, 불안해요. 외로운 건가 싶기도 한데……."

"그래? 손님이 적은 건 아닌데……. 신랑이랑도 괜찮잖아."

"응. 이유를 알 수가 없어서, 그게 더 불편해서 그래요. 언니나 많이 티 나요? 티 내고 싶지 않은데."

"많이는 아닌데, 너 오래 본 사람들이라면 조금 알아챌 거 같기도 하고."

"아, 안 되는데, 얼른 기분 전환 해야겠다. 언니 형부는 요새좀 어때요?"

"어떻긴, 똑같지. ……진아야. 너, 생리 지나지 않았니?"

화제를 돌리려는 내 노력이 무색하게 언니가 목소리를 더 낮추어 속삭였다. 뜬금없는 말이라 좀 당황했지만 그러고 보니 2주 정도 지나긴 했다. 나는 잠시 기억을 더듬은 후 조심스럽게 고개를 끄덕였다.

"내가 본 신부 중에 우울해하는 사람은 열에 일곱은 임신이더라. 병원 한번 가 봐."

"그, 그럴게요."

언니가 의미심장하게 내 배를 살짝 두드린 후 자리에서 일어났다.

"제일 먼저 나한테 알려 주기다?"

"……맞으면."

"틀려도 알려 줘. 걱정되잖아."

언니가 나를 끌어안고 등을 툭툭 두드린 후 자리에서 일어났다. 내게서 확답을 받아 내고 나서야 주호 씨와 인사를 나누는 언니를 물끄러미 바라보다가 문득 아래를 내려다보았다.

순식간에 외로움이 싹 가셨다.

결혼식 내내 나는 정신이 하나도 없었다. 오죽하면 짓궂은 사회자가 "신부님 마음이 여기 없는 거 같은데, 신랑님 분발하지 않고 뭐 합니까! 5회 더 하세요!" 하고 놀릴 정도였다. 나는 얼른 정신을 차렸지만, 드레스 차림인 나를 안고 앉았다 일어나기를 하던 주호 씨가 원망 반 걱정 반의 시선을 보내왔다.

"괜찮아요?"

"네, 미안해요."

"이따 얘기해요."

나를 고쳐 안으며 주호 씨가 속삭였다.

그 뒤로도 한참을 사회자에게 시달린 끝에 예식이 끝났다. 친정 엄마는 없었지만 가족사진도 외삼촌 외숙모, 진수 진형이와 잘 찍었다. 친구들도 먼저 가거나 하지 않고 다 기다렸다가 사진을 찍고 밥을 먹었다. 파트장님은 만족한 얼굴로 밥에 집중하기보다는 부케를 쓰다듬었다.

폐백을 생략하기로 했기 때문에 그때부터는 여기저기 쫓아다니며 인사드리느라 정신이 없었고, 모든 것을 마치고 심야에 신혼집에 돌아와서도 나는 한동안 정신을 차릴 수가 없었다. 기운이 빠져 옷을 갈아입고 두꺼운 화장을 지우고 실핀을 뽑아내는 것이 힘겨웠기 때문이었다.

씻고 머리도 말리고 가까스로 잘 준비를 끝냈을 즈음에야 정신이 돌아왔다. 나보다 빨리 잘 준비를 마친 주호 씨는 조금은 불퉁한 얼굴로 침대에 앉아 나를 기다리고 있었다.

주호 씨 곁에서 잠드는 게 이미 익숙해진 뒤지만, 나는 조금 머뭇거리며 침대로 다가갔다. 얼굴에 불만과 의문을 잔뜩 띤 주호 씨의 무언의 물음을 직면하고 대답할 것이 망설여졌기 때문이다. 그래도 주호 씨는 말없이 나를 기다려 주었고, 나는 조금 용기를 냈다.

"아까, 조금…… 불안했어요."

"왜요?"

"좀 외로웠던 거 같은데……."

"그런데?"

"하연이 언니가 그러더라고요. 아, 하연이 언니는 결혼식장 운영하는 언닌데, 자기가 본 신부 중에 우울해하면 열에 일곱은 임신이라고……."

안 그래도 큰 주호 씨의 눈이 동그랗게 뜨였다.

"그 얘기 듣고 나니까 집중할 수가 없어서……."

"그, 그랬겠네요."

주호 씨가 어울리지 않게 말을 더듬었다. 시선이 맞았다. 우리는 말없이 서로를 바라보다가 누가 먼저랄 것도 없이 손을 꽉 잡았다.

"내일 병원 가 봐요."

"연휴인데 문 연 곳이 있을까요?"

"있을 거예요, 찾아서 가 봐요."

나는 고개를 끄덕이며 자리에 누웠다. 주호 씨도 내 손을 잡은 채 침대에 누웠다. 우리는 손을 잡은 채 조용히 숨을 골랐다. 명색이 첫날밤이건만, 첫날밤다운 짓을 하기엔 무언가가 너무나 신경 쓰였다.

그래서 우리는 무려 '첫날밤에 손만 잡고 잔 부부'라는 새로운 타이틀을 획득했다.

17. 행복

— 누나, 나 희진이랑 희수 보고 싶은데…….

왠지 모르게 기시감이 느껴지는 진형이의 문자를 보고 나는 잠시 기억을 더듬었다. 정확하게 어떤 내용이었는지까지는 잘 나지 않지만, 이 녀석이 뭔가 맘에 걸리는 게 있구나 하는 확신이 들어 나는 메시지를 작성했다.

— 너 혼자면.

1은 사라졌는데 한동안 답이 없어서 휴대폰을 내려놓았다. 희진이는 학교에, 희수는 유치원에, 어머님은 모임에, 주호 씨는 가게에 갔고 나도 오전 일을 대강이나마 처리해 놓은 한낮의 집은 적막하기 이를 데 없었다.

주호 씨 공부가 끝나 한국에 돌아와 이 집에 산 지도 벌써 3년인데, 때때로 이렇게 혼자 남겨질 때면 이 집이 낯설게 느껴질 때가 있다. 아이들은 넓어서 좋아하지만. 열심히 뛰어다니고 있어 넓은 잔디 정원을 축구장화 하고 있지만, 어머님이 그것도 쓸모가 있으니 괜찮다 하셔서 안심이었다.

자, 이제 뭘 할까.

느긋하게 커피를 마시던 나는 다시 휴대폰이 울려 메시지를 확인했다.

— 누구 같이 가면 안 돼?

— 응. 여자친구 보여 줄 거면 매형도 되는 시간까지 해서 아주 약속 따로 잡아.

단호하게 문자를 쓰는 사이 어렴풋이 기억이 떠올랐다. 하기야, 나에게 진 빚을 다 갚을 때까지 진형이는 나에게 문자를 거의 하지 않았다. 빚을 다 갚고 나서야 문자가 가끔 오기 시작했는데, 전형적인 조카 바보인 진형이가 이렇게 나오는 이유는 하나일 터였다.

7년 전의 사건도 진형이의 문자가 화근이었던 기억이 난다. 7년이면 적지 않은 시간이 지난 건데도 그때를 떠올리자 속에서 무언가가 치받았다.

— 그럼 매형 시간 언제 돼?

하지만 화르르 끓어오르던 속이 진형이의 메시지를 보고 가라앉았다. 엄마가 아닌가? 진짜 결혼할 여잔가? 의아해하며 나는 아예 전화를 걸었다. 신호가 몇 번 가지도 않았는데 당황해하는 진형이의 목소리가 들렸다.

— 어, 누나.

"상견례해?"

— 어……. 했어. 그래서 누나랑 매형한테도 인사해야 할 거 같아서.

"그래? 축하한다, 진형아."

— 으, 응.

"너흰 시간 언제가 좋아? 주호 씨 비는 시간이랑 맞춰 보고 알려 줄게."

— 응, 잠깐만.

나와 오랜만에 통화를 하는 진형이는 무척 낯설어했다. 그럴수록 나는 마음이 차분해졌다

"그래, 알았어. 메모했어."

— 어, 근데 누나.

휴대폰 너머에서 진형이가 주저주저한다. 나올 말이 짐작돼서 마음의 준비를 하자마자, 예상하던 그 말이 흘러나왔다.

— 응. ……엄마 오시면 안 되는 거지?

"응, 안 돼."

— 알았어. 그럼 알아보고 연락 줘.

진형이는 조금 풀이 죽었지만, 그래도 그 이상 헛된 시도를 하지는 않았다. 나도 예상했던 일이라 기분은 크게 나쁘지 않았다. '오실 거 같아' 와 같은 통보가 아니라 '오시면 안 되는 거지?' 라는, 조금이라도 현실을 파악한 말이기 때문일지도 모르겠다.

그래도 심장의 고동은 조금 빨라졌다. 나는 잠시 멍하니 앉아 있다가 다시 휴대폰을 들었다.

— 네, 진아 씨.

부드럽게 흘러나온 목소리. 하여튼 7년 전이나 지금이나 한결 같은 사람이다.

"바빠요?"

— 진아 씨 일보다 바쁜 일이 어딨어요.

"제발 그런 말 회의 중에 하지 마요. 나중에 사람들 못 만나겠 단 말이야."

— 괜찮아요. 그런데 무슨 일이에요?

"진형이가 결혼할 사람을 소개하고 싶다는데, 당신 시간 언제 비어요?"

— 어, 막내처남 결혼한대요? 좀 빠르지 않나?

"빠르긴. 벌써 스물일곱인데요."

— 요즘에 스물일곱이면 빠르지.

"그러는 당신은 스물여덟에 했거든요?"

— 난 이미 유부남이니까 괜찮아요. 하지만 처남은 총각이잖 아?

"그건 대체 무슨 논리예요."

대답하면서도 피식 웃음이 났다. 유학 다녀와서 본격적으로 꽃 집 사업을 시작하더니 느는 건 능글맞음과 뻔뻔함뿐이다.

— 하하하. 음, 그럼 이번 주 스케줄 사진 찍어 보낼 테니까, 진아 씨가 적당히 잡아서 알려 줘요.

"응, 그럴게요. 오늘은 언제 들어와요?"

— 음, 오늘은 좀 늦을 거 같은데…….

"나 외로운 거 같아요."

평소엔 안 하던 소리가 불쑥 튀어 나갔다. 7년 전의 일을 떠올려서일까. 거의 아물었다고 생각했는데, 아물지 않았던 걸까. 아니면 이건 약한 소리인 걸까. 그냥, 응석? 말을 뱉어 놓고도 씁쓸해졌는데, 주호 씨는 아무렇지도 않은 듯했다.

— 지금 갈까요?

"지금 회의 중 아니에요? 그리고 어차피 도로 나가야 하잖아요. 괜찮으니까 다 하고 들어와요."

— 나도 괜찮아요. 내일 하지 뭐. 사장 좋다는 게 뭐겠어요.

주호 씨의 말이 끝나기 무섭게 주변에서 야유가 들렸다. 역시, 회의 중에 무턱대고 전화를 받았던 모양이다.

— 하하, 매일 그러는 것도 아니니까. 회의만 끝내고 갈게요.

"……내가 나갈까요? 나 데이트하고 싶은데."

— 그래요. 그럼 오랜만에 데이트해요, 우리. 가게에 있을 테니까 이쪽으로 와요.

"네, 준비하고 나가면서 메시지 보낼게요."

나는 조금 달아오른 체온을 느끼며 전화를 끊었다. 그러고 보니 데이트도 오랜만이다. 한국 돌아온 직후 어머님이 애들을 봐주셔서 가끔 했었는데, 남편 사업이 바빠지고 내 번역 일도 바빠지고 나선 거의 못 했던 것 같다.

사실은 지금도 주호 씨는 나를 연애 기분에 젖게 해 준다. 모처럼 옷을 골라 입고, 모처럼 단장을 하고, 맛있는 음식점에서 식사를 하고 모르는 척하며 서로의 근황을 나누는 것. 시간적 여유가

374

있으면 분위기 좋은 곳에서 사랑을 나누기도 하는 데이트에 나는 또 설레고 설렌다.

오랜만에 실내복 원피스가 아니라 나풀거리는 원피스를 갖춰 입고, 그간 처박아 둔 구두도 꺼냈다. 화장도 공을 들이고, 머리도 신경 써서 드라이했다. 아이들 때문에 늘 무겁던 가방 대신 작은 손가방을 꺼내 들고 집을 나섰다. 하늘도 화창하니 데이트하기 참 좋은 날씨였다.

회의가 아직 끝나지 않은 듯해 차 안에서 기다리는 동안, 자연스럽게 옛 기억이 떠올랐다. 그래, 지금은 이름도 기억나지 않는 서 뭐시기 때문에 주호 씨가 나를 한 시간도 넘게 기다리고 그랬었지. 몸 버릴까 봐 밥도 꼬박꼬박 챙겨 주고, 울면 달래 주고, 조언도 해 주었지. 집을 나왔을 때, 어머님 치마폭에 얼굴을 묻고 울기도 했었지. ……오늘 들어갈 때 어머님 좋아하시는 꽃게 좀 사 갈까. 제철이 아니라 별로이려나.

그리고 결혼을 했고, 희진이를 가졌다. 아버님이 기적적으로 1월까지 버티셔서 희진이를 본 다음 날 돌아가셨고, 내가 처음으로 SG그룹의 규모를 실감하게 된 장례식을 치렀다. 주호 씨가 나는 애 낳은 지 이틀 됐다고 참석하지 못하게 했지만, 그걸 다들 당연하게 생각해 주셔서 마음의 가책을 조금이나마 덜었던 일도 있었다.

그리고 세 식구가 바다를 건너 미국에 갔다. 나와 주호 씨가 공부를 해서 학위를 따고 돌아오고서는 아예 어머님 댁으로 들어가 산 지 벌써 3년. 그리고 그사이 진수는 빚을 다 갚고 결혼을 해서 딸을 하나 낳았고, 진형이도 빚을 다 갚고 결혼을 하려 한다.

돌이켜 보니 어머님 말씀이 맞았다.

정말로 다 지나갔다.

저항할 수 없을 만큼 아팠다. 하지만 그 모든 일이 다 지나갔다. 나는 예전의 최진아가 아니고, 그것을 알게 된 진수와 진형이가 그 부분은 조심해 주고 있다. 엄마는 연을 끊은 지 7년이 된 지금 내게 연락하고 싶어 안달이 난 모양이지만, 내가 당했던 무시를 주호 씨, 내 아이들에게 똑같이 당하게 하고 싶지 않아, 연을 다시 잇겠다는 생각은 조금도 하고 있지 않다.

주호 씨는 7년 전과 다를 바 없이 한결같이 날 사랑해 주고, 날 지지해 준다. 거기에 아버님을 잃은 슬픔이 가시지 않았는데도 내 산후조리를 시종 신경 써 준, 남들은 다 친정 엄마인 줄 알았다는 어머님. 사랑하는 희진이와 희수.

가끔 주변에서는 최진아가 시집 잘 가서 팔자 고쳤다, 인생 폈다는 소리를 하기도 하는 모양이다.

거기에 담긴 시기와 질투심은 알고 있지만, 그렇다고 상처받지는 않는다. 그런 말을 흘릴 수 있을 만큼 내 상황과 마음에 여유가 생긴 것이 첫 번째 이유다. 그리고 두 번째는.

"진아 씨! 잘 지내셨어요?"

차에 올라타며 활짝 웃어 주는 저 한결같은 미소를 가진 내 남자 때문이다.

"주호 씨도 잘 지내셨어요?"

"아니요. 진아 씨 보고 싶어서 혼났어요."

천연덕스럽게 거짓을 고하는, 하지만 결코 밉지 않은 내 남자. 나는 눈을 흘기며 웃었다.

"어디로 갈까요?"

"진아 씨 오늘은 어떤 기분?"

"음, 데이트니까 레스토랑이라도 가 볼까요?"

"직원이 좋다고 했던 가게 있어요. 내비 찍어 줄 테니까 그리로 가요."

하지만 막상 주호 씨가 찍어 준 곳은 데이트로 한 번 가기엔 꽤 비싼 회원제 레스토랑이었다. 나도 이름을 들어 본 적이 있는. 나는 잠깐 가는 길을 살펴본 후 물었다.

"정말 직원이 알려 줬어요?"

"데이트를 위한 남자의 노력은 눈감아 주는 센스. 가요, 예약해 놨어요."

유쾌하지만 단호한 멘트를 날리며 주호 씨가 눈을 찡긋한다. 나는 덩달아 유쾌하게 웃으며 액셀을 밟았다. 그리고 나도 모르게 속삭였다.

"……당신이 있어서 행복해요."

정말 작게 중얼거린 그 말을, 주호 씨는 귀신같이 알아들은 모양이다.

"저도 행복해요, 진아 씨. ……내 사랑 때문인가? 어째 점점 더 예뻐지는 거 같아."

"아, 정말! 아저씨 같으니까 그런 말 좀 하지 말라니까."

"왜요, 아저씨 맞는데."

핀잔을 주자 어깨를 으쓱한 주호 씨가 기어에 얹은 내 손 위에 자신의 손을 올렸다.

내 손을 다 덮는, 크고 따뜻한 손. 항상 내 손을 잡아 주고 이끌어 주면서도 생색 한 번 낼 줄 모르는 듬직한 손. 내가 손가락으로 파고들자, 조금의 지체도 없이 맞잡아 오는 손.

들으면 또 아저씨 개그를 날릴 걸 알기에, 나는 이번에야말로 속으로 중얼거렸다.

……전부 당신 덕분이야. ……정말로 고마워요, 주호 씨.

에필로그
피워 낸 결심

"엄마, 이거 너무 셔!"

희진이가 반 베어 물다 오만상을 지으며 귤을 내려놓았다. 옆에 앉은 희수는 누나가 하는 것을 보더니 입에 제대로 넣지도 않은 귤을 내려놓으며 저도 오만상을 짓는다.

"엄마, 나도 셔!"

"많이 셔?"

희진이가 먹다 만 귤 반쪽을 들어 입에 넣었다. 괜찮은 것 같은데……. 고개를 갸웃하는 사이 어머님이 보시고 화들짝 놀라 옆에 둔 새 귤을 집어 내미셨다.

"애, 새 귤 있는데 왜 그걸 먹니?"

"아, 희진이가 시다고 해서 먹어 본 거예요."

"그래? 그럼 됐고. 희진아, 할머니가 귤 단거 까 줄까?"

"응! 단거 주세요!"

"할머니, 나두, 나두!"

"그래, 잠깐만 있어 봐."

어머님이 내 앞에 둔 귤 바구니에서 귤을 고르기 시작하셨다. 이건 아직 딱딱하고, 이것도 시겠네. 음, 음……. 귤을 고르던 어머님의 얼굴이 점차 미묘한 얼굴로 변했다.

"귤이 이게 다니?"

"박스로 사서 아직 남아 있긴 한데, 거기 귤 다 딱딱해요? 이번에 산 귤이 좀 아닌가?"

의아해하며 내가 자리에서 일어나자 어머님이 손을 내저으셨다.

"내가 다녀오마. 너 또 신 거 골라 올라."

"네, 네에……."

머쓱해져서 자리에 도로 앉은 나는 까던 귤을 마저 까 입에 넣었다. 별로 신 거 모르겠는데……

"희진아, 이거 먹어 볼래?"

"싫어, 엄마가 주는 거 다 시단 말이야."

"신지 안 신지 맛만 봐 줘."

희진이가 잠시 고민하다가 결국 작은 머리를 끄덕이고 입을 벌렸다. 혹시나 또 실까 싶어 귤 끝만 조금 떼서 입에 넣어 주었는데, 두어 번 씹자마자 희진이가 몸을 부르르 떨었다.

"셔! 으, 이게 젤 셔!"

얼른 물 잔을 내밀고 등을 도닥여 주자, 물을 마신 희진이가 칠

색 팔색하며 귤을 멀찍이 밀어 버리고 고개를 돌렸다. 그사이 고개를 갸웃하며 어머님이 나타나셨다. 쟁반 위의 바구니에는 귤이 아니라 천혜향이 담겨 있었다.

"이상하네. 의현이 엄마가 산 귤이 이럴 리가 없는데."

"아, 그 귤 제가 산 거예요, 어머니. 지나가다가 맛있어 보여서……."

"그래? ……희진아, 희수야. 천혜향 먹자. 이건 안 셔."

"그것도 귤이잖아요, 실 거 같아요."

"신 거 싫어!"

희진이가 울상을 짓고, 희수도 누나를 따라 울상을 짓는다. 나는 몹시 머쓱해져서 다 깐 귤을 내려놓다가 아까워서 일단 입에 집어넣었다.

"이건 하나도 안 신 거야. 자, 끝만 먹어 봐."

어머님이 손수 까서 희진이와 희수 입에 천혜향을 넣어 주신다. 희진이는 미심쩍은 듯 입에 넣고도 한동안 씹지 않고 있다가, 희수가 아무렇지 않게 꿀꺽 삼키는 걸 보고 나서야 천천히 입에 든 천혜향을 씹기 시작했다.

"할머니, 이건 안 셔요!"

"그래, 안 시다니까."

불현듯 등줄기가 오싹했다. 나만 그런 게 아닌지, 어머님도 내게로 고개를 돌리신다. 우리는 한참 동안 마주 보고 눈만 깜박이다가 고개를 돌렸다.

"설마."

"……그러게요."

"……그래도 모르는 거니까 병원은 가 보는 게……."

"희진이 때도 희수 때도 신 건 안 찾았는데……."

"낳을 때마다 다르기도 하더라만……. 가 보고 얘기하자."

"네……."

그렇게 대답하면서 나는 귤 하나를 또 까 입에 넣고 있었다.

❋ ❋ ❋

회식을 마친 주호 씨는 12시가 넘어서야 집에 들어왔다. 술자리 분위기가 즐거웠는지 기분 좋은 얼굴로 들어와 씻고 누운 주호 씨를 앞에 두니 차마 입이 떨어지지 않았다.

"주호 씨, 나 할 말이 있는데……."

"응, 이리 와요."

술 마신 와중에도 팔을 내밀고 팔베개를 해 주려는 주호 씨다. 나는 버릇처럼 주호 씨에게 안겨 머뭇머뭇 입술을 뗐다.

"저기, 내일 병원에 좀 가 봐야 할 것 같아요."

"어디 아파요?"

"그건 아닌데, 너무 신 걸 찾아서……."

"신 거?"

누우니 졸린지 느리게 깜박이던 주호 씨의 눈이 휘둥그레졌다.

"셋째?!"

"아마……도? 물론 가 봐야 알겠지만……."

나는 조심스럽게 말을 덧붙였다. 말을 꺼내기가 어려운 이유 중에 하나는 희수를 낳자마자 주호 씨가 정관수술을 받았기 때문이다.

"그럴 수 있다는 말은 나도 들었지만…… 나도 내일 병원 가 봐야겠네."

술이 확 깬 얼굴로 주호 씨가 중얼거렸다. 주호 씨의 심란해 보이는 얼굴을 보자 여러 가지 의미로 불안해졌다. 나를 의심하는 건 아닐까 하는 일말의 걱정과 정말 셋째면 어떡하나 하는 걱정, 그리고 내 안에서 가장 근본적인 걱정 때문에 주호 씨 가슴에 얼굴을 묻고 부비자, 주호 씨가 내 등을 토닥여 주었다.

"걱정하지 마요. 생긴 거면 생명의 신비니 예쁘게 낳아서 키우면 되잖아요."

"……아들일까 봐……."

"응?"

주호 씨는 잠시 생각하는지 말이 없다가 한숨을 내쉬었다.

"그런 말 하지 마요. 아들이면 애가 서운할 거 아니에요."

"무서워요."

정말로 몸이 떨리기 시작해서 나는 주호 씨에게 매달렸다.

정관수술을 해도 임신이 되는 경우가 있다는 걸 알고 있어서, 주호 씨만 괜찮다면 그 부분은 신경 쓰지 않는다. 셋째를 키우지 못할 만큼 어렵게 사는 것도 아니니 낳으면 열심히 키울 생각도 있다.

하지만 희진이가 딸, 희수가 아들인데 셋째가 아들이라면…….

희진이가 내 전철을 밟게 되는 건 아닐까. 벌써 착한 아이, 예쁨 받는 아이가 되려는 희진이인데…….

불안함이 전달되었는지, 주호 씨가 내 어깨를 강하게 끌어안았다.

"달라요."

"응…….."

"진아 씨, 달라요. 희진이는 진아 씨가 아니고, 진아 씨도 어머니가 아니에요."

"아는데, 몸이……."

이제 괜찮다고 생각했는데 진형이의 결혼식 때문에 엄마 이야기를 들은 데다 셋째를 갖게 되자 그 기억이 갑자기 눈앞에 펼쳐졌다. 두려움을 주체할 수가 없었다. 무서워서, 너무나 무서워서 주호 씨에게 매달릴 수밖에 없었다. 주호 씨의 단단한 팔 안에서 나는 하염없이 주호 씨를 끌어안았고, 주호 씨는 나보다 더 강한 힘으로, 아프도록 나를 끌어안아 주었다.

"진아 씨. 진아 씨 옆엔 내가 있어요. 그리고 희진이는 착한 아이지만, 원하지 않으면 양보하지 않는 아이로 크고 있고요. 우리 어머니도 곁에 있고, 진아 씨는 그렇게 차별하면서 아이를 키우고 있지도 않아요."

"……내가, 달라질까 봐……."

"진아 씨가 여태 희진이를 키운 게 있는데 그게 하루아침에 달라지겠어요? ……그래도 믿을 수 없으면, 나를 믿어요. 내가 있잖아요."

그 말에 왈칵 눈물이 쏟아졌다. 그래, 그랬다. 나에게는 주호 씨가 있었다. 내가 결심할 때 내 옆에 있어 준 사람, 내가 악몽을 꾸는 것을 고스란히 듣고 위로해 준 사람, 나와 함께 아이를 키우는 사람, 그리고 나를 사랑으로 지지해 주는 사람.

"아들이어도, 내가 사랑할 수 있을까요?"

"할 수 있어요. 나는 진아 씨를 믿고, 그런 나를 믿어요."

"주호 씨……."

"그러다 딸이면 어쩌려고 그래요. 아들이어도 서운하겠고 딸이어도 서운하겠다. 응?"

부드럽게 내 눈물을 닦아 준 주호 씨가 이마에 입을 맞춰 주었다. 그리고 다시 강한 힘으로 나를 안아 준다.

"셋째는 예쁠 거예요. 막내잖아요. 다 커도 아이 같겠죠? 내가 어머니한테 그렇듯이."

"응……."

"잘 키워 봐요, 우리. 엄청난 확률을 뚫고 태어나는 아이잖아요. 그게 더 놀랍지 않아요? 내일 병원 가서 의사한테 물어봐야지. 수술해도 임신될 확률이 몇 퍼센트인지."

"뭘 그런 걸 물어보려고 그래요."

"아니, 정말 놀랍잖아요. 그렇게 태어난 아이라면, 나중에 뭐가 돼도 될 것 같지 않아요?"

"……그건 그렇지만……."

"난 성별보다 그게 더 궁금한데요?"

정관수술을 받았음에도 임신한 아내다. 주호 씨 마음 한구석에

구름이 드리워져 있을 텐데, 그럼에도 나를 먼저 달래며 너스레를 떠는 주호 씨 덕분에 나도 슬며시 웃음이 나기 시작했다.

"주호 씨 많이 궁금하구나."

"어, 난 그게 정말 궁금하다니까요. 이쯤 되면 성별이 중요한 게 아니에요."

슬슬 잠이 오는지 주호 씨는 나를 도닥이며 몇 번이고 중얼거렸다. 우리 셋째는 과연 몇 프로일까. 그리고 그 중얼거림을 듣는 사이, 나도 어느샌가 잠이 들고 말았다.

❄ ❄ ❄

셋째, 3개월.

주호 씨는 아예 정관수술을 다시 해야 한다고 했다. 흔하지는 않지만 가끔 있는 일이라고.

병원 엘리베이터에서 주호 씨가 머쓱해하며 웃었다.

"설마 레이저로 지져 놓은 게 붙을 줄은……."

나는 아예 할 말을 잃었다. 희수 낳고 바로 정관수술을 했으니까 이제 겨우 5년. 그게 그렇게 쉽게 되나 싶으면서도 내가 그 산 증인이 되었으니 덧댈 말이 없었다.

내 손을 잡은 주호 씨가 천천히 걸음을 옮겨 엘리베이터를 빠져나갔다. 계획조차 없던 셋째 등장에 몹시 기쁜 눈치였다. 다만 내가 멍해 있으니, 자제하고 말을 하지 않는 정도랄까. 그래 봐야 입꼬리는 잔뜩 올라가 있다.

차에 타서도 곧바로 출발하지 않고, 주호 씨는 내비게이션을 조작하며 내게 물었다.

"조금 이르긴 하지만 점심 먹으러 가요. 뭐 먹고 싶은 건 없어요?"

"딱히……."

"그러지 말고 생각해 봐요. 응?"

"일단 집에 가서 어머니께 알려 드리고, 셋이 같이 점심 먹어요."

"난 둘이 먹고 싶다고요. 음, 단건 안 당겨요? 매운 거……는 좀 그런가?"

별로 먹고 싶은 건 없었는데, 주호 씨가 하도 들떠 보여서 나는 순순히 고개를 끄덕였다.

"그래요, 그러면 오랜만에 데이트 기분 낼까요?"

"음, 그럼 정석이라면 정석인 파스타 어때요."

"주호 씨 면 별로 안 좋아하잖아요."

"에이, 아예 안 먹는 건 아닌 거 알잖아요."

하여간 어지간히 기분이 좋은 모양이다. 예전에 직원에게 들었는데 기억이 안 난다며 굳이 전화로 물어보고 내비게이션을 찍은 주호 씨는 어느 순간 멜로디를 흥얼거리고 있었다. 멜로디는 분명 투우사의 노래인데 미묘하게 음을 틀려, 음치라는 게 티가 난다. 유명한 만큼 티가 더 잘 난다. 그래도 듣기 싫지 않은 건 목소리가 워낙 부드럽고 좋기 때문이다.

결혼한 지 벌써 7년이 지났는데, 아직도 이 사람이 이렇게 사랑스러워 보이는 건 왜일까. 기어에 올린 주호 씨 손에 내 손을 겹치자, 주호 씨 얼굴에 미소가 가득 피어올랐다.

11시가 조금 지난 시간이라 막힘없이 파스타 집에 도착했다. 외관만 보면 카페 같기도 했다. 확실히 분위기 있는 가게였다.

안내해 주는 직원을 따라 더 안으로 들어서자 저 구석에서 후다닥 부산을 떠는 소리가 났다. 무심결에 눈이 그리로 향했다. 커플 손님 중 여자 쪽이 메뉴판으로 얼굴을 가리고 있었다. 의아해서 눈을 떼지 못한 채 직원을 따라가는데, 맞은편에 앉아 있던 동행도 당황했는지 몸을 내밀고 얼굴을 가린 여자에게 묻는다.

"의주 씨?"

다급하게 흔드는 손이 부르지 말라는 뜻인 것 같은데, 동행 남자는 걱정만 한가득이다.

"왜 그래요, 의주 씨? 어디 아파요? 재채기?"

"······부르지 마요."

낮게 말한다고 한 것 같은데, 시간이 시간이라 손님이 없어 목소리가 들리고 말았다. 음, 맹의주구나. 깨달은 나와 주호 씨는 동시에 피식 웃어 버렸다.

저 둘처럼 홀에 앉을 수도 있지만, 그들을 배려해 룸으로 들어가기로 했다. 메뉴를 고르고 직원이 나가며 문을 닫자마자, 나와 주호 씨는 빵 터졌다. 사실 주호 씨가 그토록 사랑했던 여자라 웬만하면 참으려고 했는데, 작은 메뉴판으로 얼굴을 가리고 숨으려 안간힘을 쓰는 모습이 떠올라 웃음을 참을 수가 없었다.

"맹의, 맹의주 씨죠? 이혼했다는 소리는 드, 들었는데, 아하하하하!"

"얼마나 급했으면 메뉴판으로 얼굴을, 크하하하하!"

잠시 후, 식전 스프가 나올 때가 되어서야 웃음이 진정되었다.

"이혼했대요?"

"그렇다고 들었어요. 우리 미국 갔을 때 회사에서 한바탕 난리였다고 그러더라고요."

"어, 왜 얘기 안 해 줬어요."

"그게 뭐 좋은 일이라고 얘기해요."

"왜요?"

말을 해 줘야 하나 말아야 하나 잠시 고민이 되었다. 하지만 주호 씨가 눈을 빛내며 순수하게 궁금해했기 때문에 이야기해 주기로 했다.

"그 둘, 처가살이로 시작했잖아요. 그렇다 보니 서민일이 밖으로 돌아서 의주 씨가 바가지 엄청 긁었대요. 거기다 장인 장모님까지 합세해서 정말 험한 소리 많이 하신 모양이에요. 그걸 시부모님들이 알게 된 거죠. 처가살이 때문에 서로 감정이 많이 상해 있던 상황에, 그 모든 사실을 알게 되고는 집안싸움이 돼서, 부모님들이 회사까지 쫓아와 서로 머리채를 잡으셨대요."

"……사돈끼리요?"

"네."

"회사에서요?"

"네. 그래서 난리가 났죠. 사돈들이 며느리 사위 쫓아오던 중에

건물 로비에서 몸싸움을 벌이셔서. 왜, 있잖아요. 주호 씨 꽃 장
식 하던 로비. 그래서 그 건물 쓰는 모든 사람이 다 알게 됐
고……. 이혼 과정도 깔끔하지 않았나 봐요. 허구한 날 회사에서
싸워서 사람들이 다 알았대요. 이혼 소송 막판에 의주 씨가 결혼
정보 회사 가입한 거 걸려서 그것도 문제였고……. 결국은 이혼
하고 의주 씨가 이직했다더라고요. 서민일은 계속 다녔다는데, 그
후에 만난 여자가 나이를 속인 19살이라 부모님한테 소송당하고
회사 잘렸대요."

"허."

"의주 씨는 이번엔 돈 많은 남자 잡을 거라고 선본다고 들었어
요. 그러니 아까 같이 있던 분이 남편인지도 모르겠어요. 나랑은
데면데면하긴 해도 함께 지냈으니 그렇게까지 숨을 이유는 없는
데……."

최대한 담담하게 이야기를 했음에도 주호 씨는 입맛이 쓴 듯했
다. 역시 괜히 이야기했나. 조금 후회가 돼서 슬그머니 눈치를 보
는데 갑자기 푹 한숨을 내쉰다.

"아, 정말. 내가 이야기해 달라고 한 건데 왜 눈치를 봐요."

"그치만."

"괜찮아요, 눈치 볼 거 없어요. 그냥, 그냥…… 진아 씨도 서민
일 씨 그렇게 된 이야기 들었을 때 즐겁지만은 않았을 거 아니에
요. 그런 정도예요."

나는 눈을 깜박이다 대답했다.

"……난 진짜 고소했는데. 자업자득 같아서."

그러자 주호 씨가 눈을 동그랗게 뜬다.

"진짜?"

주호 씨에 비하면 내가 진짜 못된 건지도 모르겠다. 민망해져서 대답 대신 고개를 끄덕이는 사이 메인 메뉴인 파스타가 나왔다.

우리는 잠시 말없이 요리 맛을 보았다. 습관처럼 자신의 음식을 맛보고, 서로의 음식을 맛본다. 주호 씨가 시킨 게 더 맛있어서 슬그머니 요리 두 개를 테이블 중앙에 맞춰 놓는데, 그걸 본 주호 씨가 씩 웃으며 아무렇지 않게 접시를 바꿔 주었다.

"많이 먹어요."

"괜찮겠어요? 그거 입에 안 맞는 거 아니에요?"

"파스타보다 진아 씨가 더 중요하니까."

"……등짝 맞을 소리 하지 마요. 그럼 나는 주호 씨보다 파스타가 중요한 여자가 되는 거잖아요."

핀잔을 주는데도 좋다고 웃는다. 그래도 배려에 행복해하며 기꺼이 내 앞의 접시에 손을 댔다. 찜찜한 기분을 날려 버리고 입맛에 맞는 파스타를 열심히 먹고 있는데, 괜히 포크를 돌돌 말던 주호 씨가 고개를 저었다.

"못 잊은 거 아니에요."

"응?"

"못 잊어서 그런 거 아니고, 뭐라고 설명을 해야 하나. ……내가 돈으로 보였겠구나 하는 씁쓸함 때문이에요. 내가 호구였구나, 싶어서."

입에 든 파스타를 씹지도 삼키지도 못하고 주호 씨를 바라보았다. 무슨 이야기를 하나 했더니 아까 하다 끊긴 맹의주 이야기가 마음에 걸렸나 보다.

"그래노 됐어요. 돈만 추구하고 인성은 볼 줄 모르는 사람이니 어찌 보면 그렇게 된 것도 자업자득이죠. 그런 면에서는 나도 후련해요."

나는 말없이 고개를 끄덕이고 입에 든 것을 삼켰다. 냅킨을 내밀어 내 입가를 닦아 준 주호 씨가 빙그레 웃으며 턱을 괴었다.

"그 덕분에 진아 씨를 만나서 이렇게 행복한걸."

그 웃는 미소에 심장이 콩닥콩닥. 7년을 함께 살 맞대며 살았고, 애가 둘, 아니지, 셋이 될 예정인데 왜 아직도 이렇게 떨릴까. 나를 정말로 사랑스럽다는 듯이 바라보는 그 눈길에, 주책없이 볼이 달아올랐다.

"왜요, 내가 이렇게 보니까 설레요?"

이번에도 말없이 고개를 끄덕이고 웃었다. 달달한 시선 속에 다시 파스타에 포크를 가져가는데, 갑자기 요란하게 휴대폰이 울렸다. 내 전화였다.

"어. 희수 유치원 선생님……."

주호 씨의 눈이 휘둥그레졌다. 나도 당황해서 얼른 전화를 받았다.

"여보세요? 선생님!"

— 어머니, 안녕하세요. 갑자기 전화드려 정말 죄송해요.

"아니요, 괜찮아요. 희수한테 무슨 일 있나요?"

— 어, 저기, 제가 점심 준비 하러 잠깐 자리 비운 사이에 희수가

친구와 싸웠어요. 그래서 빨리 말리지를 못했습니다, 죄송합니다.

그 말에 눈앞에 보이는 게 아무것도 없어졌다.

당장 파스타 집을 박차고 나왔다. 분위기를 눈치챈 주호 씨도 급하게 차를 몰았다. 유치원에 도착할 때까지가 어찌나 길던지, 불안하고 초조해서 온몸이 떨렸다. 주호 씨가 내 손을 잡아 주었지만, 마찬가지로 불안한지 그 손도 축축하게 젖어 있었다.

싸움이야 어린이집에서도 했었고 유치원 입학 초에도 했었다. 다섯 살짜리 아이들만 모아 놓았으니 싸움이 아주 안 나는 게 이상한 일이라는 건 알고 있다. 가끔 알림장에 적혀 오기도 하니까. 그런데 이번엔 몸싸움을 크게 벌인 모양이다.

유치원 입구에 들어서자 어렴풋하게 울음소리가 들렸다. 가슴이 철렁해 서두르다가 신발이 제대로 안 벗겨져 앞으로 고꾸라질 뻔했다. 주호 씨가 잡아 주지 않았으면 크게 넘어졌을 것이다.

교무실 문을 여니 희수와 경훈이가 맹렬하게 우는 것이 보였다. 서로 어찌나 야무지게 긁어 놨는지, 두 아이 모두 팔이며 얼굴에 빨간 실선이 가득이다. 평소엔 그렇게 죽고 못 사는 친구 사이면서 대체 뭘 어쨌길래 이렇게 크게 싸운 건지. 아이라 상처가 빨리 아물기야 하겠지만, 막상 다친 걸 보니 내 마음이 아리고 속이 상해 견딜 수가 없었다.

"희수야, 괜찮아, 엄마 왔어."

"으허어어엉, 엄마, 엄마아, 엄마아!"

나를 발견한 희수가 악을 써 가며 달려왔다. 곧 경훈이 어머니도 헐레벌떡 뛰어 들어왔다.

"경훈아!"

"으아앙, 엄마아아아아!"

아주 통곡을 하며 운다. 교무실이 떠나갈 듯하다. 열심히 달래는데, 울어서 끅끅거리며 희수가 물었다.

"아, 아빠, 흐, 희수 아빠지?"

"그럼, 당연하지."

뜬금없는 질문에 놀랐지만, 주호 씨는 놀란 기색을 숨기며 다정하게 대답했다. 그럼에도 희수는 더 서럽게 울기 시작했다.

"경훈이가 나보고 주워 온 애래!"

그 말에 경훈이 어머님도 깜짝 놀라 이쪽을 돌아보고는, 역시나 끅끅거리는 아이에게 물었다.

"경훈아, 왜 그런 말을 했어?"

어머님이 묻는 말에 더 서러운지 경훈이는 좀처럼 대답을 하지 못했다. 선생님까지 달라붙어 한참을 달랜 끝에, 아이가 겨우 입을 열었다.

"이름이 다르잖아."

"이름이 왜 달라?"

"쟤는 강씬데, 끅, 쟤네 아빠는 주씨잖아!"

"……응?"

주호 씨의 얼굴이 사정없이 일그러졌다. 내 얼굴도 일그러졌고, 유치원 선생님도, 경훈이 어머니의 얼굴도 일그러졌다.

나는 헛기침으로 웃음을 가라앉히고, 확인차 희수에게 물었다.

"희, 흠, 희수야. 아빠 이름이 뭐라고?"

"주호씨."

여지없는 대답에, 어른들은 모두 손으로 입을 가렸다. 그래도, 떨리는 어깨는 가려지지 않았다.

✳ ✳ ✳

어머니가 소리 없이 흐느끼다 외쳤다.

"내 아들이 주씨인 걸 35년 만에 처음 알았네!"

"아, 엄마, 엄마가 아들 성 갈기가 어딨어요?"

주호 씨는 불편한 심기를 그대로 내비쳤지만, 어머니는 그대로 소파에 쓰러지셨다.

"아이고, 너무 웃었더니 일어날 힘도 없다. 아이고, 세상에. 주 씨래, 주씨……."

"그만 웃으라니까."

불퉁하게 대답하면서도 손은 부지런히 귤을 깐다. 나도 시원하게 웃고 싶었지만 주호 씨가 정말 삐칠까 봐 억지로 참으며 귤을 씹었다.

"그래서, 어떻게 했어?"

"주워 온 애 아니라고 알려 주고, 사과받고, 사과시키고, 서로 안아 주고 끝냈죠. 대신 엄마 아빠 이름 20번 쓰게 시켰어요."

"아까 유치원 숙제 있다는 게 그거였구먼."

너무 웃어 지친 어머니가 겨우 몸을 일으키고 숨을 고르셨다.

"희진이는 엄마 아빠 이름 알지?"

"오자마자 물어봤어요. 희진이는 제대로 알더라고요."

"그세 여덟 살과 다섯 살의 차이인가 보다. 아이고, 배야. 그래, 애들한테는 주씨로 느껴질 수도 있지. 평소에 강주호라고는 안 하니까."

"아무래도요. 희수는 제 이름도 '진아씨'라고 알고 있더라고요. 저도 성 갈 뻔했어요."

어머니가 다시 터질 뻔한 웃음을 애써 참으며 물었다.

"그래서 너희는 호칭 어떻게 하기로 했니?"

여전히 뾰로통한 주호 씨가 이번에는 천혜향을 까며 대답했다.

"뭘 어떻게 해요. 안 바꿀 거예요. 남들하고 다른 건 알지만, 나랑 진아 씨는 이게 좋아요."

'진아 씨'를 듣자마자 결국 어머니는 다시 웃음이 터지고 말았다.

"아, 당분간은 너희 그렇게 부르지 마라. 나를 위해서. 배가 아파 못 살겠다. 어쨌든 이제 셋째도 낳을 텐데, 셋째 크면 또 이러지 않겠어?"

"셋째한테는 엄마 아빠 이름 철저하게 주입할 거예요."

딱 잘라 대답한 주호 씨가 어머니께 천혜향 조각을 내밀고 다시 귤을 깠다. 그 손을 물끄러미 내려다보던 어머니가 조심스럽게 입을 열었다.

"이유가 있는 거니?"

"……나는 희진이 아빠지만, 희진이 아빠로만 살고 싶지는 않아요. 엄마한테는 좀 이기적으로 들릴 수 있는 말인 건 알겠는데……. 진아 씨도 그래요. 아이 키우니까 아무래도 희진이 엄마, 희수 엄마라고 불릴 때가 많잖아요. 내가 그게 싫어서."

"그러니."

"그래서 결혼 전에 약속했어요. 우리만이라도 누구 엄마, 누구 아빠로 부르지 말자고."

내내 불퉁해 있던 주호 씨의 얼굴에 미소가 돌아왔다. 익숙해져서 왜 이렇게 부르게 됐는지 잠깐 잊고 있었는데, 주호 씨는 아직 기억을 하고 있었나 보다.

"그래, 명확히 이유가 있고 그게 부부간의 일이라면 더 말 않으마. 사실 같이 사는 내가 보고 듣기에는 낯설고 이상한 면이 없지 않은데, 그것도 의미가 있는 듯하니 나쁘지 않네."

"그렇죠?"

앞에 놓인 귤과 천혜향을 다 깐 주호 씨가 겨우 손을 털었다. 딱히 선호하지도 않는 천혜향과 귤을 열심히 까 준 주호 씨의 깊은 애정과 배려 속에, 나는 남은 귤을 입에 털어 넣었다.

우리 셋째가 딸이든 아들이든 아빠를 빼닮아 나오길 바라면서.

— fin

작가 후기

위로가 되는 글을 쓰고 싶다고 생각했습니다. 물론 여러모로 미흡하지만, 누군가의 상처를 조금이나마 보듬어 줄 수 있는 글이요. 하지만 어느 순간 그런 생각도 자만 아닐까 싶어졌어요. 내가 뭐라고 누굴 위로하나, 상처가 어떤 줄 알고 위로하나, 하고요. 그럼에도 위로가 되는 글이 되었으면 좋겠다는 오랜 강박은 머리를 떠나지 않아서, 그 결과 '마음이 피는 소리'가 나왔습니다.

안녕하세요, 헤일입니다.

오랜만에 순결한 글을 쓰려니 머리에 쥐가 나는 줄 알았습니다. 사실 저는 전작도 19금이고, 읽는 것도 쓰는 것도 노골적인 씬을 좋아합니다. 씬, 그것이야말로 화룡점정이라고 생각합니다. 그런데 어쩌다 이렇게 되었는가 하면, 제1원인은 그 당시 이상하게 씬 쓰기가 귀찮았던 저의 귀차니즘이고, 제2원인은 그러다 점

점 순수해진 캐릭터들입니다. 네, 결국은 다 제 탓입니다. 죄송합
니다.

이토록 부족한 저를 도와주신 분들이 많습니다. 모니터링을 해
주시고, 책이 나올 때까지 신경 써 주신 Y작가님, 항상 고마워요!
언제나 남의 살은 진리입니다. 또 먹으러 가요! 그리고 J작가님,
내용도 제대로 알려 주지 않은 주제에 이것저것 물어보는데도 도
와줘서 고마워요. 우리 언제 보나요. 맥주를 마시며 새벽을 달리
던 그때가 그립습니다. 으헝헝. 야근으로 죽어 가는 K야, 자료 공
급 고맙다! 너 아니었으면 정말 힘들었을 거야ㅠㅠ B언니, 저의
지방 이사에 큰 공헌을 해 주셨습니다. 표지 고를 때 도와주셔서
감사하여요. Y언니, 몸은 멀리 있지만 항상 챙겨 줘서 고마워요.
종종 내가 징징거려서 행복을 방해하는 O와 B, 늘 고마워! 그리
고 이 고구마글을 꼼꼼하게 읽고 리뷰 및 교정 작업해 주신 영은
씨와 예쁜 표지 만들어 주신 디자이너님께도 감사드려요.

그리고 무엇보다, 이 책을 읽어 주신 분들께 감사드립니다. 위
로가 되기를 감히 바라지는 않지만, 이 글이 잠시나마 즐거움을
드렸기를 바랍니다.

10월의 마지막 날,
헤일 올림.

마음이 피는 소리

1판 1쇄 찍음 2016년 11월 1일
1판 1쇄 펴냄 2016년 11월 8일

지은이 | 혜 일
펴낸이 | 정 필
펴낸곳 | (주)뿔미디어

기획 · 편집 | 이영은

출판등록 | 2002년 9월 11일 (제1081-1-132호)
주소 | 경기도 부천시 원미구 소향로 17, 303(두성프라자)
전화 | 032)651-6513 / 팩스 032)651-6094
E-mail | scarlets2012@hanmail.net
블로그 | http://blog.naver.com/dahyangs
비북스 | http://b-books.co.kr

값 9,000원

ISBN 979-11-315-7552-9 03810